王昕朋小说精选集

王震 题

王昕朋 著

黄河岸边是家乡

作家出版社

图书在版编目（CIP）数据

王昕朋小说精选集 / 王昕朋著 . -- 北京 : 作家出
版社，2022. 3
ISBN 978-7-5212-1522-9

Ⅰ . ①王… Ⅱ . ①王… Ⅲ . ①小说集 – 中国 – 当代
Ⅳ . ① I247

中国版本图书馆 CIP 数据核字 (2021) 第 185010 号

王昕朋小说精选集·黄河岸边是家乡

作　　者：王昕朋
书名题字：王　蒙
责任编辑：赵　莹
装帧设计：鸿儒文轩
出版发行：作家出版社有限公司
社　　址：北京农展馆南里 10 号　　邮　　编：100125
电话传真：86 – 10 – 65067186（发行中心及邮购部）
　　　　　86 – 10 – 65004079（总编室）
E – mail: zuojia@zuojia. net. cn
http: // www. zuojiachubanshe. com
印　　刷：唐山嘉德印刷有限公司
成品尺寸：170 × 240
字　　数：337 千字
印　　张：23.5
版　　次：2022 年 3 月第 1 版
印　　次：2022 年 3 月第 1 次印刷
ISBN 978-7-5212-1522-9
总 定 价：968 元（全十一册）

目 录

消逝的绿洲   / 001

冤家路宽   / 041

黄河岸边是家乡   / 088

风水宝地   / 114

方　向   / 161

村长秘书   / 225

我的文二嫂子   / 287

妈妈湖   / 321

消逝的绿洲

一

　　惊喜异常的潘广播拼命地蹬着自行车，四十多里路只用一个半小时就赶到了。停放自行车时，他才觉得两腿发抖，双脚发麻。他咬着牙回到办公室，脸没洗，茶没喝，铺开稿纸就开始动笔，一篇两千多字的通讯一气呵成，最后加上标题。这是他写稿的习惯，先写内容再写标题。他把这篇文章的标题定为《黄河故道上的那一片绿洲》。

　　文章的开头写得有声有色，引人入胜：被称为"大沙漠"的黄河故道，沉寂了一百多年，在这片兔子不拉屎的地方，今天却生长出了奇迹——一片生机盎然的绿洲。

　　文章中有不少精彩的句子，如：一千多棵挺胸昂头的钻天杨，虽然年轻稚嫩，但蓬蓬勃勃，充满了力量，显示出旺盛的生命力；再如：两千多棵苹果树已经开始发芽，笑得像阳光般灿烂，二十多种不同姓名的树苗争先恐后地落户在同一片土地上，预示着这片土地的希望……在写到文章的主人公、林业技术员汪光明育苗时有一个情节非常生动：他轻轻地、轻轻地抚摸着那棵因缺水渴死了的果树苗，就像抚摸着熟睡的孩子，心疼的泪水夺眶而出……

写完这篇报道，他的泪水在眼眶里直打转。这时，他才觉得肚子饿了。

潘广播是在几天前下乡调研，路过黄河故道边上的马楼村时，偶然发现这一奇迹的。

作为土生土长的当地人，潘广播从小就知道黄河故道。之所以称故道，就是黄河过去流经的河道。他听老人和老师讲过，百年前的黄河是从他家乡流过的，到了清代咸丰年间不知哪根神经出了问题，一个鲤鱼打滚，从河南改了道，旧河道干涸后，沙土渐渐淤积成了沙荒地带，有一千多里。他家就住在离黄河故道不远的村子里，一到春秋风季，天天风起沙飞，吹得人睁不开眼，打到脸上还发疼发麻。他记得他爹妈下地干活走前，都会拉一张席子把晒的粮食盖上。就这样，吃饭的时候还会经常把沙粒吃到肚子里。至于地里的庄稼被飞沙掩埋，减产或者颗粒无收的情况，隔三五年也会出现一次。所以，他所在的村和邻近几个村没断了吃救济粮。

他上小学二年级那年秋天，一个同学家里的羊丢了一只，叫上他和另一个小伙伴帮着去找，找着找着到了黄河故道上。正遇上刮大风，风卷着沙粒漫天飞舞，一时天昏地暗，他和那两个小伙伴近在咫尺却像睁眼瞎，看不清对面的身影。一个小伙伴吓得号啕大哭，这一哭不要紧，沙粒飞落到嘴里、喉咙里，风沙过后抠了半天漱了半天才干净。等到风停了，他们却找不到返回的路了。幸亏他爹发现他不见了，带着人找来，他和那两个小伙伴才得了救。他爹又气又急，把他摁在地上用鞋底打了足足二十下，让他记住黄河故道上有"沙老虎"。从此，"沙老虎"的阴影一直笼罩在他心里。如果不是接到部办公室的通知，让他赶到故道北边一个乡去接部里另一位同事，他不会走故道那条路。

他所在的县委宣传部有十几个人，只有三辆公用自行车。他骑了一辆下乡调研。他的一位同事在黄河故道一道之隔的邻乡蹲点，要回去开会，部办公室想到他离得近，就通知他去接那位同事。如果他不从黄河故道上过，要绕几十里的路，那样就可能误了那个同事开会的时间。好在已经到了春末夏初，少见刮大风，即使这样，他也没忘了戴上口罩，预防沙粒飞落嘴中。

黄河故道比周边的村子高出很多，就像一条悬在空中的沙龙。他上了黄河故道走了二三里地，眼前突然出现一片绿色。怎么会出现这种幻觉呢？他揉了揉眼睛又仔细看了看，的确是一片绿色，那片绿色在漫长的沙荒中，仿佛茫茫大海中的一艘船，格外引人注目。因为有了那片绿色，沙荒突然有了生命，而且鲜艳生动，生机盎然。他不由自主地下了车，连车架也忘了撑起来，兴奋地向那片绿色扑过去。当时的他的确很冲动，很兴奋，很忘乎所以。当他的手触摸到一棵棵果树苗时，竟然不能自制地像个遇了喜事的孩子一样一蹦三尺高，欢呼雀跃地高呼：奇迹，人间奇迹。毛主席万岁！共产党万岁！

这是一个从小深受过飞沙祸害的农家子弟发自内心的声音。

接下来，他认识了汪光明——黄河故道园林场的年轻技术员。他当时因为要去接送同事，没时间与汪光明多谈。不过，与汪光明分手后他的心一直没有平静下来，接上那个同事后，一路上他都在反反复复说着在黄河故道上的见闻。回到部里，他当即向部长报告了他的发现。他说，我现在就回到那里去采访，我要把这一人间奇迹尽快向世人宣布。部长赞许地拍了拍他的肩膀，打开抽屉取出几张饭票，对他说，去食堂多买几个馒头带上！他临出门时，部长又叫他回去，亲自给自己外出开会和下乡时经常背着的旧军用水壶灌满开水，又亲自给他背在身上，再次拍了拍他的肩膀。

潘广播当天晚上到了黄河故道园林场，住进了汪光明的窝棚里。汪光明听说他是县委宣传部搞通讯报道的，开始直摇头，无论他劝说也好，诱导也罢，就是不愿掏他需要的"先进事迹"，急了，就一句话，我是国家培养的，不能让国家的钱白扔了！那一夜，潘广播急得真要发疯。

第二天，潘广播绕开汪光明，先找园林场的解场长聊。解场长是一位南下干部，抗日战争时期在胶东半岛打过几年游击，解放战争时期当过武工队长、支前队长。他向潘广播介绍，园林场是徐州解放后的第二年创建的，十几个人倒腾了一年，平了几十座沙丘，树苗也栽了，可风沙一来，掩埋的掩埋，连根拔的连根拔，一棵也没成活。县里一位领导发了话，那茅草都不长的地方能种树？别朝沙坑里扔钱了，撤！说到这里，解场长挥了下右手，咧了咧嘴，那位领导也没错，新中国那时百，百……

潘广播好心好意，也是出于理解，主动接上说，百废待兴。

解场长挥了下右手，瞪了他一眼，打那起就一脸不是一脸。潘广播以为是勾起了他不愉快的回忆，小心地赔着笑，解场长这才往下说。但是，有的领导不同意，说再让他们试试。正好，县里分来了位学林的大学生，我就把他要来了。

是汪光明吧？

解场长点点头，说，这小伙子不声不响，不吵不嚷，一天到晚不是泡在荒滩地上就是蹲在实验室里，到春天的时候，他就给我递了军令状……

军令状？潘广播很感兴趣。

解场长说，你也不懂了吧？军令状是军事上的用词，就是，就是，就是向我表决心，让我给他五百斤草种两千棵树苗。他伸出右手，先是摇了下巴掌，又伸了两根指头。潘广播这时才发现解场长左边的袖子空荡荡的。他对眼前这位中年男人肃然起敬。

解场长说，结果呢，草倒是满地爬了，树只活了不到一半。小汪哭哭啼啼地要求我处分他，说是给国家造成了损失。我气得踢了他一脚，劈头盖脸骂了他一顿。

潘广播有点紧张，说，这，这也不能全怪他吧！

解场长说，对嘛！我对他说，成活一棵老子都奖你，别说成活一半了。哪个孩子敢说你一个不字，老子砍了他。

潘广播舒了一口气，向解场长竖起大拇指，场长你说得对做得对。成活一棵，说明他也是成功的，毕竟在黄河故道荒滩上创造了生命的奇迹。

解场长拍了拍他的肩膀，说，对嘛！接着右手在空中来回挥了几下，你看看，现在这十里白杨大道、万亩苹果园、千亩苗圃不都火蹦火蹦的，谁来看了都掉眼泪。潘广播明白他说的掉眼泪是指激动的眼泪，高兴的眼泪。他不也是一样吗？

解场长说，再过几年果树挂果，这儿就是花果滩，孙猴子说不定也会给老子打报告要求来这儿落户！说完，开心地哈哈大笑。后来，潘广播写文章时，对解场长的笑做了一番有声有色的描述，称之为创业者自豪的笑，战士胜利的笑……

接下来的两天里，潘广播又分别找了十几个人了解情况，有比汪光明早来和晚来的技术员，有跟着解场长从部队复员的职工，有附近村招来的农民工人。谈到创业的艰苦，他们无一不感慨万端；谈到成功的喜悦，他们又无一不充满自豪；而谈到未来，他们也无一不信心百倍……潘广播跟着他们流泪、激动、兴奋。解放战争时期曾经给解场长当过通信员的周大龙，为了掩护解场长受了伤，瞎了一只眼睛，后来随解场长转业到了园林场任场办主任。职工称他外号周瞎子。周瞎子喜欢喝酒，在和潘广播谈到兴奋时，就要和潘广播用窑里黑大碗喝酒。潘广播不喝他就骂，你别在俺面前摆臭文人的架子。你不喝下这碗酒就滚蛋。潘广播也不急不恼，相反喜欢周瞎子的个性。周瞎子给他提供了一个细节。周瞎子说，也不知小汪那小子咋想的，放着省会大城市的福不享，让那么个如花似玉的新媳妇独守空房，偏偏要留在这熊地方。我是没那个能耐，只能待在这里，他，唉……

汪技术员结过婚了？潘广播惊讶地问。

周瞎子借着几分酒意，大大咧咧地说，是他大学同学，个又高，脸又白，眼睛跟驴屎蛋子那么大，就是，就是瘦了点，像根晒干的高粱秆，一阵风都能吹到天上。不过，我握她手时，手上倒有点肥肉。

汪技术员的爱人来过？潘广播又问。

周瞎子一拍大腿，我第一次骂他不就是为他媳妇的事。他媳妇来那天，他正在马家窝棚那边伺候果树苗。我让人去叫他，第一次他说走不开，让她歇会儿等着。一等就是大半天，再让人叫他，他说什么关键时候离不开，让他媳妇吃了饭先歇着。那时候这场子里就几个窝棚子，全住着像我这样单身的老爷们儿，他媳妇朝哪住，反正不能住我被窝里。我急了，让去两个人。我说你们绑也把他给我绑来！这不，到了下半夜他才回来。当天晚上，我和解场长、其他几个技术员挤在一个窝棚里，让他两口子住一个窝棚。夜里，听着他那边支窝棚的架子吱吱溜溜响，还有女人的叫，我还以为刮风了，想起来去看。解场长蹬了我一腿，你……嘿嘿，嘿嘿。

潘广播跟着笑了笑，接着问，汪技术员的媳妇走了吗？

周瞎子用筷子敲了一下他的额头，说，人家不走还留这儿？又说，那个小汪真不像话，第二天就赶着媳妇走。我后来听说，他媳妇一大早就找解场长，让解场长放他回省城。他媳妇在省城给他找好了接收单位，调令都拿来了。他生气了，才赶他媳妇走的。他媳妇走时撂下一句话，你要是不回省城，咱俩就离婚！

真和他离了？

咋能呢？他媳妇回去就检查怀孕了，去年生了个闺女。周瞎子说，我听老人说，男人弄得猛，就会生男孩。可见小汪那天没使劲，所以他媳妇怀了女孩。

潘广播扑哧笑出了声，周主任，你这话不科学。

汪光明一直没接受潘广播的采访。虽然，潘广播感觉素材已经足够，但还是想从汪光明那里得到更多的材料。他耐心地等了三天，到第三天晚上机会终于来了。

那时，从县城到黄河故道的路不好走，一遇风沙路还会被掩埋。给园林场运送粮油蔬菜的车子，在半路上因风沙挡路过不来，场里的职工连续两顿没吃上饭。潘广播包里还有一个馒头，他对汪光明说，你给我说说怎么找到在荒滩上栽树的办法，我给你一半馒头。汪光明就给他讲了如何发现荒滩上有一块巴根草，受到启发；如何规划先种草固沙，栽防风林挡沙；如何到北方果树种植大县调查研究，引进适应黄河故道沙滩种植的果树……汪光明吃了半块馒头，嘴唇还上下嚅动，不停地打嗝。潘广播调皮地逗他说，你要是把你和你媳妇在这见面，发生过什么事情，比如她如何劝你回省城，你如何反过来劝她调这儿来，两人发生了什么样的矛盾冲突告诉我，我就把这半块馒头也让给你吃。

汪光明这回被他逗笑了，骂他无聊，趁他不备，夺下他手中那半块馒头，全都塞到嘴里，嘴被撑得要撕裂，一脸痛苦状。潘广播吓得赶忙端来一碗水让他喝，摆着手说，咱不讲了，不讲了。你慢慢吃，慢慢吃。你要是撑死了，解场长不把我活埋了才怪！

嘴上这样说，等汪光明吃完馒头，他还是又问了一句：听说你从地里回来一头钻进窝棚里，第二天早上你媳妇吓了一跳，身边怎么躺了个又脏又老的半老头子？有这事吗？汪光明给了他一拳头，瞎编，等你有媳妇就知道了，媳妇还能睡错男人。

感动读者的好文章，必然要先感动作者本人。潘广播的确被汪光明、解场长和园林场广大职工艰苦创业的精神所感动，投入满腔热情写成了那篇通讯。那篇通讯先是在县委的内部刊物发表，接着省报全文转载，省人民广播电台配乐播出，而且破天荒地一连播了一个礼拜。据说，是省委书记看了省报后指示省电台那样做的。随后，省委常委会上做出决定，号召全省共产党员、知识分子、广大工人农民向汪光明和园林场的干部职工学习，掀起全省社会主义建设新高潮。

文中的主人公汪光明一夜名扬全省，潘广播也因这篇文章名声大振，不仅被破格提拔为县委宣传部新闻通讯科副科长，成了县直机关最年轻的副科长，而且得到了县文工团一位姑娘的爱慕。那个姑娘在县文工团新编现代话剧《那一片绿洲》中饰演技术员的新婚妻子，把潘广播的文章读了十几遍，越读越感动。潘广播领到任务，到黄河故道园林场进一步深入生活，创作电影剧本《荒滩绿洲》的那段时间里，那位文工团员正巧也在那里体验生活，两人相处了半个多月，确立了恋爱关系……

潘广播和汪光明也成了好朋友。

二

桃三杏四梨五年，苹果结果在六年。这是过去的一句老话。黄河故道园林场苹果结果是在 1957 年，潘广播也就选在那年秋天苹果熟了的时候在园林场举行的婚礼。这之前，汪光明的爱人李媚也从省城调到了园林场。夫妻团聚，园林场分给他一间青砖红瓦的平房。潘广播闻讯，专程从县里赶到园林场表示祝贺。那天，他第一次见到李媚。

生过孩子的李媚发胖了，但，是微胖，让她过去身子瘦弱的缺点得到了改变，丰满而又圆润，加上她从大城市来，穿戴也比较洋气，确实给人一种花枝招展的印象。她的性格比汪光明爽快，和潘广播一见面就咯咯咯地笑，潘科长，听我们家老汪说你好坏哟！

潘广播冲她扮了个鬼脸，是吗，我坏吗？

李媚说，老汪说你说，你说……咯咯咯，你真坏。

潘广播马上明白了她话中所指，心想，到底是大城市的女同志，思想就是开放，要是换当地的女同志，想想他当初和汪光明开玩笑说的上错床的话也会脸红心跳。他逗她说，你就那么信你们家老汪，不怕他上错过床？

李媚说，不会的，不会的。我们家老汪傻样，除了我还有哪个姑娘家看上他？这句话里既有责备又包含着骄傲，洋溢着对汪光明的浓浓真情，让潘广播十分羡慕。

李媚又说，潘科长我和你订个君子协定噢。你结婚的时候，得让我们家汪光明当伴郎噢。

潘广播选择到园林场举行婚礼，从某种意义上说是兑现和李媚的君子协定。还有一个方面的意义是，他和妻子也是在这儿认识、恋爱的。汪光明自己掏腰包，买了十个苹果作为贺礼。这十个苹果是他精心挑选的红国光，他说，一是我对你们夫妻实心实意，二是祝你们夫妻十全十美。

婚礼非常简朴。园林场的工人和潘广播夫妻都很熟，大家坐在一起，烧了几盆菜，喝了几杯酒，早早就结束了。其实，潘广播心里很清楚，大伙的心多少有些压抑，所以放不开，就连见了酒就腿肚子转筋的周瞎子，也比平时酒量小了多半。这也是他不愿在县里举办婚礼，躲到这儿来的一个原因。

广播，出去走走吧！汪光明喊他。

二人上了白杨大道。两边的钻天杨已经长得一人多高了，笔直挺拔，器宇轩昂，一眼望去就像接受检阅的仪仗队，让人心里平添几分英雄豪气，精神也格外清爽。微风吹来，树叶有节奏地轻轻摆动，唰唰，唰唰，好像在互相鼓励地说着，长吧，长吧。这条十里长的大道，如今已经成为黄河故道一道值得骄傲的风景。汪光明每次走在路上，眼睛都会不由自主地湿润。默默走了一段，汪光明首先开口了。他问，这次运动什么时候到头啊？

潘广播说，管他呢，你一个园艺师，八竿子够不着。

汪光明叹了口气，说，我个人算不了什么。我是担心人与人的关系搞得紧张，你防我，我防你，以后还怎么工作？

潘广播感到惊讶，问：光明，你是说……？

周瞎子骑着自行车迎面过来，潘广播停住了话头，和汪光明一起站到路边。他冲周瞎子扬了扬手，周主任好！

周瞎子不知是故意没听见还是急着有事，嗯啊一声骑了过去，而且车速一点没有减缓。这让潘广播有点不快，这人怎么学得连一点礼貌也不讲？汪光明摇摇头，说，速度一旦上去了，再下来很难，突然刹车不是摔倒就是栽跟头。潘广播听出汪光明话里有话，但没有往下问。他已经熟悉了这位朋友的脾性，如果他不想说的话，打死也不会说出来，又何必强人所难呢。

黄河故道园艺场规划得相当好，沿白杨大道两侧按数字划分成一个个果区，每个果区种植的果树品种不同，成熟也分先后，采摘的时间自然也有差别。汪光明和潘广播走到五果区时，遇上十几个职工正在把采摘好装了篓子的苹果往拖拉机上装。他们看见汪光明和潘广播争先恐后地打招呼。五区长拿了两个苹果，扯下脖子上的毛巾擦了擦，递给潘广播和汪光明各一个。潘广播伸手接过来，说了声谢谢，正要往嘴里送，汪光明出其不意地给夺下来，毫不客气地说，这苹果是国家财产，谁也不能随便吃。他把苹果还给了五区长，又严肃地对五区长说，你只有带着职工采摘的权力，没有送人的权力。五区长有点不好意思，挠了挠头皮，说，潘科长是客人，我，我是想让他品尝咱们丰收的果实。我接受汪技术员的批评。

潘广播没有怪罪汪光明，相反对他公私分明、爱护国家财产的行为由衷表示敬佩。离开五区，走了一段路，他说，光明，我也得做检讨。我怎么就没有你那样的觉悟呢？

汪光明并没有就此罢休。他回到场部就向解场长反映了情况。当时，周瞎子也在场。他见解场长听着听着皱起了眉头，不以为然地说，五区长是好心让潘科长品尝，又不是拿家里去或者自己吞了，这种小事还要场长过问啊？解场长是个眼里容不得一粒沙子的人，又是个急性子，拍着桌子骂道，周瞎子你给我住嘴。这咋叫小事。你拿一个送人，我拿一个吃，国家能不受损失？你别觉着五区长是你表弟，就想袒护他，小心我连你一起撸！周瞎子这才不说话。潘广播看见，周瞎子瞅汪光明的眼神像刀子一样。

解场长马上召集各果区区长会议，让五区区长做检讨，写检查。

潘广播回到县里后，越想越觉得汪光明做得对，相比之下，自己的思想觉悟与汪光明差之太远。他又写了一篇短文表扬汪光明。在这篇短文中，他不光严厉地批评了自己，也批评了周瞎子和五区区长。当然，他对周瞎子和五区长都没点名。

他没想到，这篇短文给汪光明埋下了隐患。周瞎子以为是汪光明让他写的那篇文章。打那个时候起，周瞎子对汪光明就有了成见。

一天，潘广播刚回到办公室，妻子李琴琴就找来了。李琴琴紧张地把他叫到门外，说，你老朋友的媳妇来找你了。潘广播立马明白李琴琴所指，高兴地说，是和老汪一起来的吧？走，咱到食堂买几个菜，好好招待招待。

李琴琴急眼地说，什么呀？就李媚一个人来兴师问罪的。

潘广播一惊，什么兴师问罪，向谁兴师问罪？李琴琴说，园林场周瞎子几个人合着伙整老汪，要给老汪戴右派帽子，材料都整好了。李媚说要不是你写那篇批评报道，周瞎子不会跟老汪过不去！潘广播一听火冒三丈，嗓门也高了，老汪是右派，打死我也不信。他办公室的一位同事探出头向走廊看了一眼。李琴琴吓得脸色苍白，扯了下潘广播的衣角，你号个啥？回家，回家说。

潘广播结婚后，县委分给了他一间平房宿舍，在县委大院朝西的一个山坡上，步行有十分钟的路程。这段路是上坡，又是石头铺的路面，不能骑车。潘广播走得很快。李琴琴一溜小跑才跟上他，上气不接下气地说，你就不能走慢点，咱商量商量怎么打发李媚。潘广播恼怒地说，老汪还不知现在怎么样了，李媚现在也一定心急火燎，你还让我慢点，我能慢下来吗？

李琴琴说，你急也没有用。老汪是不是右派得组织定党定。潘广播我可丑话说前边，你不要因为和老汪是朋友就不讲原则，跟着他往井里跳。

潘广播突然站住了，怒不可遏地瞪着李琴琴，好像站在面前的不是他的妻子，而是他苦苦寻找多年今天见上的仇人。李琴琴从来没见潘广播用这样的目光、这种态度对待自己，一时茫然不知所措，喃喃地说，我，我不想让你沾上右派，犯方向路线错误！

潘广播几乎是怒吼着说，这个边我就得沾！

正是机关下班的高峰时，路上来来往往的县直机关的同志，大多认识潘广播和李琴琴，见小夫妻俩剑拔弩张的样子好生奇怪，有的低着头从他们身后绕过去，有的匆忙打个招呼，也有人出于好心上前劝架。县文化馆的女馆长过去在县文工团工作过，年纪大了才转了行，但还是和李琴琴同一个文化系统，两人比较熟悉。她咂着嘴说，啧啧啧，小两口为啥红了脸？有话到家里说，别在这儿让人看笑话。说着，就拉李琴琴的胳膊。李琴琴一用劲挣脱开了。她不想让潘广播回家见李媚。潘广播心里说，你不回家，我回！迈开大步，噔噔噔地往家走。

李琴琴气得哭出了声，潘广播你要跳井我不拦你，你也别想拉上我！女馆长一听急了，追着潘广播喊，小潘小潘你站住，千万别想不开！弄得潘广播哭笑不得。

李媚正坐在潘广播家屋当门抹眼泪。潘广播进屋后看了一眼杯子中满满的茶水，就知道李媚连一口茶水也咽不下。潘广播连寒暄也省掉了，直截了当地问李媚汪光明的情况。

李媚告诉潘广播，汪光明前几天到五区指导给果树剪枝，发现五区的技术员没在园区，一问才知道被周瞎子叫去排查右派了。汪光明很不高兴，说，这还得用排查的办法啊？有个工人发牢骚，说不光排查，还分指标。一区二区先进，已经排查出了右派，我们五区现在没排查出来，挨了周主任批！汪光明生气了，脱口而出说了句：简直是瞎胡闹！这话被五区区长听见了，当晚报告了周瞎子。周瞎子正愁着完不成上边下达给园林场的右派指标任务，马上把汪光明拉入了右派候选人行列……

解场长呢，他了解光明。潘广播问。

李媚抹着眼泪说，解场长在县委党校学习，家里是周主任主持工作，兼反右领导小组组长。他说了就算。

凭什么他说谁是右派谁就是右派？潘广播火了，要是有人说他是右派，那他就得戴右派的帽子？

正说着，李琴琴回来了。她手里拎着两个饭盒，脸上笑逐颜开，好像和潘广播之间什么事情也没发生过，一进门就甜甜地叫了一声，姐。你一定饿坏了吧，我知道你是江南人，专门给你打了两份清淡点的菜。边说边摆桌子凳子拿碗筷。潘广播见她没事了，心情也稍微好了一些，安慰李媚说，李媚你放心。你先把饭吃了，我一会儿就去找领导反映。

李琴琴一愣，心思虽然没有在脸上显示出来，但聪明的李媚从她慌乱的眼神看出了她内心的不安，对潘广播说，小潘你别为难。我来找你光明不知道，他要是知道肯定不让我给你找麻烦。我是偷偷跑出来的。潘广播毫不犹豫地说，这有什么为难。我是党员，有权利向组织提意见。李琴琴在一旁接上话茬，说，县里几个大右派不都是党员干部，还有个副县长呢！提意见，提意见，他们还不都是提意见？枪打出头鸟。

潘广播不知是不愿和李琴琴争执，还是对李琴琴刚才提到的几个人被打成右派有自己的看法，故意咬了一大口馒头，噎得脸红脖子粗。

李媚有心思，吃了两口就放下了。无论李琴琴怎么劝，她都是摇头。潘广播也很着急，拿着剩下的半块馒头，夹了根大葱，咔嚓咔嚓地咬了几口，边吃边向外走，还回头对李媚说，李媚你在家等着我的消息。

他出了门，听见啪的一声响，不看也知道是李琴琴摔筷子。

潘广播先找到了他的领导宣传部长。宣传部长也是县反右派领导小组成员。宣传部长听他讲完后，一点也不感到惊讶，也没有像他那样冲动。他给分管这项工作的县委田副书记打了个电话，介绍潘广播去田副书记那里反映情况。田副书记十分热情地接待了潘广播，一边慢腾腾地抽着烟，一边听潘广播充满激情地讲述，末了才问，小潘你有什么想法啊？

潘广播说，请田副书记给园林场打个电话，让他们停止折腾汪光明。现在是果树剪枝的时候，他忙着呢！

田副书记沉吟了一会儿，狠狠地摁灭烟头，说，用生产压革命，不太合适吧？

潘广播急了，这算什么革命？是周瞎子报复、整人！

田副书记笑了笑，噢，是你说的这种情况吗？不等潘广播回答，又说，你写个书面材料吧，我们研究一下。

潘广播喜出望外，紧紧握着田副书记的手，感动地一连说了几遍，谢谢田副书记。

潘广播出门时，田副书记握着他的手，笑眯眯地说，小李又下乡演出了吗？我和我媳妇都喜欢听她唱的"拉魂腔"。她没告诉你吧，我媳妇已经认她做干闺女。按这个辈分，你还要叫我叔叔呢！

潘广播心里高兴，亲切地叫了一声：叔。

人逢喜事精神爽。潘广播像一阵风似的出了门，一路上轻飘飘的，不是差点撞着人，就是差点被突出路面的石头绊倒，回到家时已满头大汗。李媚一见他赶忙站起来，由于用力过猛把凳子也带倒了。他也由于心情过于激动，把李媚紧紧抱在了怀里，说，李媚你就放心地回去吧。回去让光明也放心地工作。

李媚高兴地说，光明交了你这么个朋友是他的福气。说完就要告辞。潘广播拿了个馒头，我知道留你也留不住。你就带着路上吃吧。

李媚走后，潘广播回头找李琴琴，见李琴琴拉着被子蒙着头，身子一抽一抽地在哭。他现在气也消了，心情也好了，反倒觉着对不住李琴琴，干咳了两声，笑了两声，拿了条湿毛巾，坐在床沿去掀被子。李琴琴手脚并用，死死地抱着被角，最后又用牙咬着。潘广播运了运气，加大了力量。李琴琴突然猛地一松手，他抱着被子仰面朝天摔倒在地上。他没气没恼，哈哈大笑着说，好拳打不过赖戏子，我今天真正领教了！

李琴琴坐起来，生气地说，你闹吧，闹吧，你孩子要是残了伤了的可别怪我。

潘广播一个鲤鱼打滚从地上跳起来，欣喜若狂地抱住李琴琴，问道：我有孩子了，我有孩子了？

李琴琴说，今天刚拿到结果，已经两个月了。

潘广播手舞足蹈地从床上跳下来，然后又跳上去，双手抱头跪在李琴琴面前，谢谢媳妇，谢谢媳妇。我爸我妈要是听到这消息，肯定高兴得三天三夜睡不着觉。我现在就给他们写信。

李琴琴一把拉住他，问，汪光明的事怎么样了？

潘广播把见到宣传部长和田副书记的经过简单给她讲了一遍，大大咧咧地说，没事啦，没事啦！

李琴琴不以为然地说，没你说的那么简单。万一田副书记也帮不上忙呢？潘广播说，那我就找县委书记。反正不能让周瞎子把右派帽子给光明戴上。李琴琴说，你就不怕把自己陷进去？为了汪光明，你老婆孩子都不要了？

潘广播亲了媳妇一口，说，我老婆孩子都要，朋友也要，真理更要。

三

潘广播万万没有想到，汪光明还是戴上了右派分子的帽子。

那天，县里召开反右运动胜利庆祝大会，潘广播因为要搞新闻报道，所以座位被安排在前边的第三排。田副书记在会上宣读右派分子名单时，他听得非常认真。田副书记念到园林场汪光明的名字时，他一开始以为自己的耳朵出了问题，或者是脑子出现了幻觉，就向旁边的一个同志打听，哎，园林场的右派是谁？那个同志反问，园林场的右派四五个，你能都记下来？他问，有没有姓汪的？那个同志说，汪光明吧？大名鼎鼎的园艺师。有他，在园林场右派里排第一名。说完笑了笑。

仿佛晴空中一个震天动地的干雷在潘广播耳边响起，他觉得脑袋一下子涨大了，眼前一道道金花霹雳般闪跃。他忽地从座位上站起来，刚要喊出声，坐在他前排的宣传部长猛地回过头，狠狠地瞪了他一眼，严厉地说了一句：你给我老老实实坐下！坐在他旁边的那位同志也用力拉了他一下，低声说，宣传口是重灾区，你别再惹是生非让大家的日子不好过。

潘广播怏怏地坐下了。从那刻起一直到会议结束，他的脑袋不停地响，主席台上的人讲的话，他一句也没听进去。他只记得全场高呼口号时，旁边那个同志抬着他的胳膊机械地举了举。

一散会，潘广播就被宣传部长叫到办公室劈头盖脸地骂了一顿。小潘潘广播你胆大包天啊，你知道老子如果不及时阻止你会是什么后果吗？你要栽跟头，犯错误，整个宣传部甚至宣传系统都得受你牵连，重新再搞一次运动一次清查，不知又要有多少同志和汪光明一样戴上右派的帽子。宣传工作还搞不搞了？你一个聪明人，怎么混蛋了呢？

宣传部长骂累了，挥手赶他出去，滚回你办公室好好给我反省。

潘广播说，我想请两天假。

宣传部长说，你是去看汪光明吧？这我不反对。不过你给我听好了，记住了，老子派你去园林场，是采访报道那儿的反右斗争经验。

潘广播明白部长的用心，使劲儿点点头，眼泪在眼眶里打转。

潘广播临出门时，宣传部长从抽屉里拿出一包茶叶，说，给小汪带上，这是绿茶，能消火。

潘广播没有回家和李琴琴告别，径直去了园林场。他一头扎进解场长的办公室。解场长正在看报纸，上下打量了一眼满头大汗的潘广播，说，我就猜到你小子会来。

潘广播夺过解场长手中的旱烟袋，吧嗒吧嗒抽了几口，呛得连续咳嗽几声，眼泪都要掉下来了。他直截了当地问：汪光明戴了顶右派分子的大帽子以后怎么工作？

解场长从台历上撕下一页纸，捏了一把烟叶放上，熟练地卷了一支烟，递给潘广播，又帮他点着火，平静地说，他过去怎么工作现在还怎么工作。我已经给他说过了，你汪光明要是这点打击就倒下，你就不是共产党员，你就是真右派。

潘广播说，右派分子的帽子好重好重……

解场长打断他的话，说，老子当年还是地主羔子呢，不照样打鬼子，干革命，加入共产党。在我这儿，只要他老老实实给共产党做事，我不会把他当右派对待。我已经给周瞎子打过招呼，从现在起汪光明和他的技术队归老子我直接领导。

潘广播长长地舒了一口气。

与解场长告辞后，潘广播直奔苗圃区。果然在那里找到了汪光明。汪光明裤脚卷过膝盖，两腿叉开成八字站在地墒沟里，正挥汗如雨地挖稀泥。潘广播二话没说，放下自行车，三下五除二脱掉鞋子，卷起裤脚下到地墒沟里，从一位职工手里要过铁锹，和汪光明并肩挖起稀泥来。汪光明冲他笑了笑，说，地墒沟不能淤塞，就像人的血管不能堵塞一样。说着，把搭在肩膀头的毛巾递给他，嘱咐说，你的手嫩，用这毛巾把铁锹把包起来，不磨手！潘广播不服气地说，你别隔着门缝看人。我手上的茧子不比你少。说着，伸出手让汪光明看，怎么着，比比？汪光明说比就比，咱比真格的。你一沟我一沟，看谁先到头，而且保证质量。

两个人果然就现场比起来。潘广播好歹在农村长大，离家上大学前每逢寒暑假都下地干活，加上力气也比汪光明大，很快就把汪光明甩开几米远。他得意扬扬地冲着汪光明说，光明你服不服？汪光明抹了把汗说不服，就你这两下子。潘广播说，我今天就得让你口服心服。说着，往手心里吐了两口唾沫，搓了搓，刚要弯腰，突然一块石头从天而降落在他面前，飞起的泥水溅了他一脸一身，眼睫毛上也挂了几滴，挡住了视线，想擦又怕揉进眼里。他凭经验察觉出是有人朝地墒沟里扔石头，正要发火，一个粗大的嗓音响起，小潘你存心害我的秀才是不？你要把小汪累趴下，我上哪再找这样好的技术员，生一个也来不及。

潘广播听出是解场长，忙赔礼说，对不起对不起，我没您老人家想得那么远。

解场长又批评汪光明。你这个汪光明同志呀，我说你什么呢？这个，这个我早讲过，你是姓汪的生出来的，姓汪，可你还有个大姓，姓党。党的宝贝嘛！你要是把自己弄病了累垮了，党找我要人，我老解可没孙猴子十八变，变出个汪光明的本事。

他的话把潘广播和汪光明都逗笑了。

解场长告诉汪光明，场里准备开批判右派的大会。你汪光明老老实实给我去开会。让你站你就站，让你坐你就坐，说你骂你你都给我忍着。就一条，你不能下跪。

潘广播见汪光明低着头，情绪有点低落，小心地问，老场长啊，这会能不能不开？

解场长张口就骂，狗东西周瞎子一心想着当先进，非得要扛杆子红旗回来……又说，给你戴帽子、开批判会他当家，其他的老子当家。你戴啥颜色的帽子，在老子眼里你还是你。我给你说三条，工资一分不少，商品粮一两不少，其他待遇一条不变。但老子也有一条要求，工作你一天也不能给我耽搁！

潘广播心里一阵感动。他发现汪光明的眼睛已经潮湿了。

第二天上午，园艺场批判右派的大会果然召开了。汪光明的右派是县里定的，在全场算最大的右派，第一个被批判。上台发言的人是周瞎子指定的所谓革命职工代表，拿着写好的稿子，照本宣科地念。批判汪光明的是他的部下、技术科一个年轻技术员。他一上来就用了两句当时流行的经典句子：革命形势无限好，右派分子无处逃。解场长当即板起脸，明睁大眼说瞎话，都站在这儿呢，往哪逃，逃回娘肚子里？他的话惹得会场上一阵哄堂大笑。主持会议的周瞎子气得冲解场长翻白眼，没敢发作。毕竟解场长是他亲娘舅。

接下来，那个技术员就结合实际批判。这会儿他脱稿了。他说，汪光明对革命同志缺乏阶级感情。刚建园那会儿，我们顶着炎炎烈日在沙地里跑来跑去，他一天才让我们喝一口水，宁愿把水浇果树苗也不让我们喝够……台下有人嚷，一开始大家不都很艰苦。解场长有时一天连一口水也不喝呢！那个技术员接着又举了个例子。汪光明给职工上技术辅导课、讲到剪枝时说，一棵果树形同一个社会，社会上的不良因素要及时清除，果树没有用的枝条要及时修剪掉。这话是别有用心。台下又有人喊，你这技术员是冒充的吧，果树整形、修剪的基本常识都不懂啊！不知谁带头，台下的人们鼓起倒掌来，会场上一时乱哄哄的。周瞎子急了，挥着手喊，下一个，下一个。批判汪光明等于闹了个笑话就结束了。

批判会开了不到一个钟头就结束了。会议一散，汪光明就赶到果区指导工人剪枝。潘广播也跟了过去。那些工人对汪光明仍然十分尊重，张口闭口汪技术员、汪老师。汪光明也丝毫没有情绪和泄劲，这让潘广播心里感到踏实，同时又感到放心。汪光明告诉他，经过整形、修枝，明年果树的产量会大幅提高。回去后，潘广播写了一篇通讯稿，题目是《反右斗争结出伟大硕果》。这一回，他用了点心思，把周瞎子也写了几笔，说他如何如何对"右派分子"进行帮教，促使汪光明思想快速转变到人民的立场上来云云……

第二年果子成熟时，产量果然比去年有了大幅提高。汪光明和其他技术人员共同努力引进的新品种也都获得了丰收，加上之前潘广播的那篇文章起的作用，他作为被改造好的"右派分子"受到了表扬。周瞎子因为教育、改造"右派分子"有功，被提拔为县农林局政工部门负责人，离开了园艺场。据说，周瞎子的提拔是解场长做了很多工作。潘广播和汪光明心里明白，解场长这样做其实是想把周瞎子弄走。解场长私下说过，一块坏肉臭满锅，这种孬熊还是别留下了。

周瞎子走后，园艺场没有人带着折腾了，所以平稳了一段日子。那段日子是汪光明比较开心的时期，每次去县里开会，都要抽个空儿到潘广播的办公室坐一会儿聊上几句。人的心情好，精神自然也好，用李琴琴的话说，汪光明走路时腰杆子都挺得像旗杆。

不久，轰轰烈烈的"大炼钢铁"运动开始了，打破了这种平稳，让汪光明再次经历了一劫。

一天，已经担任县委宣传部新闻科长的潘广播，正在给一家工厂的通讯员学习班上辅导课，部里打来电话说有急事让他回去。他骑着自行车往回赶，一路上过大街穿小巷子，看到的是红旗招展，锣鼓喧天，人山人海。有的老太太一手拿着炒菜用的铁锅，一手举着写着"大跃进万岁"的小红旗，抹着眼泪一步一挪地向收废铁的地方走去。一群戴着红领巾的小学生排着整齐的队伍，拿着各自从家里拿来的铁铲、铁勺、铁簸箕，唱着歌曲走向集结点……他心里感慨万端，却又不敢表露出来，只好把帽檐拉得很低，埋着头骑车。突然，他的脖子被绳子勒了一下，车子倒在地上，摔了个人仰马翻。

原来巷子里有居民晒衣服拉起的绳子，正勒在他的脖子上。好在他骑得慢，用力不猛，才没有出现生命危险。

心情沮丧的潘广播回到部里，还没来得及喝口白开水，部长就直接到他办公室里找他了。部长神情严峻，烟抽得很猛，潘广播，你小子马上给我去园艺场。汪光明又惹麻烦了。

怎么，他怎么？潘广播急了，是不是政治问题？他知道一旦沾上政治问题，谁也没有办法帮上忙。

部长说，我也说不清楚。解主任打长途电话过来找你，你不在，又找我，就说一句汪光明惹麻烦了。

潘广播拔脚就跑，到了院子里推着自行车边跑边翻身上车，一下子坐在大杠上，硌着了裤裆里的家伙，痛得直龇牙。一路上，他脑子里反复地想着汪光明，嘴上念叨着汪光明。汪光明你小子无论出了什么事都得等着我，我过去了帮你扛，总比你一个扛着省力。

汪光明果然又是犯了政治错误，而且整他的是周瞎子。

周瞎子是园林系统大炼钢铁总指挥。大炼钢铁需要煤炭，而煤炭当时十分短缺，周瞎子一琢磨，园艺场的果树伐了不是可以烧炼铁炉吗？只要炉子冒烟着火，火苗冲天，那就是成绩，至于能不能炼出钢铁是下一步的事。于是，他亲自押着三辆大卡车到了园艺场，要砍伐果树，而且都是些开始结果的大果树。汪光明一听急了，朝车前头一站，指着周瞎子怒斥道：你知道你这样做是什么行为吗？败家子，搞破坏！

周瞎子没想到汪光明会站出来反对。他心里想，这个臭右派真不识好歹。他跳下车，一把扯着汪光明的衣领，摔了他一个跟头。汪光明你小子敢和"三面红旗"唱反调，信不信我给你戴顶反革命的帽子？！

汪光明从地上爬起来，顾不得拍打身上的土，又站到车前，理直气壮地说，我就坚决反对你们砍伐果树。你要是砍伐果树就先把我的头割下来。

周瞎子呸了一声，你的头值钱吗？不值钱！别说能炼成一块钢一块铁，就连一块玻璃球也炼不成。我告诉你，这树我今天砍定了。

这时，园艺场的人越围越多，把周瞎子一行围得水泄不通，你一言我一语指责周瞎子。有的说，你周瞎子不知道这些果树是怎么从沙土地里长出来的吗？你又不是真瞎子！有的说，哪个老师还是哪本书上教你的树枝能炼出钢铁？到头来你毁了园艺场，还白忙活。还有的直接骂到他脸上。你周瞎子真是个瞎熊，长着眼睛干啥用的？不如抠了扔脚下踩泡泡还能弄点响动……

周瞎子急了，漫无目标地叫着：老解，老解，你躲哪去了？来看看你园艺场人的觉悟吧，全让右派汪光明给带坏了。

解主任其实就在园里。他给县委宣传部长打完电话，就躲到林区去了。你周瞎子能耐再大，总不能没经过我这个场领导同意就动家伙吧？他之所以打电话搬潘广播过来，是觉得潘广播在周瞎子和汪光明两边都能说上话。新闻科长就是搞新闻报道的，你周瞎子一个部门的股长级干部还敢不给他面子？汪光明和潘广播是一个铺上睡过的亲兄弟，亲兄弟的话他能不信？

果然让解主任摸准了脉。潘广播气喘吁吁地朝中间一站，周瞎子和汪光明刚才还像斗架的公鸡，立马就不再争吵了。不吵是不吵，却争先恐后地说起了理。潘广播等两人说完了，说累了，一个个喘着粗气，嘴角冒沫时，才严肃地说，走，到场部处理。说完，他推着自行车在前边走了。

场部的门开着。好像早就知道他们三人要到场部来，桌子上摆放着三杯白开水。潘广播端起一杯，一仰脖子喝了个底朝天，抹了抹嘴唇，对周瞎子说，老周，你有县里的批条吗？

周瞎子摇头，啥，啥批条？我砍树是为了大炼钢铁，又不是领粮食补助，还要谁批条子？

潘广播说，当然要有批条。你在园艺场当过领导难道不清楚？他故意把领导两个字说得很重，让周瞎子心里得意。接着又说，树一出土就是国家财产，别说砍一棵了，就是折断根枝条也是破坏国家财产，要承担责任的。没人批条子，责任你承担啊？

周瞎子似信非信，直挠头皮。他在园艺场工作几年，根本就没有学过这方面的文件，要是说不清楚吧，那等于承认自己不负责任，或者说不称职；要说清楚吧，自己的确没见过这样的文件。周边农村有村民夜里来偷伐果树当柴烧，被园艺场抓住送到派出所，后来判了刑的事他是知道的。潘广播猜透他的心思，转过脸批评汪光明，光明你也不对。不管怎么说老周过去是你的直接领导，现在是你的上级部门领导。你可以给他汇报政策，不应当争吵。要我看，今天是你的错。说着，他朝汪光明挤巴几下眼皮。汪光明心领神会，马上向周瞎子检讨。周股长，对不起，我的态度不对。

周瞎子嗯啊着没有正面回应。他心里还是在犯嘀咕，同时也不甘心白跑一趟。过了一会儿，他问潘广播：那你说我这个系统"大炼钢铁"的任务怎么完成？

潘广播还真让周瞎子给问住了。他知道这次"大炼钢铁"，各个部门都有任务，完不成任务要追究政治责任。面对咄咄逼人的周瞎子，他一时找不到回答的词语，急得额头上冒出了汗。汪光明在一旁接上说，我们场这些天从各个单位各家各户收集了一些铜铁，你拉回去往上一缴不就充任务了吗？

周瞎子一听喜出望外，忙问：有多少？

汪光明说，不在多少，而在有没有。咱这个系统几十家单位，一个单位收一点，不就够你上缴任务了。

周瞎子笑了，也对！也对！那你赶快招呼装车。我从这走再去跑几家单位收缴。

周瞎子走后，潘广播和汪光明同时长长地喘了一口气。汪光明说，广播你也会搞政治了。潘广播说，时势造英雄，我这是学政治用政治，立竿见影。

李媚是在潘广播走后才知道场里发生过这样的事情。她不安地对汪光明说，周瞎子不是让你和广播糊弄的人，他不定哪天还会找你麻烦。汪光明说，只要能保住这片绿洲，我个人麻烦再多也不怕。

四

两个月后，潘广播被县委宣传部安排到省里一个培训班学习。两个月的学习结束后，他被留在了省委宣传部。后来他才知道，周瞎子回到县里，到田副书记那里告了他一状。田副书记把宣传部长叫到办公室，狠狠地批了一顿，要求宣传部把潘广播的科长撤了。宣传部长刚好收到省委宣传部让派人参加培训的通知，于是安排给了他。事大事小，一走就了，田副书记也没往下追究。

潘广播回来办关系和搬家的时候，专程到园艺场向汪光明辞行。两人把园艺场的林区走了个遍。临别，他对汪光明说，光明，你得守好这片绿洲啊。

汪光明紧紧地拥抱着这位老朋友，连说，放心吧，放心吧。就是到我死后，也会把骨灰撒在这片土地上。

潘广播到省里工作后，每月都给汪光明写信，信中都要问到果树生长的情况，收获的情况。汪光明不但在信中给他讲，还拍些照片寄给他。每年果子下来，汪光明还自己掏腰包买上几斤托人给潘广播捎去或者寄去。潘广播挑最大个的拿到办公室让同事分享，来，来，故道园艺场的苹果，个大味美……

潘、汪两家也始终保持着联系不断。有几年，潘广播的大儿子潘国光放暑假，潘广播都把他送到园艺场过上一段，让他好好向汪伯伯学习怎样做人，怎样爱国家爱集体爱事业。潘国光小学三年级的寒假在园艺场过了几周，回去后在潘广播的指导下写过一篇作文，题目是《剪枝》，写的是他跟汪光明给果树剪枝。文中说，伯伯手里拿着从树上剪下来的枝条告诉我，树和人一样需要栽培。剪去这些妨碍的枝条，等于帮人消除了身上的毛病，更利于健康成长。听了伯伯的话，我想了很多很多……这篇作文在省《少年报》上发表后，还引起了反响。

潘国光没在作文里写出来，但对潘广播说出来的情景，让潘广播很是感慨。潘国光告诉他，汪光明经常坐在果树下，望着果树枝头的苹果，默默地念叨，广播啊，你该回来看看了吧。

潘广播每听到这里，眼睛就会湿润。他在一次给汪光明的信中说，想你，想那些挂满红苹果的果树，想得我心疼啊！

一晃就到了 80 年代初。汪光明的女儿汪林林考上省重点大学。临行前，汪光明再三叮嘱她，到了省城，常去看看你潘伯伯。汪林林假期回来，汪光明问她去看你潘伯伯了吗？汪林林说，人家都说潘伯伯是大老右，年轻时候右，现在还右，不打算重用他。

汪光明生气地说，他左也好右也好，是你潘伯伯这点不假。

不久，潘广播出任省报总编辑。他在省报上经常发表探讨改革开放的理论文章，名气越来越大。汪光明每次看到他的文章都爱不释手，读了一遍又一遍，还拿给场党委解书记和妻子李媚看。李媚有一次忍不住说，你还记得有这个老朋友，人家说不定早把你给忘到九万八千里之外了。他沉吟片刻，摇摇头，不会。

不久，潘广播的工作调整，当上了省委宣传部副部长，文章渐渐少起来。这时的汪光明头上所有的"帽子"都摘了，当上了园艺场的场长。他带着新老技术员分批分期地对全场的果树进行了一次更新，从原有的不到十个品种增加到了三十多个品种。他的一些关于果树培育的论文也不断在省和全国性杂志上发表、获奖。有一次潘广播在电话里妒忌地说，我潘广播从此无文章，你汪光明成了学术大明星！

汪光明嘿嘿地笑，广播，你……

潘广播说，老朋友了，有什么话直说。

汪光明还是笑，也没啥事，就是想问问你什么时候再来园艺场看看。咱有二十年没见了吧？

潘广播说可不是，见面也许都认不出来了。

两人都陷入了沉默。

过了一会儿，潘广播先开口，问，光明，现在是多少棵树？

汪光明得意地说，我这八万大军！

潘广播高兴地叫道，好！从无到有，从小到大，这片绿洲越来越大了。

不久就到了五一国际劳动节，汪光明到省里参加劳动模范表彰大会。他犹豫了几天，思考了几天，最后还是提前给老朋友潘广播打了个长途电话，万万没有想到潘广播会亲自到火车站接他。

光明！

广播！

两人紧紧地拥抱在一起，久久没有松开。直到站台上的人都走完了，潘国光喊了一句，爸，该走了。潘广播才松开手。他看见汪光明泪流满面。汪光明也看见了他脸上的泪痕。一直站在旁边抹着眼泪的李媚笑了，瞧你们俩，都半百的人了还疯疯癫癫的，不怕孩子笑话。

潘广播和潘国光一人骑了一辆自行车来接汪光明夫妇。一上车，他问：怎么就你们老两口来，不把孩子也带来看看。

李媚说，这还死活不让我跟着来。要不是解书记再三坚持，说你老小子病病恹恹，没人陪我不放心。要么让李媚跟你去，要么我再派个护士，你自己挑吧。他这才答应。答应了也不是为我，是想给场里省钱。来一个护士，得开两间房，我是他媳妇可以同住一室。

潘广播摆摆手，说，你们吃住行我全包了，不用园艺场花钱。

潘广播上午要参加省委常委会，安排潘国光陪老朋友夫妻俩在省城到处转一转。他看了看表，说，时间来不及了，我请你们到地摊简单吃一点吧。

一个省委宣传部副部长在地摊上吃饭。汪光明一方面非常感激，一方面非常感动，看来老朋友官居高位，本色没变啊！一天里，他不时在李媚面前念叨，广播是个好官，是个好官！

当天晚饭后，李媚对汪光明说去潘广播家看看李琴琴。两口子到了潘家，李琴琴和儿子潘国光，还有几个年轻人在忙着整理东西，有十几个打好的包放在客厅里。李琴琴不好意思地说，本来该请你们到家里吃顿饭，家里太乱，不好意思。

李媚问：你们要搬家呀？

李琴琴这才告诉汪光明夫妻，我们家老潘进常委了，当宣传部长，省直机关事务管理局让搬到常委楼去……

李媚高兴地说，这是好事，好事。

汪光明也为老朋友的进步感到高兴，但他不表现在脸上，问起潘广播的健康来。李琴琴激动地说，他呀，出了名的拼命三郎，一点也不关心自己的身体，好像那身体根本不属于他，是他租来的。每天晚上十点前，家里别想见他的影子，礼拜天也不在家待着。经过"文革"的人，有几个还像他那样大公无私，舍着命地干……

李媚说，他和老汪都是一样子的人，好像这辈子欠工作的债还不清。

潘国光在一旁嘲讽地说，我爸和我大伯越活越糊涂了。

潘国光的这句话让汪光明打心眼里不高兴，不过碍于面子没有表现出来。又坐了一会儿，双方的话越来越少，他就拉着李媚告辞了。路上，李媚念叨了一句，光明，我怎么觉得李琴琴和国光有点生……

汪光明没吱声。

晚上十一点，潘广播找到汪光明住的招待所来了。他说，百废待举，常委会刚散，又说不影响李媚休息，要汪光明和他到大街上转转。

汪光明告诉潘广播，园艺场正在为果区要不要承包到职工个人举棋不定。解书记马上要退休了，想求稳。

潘广播停下脚步，思考了一会儿，坚定地说，你回去告诉解场长，不，解书记，稳，不等于不做事，不改革，那样相反不稳。咱们都是过来人，对改革应当理解得更深刻。园艺场是我心中的一片绿洲，无论如何都得让它常绿……

汪光明压抑不住内心的激动，握着老朋友的手，连声说，我知道怎么做，我知道怎么做。

汪光明着急，第二天一散会就往回赶。李媚提醒他，广播说两家人一起吃顿饭。你这一走……

汪光明说，广播会理解。再说了，往后吃饭的时间多着呢，可改革不能耽误。他回到园艺场就向解书记汇报了在省里见潘广播，以及潘广播关于支持园艺场实行生产责任制的意见。解书记犹豫了一会儿说，你是场长，你带头干吧，有了问题我来负责。

园艺场很快实行了联产承包责任制，不但没有出现解书记担心的人心不稳，生产受影响的事情，相反促进了生产，第二年产量大幅提高，职工收入也水涨船高。潘广播知道后，安排省报记者专程到园艺场采访，写了一篇长篇通讯《永不消逝的绿洲》。潘广播亲自给这篇长篇通讯写了一千多字的按语，称赞园艺场人给了故黄河第二次生命。他还给汪光明打了个长途电话。他在电话中高兴地说，光明啊，甩开膀子大干一场吧！

汪光明放下电话很长时间才想起，潘广播已经有两年的时间没给他写过信。不过他对此表示理解。省委常委，副省部级，多少事情要做啊！他把对潘广播的友情寄托在黄河故道那片绿洲上，不断在果树栽培、更新品种上下功夫。园艺场的果树品种逐年增加，还引进了一些国外品种。对于潘广播的联系越来越少，他深表理解。

五

光明，这阵子电视里没见广播，他是不是也退休了？有一天，李媚问汪光明。

汪光明正在校对他的一本新书。这是一本介绍果树栽培的书，第一版是在90年代初期。那时候，黄河故道上承包责任田的农民一窝蜂地种果树，刮起了一场果树"大跃进"的风。县领导找到汪光明，请他写一本果树方面的书。开始是作为内部资料，内部印刷，后来越传越广，越传越远，一家科普出版社找上门来，和他签订了出版合同。第一版发行十几万册。此后，接连再版了几次。汪光明有点招架不住了。他对已升任出版社副社长、当年的责任编辑说，土地、土壤、肥料、工时投入、气候等等，等等，都发生了很大变化，这本书的内容有些不适应了，你们等我改改再出吧！这样，一等就等到他退了休。出版社催他交稿，他说再等等。他用了一年的时间，走遍了黄河故道上大大小小三百多家果园。有熟人的，他以老朋友的身份去；没有熟人的，他以买树苗、买苹果的身份出现，有时候还以打工者身份工作一个月。他敏锐地发现，种果树的越来越浮躁，恨不得当年种树当年结果，一个苹果能换成金蛋子，在管理上、技术上的投入越来越少。果树的成长普遍面临催生的问题。好多好多个晚上，他坐在果树下，想着想着就流了泪。有时候半夜爬起来，他坐在灯下改书稿，一改就到天亮。李媚不止一次劝他，老汪你就省省心吧。现在这社会，人都浮躁，为了挣钱啥也不顾。你就是写出来，也没有几个人照你说的做。

听了李媚的话，汪光明愣了一下，说，你也照照镜子看看你自己，都满头雪花了。广播和我同年的，到休息年纪了。

李媚说，人家官大的和你官小的不一样。他到了退休年纪还可以到人大、政协干几年，再不就是到哪个半官半民的学会、协会当个会长、顾问，能干到70岁呢。

汪光明说，那好。让他们这样有经验，身体也好的多干几年，对国家来说不一定不是好事。再说了，年龄本来就不应该一刀切嘛。他已经完成了校对，长长地舒了一口气，脱了衣服准备进卫生间洗澡。

李媚说，前些天我在报纸上看到过一条消息，说广播现在是高，高，高什么球协会的副会长。我还纳闷：广播年轻时没见他有打球的习惯。每回咱场里办篮球赛，他都是在场外给你加油……

汪光明没吱声。他一边冲澡一边想。他知道李媚说的那种球是高尔夫球。清明节前，在城里做房地产发了家的周瞎子的孙子、外号周歪脖子来园艺场给周瞎子扫墓，走的时候对随行的人说，踏破铁鞋无觅处。老子在咱方圆几百里找了好久，想找个地方建个高尔夫球场，怎么就没想到园艺场呢？！这里有树有草，有沟有河，很适合建球场啊！不知他是有意还是无意，反正有人把话带给了场领导。现任园艺场管委会主任是老解主任的孙子解密。解密说这对咱园艺场来说也是好事，这年头种苹果有啥出息。好年头卖上好价钱能填饱肚子，不好的年头放烂了也卖不出去。毕竟都是园艺场的后代，过去没联系不等于联系不上。解密很快就同周歪脖子联系上了，说是欢迎他回园艺场投资。不久，周歪脖子带着一帮子老板，开着二十多辆豪华车浩浩荡荡地来了园艺场。他们在果区转了一天。晚上，解密设宴招待，把汪光明也叫上了。一来健在的老人中他退休前的职位最高，二来解家和汪家是老关系，汪光明的女儿汪林林嫁给了老解主任的儿子，现在都在省城工作，论辈分是解密的婶子。

周歪脖子没等解密介绍，上前就把汪光明抱了起来，汪爷爷，你老人家怎么越活越年轻了？给小的们介绍介绍你的养生经验。

李媚在一旁说，他的经验就一条：玩命！

宴会一开始，解密致欢迎词。他从小有点结巴，念稿子时断时续。周总，周大老板这次来咱们园艺场考，考，考察，是，是，是咱们园艺场的光荣。周，周老板看上了咱，咱这地方，打算投资十个亿搞，搞，搞开发……

周歪脖子和他爷爷周瞎子一样是个急性子，喜欢干脆利落。他站起来，抢过解密的话直截了当地说，我爷爷在这块土地上战斗过，死后还埋在了这里。我爸爸从小在这儿长大，是从这里走出去的园艺场的第一代大学生。我本人小时候也经常到这里来。所以我们周家几代人对这片土地充满了感情。我和我的合作伙伴都看上了这里，打算投资建一个高尔夫球场。

解密喝了一声：好！接着带头鼓掌。掌声还没落，一位老职工问道：建球场是不是要毁果树果林？

周歪脖子看了那个老职工一眼，点点头说，也不是全毁，有的果区还保留。高尔夫球场需要难度，一马平川的球场是足球场。

哈哈哈哈……周歪脖子带的人中有人狂笑，好像是嘲笑那个老职工土，不懂高尔夫艺术。解密觉得没面子，训斥那个老职工说，不说话也没人把你当哑巴。让你带嘴来是喝酒吃饭的，不是瞎咋呼。

场面一下子冷清下来。解密看了一眼汪光明，示意让他表个态度。汪光明还没弄清楚事情的缘由，有点丈二和尚摸不着头脑，所以假装没看见，低着头啃鸡块。李媚用胳膊肘儿轻轻捣了他一下。他恼怒地白了李媚一眼，又低着头啃鸡块了。解密无奈，只好硬着头皮对大伙说，咱这园艺场是老，老，老果园了，一半以上的果树，树，树树龄超过我的年龄，我，我喊爹都不为过。关键的关键的关键，黄河故道上果园太多，太多，不挣钱。平了种庄稼吧，于，于，于心不忍。让果树不长苹果长金蛋蛋吧，那，那，那是白日做梦。周老板给咱指的是，是，是一条致富路。

汪光明忍不住了，直言道：解主任，咱这不仅是果园，还是绿地、绿洲、故黄河的防护林……

解密没等他说完就粗暴地打断了他的话。我说汪，汪，汪爷爷，你这话算说对了。要不是绿地，人家还不会来搞球场呢！

周歪脖子一拍桌子，就这么回事。

咱这场里两千多职工，还有家属往后吃什么？有人问。

解密说，可以给球场打工。球场有餐厅，需要服，服，服务员；有商店，也需要服，服，服务员，还有保安，球童……安，安，安排个百十来人没问题。其他人嘛，周老板会给一笔征地补偿费和安置费，可以另谋职业。

场面又冷清了一会儿。园艺场参加宴会的老人大都做过中层干部如区队长、支部书记，又都是在园艺场长大的，对园艺场的感情像汪光明一样深厚。一听说建球场要毁果树果林，一下子都接受不了。他们把目光都聚集在汪光明的身上，希望他能表个态度。汪光明沉吟了一会儿，问周歪脖子：你们真看上了这地方？

周歪脖子点点头说，嗯。

汪光明又问解密：真打算把果园给卖了？

解密未置可否，咧着嘴笑了笑。

汪光明起身向外走，一边走一边说，大事，大事啊！

汪光明之所以没有明确表态，是因为心里没有底。建一个高尔夫球场需要占地多少，会不会大面积毁林，这一片绿洲还能不能保住，职工的收入有没有保障……？回到家里他就打开电脑，在百度搜索中输入高尔夫三个字，没想到看到了潘广播的名字。潘广播的名字是出现在高尔夫相关的新闻中，有一条新闻说他参加全省老干部高尔夫球赛，以七十杆的成绩获得了第一名。汪光明压根就不懂高尔夫，更不懂这球为什么还要用多少杆计算成绩。他心想，广播都参加这种活动，肯定是有益的，健康的。

没想到，周歪脖子第一天开工就差点闹出了人命。十几台推土机一字排开，随着轰轰隆隆的巨响，一棵棵、一片片果树来不及挣扎一下就被碾得粉身碎骨。数百名果农像失去亲人一样号啕大哭，一拥而上挡在推土机前。

施工队的头儿给周歪脖子打电话，报告了现场情况。周歪脖子把电话打到解密那儿，发了一通火：解密，我钱给你了，你答应让我开工，可又让果农挡着拦着，你啥意思？

解密解释说，我不，不，不知道有人闹事。周总，你，你，你千万别生气。我马上就到工地去。

那天，汪光明和解密同时到的现场。汪光明一眼就看见解密从一辆崭新的奥迪 A6 车上下来，身上的风衣也是新的，就连眼镜也换成了金边镜架。他一下车就冲着果农吼：谁带的头？让我查，查，查出来，非弄你个家破人亡不，不，不可！

汪光明看着眼前被毁掉的果树，眼泪一下子就涌出了眼眶。他双膝一软跪在地上，捡起几棵已经泛绿的树枝紧紧抱在怀里，仰天呼喊，天哪，谁杀了你们？！

现场一片哭声。

解密走到汪光明面前，生气地说，老汪汪爷爷，你，你，你不是不，不，不反对周歪脖子征地建高，高，高尔夫球场吗？你，你，你这是啥意思？

汪光明狠狠地瞪着他，说，你们不是说不毁果树吗？看看，这是什么，都是刚结果的果树，是园艺场的未来和希望啊！他边说边站起来，越说越激动，解密你听着，当年我和你爷爷在黄河故道沙土地上栽树苗时……

解密根本不打算听他往下说，粗暴地挥挥手，说，行了行了，什么年代了还动不动就，就，就忆苦思甜。你们那点事，我耳朵都听烦了。我今天给你实话实说吧。这，这，这个高尔夫球场的大股东大老板是潘国光……

汪光明耳边轰的一声响，好像晴天一声霹雳。他的身子晃了几晃，差点倒在地上。刚刚赶到的李媚怕他出事，连拉带推把他拖回了家。这天晚上，他躺在床上不住地辗转反侧，对李媚说，我得找广播去，找广播去……

李媚见汪光明在卫生间里待得太久，心里疑疑惑惑，敲了敲门，老汪，汪光明，你没事吧？

过了好大会儿，汪光明才回了一句：我要找广播去！

六

汪光明在省城住了三天，不要说出宾馆的门，就连房间也不敢离开，时不时地盯一眼房间里的分机电话。他期待着电话铃声响起，其实是期待老朋友潘广播"接见"自己。

他是三天前到省城来的。女儿汪林林就在省城，有家有房，让他到家里去住，他让李媚过去了，自己却坚持住在离潘广播家不远的一家快捷酒店里，而且和李媚母女约法三章，他不主动找她们，她们不要找他，以免打扰他办大事。

汪光明要办的大事是向潘广播反映园艺场目前面临的问题。一是周歪脖子等人没有征地手续就占果农的地；二是毁林毁果树建高尔夫球场；三是野蛮拆迁违法拆迁……他相信潘广播听了，也会和他一样对周歪脖子和解密等人的行为愤怒，支持他和果农维护正当权益，尤其是保护那一片绿洲。他老是想着潘广播曾经给他说过的话：那是我心中的一片绿洲。

到了第四天，潘广播没出现，李琴琴和潘国光倒是来了。李琴琴虽然也60出头的人，但皮肤保养得水灵灵的，不仔细观察，看不见皱纹。她的脖子上挂着一串雪白的珍珠，看成色就知道价格不菲。汪光明心想：李琴琴咋也一身珠光宝气啦？她一见面就惊讶地说，光明大哥，你怎么突然就老得那么快了。看看，看看，成了真正的驼背小老头了。

汪光明也没和她客气，直截了当地问：广播呢？退休了还那么忙？我来三天了他连个面也不见。

李琴琴听出他话里有怨气，拉着他的手说，人是退休了，可工作不休，光这协会那协会的会长就兼了四个。协会，协会，就靠着开会。这就是你那个老朋友的性格。他知道你来省城了，可是赶不回来接待你，就让我和国光来看看你。

汪光明无话可说了。

李琴琴说，老潘让捎话给你，让你在省城多住些日子。他过几天就回来了。说着，她向潘国光递了个眼色。潘国光心领神会，把一只皮包放在床上，光明伯伯，这是我孝敬您老人家的。

汪光明没在意包里装了些什么东西。潘广播曾让汪林林往家带过几次东西，都是放在包里的，有一次包里放的是他写的和他推荐让汪光明读的书，有他给汪光明买的药和衣服。这次，他以为包里装的一定是和过去一样的东西。他让潘国光在自己对面坐好，上上下下打量了他一会儿。潘国光让他看得不好意思，红着脸问，光明伯伯，您有啥话就说呗！

汪光明认真地问道：国光，你给伯伯实话实说，咱们那园艺场建高尔夫球场的事你掺和了吗？

没等潘国光回答，李琴琴抢过话头回答：是周瞎子的孙子和老解的孙子拉着国光入股。国光还没考虑好。

汪光明大手一挥，好，好，那就别考虑，别考虑。国光你爸爸知道你妈妈知道你也知道，黄河故道过去是一片沙荒地，兔子不拉屎的地方，别说种果树，就是……

李琴琴说，就是，就是，这事上一辈子忘不了，下一辈子也不会忘。不过，光明大哥你也知道，那片地方地也没劲了，果树也老化了，再说，国外的优质水果大量进口，对国内的水果市场冲击很大。咱那……

汪光明一愣，咱那怎么了？我们这些年一直在搞改良，搞更新，种生态果树，这几年就没再用过农药。"故黄河"品牌的苹果在省城，在上海、北京都是抢手货……

潘国光冷笑一声，讥讽地说，光明伯伯，您一车苹果能卖几个钱？您忍心让那些果农这样穷下去？

汪光明目瞪口呆。屋子里一时寂静无声，三个人彼此能听见对方的喘息。汪光明觉得脑子里无数只蜜蜂在嗡嗡地飞。接下来，李琴琴和潘国光说了些什么，他一句也没听进耳朵里去。

李琴琴和潘国光走后，他就坐在床沿上发愣，一直到电话铃声响起才赶忙扑过身子去接，张口就喊：广播，我是光明，我等你三天了。

电话那边沉默了一会儿，传来汪林林的声音，爸，我是林林。我妈她病了。

汪光明问：啥时病的？

汪林林说，就是你们来的第二天。

汪光明又问：啥病？

汪林林犹豫了一会儿，说，去医院检查过了，结果还没出来。我妈不让我告诉你。我想还是得给你说。

汪光明说，那就等结果出来再说吧。你妈那边检查结果出来了，我这边和你广播伯伯的事也说完了。

汪林林沉默了一会儿。临放下电话时，汪光明清晰地听见汪林林沉重地叹了一声气。

汪光明一直等到夜间十一点，没有广播的消息。他准备睡觉了，才打开潘国光送的书包，一看，吓得他像双脚触电，光着脚跳下床，拎着包就朝外跑，嘴里喊着：国光，国光，你给我回来，把钱拿走。

原来，包里装着两捆钱，一捆十万，银行的封条还没揭开。汪光明长这么大，还是第一次有人送自己这么多钱。他不明白潘国光的用心：是孝敬他这个穷伯伯吗？没必要一次给那么多。再说，他和李媚两个人都是高工，工资收入不低，不缺钱花；是还他的钱吗？他记忆中潘广播没有向他借过钱，更不用说二十万了。他一下子恍然大悟，是潘国光在堵他的嘴，让他不要在园艺场建高尔夫球场的事情上多发表意见，更不要有反对意见。这是干什么？把我汪光明当成什么人了？！他跑到楼下，被门前的保安拦住了。保安说，大爷，你光着脚这是朝哪儿跑呀？

汪光明说，我要去找潘国光，我要去找潘国光。

保安说，那你也得穿鞋子。这样子不光不雅观，也容易扎破脚。再说，快十二点了，谁家还不睡觉……

汪光明这才发觉自己失态了。他快快地回到房间，望着那只装着二十万元钱的书包，反复想着潘国光送钱给他的目的，想着潘广播躲着不见他的原因，想着黄河故道那一片绿洲的未来……想着想着，他的泪水不知不觉流了下来。

这天夜里，他一夜没合眼。

第二天，他去了汪林林家。李媚的检查结果出来了，没有什么大病，不过要静心休养。他给潘广播写了封长信，信中恳求潘广播制止解密等人把园艺场卖给周歪脖子建高尔夫球场。他说，广播呀，我记得你那句话，要保护好这片绿洲。这片绿洲要是在你心里还有位置，就请你出面制止他们……我虽然年纪大了，可脑子还清醒。我要争取在入土之前，把这片绿洲常绿的事办好……

他交代汪林林一定亲自送到潘广播手里。他还把包交给了汪林林，让她还给潘国光，叮嘱她说，不要让你广播伯伯知道。他知道了还不气个半死。

汪林林唇边浮过一丝嘲笑。

汪光明回到园艺场一个月后，收到了潘广播给他的回信。信虽然有三页纸，密密麻麻写满了字，但除了说抱歉，解释没见他的原因，就是动员他锻炼身体，甚至还说到了打高尔夫球……这让汪光明大失所望。看完潘广播的信，他长长地叹了一声气，对李媚说，广播这是怎么了？

李媚一脸茫然，张了张嘴，欲言又止，无可奈何地指了指脑袋，又摇了摇头。

汪光明想了半天，不服地说，广播不会不爱护这片绿洲的，不会的，绝对不会的。不信再过几天看，周歪脖子一定会停工。

一个星期过去，周歪脖子的施工没有停下的迹象；两个星期又过去了，周歪脖子那边又毁了一个果区。汪光明着急，打电话问汪林林，你是不是没去你潘伯伯家啊？

汪林林说，都什么时候了，我怎么可能没去呢。

汪光明：你是不是把我给你潘伯伯的信给弄丢了？

汪林林反问，爸，你闺女是那种丢三落四的人吗？

汪光明放下电话，又要给潘广播打电话，被李媚制止了。李媚说，老汪啊，你就别再费那片心了。我估摸着广播肯定知道国光参与咱这高尔夫球场投资的事。

汪光明的眼睛瞪得像两只小灯笼，问李媚：你这话啥意思。是不是说潘广播支持他们？

李媚难过地低着头没有回答。

汪光明一跺脚，指着李媚吼道，你给我闭嘴！潘广播不是那样的人。他难道不希望黄河故道园艺场永远常绿？他难道不知道建高尔夫球场没有土地部门批准是违法？再过几天没消息，我还要去省城找他。

李媚不想让汪光明生大气。人生气分生大气和生小气，生大气会动肝火伤害自己。她顺着汪光明的话说，你既然相信你那个老朋友，那你就别着急，再等一等。

李媚早就猜到潘广播是在回避汪光明。你到省城等了人家几天，人家不见；人家隔三岔五回来看看，也没来找过你。秃子头上的虱子在这明摆着，你汪光明就是不承认。她还有一件事情没告诉汪光明，潘广播在勘察阶段就来过。

大凡施工的工地都竖立着巨幅广告牌或者宣传画，上边有施工图，有领导视察的照片，有鼓动人的口号。不管是出于什么样的目的，总之是中国的一个特色。有一天，李媚从广告牌下经过，无意间抬头看了一眼，发现有一张照片上的一个人很眼熟。那人站在周歪脖子和解密之间，身后还有几个人，一看就是个领导。尽管他戴着墨镜，围着围巾，半个脸被遮挡住了。但李媚还是认出了他就是潘广播。她当时一阵头晕目眩，差点倒在地上。过一会儿，她镇定下来后，急急忙忙往家里走，想把这个消息告诉汪光明。快到家时，她又改变了主意。这事不能让汪光明知道。他要是知道了还不气死？

七

潘广播不但知道潘国光在周歪脖子的黄河故道高尔夫球场有股份，还为周歪脖子他们帮过忙。

潘广播喜欢上高尔夫球是在退休之后。这之前，他对潘国光打高尔夫球很有意见，父子俩为此发生过不止一次冲突。他认为高尔夫球是一项过于奢侈的运动，是西方资本主义式的运动项目。全省建第一家高尔夫球场时，当地农民因土地被占到省城上访过。省报为此发了内参。他当时还在任上，对此项目也是不赞成的，而且在内参上写了自己的意见：这是一项在资本主义世界流行的高消费娱乐项目。对于我们这样一个发展中国家，一个还有相当多人口处于贫困线之下的国家来说，不仅是超前消费，也不符合基本国情。况且占了那么多耕地……后来，潘国光开始打球，他对潘国光说，这是烧钱运动，花钱买健康。潘国光几次要拉他到球场转一转，我敢保证，你下三次场就会兴趣倍增，往后就会恋恋不舍！

潘广播说，你小子等着吧。我也保证你看不到那一天。

潘国光哈哈一笑。

潘国光自从喜欢上打高尔夫球，一有时间就朝球场跑。他的球友中大多是些有钱的民营企业老板。老板掏腰包请官员打球，必有其目的。潘广播三天两头告诫潘国光注意。潘国光嘴上说我是打过免疫针的，行动上却我行我素，把更多的同事甚至领导拉到球场上，其中有一位潘广播敬重的老领导。那个老领导见了潘广播的面就说，广播，你爬了一辈子格子，颈椎、腰椎都不正常，应该去打打高尔夫球。他总是一笑置之。

不久，潘国光辞去公职下海经商，参与到高尔夫球场的建设之中，全省后来陆续兴建的几家高尔夫球场都有他的股份。他还当选省高尔夫球协会的副秘书长。潘广播怎么也想不明白说不明白的是，遍地球场，方兴未艾，而且没有几家是土地管理部门批准的，怎么就能建起来？他问过潘国光，潘国光每次都是哈哈大笑，好像笑他不谙世事。渐渐地，潘广播明白了，政策归政策，执行起来却是另一回事。这就是现实，这就是国情！

有一次，潘广播去本省南方一个城市参加一个全国性的研讨会。会址就放在一个高尔夫球场的星级宾馆里。会议三天，有两天的议程是高尔夫球友谊赛。说白了是企业掏钱埋单，请一些老领导以开会的名义来为自己开业助阵，打球只不过是一种回报。他敬重的那位老领导也来了。看着那些老领导的秘书或司机从车上卸下球包，球包上写着一个个的人名字，他心里很不是滋味。不是滋味也说不出口。你老潘不喜欢不等于别人不喜欢。渐渐地，一个疑问在他脑海中形成：这高尔夫球真的就那么神奇，那么拥有魅力吗？

人的兴趣形成有一个过程。一开始是好奇，渐渐地就转向了尝试。潘广播敬重的那位老领导拉他去练习场时，他踌躇了一下，跟着去了。一次，两次……散会的时候，他竟然对高尔夫球也不再像过去那样反感了。他想，不就是打打球吗？这球还真的让人过瘾。那么大一片广阔的草地，上边是一片蓝天，周围是一片树林，还有小河流水，空气新鲜，运动量也不大，等于是一边散步一边锻炼。虽然是老板花钱，那也是他老板自己愿意，只要不找我办什么事情谋什么私利，也不犯错误。再说了，那么多比你潘广播官大的都喜欢这项运动，你比谁觉悟高咋地？从此，潘国光拉他去打球，他不再拒绝。又过了一段时间，他主动让潘国光给他安排球场打球的事。他的球技也突飞猛进，在全省老干部高尔夫球比赛中由末位晋升到前三。

有一天，潘国光告诉他，有人想在黄河故道园艺场投资建一个高尔夫球场。他的心怦然一动，摇着头说，不行，不行！那不等于把园艺场给毁了！

潘国光说，爸，一个园艺场一年能生产多少水果？再说了，现在果园满山遍地，每年都生产过剩，加上国外的优质水果大量进口，果农的收入增长缓慢，就是不建高尔夫球场，也得转变生产方向。我听说有房地产商也看上了那个地方。与其被房地产老板拿去建一片房子，还不如建个球场，照样保持那儿的生态。

潘广播沉默了。他知道，随着城市规模不断扩大，城市建设步伐不断加快，交通状况不断改变，原来属于城市远郊的黄河故道园艺场，现在已经变成近郊，周边一些居民小区已经建了起来。园艺场的土地被房地产商看上不足为奇。潘国光说的不无道理，与其在那片土地上盖房子，不如建个高尔夫球场。但是，他又觉得不忍心，不甘心。他说，你光明伯伯肯定第一个不答应。

潘国光说不会的。汪伯伯做人的原则我知道，只要是对当地老百姓实惠的好事，他都会支持。

潘广播说，问题就在于你怎么能证明建球场比现在的园艺场更能让老百姓实惠。

潘国光把电视声音调得很大，假装没有听见。

果然，这事遇到了阻力。有一天，潘国光从潘广播曾经工作过的城市打来电话，说是当地领导想请他回去看看。潘国光说，爸，这边这几年变化可大了，你要是旧地重游，恐怕很多老地方都找不到或者不认识了。

潘广播说，你小子就胡扯。我退下来之前哪年不过去开几次会。

潘国光说，你开会都是来也匆匆去也匆匆，哪有时间在这耽搁。我汪伯伯不就说过你三过家门而不入。

潘广播一愣，问：你去看汪伯伯了吗？

潘国光说，唉，哪有时间。我是带几个投资商不定期到这边考察投资项目的，看地方、开会、谈判、喝酒……一天到晚忙得晕头转向。停顿了一下，又说，你老人家要是过来，我陪你去看看汪伯伯。

潘广播这回心动了。是啊，好久没见老朋友汪光明了，连他的声音都很难听到。应该去会一会，聊一聊了。他担心李琴琴不让他去。老伴，老伴，老来有伴。这几年李琴琴像个孩子一样对他越来越依恋，总是想和他多在一起待一待。所以，他在吃饭的时候绕着圈儿给她说，那边要开一个老同志的座谈会……李琴琴没听他说完就打断了。她说，老潘你早就该去那边看看了。我几次想劝你，又怕你一个人去不带上我。

潘广播笑了，怎么会呢！

在当地的欢迎宴会上，潘国光把周歪脖子介绍给了潘广播和当地的市领导。在言谈中，潘广播听出周歪脖子和潘国光已经就在园艺场建高尔夫球场达成了共识和协议，但是遭到了园艺场员工的反对。当地领导为了保持稳定，对这个项目也不支持。李琴琴没等潘广播表态就抢着发言，这些个果农吃了一辈子水果，隔肚皮都能看着苹果皮，还没过瘾啊？她对一位市领导说，你们这里的发展为啥落后于南边几个市，还不是因为招商引资的环境不好。人家老外来咱中国，工作之余总得有个休闲娱乐的地方吧？总不能让人家大白天也泡歌厅。我敢说有个高尔夫球场，能招一批老外过来投资……

潘广播白了她一眼，心里骂：净瞎说。中国改革开放时有几家高尔夫球场？外国人不照样蜂拥而来。人家奔的是中国改革开放的好政策。一个球场就能招一批老外来投资，老百姓家里也愿意建球场。不过，他没有把话说在表面上。虽然他退下来了，退下来了也是领导，人称老领导、老首长。领导不能轻易表态，想啥说啥，没想好就说，那还是领导吗？他眯着眼，目光盯着电视画面，精力却放在当地领导那里，想听听他们的意见，看看他们的态度。

当地那位市领导曾经在潘广播的手下工作过，是经潘广播提拔起来的，对潘广播一直心存感激。他熟悉官场的学问尤其熟悉潘广播的为官风格，眨了几下眼皮，哈哈笑着对李琴琴说，李大姐说得好，我们一定会认真对待。来，来，我敬你一杯！

李琴琴朝潘国光挤了挤眼皮。潘国光心领神会，拉着周歪脖子给那位市领导敬酒。潘广播把这些都看在眼里，心里却在想着是不是要去一趟园艺场看汪光明。不知为什么，他忽然觉得自己没了见汪光明的底气。这之前他收到过汪光明反映解密想毁果园建球场的信，没有给予答复。假如见了面，汪光明问起此事，他不知道该怎样回答。

吃罢饭，当地那位市领导陪潘广播转了半小时。潘广播回到房间时，李琴琴已经给他削好了苹果。李琴琴说，你尝尝这苹果，味道鲜美、纯正，水分大，营养成分多。服务员说是进口的。

潘广播没吭气。他猜得到如果自己接着李琴琴的话往下说，她一定会提在园艺场建高尔夫球场的事。他吃了半块苹果，李琴琴所说的优点确实都有。他过去在园艺场待的时间多，比李琴琴有经验，从口味中体会出这种苹果没有用过农药，用现在时髦话说属于原生态。李琴琴见他不说话，又说，国外水果质地好，价格比国内还低。我从一篇新闻报道上看到过，很多果园都转型了。

李琴琴的话刚落音，服务员进来给她送牛奶。她为了向潘广播证明，问服务员：小姑娘，你们这水果是哪个国家进口的你知道不？

女服务员脱口而出回答：是俺这黄河故道园艺场生产的原生态水果。俺这水果都出口，用不着进口。

李琴琴闹了个大红脸，朝女服务员粗暴地挥了挥手。

潘广播的心一阵翻腾。看来汪光明这些年一直没有放弃追求，心中始终坚守着年轻时的理想。和汪光明相比，自己是不是……他决定第二天就回省城，既不插手潘国光在园艺场投资建高尔夫球场的事，也不去看汪光明。第二天，市里派了一辆考斯特来接他，说是请他走一走，看一看。他说，我回省城，那边有事。李琴琴和潘国光对视了一眼，搀着他上了车。一路上，他发现这座城市的确发生了巨大变化，宽阔的街道把他记忆中的大街小巷都抹去了。他不得不感慨地说，如果我一个人回来，真的找不到要找的地方了！

然而，更让他想不到的是潘国光竟然把他直接拉到了黄河故道园艺场。

那条曾经让他为之骄傲、为之振奋的白杨大道依然在，一棵棵钻天杨长得又高又壮，英姿焕发，也许它们认出了他这位老朋友，哗哗哗的仿佛鼓掌向他表示欢迎。他的眼睛一下子湿润了。很快，他就调整了情绪，向潘国光要了一副墨镜戴上……

这就是后来出现在园艺场高尔夫球场宣传画上的他。他就来了那一次。当时，他并不知道自己来一趟对潘国光投资所产生的影响。不过，那一次他没见汪光明。

从那以后，他也没再和汪光明联系过。所以，汪光明第二次专程到省城，仍然没见到潘广播。他在汪林林家住到第三天就因病住进了医院，在医院一住就是一年多。这期间，他不时接到园艺场一些老同事的来信，告诉他兴建高尔夫球场的工程热火朝天。尽管园艺场的果农一次次给上边写信，到县、市和省里上访，也没有挡住。有几个果农还因"带头冲击国家机关"被刑事处理。他把这些信都转给了潘广播。让他不解的是，潘广播仿佛从人间蒸发了，从此再没有给他一点信息。

汪光明出院后，李媚和汪林林不让他再回园艺场。他开始还吵还闹，渐渐地，身体状况越来越差，三天两头朝医院里跑，也就不再坚持了。最后一次住院，他意识到自己生命的时间不长了，握着李媚的手说，老伴啊，我最后求你一件事。你要答应我。我死后你一定把我送回园艺场。

李媚忍不住痛哭出声。

几年后，黄河高尔夫球场建成，迎来的第一批贵客中就有潘广播。他和几位球友经过一片坡地时，陪同他的解密指着不远处的一座坟墓说，那就是老汪爷爷的墓。

潘广播愣了一下，眼圈红了，但是没有落下一滴泪。

离开球场的时候，他悄悄地对解密说，给老汪立块碑吧。他是这片绿洲的有功之人！

解密愣怔了一会儿，摇摇头，又点点头。

2012 年 10 月 20 日初稿于北京

冤家路宽

一

陈书记，亮亮叔，您看您看，那边又有人盖楼了！何东东指着一河之隔的二陈家村大声嚷嚷。

何东东的爸爸何文革一屁股坐在河堤上，失望地叹了一口气，这些天净看人家那边盖新房娶新娘，天天鞭炮响夜夜礼花放，唉，同饮一河水，同吃一方粮，同是银杏之乡，怎么人家收入就比咱高，生活就比咱强？！

哼，还不是他们跟咱争水争肥争投资争客户争……何东东不服地说，要不是亮亮叔心胸宽阔，心慈手软，我带几个兄弟晚上摸过去，保证一夜把他们村的银杏树都剃成光头。

何文革顺手从屁股旁边捡起一块土坷垃，朝儿子瞄了瞄，原想砸在他身上，最后砸在他的腿上。何东东跳了起来，爸，您干啥？我只要骂那边的人就像拿针扎您的心。您是不是还挂念着您那个中学同桌的初恋情人？人家早不在二陈家村了，在省城跟她女儿过。您这是典型的单相思……

何东东没说完，何文革已经从地上爬起来，扯下脖子上的毛巾要抽何东东，你小子有本事跟人家公平竞争，老是想着怎么阴人家黑人家，那是小人做的事！

何东东刚才称为陈书记的陈亮亮伸出胳膊拦住何文革。他瞪了一眼何文革，又瞪了一眼何东东，不耐烦地说，你们爷俩还嫌我不够烦心呀？去，要打要闹回你们家去。有能耐你们爷俩把自家房子拆了，或者一把火给烧了，我，我再找地给你们何家盖新房子！

何文革"吭吭吭"咳嗽几声，倒背着双手，脚步蹒跚地走了，一边走还一边摇头，嘴里低声背着古诗。

何东东凑到陈亮亮面前，递了一支烟给他，又给他点燃了火，嬉皮笑脸地说，陈书记，亮亮叔，您也别生气。我正在想办法让二陈家那边出点事。不管怎么说，咱大陈家不能让二陈家给比下来，您老人家脸上不是也没光吗？

陈亮亮阴沉着脸，两眼直直地望着二陈家村口，好像没听见何东东的话。

何东东见陈亮亮目光专注，也顺着他的目光方向看，但他的个子比陈亮亮矮一些，只好踮起脚尖，伸长脖子。两个村之间就隔一条十几米宽的河，再过去百十米就是二陈家村口。所以村口的情景看得清清楚楚。何东东看见对面村口停了一辆考斯特，从车上下来几个黄头发的外国人，陪同外国人一起从车上下来的是县政府最年轻、也是分管农业的女副县长林晓。二陈家村在村口迎接的，是和他在大陈家村同样职务的村委会主任陈晨。而那个女副县长昨天陪同那几个外国人到大陈村来考察洽谈过。他好像明白了陈亮亮的心思，脱口而出地说，这，这个陈明明、陈晨太过分了吧，到咱嘴里抢食了！我过去给他搅黄。咱大陈村吃不进嘴里的肥肉，他二陈村也甭想独吞！

陈亮亮大声咳嗽了一下，何东东本来脚尖已经发酸，站立不稳，被陈亮亮吓了一下，咕咚摔了个嘴啃泥。陈亮亮指着何东东骂道，你小子别动坏心思。你爸骂你骂得对。这么多年我和陈明明都是正大光明地竞争，我没阴过他，他没黑过我。

何东东爬起来，一边拍着身上的土一边说，亮亮叔您这话就太，太那个……

陈亮亮问：哪个？

何东东答：太谦虚了吧！本来县里银杏示范园应当归咱大陈村，您在村民大会上都郑重其事地宣布过了，我带着村民拼命给您鼓掌。要不是他陈明明暗中捣乱，怎么着也不能花落二陈！还有，咱大陈家村银杏果加工比二陈家村起步早、质量好、名气大，要不是陈明明从中作梗，怎么也轮不到二陈村领先咱前边；还有……

陈亮亮皱了皱眉头，你小子有完没完，你说这些无外乎又是猜测、怀疑，听说、据说，你拿出真凭实据来呀！

何东东一时回答不上来，抽了几口烟，才想起句激将的话来，反正二陈村跑到咱前边，陈明明骑在您脖子上，我作为这个村的村主任、您老人家一手栽培的侄子，我，我心里难受。说着，他朝地上一蹲，假装抹起了眼泪。陈亮亮一看，心里有点过意不去，拍了拍他的肩膀，挨着他坐在地上，望着一河之隔的二陈村沉思起来。

大陈家村和二陈家村一河之隔。20 世纪 70 年代之前，两个村是一个生产大队。大陈家村的人口比二陈家村的人口多出几百人，分为四个生产小队，而二陈家村只有两个生产小队。那个时候是集体所有制，大队一元化领导，干活大呼隆，利益分配也是搞平均，尽管小队与小队之间也有些矛盾，还没到针尖对麦芒的地步。实行联产承包责任制以后，两个村村民经常因为浇地用水发生纠纷，从开始的几家几户吵嘴，逐渐发展到几个村民小组争执，严重时甚至动了棍棒，县公安局出动警察前来维稳。县里也派工作组前来调查、取证、调解。当时一位分管农村工作的副县长和稀泥，提出将大陈家村和二陈家村一个大队分为两个大队，后来又改成两个村。没想到这个办法不灵，两个村关系越来越难协调，矛盾越来越深，最后发展到相互不再往来。大陈家村毕竟占有一些优势，比如当年大队办的村集体企业在大陈家村里，分家时二陈家村只分到了一部分现金，企业留在大陈家村搬不走。前些年，大陈家村的经济比二陈家村好，村民收入也比二陈家村的村民收入高。改革开放后农村第一批老草房换砖瓦房，大陈家村几乎家家户户换了新房，二陈家村换新房的却寥寥无几。那些年大陈家村的村民自我感觉比二陈家村的村民日子舒坦，见了二陈家村的人有意识昂头挺胸。二陈家村的人明知赶不上大陈家村，也自觉地不和大陈家村争。至于内心里不服气则另当别论了。

以往，大陈二陈的陈姓村民居多，占了一半以上，相处得也很融洽。分家以后，尤其是产生矛盾之后，这种融洽的关系也逐渐淡薄，甚至发展到了两个村子的男女青年恋爱都受到父母干扰、村民阻挠。何东东的父亲何文革与二陈村的陈蒙蒙就是典型。何文革和陈蒙蒙二人同在县城中学上学，高三那年开始恋爱。可是双方的父母都强烈反对。两人高中毕业后，为了躲避家人的干扰，一起到省城打工。何文革的父亲、陈蒙蒙的母亲追到省城，一个以断绝父子关系威胁，一个以自杀要挟，硬是把两个相爱的年轻人给拆散了。由此可见，两个村子之间的矛盾到了水火不容的境地。只要提起这两个村，县里镇上的附近村的都直摇头叹息：那是一对冤家！

大陈家村的陈亮亮从部队退伍回到村里，不久接替老支书担任了村党支部书记。二陈家村的陈明明听说以后，卖掉在县城开的一家公司，回到二陈家村竞选上了村委会主任，两年后也担任了村党支部书记。这二人的父辈辈分相同，相处得如同亲兄弟。陈明明、陈亮亮是同年生人，孩童时代经常光屁股在一起玩耍。后来，父辈之间有了隔阂，来往少了，两个孩子并没受太大影响。陈亮亮当兵时，陈明明还专程到部队看望过他。他回乡探亲时，还在县城陈明明那里住了一晚上。可是回到了村里，分别担任村党支部书记以后，因为两个村之间的利益之争，各自代表村里利益、立场考虑问题、处理问题，再加上二人都是好胜好强的性格，慢慢地也少了往来，少了联系。有时在镇上开会，因为各自利益吵得面红耳赤，不开可交。陈亮亮担任大陈家村党支部书记前几年，由于村经济基础好，加上他敢想敢干，经济收入、村民收入、社会治安年年都在全镇排名第一。而二陈家村各项指标都落后于大陈家村。一个鲜明的例子是大陈家村两年前就摘掉了贫困村的帽子，一跃进入先进村行列，二陈家村却至今戴着贫困村的帽子。渐渐地，陈亮亮有点骄傲了，飘飘然了。他让何东东等人把原先立在河边的大幅标语牌上的两行字："大陈二陈银杏之乡，脱贫致富奔向小康"，改为"银杏之乡数大陈，银杏河畔小康村"。原来那两句打油诗是老县委书记所写，他这一改，引起二陈家村民更大反感。有一次在镇上开会，他从搭在肩膀上的口袋里掏出中华牌香烟，散给周边会抽烟的人。烟盒里的几根烟散完了，旁边还有会抽烟的没轮上。他嘿嘿笑着对陈明明说，陈书记，把你的烟也贡献出来，让大伙品尝品尝！陈明明红着脸，抱歉地说，我戒烟了。话刚落音，陈亮亮口袋里的几支烟掉落在地上。大伙一看，心知肚明，这个陈亮亮故意把烟盒里的烟掏出一半，只留下几根，等留在烟盒里那几根散完，再激着陈明明掏烟。他知道陈明明平时抽的都是一包不过十元钱的当地产的大众烟，就是想让陈明明难堪。在场的村党支部书记看不惯陈亮亮趾高气扬的样子，纷纷说戒烟了，把烟还给了他，反倒让他感觉脸上发烫，下不了台。

　　大陈家村二陈家村都以种植银杏树闻名。据考证，这两个村种植银杏的历史可以追溯到一百多年之前。在银杏河畔，百年银杏树的确不少见。陈亮亮前任村党支部书记，任上几年私下砍伐了几十棵百年老银杏树，有的送给县里有别墅的官员种植在家中观赏，有的让他以高价卖掉中饱私囊，被村民告发后锒铛入狱。银杏除了有极高的观赏价值，还浑身是宝。银杏树叶可以制作成茶叶，有补脑、提神、降血压、降血脂、活血镇痛，预防便秘、痔疮等等功效，而银杏果又称白果，含有多种营养元素，除淀粉、蛋白质、脂肪、糖类之外，还含有维生素C、核黄素、胡萝卜素、钙、磷、铁、钾、镁等微量元素，以及银杏酸、白果酚、五碳多糖、脂固醇等成分……在市场上，银杏茶叶和银杏果深加工的产品是抢手货。可是，大陈家村和二陈家村的村民过去却守着银杏这"摇钱树"挨饿，主要原因是没有搞银杏深加工。陈亮亮担任村党支部书记之前，村民一棵银杏树每年收入也就百十元。到了银杏树产果期，把银杏果摘下来往口袋里一装，几家拼辆车拉到镇子上摆摊，卖不上好价钱。至于银杏叶子，很多村民当作一般的树叶，有的任由其落在地上雨淋水泡最后化作肥料，有的打扫打扫拉回家里当柴草用。陈亮亮担任村党支部书记后，把银杏产业当作大陈村的支柱性产业来抓。他支持何文革和几个村民办了个银杏加工厂，生产银杏茶叶和银杏果，解决了村民一家一户想办而难办或者办不成的事。几乎同时，二陈家村也办起了银杏产业公司，陈蒙蒙任董事长，同样从事银杏产品的深加工。两个村子从过去的生产竞争，转为了市场竞争。竞争首先从商标开始。两个村同时向工商部门申请"银杏康"商标。陈亮亮大为光火，认定村里有人与二陈村暗中勾结，决定进行调查。查来查去，怀疑是何文革把"银杏康"的品牌透露给了陈蒙蒙。陈蒙蒙一气之下辞去二陈村银杏联合经营公司董事长的职务，到省城女儿家住去了。陈明明十分恼火，与陈亮亮的矛盾由此更加深了一层。

两个村围绕银杏树王之争也日益激烈。银杏河的两岸上，都有一棵上了年纪的银杏树，而且长得极为相似，仿佛一对双胞胎兄弟。两个村都说长在自己这边的是树王。在陈亮亮看来，这不是一棵树的历史之最之争，而是关系到谁是银杏树的正宗。他一连跑了十几趟县地方志办公室，搬出一位退休多年的"老县通"，旁征博引为大陈村村头那棵百年银杏树"正名"，说还是在大陈村、二陈村只有两户人家时，一位姓陈的就种下了这棵银杏树。没想到"老县通"的文章在市报上一登出来，引起全县甚至全市一片哗然，纷纷指责他晚节不保，拿钱替人捉笔。一位县中学老教师，以明末清初时时任本县县令在开挖银杏河时，即兴所作的两句顺口溜"银杏河畔银杏王，一树成林遮半阳"为例反驳"老县通"。没想到，这一下把银杏树王的历史大大提前，更加剧了大陈家和二陈家两个村银杏树王之争：由于当时银杏河还没开挖，到底银杏树王是长在大陈家一边还是二陈家一边，大陈家村的理由是，两棵老银杏树原来都在大陈家这边，是开挖银杏河时分开的；二陈家的理由是，两棵老银杏树原来都长在二陈家这边，是开挖银杏河时分开的。瞧瞧，双方的理由都是一致的，这官司可难判了！让陈亮亮感到奇怪的是，这一年多的时间里，二陈家那边缄默不再提银杏树王的事了。

亮亮叔，天不早了，咱回吧！何东东打断了陈亮亮的沉思，这两天我想法儿摸摸那边的底，看看林晓带外国人到二陈家干啥的。

陈亮亮问：听说林晓和陈晨是省农大校友？

何东东哼了一声，那又怎么着？林晓的老公和我还是表兄弟呢！亮亮叔您老放心。要是有什么好事，我就是不能整个囫囵抢过来，也保证抢一大半。

陈亮亮没吭声。

何东东又说，毕竟咱大陈家是正宗的银杏树王之乡！等几天咱那个宣传画册印出来，省市电视台的宣传片出来，咱大陈家银杏树王之乡的名号谁也别想夺去了！

陈亮亮皱了皱眉头，这几天病虫害来势不小，你和村委几个人多上点心。

何东东点着头说，放心吧亮亮叔，老毛病，没什么大惊小怪的，已经用上药了。

陈亮亮轻轻地摇摇头，没有吭声。

何东东和陈亮亮分别后，不知为什么竟然有点得意，哼出了几句"拉魂腔"：大路上走来我陈世铎，赶会赶了三天多。回家吧回家吧，老婆子在家等着我……

二

说实话，我对树王之争毫无兴趣！陈晨开门见山地对副县长林晓说，包括"银杏康"品牌之争，我早已放弃了。

陈明明在一旁点点头。

林晓不解地问：为什么啊？

陈晨说，我和明明大爷都没人家亮亮叔和何东东那个精力和时间。别的不说，就说去县城一趟来回得耗去大半天工夫，约人、等人、谈古论今，如果被找的人有事，一等就是半天甚至一天过去。要是去省城呢，就是坐复兴号高铁来回也得一天。后来我想了想，与其花那么多精力、时间、经费争个树王、品牌，不如踏踏实实做出货真价实消费者欢迎的好产品……

林晓赞许地点点头，忽然又好奇地问：陈晨，我所知道的陈明明陈亮亮前后就隔两天出生，你怎么一个叫大爷一个叫叔叔？

陈晨嘿嘿笑了，朝陈明明噘了噘嘴。

陈明明摸着脑袋壳，红着脸说，陈晨她妈恰恰出生在我和亮亮之间那一天。她比我晚一天，比亮亮早一天。

林晓笑了。

三个人刚刚送走一拨外商，站在村口路边上聊天。他们的身前身后，都是银杏树林。身前，是老树林，枝头挂满了累累果实；身后，是苗圃，幼苗长得挺拔英俊。一阵微风从林中吹来，挟带着成熟的果香和幼苗的稚气，给人一种清新的感觉。林晓不由得赞叹地说，这银杏之乡的空气都养人，让人流连忘返啊！一边说，她一边走进幼苗林。林地里，有几个年轻人每人看着一排幼苗，边用手机拍照，边嘻嘻哈哈地说着什么。林晓马上就明白，这几个年轻人在视频对话。她觉得好奇，走到一位戴眼镜的年轻姑娘身边看了一会儿，问道：姑娘，你这是在和谁视频呀？戴眼镜的姑娘头也没抬，依旧兴致勃勃地和对方聊天：阿姨您看看，您的这个小宝贝吃得好，睡得好，长得好，个头比周边的，不，是她的同学都高出半头了。哈哈，您再来，也许认不出她了呢！

陈晨觉得戴眼镜的姑娘不礼貌，在她背后轻轻拍了拍她的肩膀，喂，甜甜，林副县长问你话呢。

甜甜头也没抬，看不见我正忙着吗？让她等一会儿。

陈晨不好意思地冲林晓笑了笑。

林晓一点也没在意，笑眯眯地站在一旁看着、等待着。

陈晨主动向林晓做了介绍，甜甜是我姐的女儿，刚从省农大毕业。

林晓说，哟，咱校友。

陈晨说，她和几个同学自主创业，办了个农业互联网＋公司。她们把结果的银杏树和幼苗都起了名字，上了网，让省城、市、县城的市民在网上监督成长过程，包括浇水、施肥、病情治疗、剪枝、嫁接、采摘、银杏系列产品制作加工、包装，直到物流信息全都公开，我们二陈村的万棵银杏全都在网上……

林晓听了很感兴趣，这就叫互联网农业、信息化农业。这么说你们的银杏产品不愁卖不出去了？

陈晨突然压低了声音，不是不愁卖不出去，是根本就供不应求。实话给你说吧林副县长，我们和周边几个种银杏的乡村都签了合同，他们的银杏果都供应给我们，由我们统一加工、统一销售。

林晓问，包括大陈村吗？

陈明明的脸又红了，假装没听见，低下头看甜甜与省城客户视频。

陈晨摇摇头，正要回答林晓的问题，甜甜突然直起腰。由于她用力过猛，又来得突然，额头碰着陈明明的下巴，疼得陈明明哎哟哎哟叫了两声。甜甜气鼓鼓地对林晓说，我们和大陈家村老死也不往来。就是到几十里几百里的地方买银杏叶银杏果，就是每公斤加几元几十元也不要他们的！

林晓一怔，这是为什么呢？

甜甜看了一眼陈晨，又朝陈明明努努嘴，一语双关地说，习惯，也可以说是地方习俗。

林晓眼睛里充满了问号。

甜甜说，你是副县长，但也不能违反市场经济规律拉郎配！

林晓哈哈笑了，哟，省农大新设大帽子加工厂了呀？那我问你，为什么要舍近求远，为什么不要大陈村的银杏叶银杏果？

甜甜理直气壮地回答：他们太霸道，欺负人。我姥姥就是被那个陈亮亮、何东东给气走的。

林晓问，市场经济规律有生气就不往来这一条吗？

甜甜一下子答不上来，赌气地昂着头，反正我明明姥爷不和他们来往，我姨不和他们来往，我更不敢和他们来往。

陈晨说，好，不来往。你快去和下一家视频吧。一会儿天完全黑下来，视频就看不清楚了。

甜甜突然凑到林晓耳朵边嘀咕了几句，然后到一边去忙活了。陈明明大概怕林晓再提二陈家和大陈家的事，借口村里有事也告辞了。陈晨陪着林晓边走边聊来到银杏河畔。河面上，落日的余晖还没散尽，仿佛一河碎银子，又如一匹色彩斑斓的绸缎，河两岸那两棵高大茂盛的银杏树倒映在河面上的影子肩并着肩挨得很近很近，一副难舍难分、相亲相依的样子。林晓看了好大一会儿，才对陈晨说，多好的一对兄弟呀！

陈晨听出林晓话中的深刻含义，想了想回答：本是同根生，可是性格不合，追求不同。

林晓说，陈晨呀，性格不合这点我同意，可你说追求不同，我不敢苟同呀。咱也不用拐弯抹角表达了，直话直说吧。你说大陈家的支部书记陈亮亮、村委会主任何东东和你们争树王也好，争品牌也罢，目的是为了什么？

陈晨回答：亮亮叔从小就是争强好胜的性格，什么事都喜欢当大爷；明明大爷和他偏偏相反，你愿当大爷你去当，我反正不比你矮一头。何东东呢，和他爸何文革又是两个不同性格的人。何文革是你好我好大家都好，何东东是我不好你也甭想比我好……

林晓说，陈晨，我希望你正面回答我。

陈晨无可奈何地说，小葱拌豆腐——一清二白。他们就是想把我们二陈家比下去。

林晓沉默不语。

陈晨：上个月，何东东请来省市电视台的编导，大张旗鼓地拍什么电视宣传片，折腾了好几天，一定要说他们大陈家那边的银杏树是树王，说他们的银杏产品比我们二陈家的口感好、营养成分高，分明要把我们踩在脚下。明明大爷最能忍，这回也忍不住了，要去和他们说道说道，被我劝住了。我说他们折腾他们的，咱没那份闲心闲情。咱干好咱自己的事。

林晓问：你是说网上销售？

陈晨答：不光是网上销售，我们还搞网上幼苗栽培、网上产品加工……刚才甜甜就是和省城一家农产品商场老板视频，让人家随时可以监督。

林晓笑了，大陈家无论怎么搞，目的是扩大市场宣传，扩大销售，脱贫致富，富村富民，让老百姓口袋鼓起来。你们二陈家也是这个目的。陈晨呀，你说追求的目标是不是相同啊？

这回轮到陈晨沉默了。

二陈村这两年在银杏河文化建设上下了不少功夫，投入了一些资金。河堤上建了小广场，有健身器材，有广场舞的舞池，有儿童游乐设施，每天晚饭后有不少村民到这里休闲娱乐、锻炼身体。虽然到了做饭吃饭的时间，还是有几个老奶奶带着孙子孙女在玩耍。林晓拉着陈晨在一张连椅上坐下，想进一步劝说她。陈晨非常敏感，不等林晓开口就把她的话堵了回去。她说，林副县长，我的好林姐，人家大陈村已经摘掉贫困帽子了，我们现在还在脱贫攻坚。我们要是拉着和人家合作，人家还以为我们想沾光占便宜。从我们自己来说，你连贫困帽子还没摘掉，万一拖累人家返贫那岂不是罪过罪过！

林晓听得出陈晨对大陈家村成见太深，其实并不是她个人的成见，再说下去恐怕会适得其反。所以，她转移了话题，问陈晨：现在就咱俩，我既是你的校友又是大姐，怎么样，能不能给我透露一下你的个人问题。

陈晨轻轻打了下林晓的肩膀，不好意思地说，我在回二陈家竞选村委会主任的会上，就向父老乡亲立过誓，二陈家村一天不摘掉贫困帽子，我陈晨就一天不考虑个人问题！林姐，这是承诺，是誓言，能违背吗？

林晓摸了摸陈晨的脸颊，哟，发烫呢！不好意思了？

陈晨亲热地搂住林晓的腰，把头放在她的腿上。

林晓慢慢捋着陈晨的长发。借着旁边路灯的光亮，她突然发现陈晨头发中有一丝白发，心怦然一动，疼爱地说，陈晨呀，要爱护好自己。我记得明天过去，后天就是你30岁的生日，对吧？

陈晨一下子坐起来，激动地握着林晓的手，姐，你是副县长，不知比我忙多少倍，还记得我的生日？

林晓平静地回答，我分管脱贫攻坚，全县几十个贫困村的领导、贫困户户主包括他们的孩子的生日我都记着呢。何东东比你大一个月……

你怎么又提大陈家村的！陈晨有些不满，我一听大陈家三个字和他们村的人名，浑身上下都起鸡皮疙瘩。

哈哈哈，太夸张了吧？林晓把手伸进陈晨的脖子里，我摸摸，手指怎么没感觉？

笑罢，林晓起身告辞。陈晨知道公车改革后，林晓下乡一般都坐公交车。她要用自家车送她，被拒绝了。去公交车站的路上，林晓问陈晨，你们二陈村今年摘掉贫困帽子看来是大有希望吧？陈晨故作神秘地说，现在还得保密。林晓问，怕你们的竞争对象知道？陈晨说，怕他们的心脏受不了！林晓点了下陈晨的额头，半是认真半是玩笑地说，贫困帽子要摘掉，新娘的花冠也要戴上啊！

　　林晓坐着公交车走了。陈晨转身往村里走，走到河堤上，情不自禁地朝对面的大陈家村看了一眼。对面河堤上那棵老银杏树旁，一座新立的高高大大的石碑上边，用特殊材料镌刻的、光芒四射的"银杏树王"四个字引起她的强烈反感，她狠狠地呸了一口。

　　陈晨回到家里，甜甜和几个年轻人正围在一起，有的忙着电脑上网，有的忙着视频，有的忙着通话。甜甜见她回来，捧着手机给她看上边的微信，不满地说，小姨你快看，大陈家村的又跟咱对着干上了。陈晨已经习惯了，满不在乎地说，要是跟他们计较，那咱天天吃气都饱了。甜甜说这回不一样，他们对咱的客户说是在他们的苗圃里视频的，这，这不是造谣中伤吗？一个年轻人接上说，这回有证据了，咱可以告他们。可是，明明爷爷不让我们告。甜甜气愤地说，明明爷爷这辈子真窝囊，看着大义凛然、一身正气，怎么对大陈家村就没了脾气？他要是对大陈家硬邦一点，我姥姥也不会辞职不干……

　　别这样评价长辈，不懂事！陈晨打断甜甜的话，你又不了解情况，哪能听风是雨呢。

　　甜甜噘着嘴，扭过头干她的事去了。刚才接她话的年轻人却不服气地说，大陈家村的村主任何东东在微信朋友圈里吹牛，说他们今年要上马银杏胶囊生产线。哼，他压根不知道，咱二陈家村第一批银杏胶囊马上就要在省城超市与消费者见面了！

　　甜甜头也没回地叮嘱说，你可别光顾着高兴，不小心泄露了咱的商业机密。

　　那个年轻人说，还商业机密呢，今儿二陈家村就有人到大陈家村收银杏果……

　　陈晨没听她们往下说，火急火燎地拔腿就往外走，到了门外又回头对甜甜说，你们吃饭就别等我了。

三

陈亮亮耐着性子听何东东说完二陈家村生产银杏胶囊的事。

他面前的烟灰缸里烟头已经满了。何东东拿起来就要往垃圾桶里倒，被他一把夺了下来，严厉地说，垃圾要分类，你这个当村委会主任的不知道带头？他边说，边起身走到门外，把烟头倒入标着"不可回收"的垃圾桶里。回到屋里，他把烟灰缸朝桌子上狠狠地一蹾，烟灰缸受了惊吓似的跳了几下，何东东也不由自主地打了个哆嗦。

什么时候的事？陈亮亮问。

何东东如实地回答：亮亮叔，我也是刚知道。是二陈家村的人来咱村收购银杏果，不小心说漏嘴的。

陈亮亮铁青着脸，又问：你是聋了还是瞎了？

何东东小心地回答：亮亮叔，我这不是忙着树王命名、商标注册、拍电视宣传片的事，没顾上理那边。他看陈亮亮的脸色不对，又补充说，对了亮亮叔，我还请了咱省在央视《星光大道》拿过大奖的美女歌手，不，美女歌唱家为咱演唱村歌……

砰……陈亮亮拍了桌子，你弄这些事有屁用！然后，指着何东东的额头一顿臭骂，你小子就知道整这些虚的。银杏树王石碑立起来了，电视宣传片拍了，商标也注册下来了，钱扔出去几十万，好处呢？实用吗？

何东东委屈地说，亮亮叔，我，我这还不都是照您指示办的。

陈亮亮像泄了气的皮球，扑通坐在椅子上，一边喘着粗气，一边摆着手说，好了好了何东东。我问你今年咱大陈家银杏果产量跟去年比增长多少？

何东东故意沉吟了片刻，好像在心里默默算账。

陈亮亮等得不耐烦了，直截了当地说，我给你说吧，往少了估算，也得增长百分之二十以上。

何东东：三十，我算增长有百分之三十。

陈亮亮问：销路你都找好了吗？

何东东来了精神，蹲在陈亮亮面前，扳着指头数着数说，亮亮叔，这点就不用您老人家操心了。我在拍电视宣传片时认识一个经销商，专做大健康农产品的，他说咱产多些他收多些，还不用咱送，他到咱村里来收。价格嘛，比咱拉到城里卖稍微便宜那么一点。不过除去物流费用，还是咱划算！

陈亮亮一边听一边思考。等何东东说完，他才似信非信地说，东东，我提醒你做事别那么莽撞。你得考查考查这个人的底细，万一到了时候，他撅了，咱大陈家村老百姓的银杏果卖不出去，你我可担当不起。

何东东满怀信心地说，亮亮叔，我已经考查过了。给您吃个定心丸吧，这人靠谱。

陈亮亮一边起身往外走一边说，别怪我没提醒过你啊东东！

何东东：亮亮叔您就放心吧！明年保证咱大陈家村盖楼的比二陈家村的多，买车的也比他们多……

陈亮亮突然回过头来，上上下下打量了何东东一眼，甩下一句话：你刚才称我什么？老人家，我有那么老吗？

何东东嘿嘿笑了，尊称，尊称。

陈亮亮一出门，何东东冲他的背影低声说了一句：眉毛胡子都落了一层霜，还不老？

何东东是去年村委会换届时竞选上的村委会主任。陈亮亮为他竞选这个村委会主任没少出力。这之前，何东东在省城开了个汽车美容店，挣了一点钱，村小学改造时，他一把拿出了二十万赞助。陈亮亮对他赞赏有加，认为他知道感恩，没忘了大陈家村的父老乡亲。何东东的父亲何文革当了两届村委会主任，到了退休年龄，于是他就动员何东东回村竞选村委会主任。何东东连想也没想就答应下来。何东东一开始的想法是当上村委会主任后，大张旗鼓地搞开发。他有几个搞房地产的朋友对他说，你们大陈家村离市区只有二十里地，与县城中间仅隔了一座山。村旁有银杏河，村里有银杏大道，一片片银杏林景色优美，就像童话般美丽。你们这空气好，环境好，适宜人居尤其是老年人养老，再加上交通方便，如果开发几个高档别墅区，肯定能火。何东东雄心勃勃，鼓着劲儿想大干一场，在乡亲们面前露一手。没想到第一个泼冷水的是他爸何文革。他清楚记得那天吃晚饭的时候，他乐呵呵地给爸倒了一杯酒，然后一五一十地把这事说了一遍，盯着爸的眼睛等待他的回答。

何文革有个喜好，喝酒的时候把酒杯放在手中反复摆弄，还不时举起来，眯着眼睛看杯子上边的纹路。他晚饭时就喝一杯酒，杯子在他手里摆弄到最后一道菜上来，一仰脖子喝个底朝天。那天晚饭也是如此，何东东说完，他一直在摆弄酒杯，喝完了，抹了抹嘴唇才开口：这事不成！何东东问：咋不成？何文革说，我说不成就肯定不成，你快把心思放在银杏这个主业上。何东东又追问了几遍，他没再回答。何东东饭没吃完，把碗一撂就去了陈亮亮家。

陈亮亮脾气急躁，说话干脆利落。何东东只说了半截，他就瞪了眼。何东东呀何东东，你让我说你小子什么好呢？咱这土地性质你又不是不知道，它只长银杏不长房子！再说了，村里的规划十年前就定下了，你想变就变呀？这事你到此打住不要再提了。

何东东问：是不是我爸给你打电话、发短信了？

陈亮亮火了，怎么，我的脑子不够使，还得听你爸的？我陈亮亮这些年在大陈村干了些什么你不是没看在眼里……

何东东忙给陈亮亮上烟，亮亮叔您别生气，我不是那个意思。我是怕我爸那老脑筋，影响您的判断和决策。您想想，这高档别墅区一建起来，大陈村那就不叫村，叫新区了。

陈亮亮：大陈村的子孙后代吃什么，吃水泥钢筋的房子？我让你打住你就给我打住！以后不要再提起这事。

何东东嘴上不再说了，但心里不服。在一次去县里开会时，他把这事给林晓说了，并再三表白不是告陈亮亮的状。林晓当时没有表态，过了两天给他打了个电话，明确告诉他，我支持陈亮亮和何文革的意见！何东东这才死了心。既然村里要大力发展银杏产业，他就把心思用在了这个方面。争银杏树王、争商标权、拍电视宣传片、请人写村歌唱村歌，都是他一手策划的，也的确是经过陈亮亮点头同意了的。他自信有了以上一系列举措，大陈家村的知名度提高了，银杏产品自然不愁销路。

二陈家村生产银杏胶囊卖给谁去？何东东想。但是两个村已结了冤家，基本上没有往来，打听点真实又准确的消息很难。他苦思冥想，直到想得头都痛了，才想到了一个办法，他自己以为是计谋，是谋略，也可以说是创意，自鸣得意地笑了。

四

村里来了客人，本来应当归村委会主任陈晨接待，但陈晨去省城出差了，陈明明只好亲自出马接待。

客人是从省城来的。一个中年妇女，长得眉清目秀，人也大大方方，谈吐更是成熟老练。她给陈明明一张名片，姓陈，职务是营养学会副会长兼秘书长。陈明明不善言谈，寒暄几句后就没了话。陈秘书长问一句他答一句，二人颇有点演双簧的样子。

陈秘书长：陈支书，一笔写不出两个陈字，咱是一家人。我到二陈家村来，也算是回家，您说对不对？

陈明明点点头说，嗯。

陈秘书长：陈支书，听说您在二陈家村当头十多年了？

陈明明又点点头说，嗯。

陈秘书长有点不耐烦，但脸上依然是阳光灿烂。她说，那我先自我介绍一下。

陈明明还是点头说，嗯。

陈秘书长：我们这个营养学会是全省第一家，会里集中了很多营养学方面的专家学者，还有些从事营养品生产的企业家。我们的会长，也就是我的顶头上司，说出来您也认识……

陈明明说，不认识。

陈秘书长说，那就这样给您说吧，我们早就关注银杏这个产业了。银杏浑身是宝，是非常正宗、非常地道、非常好吃、非常有营养价值的营养品。

我这次专程前来拜访，就是受会长的委托，请您出任我们学会新成立的银杏研究会常务副会长。

陈明明赶忙摇头说，不干。我明年退休。

陈秘书长：您从村支书岗位上可以退休，这个研究会可以再干十年二十年都行。

陈明明坚决地摇头，不干。

陈秘书长皱了皱眉头，好像被眼前这位村支部书记难住了。她想了想，又说，为二陈家村老百姓谋利的事您也不干？

陈明明这下来了兴趣，你说吧，对二陈家老百姓有利的事我干。

陈秘书长嘴角露出一丝不易察觉的微笑。她生怕陈明明反悔，马上接着说，我们学会在二陈家村设个学习研究基地，您看行不行？

烟酒？陈明明愣了一下，我从小就不喜欢烟酒。

这时，甜甜进来了。她说，明明爷爷，这阿姨说的烟酒不是抽的烟喝的酒，是，是……哎呀怎么跟您说呢？您和我小姨是不是经常在一起商量事，那叫研究工作。这位阿姨说的研究基地就是在咱二陈家村搞研究。

陈明明：噢。明白了。

陈秘书长拉着甜甜的手，亲热地说，你叫甜甜吧？

甜甜：你怎么知道我？

陈秘书长：我和你姥姥是老相识老朋友了。她经常到我办公室来，我们一起谈银杏果的营养价值，讨论银杏产业的发展大事。你姥姥那人有文化，也很健谈，我和她老是谈到高兴时忘了吃饭……哈哈。

甜甜两只大眼睛忽闪忽闪，看样子听得很认真，其实是在想心思。她突然朝陈秘书长身边一靠，阿姨咱俩照张相吧。没等陈秘书长答应，她的手机咔嚓一声已经完成了拍照。

陈秘书长言归正传，又向陈明明提出一串问题，核心是打听二陈家村的银杏胶囊生产的技术来路、生产能力、下一步的销路……陈明明好像对她早有戒备，有一搭无一搭地应着，到了关键问题，就推说只有陈晨能讲明白，而陈晨又不在村里。陈秘书长看问不出个所以然，只好怏怏不乐地告辞。

陈秘书长开着车前脚刚走，甜甜也没给陈明明打招呼，也直接开车走了。

过了一会儿，甜甜回来了，开门见山地对陈明明说，明明爷爷，刚才那人是大陈家村派来的探子！

陈明明诧异：你怎么知道？

甜甜：她开车走，我开车跟，看见她朝大陈家村拐了。

陈明明：也许是找大陈家研究去了。

甜甜哼唧一声，找何东东邀功去了。

陈明明愣了一下，好奇地问：你为啥说她找何东东，不是找陈亮亮？

甜甜说，说出来不怕您老人家不高兴。我觉得吧，陈亮亮那人挺直，直肠子、直心眼，说话也直来直去，不像何东东那么多弯弯绕。

陈明明没吭声。

甜甜说，还有，我把和她的合影用微信发给了我姥姥。我姥姥肯定地说，百分之百没见过这人，百分之百没去过什么营养学会，百分之百……好了，不说了。我想了个主意，为了防止有人来咱二陈家村盗窃商业秘密，咱在村口设岗，查路条。

陈明明：那谁还到咱这来。你要收路条，我先搬出二陈家。

甜甜笑了，明明爷爷，我跟您老人家开玩笑呢。再说了，现在村头都有监控装置，用得着几十年前那土办法吗？！

陈明明不解地问：甜甜，你给爷爷说说，她为啥要问咱银杏胶囊生产的事？

甜甜：这还不清楚，是大陈家村想跟咱竞争呗！

陈明明说，噢，有点道理。可是，他们想竞争也上一条胶囊生产线呗。

甜甜摇头，我想不明白。您老人家慢慢想吧，我得去接我小姨了。

甜甜在公交车站接到陈晨。陈晨嗔怪地说，没有三步地，你开个车来接我，不怕乡亲说我烧洋包？

甜甜说，小姨，我是想拉你去个地方吃饭，见个人。

陈晨说，哟，今天怎么这么大方，舍得破费了？

甜甜把陈晨的行李箱放进后备厢，又把陈晨推到车上。她发动了车，调皮地说，我说拉你去个地方吃饭，见个人，没说是我埋单，对吧小姨。

陈晨说，你姥姥都说你抠门呢。

甜甜一听陈晨提起她姥姥，赶忙问了一大堆问题，我姥姥想我了吗？我姥姥精神状态好吗？我姥姥还爱管闲事吗？我姥姥还跟邻居家那个老头一起跳广场舞吗？……

陈晨说，你就不怕噎着？撂了那么一大堆问号，好像你和你姥姥多久没见似的。你怎么就不问问你姥姥现在电商做得怎么样？

甜甜说，我天天和姥姥视频，关心她那个银杏飘香网，所以就不用问呀！

二人谈笑着，对面开过来的一辆轿车突然亮起大灯，甜甜的眼睛被强烈的灯光闪了一下，气得爆了粗口：找骂呢！

陈晨说，你慢点。到黑瞎子区了！

陈晨称之为黑瞎子区的，是大陈家村与二陈家村接壤的一段路。由于两个村之间的矛盾，这段路成了三不管的路，路面上起了坑谁也不管，路灯坏了谁也不修。镇上派人来修，今天刚把坑填上，明天就有人又刨个新坑；今天把路灯换上亮的，明天就有人给弄瞎了，镇上的相关部门烦了，干脆就让那段路自暴自弃。市电视台记者曾采访过镇路灯管理所的负责人，那位负责人面对镜头摊开双手，无奈地说，我们花不起那个钱，也浪费不起那个工夫。平常，就是大白天，两个村的村民宁愿多绕几里路，也不从这路上走，陈晨不明白甜甜为什么晚上还要走这儿。她拍了拍甜甜的肩膀，哎，哎……

甜甜知道陈晨要说什么，主动解释说，小姨，何文革开了个银杏茶馆你知道不？

陈晨说，不知道。

甜甜说，我现在就带你去那个银杏茶馆，尝尝何文革做的银杏茶的滋味。

陈晨有点不高兴，让甜甜调头回去，不然就停车让她下去。甜甜不但不调头不停车，说了声：小姨你坐稳了，然后踩了下油门，车子加了速。路上坑坑洼洼，高低不平，加了速的车子仿佛脱了缰的野马撒开蹄子跑得更欢，咣当咣当地不断响，陈晨的身子也是忽起忽落，头顶几次撞到车顶。陈晨气得跺脚，甜甜却高兴地哈哈大笑。好在路途不远，几分钟的时间车子就过了大陈家村的地界，到了公路边上、银杏河畔的银杏茶馆。甜甜还没停好车，陈晨就认出了这个地方——她上小学时的村小。

陈晨上小学时，大陈家村和二陈家村的行政关系虽然已经分开，但两个村还是同一所小学。这所小学在大陈家和二陈家中间，要是按河南河北划分，应当是在大陈家的地界里。学校是所老校，院子里里外外有很多银杏树，而且都是年龄较长的。枝繁叶茂、香飘四溢的银杏树，让这所学校像花园般美丽。县、乡教育系统开会经常选在这里。陈晨五年级的时候，两个村矛盾加深，二陈家村自己建了小学校，从此没再踏进这所学校一步。大陈家村后来也另选新址盖了所新学校，把这里租给镇上一个人开旅店，接待城里来旅游参观的人。去年旅店租期到期，退了休的何文革把它接下来，进行了一番改造后，开了个银杏文化茶馆。据说他这样对村民说，我开茶馆不是图的挣钱，是要把咱这银杏之乡宣传出去，把银杏产品营销出去，把银杏之乡的历史文化保存下来，让咱的后代了解、热爱、珍惜、传承银杏文化……平常，忙碌完了的村民都爱朝这聚集，在银杏树下喝茶打牌聊天，老年演唱团排练节目，爱好书画的写写画画，老人带着孙子辈的玩耍。何文革从来不收费。他说得很在理：银杏茶叶是咱自己树上采摘的，水是咱自己的老井水，我也就是掏点电费。他在银杏茶馆里还设了陈列室、展览室、产品展销厅，不过谁要是想带产品出去那是必须要掏钱买的。

让陈晨没想到的是，陈列室、展览室、产品展销厅里到处可见二陈家村的身影。一走进陈列室，首先映入她眼帘的是一幅放大的黑白照片。照片上是一辆手扶拖拉机，驾驶员是位漂亮的姑娘，旁边坐着几个喜气洋洋的年轻人。这张照片下边有一行醒目的字：拉着银杏上省城。陈晨认出那个女拖拉机手就是她的母亲、甜甜的姥姥陈蒙蒙，旁边的年轻人中挨着陈蒙蒙最近的是何文革。她的鼻子一酸，眼睛也潮湿了，要不是甜甜在旁边，她的泪水就掉下来了。不过，她这个时候想的是母亲年轻时创业不容易。越往下看，她的心里越觉得惴惴不安。河两岸的两棵老银杏树同在一张照片上，并没有注明大陈家村的是树王；银杏园连成一片，也分不出哪是大陈家村的哪是二陈家村的。陈列的银杏茶、银杏果，以及银杏深加工产品如银杏开心果、银杏胶囊，等等，不少是二陈家村的产品……在这个陈列室里，没有大陈家村二陈家村之分。这时，陈晨有些感动了。何文革这样一个过去对二陈家村成见很深、意见很大、抱怨很多、矛盾尖锐的老人，能有如此的胸怀的确不容易。

回到车上，甜甜开门见山地问道：小姨，不，陈主任同志有何感想？说出来咱们共享。

陈晨实事求是地说出了自己内心的感受和感动。甜甜好像达到了目的，摇头晃脑地说，陈主任，你得向何文革何爷爷学习。她说完，高兴地哼起了小曲。陈晨轻轻拍了下她的后脑勺，我看你成大陈家安插在二陈家的小卧底余则成了！

<h2 style="text-align:center">五</h2>

陈晨和甜甜来大陈家村的消息，何文革当天夜里就告诉了儿子何东东。

何东东听了先是一怔，她，她怎么来了，来干吗？

何文革不紧不慢地品了一口酒。这是他这些年来养成的习惯，每天睡前一小时要饮半两白酒，不然就难以入眠。老伴劝过他，何东东也阻止过他，都没有效果。他品完酒盅里的酒，眯着眼，想了想才回答：这还不明白，想看看你何东东在大陈家村有什么杰作呗！

何东东说，那您怎么不骂她，赶她滚？

何文革睁开眼瞪着何东东，你以为你老子像你一样没素质？人家阿庆嫂早就唱过："开茶馆盼兴旺，江湖义气第一桩。来的都是客，全凭嘴一张……"你老子开的是银杏茶馆，怎么能随便赶人家客人滚？

可她陈晨不是客！何东东说，她，她是咱大陈家的竞争对手。

何文革问：竞争对手就一定要翻脸不认人？

何东东拧着脖子争辩，二陈家和咱大陈家是冤家！

何文革火了，冤家，冤家就一辈子不往来，世代不往来？

何东东冷笑着说，唏，这冤家是您和陈亮亮那一代结下的，您现在倒责备起我来了。

何文革理直气壮地说，我后悔了，我想明白了，我脑瓜开窍了行不？这么多年过去了，银杏河水没倒流过，银杏树上也没结出苹果过，大陈家村和二陈家村也没改过名字，姓陈的也没改过姓，争来争去，上一代没争够又传给下一代，这冤家什么时候是个头？我，我不想争了，也不想让我的后人争下去！

何文革说完起身上了床，连衣服也没脱，背对着何东东倒头就睡。何东东愣了一会儿，甩着袖子走了。

何东东没有回自己的家，而是去了陈亮亮家。陈亮亮家靠近银杏河，院子很大，小轿车能直接开进去。何东东到了陈亮亮家的院子里，见院子里灯火通明，屋里也亮着灯，电视里传出的豪放的歌声在院子里激荡。何东东摁了下喇叭，从银杏树下钻出一个光着膀子的男人正是陈亮亮。陈亮亮开口就骂，不用摁喇叭报姓甚名谁，敢把车开到我家院子里的就你何东东个兔崽子。说吧，这么晚有啥事？

何东东故意装出一副深沉的样子，不急不忙地朝椅子上一坐，大腿放在二腿上，脚尖还不时晃动着，好像没事一样。陈亮亮拍了下他的肩膀，哎，车上怎么还有个人不下来？何东东一时没反应过来，撅起屁股朝车上看了一眼。陈亮亮就势把他屁股下的椅子给拉了出来。何东东再次坐下时，扑通一声摔了个仰面朝天。陈亮亮一边拉他起来，一边用手中的木棍抽打他的屁股，看看，30好几的人了还像个孩子毛手毛脚的，摔痛了没有？何东东嗔怪地说，亮亮叔，您从小就拿我开涮，现在还倚老卖老欺负我！

二人坐下以后，陈亮亮告诉何东东，他刚才是在借着灯光察看银杏树的病状。他说，你有没有发现，咱村的银杏树，尤其是西北靠河边那片银杏苗圃里的银杏树，这些天好像患了病无精打采，树枝有的耷拉脑袋，叶子也开始变色。何东东实话实说，亮亮叔，您是不是花眼了？我怎么没看出来。陈亮亮不高兴，我眼花，我戴着花镜。你小子呢，多少天没进园子了？何东东不好意思地回答，我这不是忙吗？亮亮叔您是知道的。

陈亮亮点了支烟，边抽边思考。灯光透过密密麻麻的树叶缝隙落在他的额头上、脸颊上，让他那张冷峻的四方脸多了几分严肃。一抹光亮涂在他花白的胡子上，好像一只白毛虫在蠕动。何东东看着，禁不住笑了。

何东东说，我想起来了亮亮叔，今天河那边的陈晨过来了，是不是他们的银杏园也出现了病虫？

陈亮亮听了，第一反应与何东东听到何文革的话时一样，愣了片刻，把烟头扔在地上，踏上一只脚，狠狠踩了踩，你，你见了？

何东东没肯定也没否定，表情有点不明不白，让陈亮亮猜不透。接着，他把话题转移到病虫害上，而且显得非常着急。亮亮叔，这病虫害可是大事。您记得不，咱和二陈家村还没分家的时候，有一年银杏树发生病虫害，由于陈蒙蒙、陈明明不听我爸和您的话，耽误了防治时间，可把咱们害惨了！

陈亮亮呸了一口，让你爹听见了，非脱了鞋子把你屁股揍肿了不可。那时候你爹可是头，要说耽误也是你爹的责任。

何东东说，咱先不说谁的责任了。眼下这病虫害恐怕不光咱大陈家村银杏园有，二陈家村、咱周边的村包括全县也跑不掉。依我看，咱先不着急，等他们开始治病，见了效果，咱照搬过来，既省时又省钱，一，一，一举两得。嘿嘿……他为自己的智慧自鸣得意地笑了。

陈亮亮砰地给了何东东一拳头，那病虫就悠闲自得地等着你啊？什么狗屁主意。再说了，你怎么断定人家二陈家的银杏园也发生了病虫害？

何东东为难地说，可是我，我这几天很忙啊！亮亮叔，您老人家可能不知道，我也不想在您面前诉苦。我，我这三天每天都只能吃一顿饱饭。早上天不亮就出门，去县里市里省里，遇上高速公路上堵车，一整天都在车上，别说吃，连口水都喝不上。

陈亮亮听得不耐烦，一边洗脸一边下了送客令，好了好了，我知道你还在做着你那个高档别墅小区的梦。银杏树病虫害的事不用你管了，我打算明天去县银杏研究所一趟，回头再找银杏专业技校要些学生过来帮忙……他还没说完，何东东嚷嚷开了，亮亮叔，那个银杏专业技校可是在二陈家村。当初您和我爸要是下劲争一争，怎么轮得到二陈家村。我知道您和我爸当时怎么想的。您们是觉得盖那个技校要用地，那么多老师学生吃喝拉撒睡麻烦，现在后悔晚了吧。陈亮亮说，技校是县上办的，不是他二陈家村的，我找县银杏研究所批个条子，用不着求二陈家村的人。何东东说，可那技校校长是二陈家村的陈晨兼的！陈亮亮没再接话茬儿，说了句，回去吧！

何东东刚打开车门，突然想起什么，关上车门又走回来，嚷嚷着：亮亮叔，我这来大半天，说大半天，嗓子眼直冒烟，总得给我瓶矿泉水喝吧。

门吱的一声开了。陈亮亮的老伴拿了瓶矿泉水出来，递给了何东东，夸了他一句：东东，婶子就喜欢你爱憎分明的性子。

何东东开着车出了门，陈亮亮也进了屋。他老伴冷不丁地说了一句：少跟二陈家的娘儿们来往，别弄一身骚。

陈亮亮一下子爆发了。他把湿毛巾狠狠地扔在地上，指着老伴吼了一声：你，你给我住嘴，轮不到你当我陈亮亮的教父！

老伴哼了一声，一头钻进了卧室。

陈亮亮却毫不犹豫地出了屋子，头也不回地出了大门。

六

夏初的夜晚，银杏河畔凉风习习，清香宜人。河堤上的灯光温柔地照射在银杏树上，树叶泛着银光，仿佛一片银色的海洋。远处，天上几朵淡淡的白云挨近树梢，好像要品尝银杏叶的味道。路上行驶的车辆，灯光照进林子里，忽明忽暗，忽近忽远，给银杏林增添了几分童话般的色彩。陈亮亮倒背着双手，轻轻漫步在银杏林边，心情十分复杂。他从小就生活在这片银杏世界里，可以毫不夸张地说已经和银杏结下了生命之缘。在一次记者招待会上，他形容自己和银杏的关系的一句话，在网上红了很长一段时间。他是这样说的：夜里我在家里的床上睡觉，都能感触到银杏树的脉搏的跳动。他接着举例说，有一天夜里下大雨，我突然觉得心堵得慌，匆忙赶到银杏园里，果然看到一排树苗倒在泥水里，急切地等着我去救它们！我当时鼻子一酸，眼泪哗哗地往下掉。我搂着一棵树苗，心疼地叫着，我的宝贝儿子呀，别怕，我来了！当时在场的记者深受感动，掌声如雷。不过，这次发现的银杏树病虫害让他十分头疼。这么多年了，银杏树常见的病虫害，只要他看一眼就知道是怎样造成的、危害大小、如何治理。他和二陈家村的陈明明、陈蒙蒙、陈晨凭着在银杏树病虫害防治方面过硬的专业技术水平，被省银杏产业研究院聘为研究员，多次受邀到一些银杏之乡讲授银杏树病虫害防治知识。这次银杏树病虫害来势不是很猛，所以没引起何东东这些人的重视。有的村民只是凭借过去的经验给银杏树用药，一棵棵银杏树挂上了输液瓶，仿佛树上缀满了星星。陈亮亮注意观察了几天，发现没有见效。他开始担心起来，调动了多年的知识、经验，分析这次病虫害的成因、可能造成的影响，结果发现这次侵袭银杏树的，不是他曾经经历过的茎腐病、霉烂病、叶枯病、干涸病、大蚕蛾病等常见病，自己过去的知识、经验都不适用这次病虫害。他找何文革商量过，何文革一个劲儿摇头说，咱是老革命遇到了新问题，没得法子。你可以去问问陈明明，实在抹不开面子，问问陈晨也行。他听了何文革的话，的确动过去河对面看看的念头，看看二陈家村是不是也发生了同样的病虫害侵袭，他们用的什么法子，顺便再找银杏专业技术学校的专家、教师请教一下。可是，他强烈的自尊心、他好胜的性格暗暗制止了他：陈亮亮你终于来求我们二陈家村了。你不是本事比谁都大吗？银杏树王不是在你大陈家村吗？你连病虫害都治不了，银杏树王说不定哪天就在你的眼前悄然倒下。这些是他陈亮亮不能接受的。可是，眼前他又确实找不到好办法。想着想着，他情不自禁地流下了眼泪。

出了脚下的银杏园就是银杏河。陈亮亮抬眼朝对面望去，朦朦胧胧的灯光下，园子里有人影晃动，场景好像皮影戏。他不知是自己眼花，还是对面园子里光线暗，看不清对面园子里的人是男是女。他犹豫着是不是要离开，转念一想没那个必要。于是他故意大声咳嗽了几声。对面园子里的人听到声音，先是静了一会儿，接着一个清脆悦耳的声音飘了过来。

是亮亮爷爷吗？对面问。

陈亮亮：你是谁？怎么这么快听出我的声音？

对面回答：我是谁不重要。重要的是我不仅能听出您的声音，还能从您的声音中分辨出您的心情、心思。

陈亮亮乐了，哟，谁家的孩子这么大本事。说说看，如果你说对了，你亮亮爷爷送你一棵像你一样美丽的银杏树。

对面问：说话算数？

陈亮亮理直气壮地回答：这一片十里八乡还没有谁说过我陈亮亮说话不算数的。一口唾沫一个坑，你就放心吧。

对面迟疑了一会儿。陈亮亮猜出对面至少还有一个人，另一个人显然比刚才说话的小姑娘年长，在劝阻小姑娘。

陈亮亮没有猜错，对面刚才说话的是甜甜，旁边劝阻她的是陈晨。两人从何文革的银杏茶馆出来后，并没有马上回村。甜甜带着陈晨到大陈家村一户人家的银杏园里去了一趟。这户人家的儿子是甜甜的同学，现在省城工作。他给甜甜发了条微信，上边是他家银杏遭受病虫侵袭的照片。他说是他爸爸发给他的。他一时半刻回不来，求甜甜一定帮帮他家治了病虫。甜甜开始没给陈晨说清楚。陈晨看了现场以后，劝甜甜不要插手大陈家村的事，让陈亮亮知道了，不仅不会感激，反而会产生反感，骂二陈家村的人插手大陈家村的村务。陈明明知道了也会不高兴。她死拉硬扯才把甜甜拉回二陈家村。甜甜坚持要到园子里检查一下，是不是也发生了和大陈家村一样的病虫侵袭。果然，就在河边的一片银杏园里发现了和大陈家村银杏树同样的病虫害。二人正在商议，听到陈亮亮的声音。甜甜忍不住与陈亮亮搭话，陈晨竭力劝阻，甚至用手把甜甜的嘴堵住。

陈亮亮等了一会儿不见对面说话，故意使用激将法大声说道：你要是不说，我就走了。村里还有一大堆事等着我。

甜甜急了，咬了陈晨一口，陈晨疼得松开了手。甜甜跑到河堤上，与陈亮亮隔河相望，直言不讳地说，亮亮爷爷，您现在的心情很不好，对不对？

陈亮亮放声笑了，我心情不好？怎么会呢？我们大陈家村的银杏今年挂果比过去多年都多，我走在园子里，时刻小心碰着它们……

甜甜说，亮亮爷爷您别吹牛了。您现在的心情用十万火急、心急如焚、热锅上的蚂蚁来形容一点也不过分。我说得对不对？

陈亮亮沉吟片刻，为什么这样说？

甜甜说，您那银杏树发生病虫害了。您还没找到医治的办法，所以心急上火呗。我说得对不对？

陈亮亮想了想，如实回答：你说得对。你是知道的？

甜甜说，我只说了一半。等我说完那一半再回答您的问题。

陈亮亮一屁股坐在河堤的石头上，点燃了一支烟，平静地说，你说吧，我听着。

甜甜说，您现在吃不香睡不实，一门心思把银杏树病虫害治好。现在就是再给评个什么王，什么第一，您都觉得不重要，对不对亮亮爷爷？

陈亮亮没有正面回答，反问道：孩子，你这会儿得给亮亮爷爷说实话，告诉我你是谁了吧？

甜甜说，我站不改名坐不改姓。我乃二陈家村原村委会主任陈蒙蒙的外孙女、银杏专业技术学校青年教师甜甜！

陈亮亮说，听出来了，说话的口气、说话的声音、包括话中透出的性情，和你外奶奶没什么两样。

甜甜赶快纠正说，不对，我说的是普通话，和我外奶奶的二陈家方言截然不同。

陈亮亮哈哈大笑，陈蒙蒙啊陈蒙蒙，你听见了吗？你外孙女在嘲笑你的二陈家方言呢。

笑罢，陈亮亮又问甜甜：甜甜，你给亮亮爷爷说实话，你们二陈家村银杏树生病了吗？

甜甜正要回答，陈晨捣了一下她的后脊梁。她故意哎哟哎哟叫了几声，小姨，你下手怎么这么重！

陈亮亮明白陈晨就在甜甜身旁。他起身就要离开，可是又觉得这样一走了之对甜甜不公平，于是对甜甜说，孩子，你刚才说的两个问题都说对了。爷爷绝不食言，明天就派人把我说的美人银杏树给你送过去。

甜甜说，我不敢收。

　　陈亮亮一愣，你就是一个普通的技术员、青年教师，我陈亮亮眼前的一个孩子，咱又不是行贿受贿，你怕什么？

　　甜甜说，亮亮爷爷，我怕您送给我的美人银杏树带病。等把病治好了，不要您送，我登门去要。

　　陈亮亮一下子沉默了。他想不到甜甜会说出这种话。而从甜甜的话音里，他听出的是对大陈家村银杏树发生病虫害的担心、关心和关注，绝非冷嘲热讽，也没有丝毫的恶意。说不定这个姑娘已经在暗中帮助他了。这样一想，他有些感动，忘记了自己的身份，忘记了陈晨还在甜甜身旁，恳求地说，甜甜，亮亮爷爷现在的心情、心思都让你说对了，真的急得像热锅上的蚂蚁。我想请求你帮忙找几个专家来会会诊，至于专家费嘛，你说了算，我认账！你看行不行？

　　河对面的甜甜笑了，声音比刚才还要悦耳动听，亮亮爷爷，我不要您和大陈家村一分钱，保证帮您把病虫害治好。不过，我有一个条件，您得答应我。

　　陈亮亮说，别说一个条件，十个条件我都答应。

　　甜甜：真的？

　　陈亮亮：还是那句老话，十里八村的没听谁说陈亮亮说话不算数的。一口唾沫一个坑，说到做到。

　　甜甜说，那我就直说了。等银杏树病虫害治好了，您和我一起去一趟省城，把我外奶奶接回来。

　　陈亮亮又愣住了。过了好大会儿嘴里才蹦出一个字：行！

七

　　你这孩子，葫芦里装的什么药？陈晨一上车就指着甜甜的额头问。

　　甜甜没有正面回答，而是放了一首歌。歌的名字叫《下辈子不一定遇见》。陈晨听过这首歌，也喜欢这首歌优美的旋律、深情的歌词。其中有两句，她特别记忆深刻：我们下辈子不一定遇见，我不想今生留下遗憾。可是，甜甜为什么在这个时候放这首歌给她听，她一时还想不明白。她索性闭上眼睛，心平气和地听完这首歌。

甜甜问：小姨，你知道我葫芦里装的什么药了吗？

陈晨哼了一声。

甜甜郑重其事地说，珍惜身边的每个人，珍惜这辈子相识的缘分，大家能帮就帮，能让就让，都活得好好的，该是多美好的事啊！

陈晨一下子明白了，甜甜原来是在用这样一种方式，让大陈家村和二陈家村两个冤家抛弃前嫌！一个20多岁的姑娘家，想得太简单、太天真了。两代人、几十年形成的恩怨，哪有那么容易一下子和解；造成的鸿沟，哪有那么容易一下子填平？作为见证者、经历者，她没有那份信心。她的母亲陈蒙蒙年轻时与何文革相恋，遭到双方家长和两个村村民的反对，最终分手。她的一位男同学和大陈家村一个女孩子恋爱，同样也遇到家长强烈干预，无奈之下带着那个女孩子跑到北京打工去了。他们在北京结了婚，家里不让回来；生了孩子，家里还是不让回来。那同学经常给陈晨发微信、打电话感叹：陈晨你现在是二陈家村的村委会主任了，就不能想想办法和大陈家村化解矛盾？一笔写不出两个陈字啊！陈晨也曾试图做陈明明的工作，每次，陈明明都是没等她说完就提醒她或者警告她，你这想法要是让村里人知道了，那你这个村委会主任就得下台，你自己在二陈家村也别混了！这些，她都给甜甜讲过，甜甜表示过，要用发展壮大二陈家村银杏产业、提高二陈家村民收入的事实，把大陈家村比下去，让大陈家村人服气。没想到，她悄无声息地做起了让两个村牵手的事来。这个甜甜！

小姨，你怎么不说话？甜甜问。

陈晨叹息一声，我说什么？我只能重复一句话，你要记在心里。你外奶奶是被大陈家村给比下去、逼走的！从那以后，你外奶奶整个变了一个人，往日的创业的热情、干事的激情在她身上看不见了，脾气性格也变了……陈晨说着说着声音哽咽了。

甜甜抽出几张纸递给陈晨，平静地说，这话我是记在心里。可是，小姨你也应当知道，我外奶奶那一代人所处的年代，八仙过海，各显神通，互相竞争不择手段。可是现在不同了，再这样坚持下去，对双方发展有害而无利。就说这次银杏树发生的病虫害，我已经拍照片发微信给我老师看了，没出我的判断，两个村都在追求数量产量，不重视发展质量。银杏园里不管树龄、密度，年年种植新树，搞得密不透风。人喘不过气来都会诱发各种病甚至呼吸衰竭，银杏树的生命也是如此……

陈晨没等甜甜说完，一把抓住她的胳膊，急切地问：甜甜，你真的找到治疗这次银杏树病虫害的办法了？

甜甜推开陈晨的手，嗔怪地说，小姨，我在开车呢！

陈晨又问：你是不是找到了办法？

甜甜说，这还没配好方子，我哪敢打保票。就是方子来了，也不能在咱二陈家村的银杏树上试用。

陈晨惊讶地瞪着甜甜，你想先给大陈家村，让他们试用？

甜甜没有正面回答。

陈晨严肃地说，甜甜我警告你，大陈家村和咱二陈家村可是多年的冤家对头。你要是把方子先给他们，别说我和你明明爷爷心里不舒服，你外奶奶知道了也饶不了你。再说，大陈家村如果试用的效果好，那个何东东说是他大陈家村的发明，他大陈家村的知识产权，到时候咱花钱也不一定给咱用。

车子已经到了家院子里。甜甜停好车，拿着包和手机准备下车，陈晨拉住了她的胳膊。陈晨说，有话在车上说完，进了家门甭再提一个字。

甜甜说，小姨，陈晨同志请你放心，你怕何东东，可我不怕他。再说了，大陈家村当家的是村党支部书记陈亮亮。

下了车，甜甜一头钻进卧室去捣鼓上网。陈晨打开电视看了会儿央视重播的新闻联播。不过，她眼睛盯着荧屏，心里却在想着今晚和甜甜的经过以及甜甜说过的话。她越想越觉得事情不小，应当征求陈明明的意见。她怕自己一个人说不清楚，就过去敲甜甜卧室的门。甜甜卧室里的灯突然熄灭了，甜甜少气无力地说，小姨，我累了，求求你让我美美睡一觉。有话明天再说不行吗？

陈晨快快地出了屋子。到了院门口，她看了下手机上显示的时间，刚刚晚上九点钟。平常，甜甜从来没有在这个时间上床睡觉。鬼丫头，又跟你姨斗心眼！她在心里嗔怪地想。再回头一看，甜甜卧室的灯又亮了。她无可奈何地笑了笑。

二陈家村这几年民居建设比大陈家村快，一南一北、一横一竖的主要村街两旁上个世纪 80 年代的老房子所剩无几，基本上换成了两层的小楼。陈明明和陈蒙蒙多年前就预料到农村会发展，提早请县建筑设计院的专家做了村庄的规划设计。这个设计很符合农村农民生活实际，比如家家楼下留了片院子，给主人放杂物用。尤其是把村里过去的打麦场预留为车位，这在当时的村民大会上引起不小的争议甚至争吵。不少村民认为，再过十年二十年，咱二陈家村家家也买不起小轿车，留那片地方做停车场是浪费，是搞形式主义。很多年轻人对此却表示支持，说这不仅是村领导班子有长远眼光，而且有自信。陈亮亮听说后，在大陈家村村民大会上公开讥讽二陈家村村班子是"做白日梦"。后来有人反映到了乡里，乡长还专门来了一趟，找陈明明、陈蒙蒙谈话，让他们考虑群众的意见。十几年过去了，今天的二陈家村几乎家家都买了车，有小轿车，有大货车，有旅游中巴车……整个村街上却见不到一辆乱停乱放的车子，秩序井然，整齐美观。到了晚上，两边的小楼上一排排大红灯笼同一时间亮起来，形成一道红色风景线，甚为壮观。那位当年找陈明明和陈蒙蒙谈话的乡长已经退休，有一次带着老伴来二陈家村旅游，对陈明明竖起大拇指，老陈，还是你有眼光。陈晨上任村委会主任后，从二陈家村长远发展考虑，对原规划进行了调整和修订，注入了银杏文化和乡村旅游文化元素。村街两旁建起了村民文化广场、健身广场、小型银杏体验园、银杏酒吧、文明家庭光荣墙、文明村民光荣墙、流动图书阅览室等等。每天晚上，村街上歌舞升平，一派繁华热闹的景象。省诗词学会组织一些诗人来这里采风，一位 80 多岁的老诗人写诗赞美二陈家村为"新型城镇化建设的典型"。陈亮亮听说后，对何东东发了场大火，你爸当年就比不过陈蒙蒙，你现在又让陈晨给落下，让我替你脸红！

陈晨走到村委会前，看见村党支部办公室的灯还亮着，于是推门走了进去。

陈明明摘下老花镜，用惊讶的目光看了陈晨一眼。

陈晨朝陈明明对面的椅子上一坐，开门见山，一五一十地把来意说给了陈明明。

陈明明半天没说话，只是低着头抽烟。

陈晨着急地看着陈明明，等待着他表态。

过了一会儿，陈明明问：会不会是你妈的意思？

陈晨摇头，我妈？不会的，不会的。您还不知道我妈的脾气性格，她提起大陈家村那些年就恨得牙根痒痒！

陈明明搓着手，眼睛看着地下，躲开陈晨的目光，又问了一句：陈晨呀，会不会是何文革找你妈帮忙？

陈晨一下子火了，忽地站起来，由于用力过猛，把椅子也带倒了。她质问陈明明，明明大爷，您这是啥意思？

陈明明不慌不忙地说，我是说，别看何文革的村委会主任不当了，可现在大陈家村的村委会主任是他儿子。遇到困难，他能不帮他儿子？

那您凭啥说他会找我妈？陈晨紧追不舍。

陈明明还是不慌不忙，笑了笑说，他不好意思求你们当晚辈的嘛！

陈晨说，何文革连我妈的电话都不知道，他怎么求我妈？再说，他就是求我妈，我妈也不会搭理他。

陈明明眯着眼睛笑，没有吭声。过了一会儿，他把话题转到了甜甜提出的问题上。他说，甜甜说得不无道理。其实，我也在琢磨这次银杏树病虫害的发病原因。不瞒你说，除了大陈家村，周边几个村的银杏园我都去了解过、咨询过，他们也都没找到原因。

陈晨问：您是说甜甜和她的老师分析得有道理？

陈明明说，现在还不能肯定。

两个人沉默了一会儿，都在开动脑筋思考。陈晨先开口说，明明大爷，我现在就到园子里去，找一片病虫害比较重的再观察观察。

陈明明一边穿鞋，一边从抽屉里拿出手电，我也去。

陈晨劝道：您年纪大了，眼睛不好，腿脚也不灵便，这半夜三更的进园子……

陈明明一边往外走一边说，怎么着，嫌你大爷老了？别忘了老祖宗的话：姜还是老的辣！

出了门，陈明明抬头看了看天，见满天乌云在风的吹动下，像受了惊吓的羊群四处奔跑，有几片乌云仿佛要掉下来。他自言自语地说了一句：要下雨了！赶忙转身回到屋里披上雨衣，又给陈晨拿了把雨伞。

八

陈晨回到家时，已经是夜间十一点多了。一进门，她打开一瓶矿泉水，坐到桌子前咕噜咕噜一口气喝了个精光。抬眼朝桌上看去，发现有一张纸条，拿起来一看，是甜甜留给她的。

> 小姨，我晚上要去省城一趟，别等我，早点休息，晚安。
>
> 甜甜　即日

陈晨走到门口，这才发现车子不见了。雨还在不紧不慢、不急不忙地下着，雨点打在院子里的银杏树叶上，噼噼啪啪地发出有节奏的声音。她情不自禁地伸出手，让雨点打在自己的手心，试着雨的激烈程度，心里惦念着一个人在高速公路上开车的甜甜。回过头，她又把甜甜的纸条看了一遍，心里骂道：鬼丫头，即日，就不知道写即日几时，不就多写几个阿拉伯数字吗？她掏出手机，想给甜甜打个电话，按了两个数字后又停下了。她知道这个时候甜甜接电话会分散注意力。她又想，甜甜为什么不给自己打个电话，或者微信留言呢？一定是怕自己担心，阻拦她不要夜间开车跑几百里的长途。唉，这孩子总是替他人着想。

刚才，她和陈明明带着两个技术员去了园子里，发现这一次的病虫害来势很快。几个人分析、研究了一阵子，都说过去没遇见过。一个技术员说，这次大陈家村银杏树的发病率，高出本村银杏树发病率几倍。这话让陈明明得到了启发。陈明明认为，大陈家村这两年为了争银杏果年产量全县第一，加大了银杏树种植密度，在老园子里种植了很多新树。去年，周边有两个靠近县城和镇子的村，因为建设征用园子，一些老树要移植，大陈家村陈亮亮、何东东亲自出马找那两个村的领导谈，一下子买了很多株老树，移植到了大陈家村的园子里。二陈家村虽然也有一些村民移植了一些老树到园子里，但移植面积没有大陈家村大。这一次病虫害，不管是大陈家村的还是二陈家村的，都是发生在有移植老树的园子。陈明明感慨地说，甜甜说得对，人在密不透风的环境中生存困难，树和人一样，也需要良好的生存环境。

几个人赞成陈明明的分析，决定等甜甜和她的老师研制的新方子出来。陈晨当时没想到甜甜去了省城。她一会儿看看手机屏幕上显示的时间，估算着甜甜到了什么地方，一会儿走到门口看看雨是否小了。一直到手机屏幕显示时间24∶00，她才和衣躺在床上。就在她迷迷糊糊即将入睡的时候，手机铃声响了。她连灯也没顾上开，就拿起来接听。电话里传来的是她妈妈陈蒙蒙略带嘶哑的声音：陈晨，还没睡吧？陈晨说，妈，您怎么这么晚还没睡？怎么这时候给我打电话？怎么……陈蒙蒙打断陈晨的话，你哪那么多怎么？陈晨不好意思地笑了，妈，我着急嘛！陈蒙蒙说，就知道你会着急，你那个脾气妈还不知道。停顿了一下，又说，别着急了，甜甜已经到省城了。陈晨一骨碌从床上跳下来，连鞋子也没穿，走到客厅的沙发上坐下，气呼呼地说，她在哪，妈您让她接电话。我非好好骂她一顿不可！陈蒙蒙说，你等等吧，我还没骂你呢。你要是支持她，她能冒雨半夜开车跑几百里？陈晨觉得委屈，正要解释，陈蒙蒙突然把电话挂断了。陈晨再打过去，传来的是对方正在通话。

知道甜甜平安到了省城，陈晨的心情放松了，到浴室冲了个澡。出来再看手机，上边有陈蒙蒙和甜甜的微信。陈蒙蒙在微信中说：闺女，早点休息吧，有话明天再说。甜甜的微信是一个表情，意思是不让陈晨生气。陈晨给甜甜回了条微信，让甜甜给她回电话。过了半个多小时，甜甜那边没有动静。

她又发了一遍同样的内容，可又过了半小时，甜甜仍然没有动静。陈晨又急又气，几次想打电话过去，但是又怕惊动陈蒙蒙和家人休息。又过了一会儿，她又困又累实在坚持不下去，只好上床睡了。

第二天早晨，陈晨刚睁开眼就吃了一惊，床前床上落了一层新鲜的朝霞，晃得她眼睛有点迷离。她想：昨晚睡前明明关了门，怎么门自动开了呢？她赶忙穿衣下床。到了门口，看见甜甜正在院子里弯着腰擦车。她好像遇到了什么高兴的事，嘴里还哼着小曲。

陈晨咳嗽一声。

甜甜回过头，冲陈晨笑了笑，早，小姨。

陈晨在甜甜屁股上拍了一巴掌，我还以为你不回二陈家村了。鬼丫头，做了什么坏事，怕我知道？老实交代！

甜甜说，小姨呀，你第一次发微信的时候，我和外奶奶正在外边陪我老师和一位朋友吃饭。我在外奶奶和老师面前给你打电话，是不是对他们不礼貌？

陈晨没吭声。

甜甜又说，你第二第三次给我发微信的时候，我已经在回来的路上了。我在高速路上开着车，外边又下着雨，怎么给你回呀？你别小心眼，我能有什么事情敢瞒着你。

陈晨想了想，摇摇头，不对，你这时间也对不上……

甜甜说，你不知道心急如焚呀？我拿了方子就往回赶。她突然想起了什么，打开车门拿出手机就拨号，嘴里嘟哝着，糟糕，我外奶奶还不知道我回来了呢。

陈晨一听方子，急不可耐地拦住甜甜，你先把方子给我，一会儿再给你外奶奶打电话。

甜甜有点惊慌，小姨，我让我外奶奶给你说吧。

陈晨被她这句话弄糊涂了，用咄咄逼人的目光看着她的眼睛，厉声问道：甜甜你搞什么鬼？你不是说拿了方子就往回赶的吗，怎么又推到你外奶奶身上了？

甜甜看躲不过去，只好如实向陈晨坦白，小姨，那方子让大陈家村的何爷爷拿回去先用了。不过，这，这是我外奶奶同意的。

陈晨听了，开始还不相信，问道：你说的那个客人是何文革？

甜甜点点头，晃着手里的手机，怎么着小姨，要我外奶奶亲口作证吗？

陈晨目瞪口呆。她怎么也想不到何文革和陈蒙蒙果真像陈明明判断的那样有联系，怎么也想不到甜甜会带着何文革一起去省城找专家，怎么也想不到甜甜会把治疗银杏树病虫害的方子先给了大陈家村，而且是陈蒙蒙同意的……她拉开甜甜的车门，一屁股坐在后座上，好大会儿也没说出话来。

甜甜到屋里端出一杯白开水递给陈晨，小姨，你每天早上的功课还没做吧？

陈晨从上大学开始，就养成了每天早晨喝一杯白开水的习惯。不过，她把杯子接到手里并没有喝，一是她还没有刷牙洗脸，二是她的心思还在刚才的几个"怎么也没想到"上。她自言自语地说，这阴了多少年的天，难道要转晴了？

甜甜接上说，小姨，天已经晴了，出太阳了。你看你看，鲜红鲜红的太阳啊！

陈晨说，你别给我贫。你老老实实给我交代，是不是何文革死缠着你，让你带他去见你外奶奶的？

甜甜叭地立正站好，给陈晨敬了个礼，一本正经地回答：报告二陈家村村委会陈主任，何文革没有死缠着我，在我到省城之前，他已经到了。只不过回来时搭了我的车。你如果认为应当收他的租车费，我负责向他要！

说完，她咯咯咯地笑了。

陈晨余气未消，责备她说，要是你明明爷爷和咱二陈家村的村民知道你把方子先给大陈家用了，那还了得，说不定一把火把你外奶奶留下的咱这房子给点了！

甜甜哼哧一声，刚要发火，又忍住了，依然满面微笑地对陈晨说，小姨，我外奶奶说了，这事陈晨要是处理不好，她就不配继续在二陈家村当村委会主任。

你外奶奶真这样说的？陈晨不信。

甜甜拿起手机又要拨电话，好，好，让我外奶奶亲自给你说吧。

陈晨刚要阻拦甜甜，甜甜的手机铃声响了。

甜甜：喂，是我。

陈晨听见手机里传来一个女孩焦急的声音：甜甜你快点到园子里来吧。园子里出事了！

陈晨从车上跳下来，一把夺过甜甜的手机，急切地问：在哪个园子里，出什么事了？

对方说，是陈晨姐呀！大陈家村的何东东和咱村的陈明明书记干起来了。

陈晨还没来得及问，甜甜已经发动了车，对陈晨嚷嚷着：我知道怎么回事。小姨快上车，我带你去。

是你引火烧身吧？陈晨在车上不停埋怨甜甜，早给你说过大陈家村和二陈家村的事你小孩子别掺和，你就是不听。

甜甜不以为然，小姨，没你想象的那样严重。何文革爷爷说了，大陈家村和二陈家村不能再对立下去了，冤家宜解不宜结。都是种银杏的，都喝银杏河水，都要脱贫致富奔小康，有什么不能解开的疙瘩？

陈晨不满地说，疙瘩还不是他们那代人系上的？他早干什么去了？

甜甜说，何爷爷早就在心里承认错误了。他也有实际行动啊！比方说他那个银杏茶馆展览室陈列的历史是实事求是吧？比方说他营销宣传咱的银杏胶囊新产品是事实吧？比方说他帮咱二陈家村的银杏园灌水是真的吧……

你说什么，帮咱的银杏园灌水？陈晨吃了一惊，我怎么不知道这件事？

甜甜嘻嘻哈哈说，人家是学雷锋做好事，不想留名。

陈晨没吭声。

车子快到银杏河边时，果然看见河两岸站了不少人。让陈晨感到吃惊的是有的村民手里还拿着棍棒。她没等车停稳就着急地打开车门跳下车，一边高声喊着：不许动手！一边跑到人群前边。

陈明明就站在人群前边。他铁青着脸，两道眉毛耸立起来，仿佛倒立的山梁，里边蕴藏着一股怒气随时都可能蹿出来。他听见陈晨和甜甜的声音连头也没回，让陈晨心里感到有些不安。她想了想，对村民说，大家先各忙各的吧，这里的事我和陈书记来处理。

村民们的目光投向陈明明，都在等待他的态度。

陈晨也恳切地看着陈明明。

甜甜心里不乐，说出的话带着浓烈的火药味。她说，明明爷爷，您老人家消消气吧。您和对面都多年不来往了，就不想您小时候的小朋友小伙伴？再说了，您现在的身子骨还敢跟人家动武？

陈明明脸色越来越难看。他突然转过身，大步流星地离开了。走了十几步，他又回过头，冲正在发愣的村民吼了一声：走！都给我走！

村民们一哄而散，只留下陈晨和甜甜还站在原地。甜甜不满地冲着陈明明的背影喊道：我就不信您能再坚持下去！

河对面的人群中突然响起热烈的掌声。

有人喊：二陈家村的害怕了，溜之大吉了！

有的向何东东竖起大拇指：东东你比你爸和陈亮亮还厉害，几句话就把他们吓跑了！

有的指着陈晨和甜甜说，还有一个大姑娘一个小姑娘呢。

陈晨气得浑身发抖，恨不得一步跨过河去，狠狠打何东东一个耳光。她咬牙忍住了，一边转身，一边大声对甜甜说，走，让他们自娱自乐吧！她气哼哼地走到车前，回头看时甜甜却不见了。再看河对面的人，几乎都目不转睛地看着河里。有的还指指点点，大喊大叫。她大吃一惊，赶忙朝河里看去，果然看见甜甜正在向对岸游去。她丝毫没有犹豫，快步冲到河边，对甜甜大喊：甜甜你要干啥？快点回来！

甜甜的水性很好。她回过头，两手挥舞着大声向陈晨说，小姨，你放心。我过去给他们当老师。学生敢对老师不恭吗？哈哈，哈哈……

陈晨叹息一声，你嫌惹的麻烦还小呀！

九

陈亮亮耐心地听完甜甜的讲解，脸上的阴影慢慢散去，眉头上的皱纹渐渐舒展开来。不过，他并没有马上表示肯定，而是端着茶杯，有滋有味地喝了口银杏茶，好像在润嗓子，然后拖着长音问：闺女，你说的这种方法能治好这次病虫害吗？

甜甜一脸灿烂的笑容，不急不忙地说，亮亮爷爷，您信科学吗？

陈亮亮点点头。

何东东在一旁着急地拍了茶几，甜甜你好好回答陈书记的问话。你要是在这胡扯八扯，就赶快回去吧。

何文革瞪了何东东一眼。

甜甜却调皮地冲何东东挤了下眼皮，站起身，侧着脸，贴在他的耳边低声嘀咕了几句，然后哈哈大笑，重又坐下端起茶杯。

陈亮亮和何文革都惊奇地看着何东东。何东东神情慌张地看看陈亮亮，又看看何文革，目光落在甜甜脸上，甜甜，你，你说的什么，我没听清。你再说一遍。

甜甜得意地摇头晃脑，该说的我都给你说了。你自己给陈爷爷何爷爷说吧。

陈亮亮盯着何东东的目光越来越严厉。何东东脸涨得通红，紧张地往后退了几步，指着甜甜说，好你个甜甜，你，你黑我！

甜甜说，东东叔，你怎么不敢把你和我约好的事给陈爷爷和何爷爷汇报啊？

陈亮亮咕咚一声站了起来，两眼瞪着何东东。何东东气急败坏地一边急忙往外走，一边指着甜甜说，好你个甜甜，你等着，有你哭的时候。

何东东走了，屋子里只剩下陈亮亮、何文革和甜甜三个人。陈亮亮稍微平静一下，问道：甜甜，你刚才给何东东说些啥？

甜甜笑了，亮亮爷爷，您听见我说啥了？

陈亮亮摇头，你说的声音那么小，我没听见。他又转头问何文革，你听见了吗？

何文革也摇了摇头。

甜甜说，我啥也没说。

陈亮亮愣了一下，哈哈笑了。你这鬼妮子，哄我俩老头呢。说吧，是不是有话要单独给我俩说。

甜甜把凳子朝陈亮亮身边挪了挪，认真地说，亮亮爷爷，您真是个高人。其实您早就看出我在东东叔耳边就动了动嘴皮。跟您和何爷爷说吧，我就是想借用您老人家的威严，把东东叔给吓走，咱好谈正经事。

何文革嘿嘿笑了，你也有眼光，连你亮亮爷爷的心思都能看透。我给他当了几十年伙计，有时候都琢磨不透。

陈亮亮摆摆手，行了何文革，你也甭和甜甜给我演戏了。你以为你去省城我不知道啊？你俩谁先说，我听着。

何文革轻轻咳嗽一声，看了看甜甜，甜甜你不是说来当老师的吗？那你就先给你亮亮爷爷上一课吧！

甜甜说，遵命！然后站起来，一边比画着一边说，专家看了我微信发的照片和我和同学的分析研究报告，认可我们的意见，这次银杏树发生的病虫害是上下两个方面的问题。

何文革点点头。陈亮亮则不置可否。

甜甜说，主要原因是咱这几年发展理念不对……她突然意识到说得太露骨，目光快速瞄了陈亮亮和何文革一眼。陈亮亮闭着眼好像在思考，表情平常，看不出有什么不高兴。何文革向她噘了噘嘴，示意她继续往下说。她正要开口，有个村民突然匆匆忙忙地闯进来。何文革问他：这么急有什么事吗？村民气喘吁吁地回答：大事不好。何文革问：什么大事？是不是你家银杏园病虫害的事？陈书记和我们不是正在想办法吗？

陈亮亮突然睁开眼，直截了当地问那个村民：是二陈家村来要人了吧？

那个村民点点头。

陈亮亮摆摆手，你先去忙吧。我知道了。谢谢你啊！

那个村民一走，甜甜开口就问陈亮亮：你怎么知道要人，要什么人？

陈亮亮笑了笑，没有回答。

何文革说，二陈家村来这要的人就是你。

我……？甜甜愣了片刻，嘿嘿笑了，我明白了。明明爷爷和我小姨一定是担心我把技术都教给大陈家村了，大陈家村很快治好病虫害，今年产量再上一个台阶，又在二陈家村面前趾高气扬骄傲起来！亮亮爷爷，您说我说得对不对？

陈亮亮刚才的裤腿高卷着。他放下裤腿站起身，又弯腰用手捋了捋，拍打几下，然后抚摸着甜甜的头，赞叹地说，二陈家村有你这样的好后代，我还能骄傲起来？他又对何文革说，文革，咱去会会老冤家吧。

何文革说，是老伙计！

甜甜不解地问：亮亮爷爷，您怎么知道来的是您的老冤家？

陈亮亮说，山难改，性难移，陈明明要是不来要人，那他就不叫陈明明了！

陈亮亮果然说对了，二陈家村来的就是陈明明。

单刀赴会啊明明兄？陈亮亮一见面就嘲讽地说，你这是老将不减当年勇，敬佩敬佩！

甜甜小心翼翼地走到陈明明身边，试探地问：明明爷爷，您是担心我在大陈家村受欺负是吗？

陈明明上上下下打量甜甜一会儿，拍拍她的肩膀说，孩子，我不担心，他们没那个胆，敢欺负二陈家孩子的人还没出生呢。说完，咄咄逼人地看着何文革，何文革，我说得对吧？

何文革咳嗽一声，没有回答。

陈亮亮刚要发火，见甜甜冲着他亲热地笑，于是又忍住了。他掏出一支烟，犹豫了一下，递给陈明明。陈明明嘲讽地说，这恶习还没戒掉，怪不得还是老脾气！陈亮亮两手一摊，针锋相对地说，我要还是老脾气，你在大陈家的土地上能站稳了吗？你过了河，我就拿棍子把你打回去了。

甜甜担心两个老头话不投机，一手拉着陈明明，一手拉着陈亮亮，认真地说，亮亮爷爷，我明明爷爷今天来不是要什么人，是担心我经验不足，把银杏树病因诊断错了，误了你们治银杏树病。对不对明明爷爷？

陈明明没吭声。

甜甜又说，其实吧，何爷爷说亮亮爷爷这几天一直在纳闷，为啥二陈家村银杏园这次没有发生和大陈家村银杏园同样的病？起码没有这么大面积。他想找明明爷爷了解一下，只是还没来得及。对吧，亮亮爷爷。

陈亮亮哼哧一声。

甜甜趁热打铁，拉着二人往外走，那咱就去银杏园吧。

陈亮亮挺直站着，甜甜拉了几下没拉动。他看着陈明明，却对何文革说，让你何爷爷去吧，林副县长一会儿来找我商量工作。

何文革忙接上说，好，你忙你的，我陪明明，晚上我们老哥俩得好好喝两盅。

陈明明心里不情愿，不高兴，但他既不好驳何文革的面子，又挑不出陈亮亮的不是，同时也不想拒绝甜甜，只好顺水推舟地点点头。

没想到半路杀出个程咬金，何东东带着几个村民在银杏园拦住了甜甜、何文革和陈明明。他既不给何文革面子，又拒绝陈明明和甜甜进银杏园。何东东说，明明叔，您和陈晨让甜甜拿什么新方子，在我们大陈家村的银杏树上做试验，我没计较就算了。没想到您老人家还亲自出马……

何文革打断他的话，严厉地说，你给我闭嘴！你明明叔不是那种人。再说，这方子也有我的心血，你是不是觉得我也有问题？

除了甜甜，在场的其他人听了何文革的话都觉得一头雾水，丈二和尚摸不着头脑。

何文革伸起小手拇指，直言不讳地说，半个月前，病害刚露这一点点头，我就发现它与以往的病情不一样。不过，开始时我有点侥幸，心想过几天看吧，也许用点药就会治好。所以有几户人家要输液，我没反对。可是，过了几天不见效，那几家急了，我才急了。

一个村民连连点头，是，我去茶馆给文革叔说的。

何文革指着何东东对那个村民说，你实话实说，给这位村委会主任说过没有？

那个村民犹豫了片刻，低着头说，何主任太难见，不是上省城就是去县城，在家的时候不是开会就是和人谈话，好不容易轮到见我一面，听了我的反映，一点也不在意，相反训斥我小题大做。说咱大陈家村种银杏树都那么多年了，什么病没见过，让技术员帮着看看，没什么大不了的。看不见我这忙大事吗？

说完，又补充一句，村里人说，见何主任比见皇帝老子还难！

何东东瞪了那个村民一眼，但一句也没辩驳。

何文革说，看看，你这个村委会主任要是上心，还能轮到我这个退休几年的原村委会主任帮村民解难题？

这回何东东辩驳了。他很委屈地说，我是在忙大事，那银杏树王的名号是谁跑下来的？"银杏康"品牌是谁申请下来的？银杏文化园立项、申请资金……我，我哪一样不是在替咱大陈家村和大陈家村的老百姓争利益？

甜甜毫不客气地说，东东叔，你也别争辩。你的政绩观出了问题，发展理念也有问题。

陈明明怕何东东反咬一口，和甜甜吵起来，就对甜甜说，甜甜，让你何爷爷说完。

何文革接着说，我也给亮亮说过。他着急，比我还着急，上网查资料，找技术员研究分析，半夜里还到园子里去琢磨，可一时半会儿没找到个好方子。那天，我刚从园子里出来，碰上甜甜和她的几个同学……

何文革回忆起那天和甜甜见面的情景。

前天黎明时分，朝霞在银杏河上涂了一层水彩，让安静了一夜的河水醒来后显得更加生机勃勃，充满活力。但银杏园里的空气却好像凝固了一般，人走在园子里感到密不透风、有点窒息。一些习惯了晨起在河堤上锻炼的老人，三五成群地议论。有的说空气不如过去，过去这个季节的早晨空气很新鲜，吸一口都觉得清爽，身上添力气。有的说今年的银杏树病奇奇怪怪，弄不好会把园子给毁了。有的说亮亮支书也急也愁，何东东那小子却不怎么上心。一个老太太说得更难听，东东那孩子对银杏哪有他爹十分之一的感情？

他恨不得把银杏都给连根刨了盖房子……何文革也在河堤上遛弯，听了这些议论心情很沉重。他想看看银杏树的病情，也怕撞见那些老伙计老兄弟，面子上过不去，就拐进银杏园里。没想到，进了园子，一眼看见甜甜和一个与她年龄差不多的男孩。他第一个反应是这两个孩子在谈恋爱，甜甜怕在二陈家村自家园子里被家长看见挨训，所以才躲到这片园子里。他急忙转身想离去，额头却碰到树枝上，树枝喀嚓喀嚓发出轻微的呻吟，被机灵的甜甜听见了。

甜甜几步跑过来，热情地拉着何文革的胳膊，亲切地说，何爷爷，您怎么见了我连招呼也不打就回头？我姥姥我小姨得罪过您，您生她们的气，我可和您没啥过节！

何文革脸上一阵发烧，甜甜的几句话让他觉得无地自容，咳嗽一声，笑着对甜甜说，孩子你误会了。你何爷爷花眼，没认出你。再说了，我早就不生你姥姥你小姨的气，给你姥姥你小姨认错了……

甜甜：唏，您给我姥姥我小姨认错了？我怎么不知道您什么时候和她们联系的。

何文革不好意思地说，我是，是在心里认错，请她们原谅。

甜甜噘着嘴，不乐地说，您在心里认错她们怎么能听见？这样吧，我回去代您给她们做深刻检讨，就说我何文革前些年做错了，大陈家村二陈家村不应该是冤家而应该是亲家……您看这样说行不行？

何文革紧紧握了下甜甜的手。

甜甜把那个男孩叫过来，给何文革介绍说，这是我的同学小付，专门研究银杏树病虫害防治的。

何文革惊奇地问：你俩咋跑这来研究……？

甜甜嗔怪地说，何爷爷，您又说见外的话了吧！我听说大陈家村的银杏树病虫害，比二陈家村的银杏树病虫害重，所以就过来了。

何文革感动地连连点头，好孩子，陈蒙蒙有你这么个知书达理的外孙女，真是福气。

甜甜可能不想耽搁时间，直截了当地对何文革说，何爷爷，我和小付分析，为什么这次大陈家村银杏树患病率比二陈家村银杏树患病率高，一个重要原因是树太密，老树新树争生存空间，争营养资源，相互受影响。树和人一样，营养不够，体力就弱，而体力弱就易得病。

小付接上说，这样也让病虫有机可乘。

何文革似乎听懂了，是不是说这次银杏树病是园子里通风透气不好……？

甜甜说，何爷爷，不能掉以轻心。发现有病就得赶快诊断治疗，好多病不就是不重视救治不及时耽误了吗？

何文革同意甜甜的意见，问道：你们是不是找到办法了？

甜甜说，我们目前只是判断，要确诊还得请专家。我已经拍了照片传给我们老师，老师让我带点发病的银杏样本到省城去一趟。

何文革问：你打算啥时去？

甜甜反问道：何爷爷，您跟我一道去吗？

何文革的心怦怦跳，却没把心里的话说出来。

何东东听到这里，已经明白了事情的经过，抱怨地说，爸，您要知道您这样做是背叛咱大陈家村，亮亮叔点头了吗？

吭吭吭，陈亮亮威严的咳嗽声从一旁的园子里传过来，紧接着陈亮亮出现在大伙面前。他习惯地双手抱着膀子，神情十分庄严，说话的声音像敲击着钢管一样硬邦邦的。何东东，你小子在背后说我什么坏话？

何东东：亮亮叔，我哪敢说您老坏话。我是在说我爸……

说你爸就是说我！你不知道大陈家村陈何——何是老何你爸，好的像一个人。你爸的想法就是我的想法，你爸说的话代表我说的话。

甜甜高兴地一跃而起，搂住陈亮亮的脖子，在他脸上亲了一下，亮亮爷爷，您支持我们，太好了！

陈亮亮抚摸着甜甜的头，微微一笑。

十

林晓在从省城开会回来的路上收到陈晨发来的微信，告诉她银杏树病已经治愈。不过，心细的她从照片上看出，银杏园旁边河堤上那棵老银杏树是大陈家村那边的。因为大陈家村那边的老银杏树顶端呈伞状，而二陈家村那边老银杏顶端呈笔尖状。她试探地在微信上问了陈晨一句，你们那棵老银杏树也修整了吗？陈晨回复说，这照片上是大陈家村的银杏园。林晓马上明白发生了什么事情。大陈家村和二陈家村多年的矛盾化解了，冤家对头成了亲密兄弟，让她心里非常高兴。她觉得有必要给县委主要领导报告一下，顺便告知自己先直接去二陈家村。县委主要领导听了她的报告也很高兴。

她放下电话，发现旁边一位 60 岁开外的大妈一直盯着她看。她也觉得那个大妈有些面熟，一时又想不起在哪儿见过，于是冲她笑笑。

那个大妈也冲她笑了，亲切地说，你是小林、林副县长吧？我叫陈蒙蒙！说着，向林晓伸出手。林晓双手紧握住陈蒙蒙的手，有点激动地说，阿姨，早就听说过您，您和陈明明、陈亮亮、何文革等青年时期，在沙河的沙滩上种植银杏的事迹，我中学时就学习过……

陈蒙蒙摆摆手，谦虚地说，那都是老皇历了。时代在变，人的思想在变，要不是在今天的新时代，两个陈家村也可能不会变得冤家路宽！

林晓感叹地说，冤家路宽，阿姨您说得好，说得好啊！感谢脱贫攻坚的伟大目标让大家团结起来，还得感谢您老人家不计前嫌、默默地做了很多促进两个陈家村牵手的工作。对了，那个人见人爱的小甜甜也得奖励！

听见林晓夸赞甜甜，做姥姥的陈蒙蒙开心地笑了。

就在这时，大巴车上的电视屏幕上出现了陈蒙蒙和林晓十分熟悉的画面：欢快流淌的银杏河、如诗如画的银杏园、喜气洋洋的游人……接下来是一张张熟悉的面孔：陈明明、陈亮亮、何文革、陈晨、甜甜，还有大陈家村和二陈家村众多乡亲。陈蒙蒙伸着脖子边看边问，他们在干什么？林晓看了看，笑而未答。陈蒙蒙看见甜甜手里拿着话筒，自言自语地说，这孩子又逞能！

说完，满意地笑了。

果然，甜甜开始讲话了。她一开口就很动情地说，明明爷爷和亮亮爷爷让我代表两个陈家村讲话，说我可以代表他们。不知爷爷奶奶大爷大娘叔叔婶婶哥哥嫂嫂姐姐妹妹同意不同意？

周围响起一片掌声和呐喊声：同意！

陈蒙蒙低声嘀咕一句：这孩子……

甜甜等掌声停下后，激动地说，今天，两个陈家村握手言和了，你们看，两棵老银杏树都感动得泪光闪闪！我想说的是，树是有生命的，树是有感情的。您怎样对待它们，它们会怎样回报您。树和人一样，没有不生病的树，但也没有治不好的病！

甜甜提高了嗓音：通过这次银杏树病防治，两个陈家村心连在一起，手挽在一起，脚并在一起，往后的道路会越来越宽广！

周围又响起一片掌声。

陈亮亮、陈明明和何文革都在悄悄抹眼泪。

林晓觉得被陈蒙蒙握着的手有点疼。她深深理解陈蒙蒙此刻的心情。

黄河岸边是家乡

一

砰的一声，李大河手中刚刚削了一半的苹果仿佛受了惊吓，重重地掉在地上，然后打了几个滚儿，躲到了病房门后的旮旯里。李大河拍着床沿，怒不可遏地说，李长河这个，这个……他看了媳妇一眼，把后边的脏话咽了回去，接着说，这个浑小子想干啥？

李大河的媳妇董昌云小心地捡起掉在地上的苹果，放在杯子里，重又拿了一个，边削着苹果边替儿子李长河辩解说，儿子还不是想给你这个当爹的脸上争光？周边几个村都脱贫了，他的压力能不大？有几次我见他在那喝闷酒，我这个当妈的都替他愁。

李大河说，他就剩和"古井原浆"拼老本那点本事了，一口气能喝七八两。

董昌云不满地说，还不都怪你这个当爹的。儿子在城里开饭店开得红红火火的，你经不起"老拧巴"那些人撺掇，劝他回这个穷地方当支书。他当了支书吧，这件事你不让他做，那件事不支持他……

李大河额头上的青筋好像都要绷断了，一只手气急败坏地拍着床沿，一只手指着董昌云说，我，我，不，不让他干的事，那，那是因，因为大多数村民不，不同意……他多年前就有个毛病，平时说话利索，一着急上火就结巴，一结巴就咳嗽。说着说着又咳嗽起来。董昌云赶忙去拍打他的后背，带着歉意说，好了，好了。我就这么说说。我知道理在你这边。你是个常有理。

李大河却不依不饶，去，去给我办出院手续。我，我得回，回去找李长河算账！

护士听到李大河的嗓门很高，在门口犹豫了一下还是没敢进去，匆忙去把与李大河同一层病房的刘乡长请了过来。刘乡长叫刘义，是土生土长的干部，曾比李大河早当兵两年，还当过他的班长，也比他早复员两年，和李大河是多年无话不说的好朋友。他虽然退休几年了，但作为老朋友，年龄也比李大河长两岁，说话李大河听。

好你个李大河，又和昌云急了是不是？刘义的左腿受过伤，走路拄着一根竹竿做成的拐棍。一进门，他就用竹竿敲着李大河的床沿，批评李大河说，人家昌云伺候你真不容易。动不动就跟人家急。换成是我，早和你拜拜了。

刘义朝董昌云使了个眼色，大妹子，你先出去透透气，我来给他上上课。

董昌云提着暖水瓶出去了。

刘义挨着李大河坐下，笑哈哈地问道：大河，你这养病期间可不能生气。生气那是害已不利人。说说看，又为啥发火？

李大河拿出手机，打开微信，指着上边的几张照片给刘义看。刘义伸着脖子看了看，照片上是几辆大卡车，每辆车上都载着一条机帆船。他从停车的地方，一眼就认出是李大河所在的老河套村的黄河岸边。他眯着眼想了想说，噢，明白了。是不是长河这小子在打黄河的主意？

李大河说，可不是嘛！"老拧巴"给我说，长河租了七八条船，要在黄河里捞沙。

刘义一愣，这照片是"老拧巴"通过微信发给你的？这老小子也会玩微信？稀罕！

李大河余怒未消，愤愤地说，要是能在黄河捞沙，还会等到他李长河当村支书的今天？十年前、二十年前就有人找过我，也有人找过你。你还记得不？

刘义没有回答李大河，而是离开床沿走到窗前向外张望。李大河和他住的都是顶层第九层，从这里可以清楚地看到千米之外的黄河。正值秋初，黄河的水流得很平缓很平静，河水也显得十分清澈，仿佛在一个夏天中经历过暴风骤雨，经历过大风大浪，渐渐进入现在休养生息的阶段。两岸这几年新修建的沿黄绿色长廊此时却到了收获季节，红一片、黄一片、绿一片，生机勃勃，争奇斗艳。他回过头来，神情有些凝重，语气也变得严肃起来。大河啊，你要是觉得自己的病治得差不多了，我支持你早点出院回家，找长河好好谈谈。最近，咱们县境内有两条高速开建，我琢磨长河可能是拿到了订单，才动了在黄河捞沙的念头。你老河套村是全乡全县的老先进，前几年就有句顺口溜叫"要摘帽，看河套"。老河套要是带了头，村村都打黄河捞沙的主意，这，这还得了啊！

李大河说，我也是这样想的。长河这小子耳朵根子软，在城里开饭店认识了一帮子狐朋狗友，三两酒下肚，别人一撺腾，我这当爹的话都扔九霄云外去了。他边说边下床，手忙脚乱地收拾起东西来。刘义用竹竿挡了一下他的胳膊，你还瞎忙乎啥？这不是还有董昌云吗？她一回来……

李大河不好意思地笑了笑，对，对。她要是问我，你就告诉她我到楼下遛弯去了。说完，他拿起手机，匆匆出了门。到了门口，又回过头对刘义叮嘱道，医生护士那儿也麻烦你替我脱开脱了。

李大河走后不一会儿，董昌云就回到了病房。她看李大河和刘义都不在，一点也没起疑，以为两个老家伙到楼下院子里散步聊天叙旧去了。她在沙发上坐了一会儿，由于夜里休息不好，竟然昏沉地睡了，半个多小时才醒来。她揉揉眼睛，看看床上还是空的，这才意识到李大河可能背着她回村子里了。她计算一下，从她离开病房十分钟后算起，到她一觉醒来，前后接近一个小时，李大河即使不搭出租车，骑着他的"电驴子"，也该回到村里了。

董昌云也待不住了，一边给儿子打电话，一边收拾。可是李长河的电话接通，只响了两声就挂断了。再拨过去，又响两声挂断了。第三次再拨过去，话筒里响起的是移动服务的提示：对不起，您拨打的电话已关机。她边往外走边嘟哝，这个李长河，连老妈的电话也敢不接了！同时，她心里也觉得不安：这爷俩是不是已经在死磕呢？

二

这一回董昌云只猜对了一半。李大河的确是骑"电驴子"回村的，而且回到了村子里，但没有和儿子李长河死磕，因为李长河不在河套村里。

他回到家，大红漆刷的铁门上"铁将军"纹丝不动地在尽着职责。李长河前些年在城里开饭店，回村后，饭店留给妻子打理，儿子也在城里上学，他回来后一直和父母住在一起。李大河门也没开，又到了村委会。村"两委"办公室的门也锁着，村民服务中心两个小姑娘正在忙碌，说两天没见到李长河。他伸头朝图书室里看了一眼，有几个上了年纪的老人在读书看报，有的抬头看见了他，冲他笑笑，打个招呼。他没有问他们李长河在哪里，问也是白问。他在马路边愣了一会儿，一拍大腿，好像恍然大悟，翻身上了车就往村南头的黄河边上赶去，路上还自言自语地念叨，李大河呀李大河，你怎么一生气就犯糊涂，忘了从医院偷着跑回来干啥的呢？李长河这混小子能不在河边卸船？说不定已经下河开始挖沙了。

李大河和董昌云猜的一样，只对了一半。因为李长河根本就不在老河套村里。

"大河大爷！"背后有人喊了一句。李大河回头一看，一辆紫红色越野车只差十几公分就要顶上他的"电驴子"了。开车的头上戴着一顶鸭舌帽，鼻子上架着一副墨镜，嘴里还叼着烟，见李大河回头看他，伸出头来向李大河挥挥手，嗨，大河大爷，您这车早该进村史博物馆了，咋还舍不得呢？！

李大河一听声音，就知道是铁蛋的二小子二钢。这小子在城里搞建筑，平时很少回老河套，这几年过春节也不回来过了，不是把铁蛋老两口接到城里过节，就是带铁蛋老两口去三亚过冬，去年春节还带铁蛋老两口去了一趟日本。铁蛋回来后，一见李大河就抱怨吃不惯日本人的饭，说一个春节瘦了七八斤。前些日子，铁蛋也生了一场病，被二钢接到城里住院治疗，出院后就住在二钢的别墅里养病，至今还没回来。那这个二钢回来干啥呢？

二钢见李大河停下车，也把车停下。他从车上下来，走到李大河身旁，掏出烟盒，拿出一支烟递给李大河。李大河接过看了一眼，那烟比平常见的烟细了一大圈，像筷子断了半截。他习惯性地放在鼻孔嗅了一下，又还给了二钢。

二钢说，大爷，这细烟对身体损害小，有钱的现在时兴抽这。

李大河说，可你大爷不是有钱人呀！二钢，你爸的身体怎么样了？

二钢说，嗨，我爸那人您老人家还不了解，小病小恙不吃药不打针，吃饭挑食，就爱吃红烧肉还有黄河大鲤鱼，见了海参鱼翅就恶心。这不，非着急上火地赶着我来，到家的地窖里给他带山药蛋回去……

李大河眨巴眨巴眼皮，嘲讽地说，你小子把家也忘了。你家在村东头，你往这大西南跑啥？！他心里琢磨，二钢的话中有问题。他早就知道二钢和长河来往密切，说不定李长河弄船挖沙的事就和他有关系。

果然，二钢也不隐瞒，坦率地说，大爷，我听说我长河哥买了几条挖沙船要挖沙，顺便过去看看。

李大河说，噢，有这回事？我正要找长河说个事。那你带我去找他吧！

二钢开着车在前边走。李大河骑着"电驴子"在后边跟。透过二钢车窗开着的缝隙，他听见车上有个年轻女人在哈哈大笑。突然，一只橘子皮从车窗扔了出来，接着又扔出一张餐巾纸。李大河骂了句"没教养"，皱了皱眉头。

老河套村西南角就是黄河的河套。之所以叫河套，是黄河流到这里的时候，因为地势奇特，形成了一个 S 形状，尤其奇特的是 S 的上半段河水湍急，S 的下半段河水平缓，S 的中间段充当了缓冲的角色，也自然而然地造就了一块百亩河滩地。李大河小的时候，那块河滩地全是寸草不生的黄沙，连牛羊也赶都赶不上去。到了刮风的日子，黄沙被风卷着漫天飞舞，两岸的沙土地上，人们费了十几年工夫，流血又流汗，好不容易种的庄稼，刚刚露出苗，瞬间就被一层厚厚的黄沙埋没，颗粒无收，年年吃救济粮。风大的时候，村里人也跟着遭殃，家家户户的房上房下、房前房后都落了一层沙。李大河从当生产队长，再到当大队党支部书记，前前后后干了将近四十年，带着老河套的村民治黄治沙，硬是把横行的黄沙治服，老河套变成了一片花果飘香的绿洲、黄河上的一个旅游景点。老河套村和李大河本人、"老拧巴"、铁蛋等十几个村民先后被省、市、县表彰为先进集体、劳动模范。此时正值旅游旺季，老河套S形河滩的停车场停满了城里来旅游的车辆，小轿车居多，也有十几辆旅游公司的大巴。在这一排排车辆中，四辆重卡格外引人注目。每辆重卡上的确有一艘挖沙用的船。车下围着一群人，离很远就听到吵架的声音。

李长河！李长河！你给我过来。李大河高声喊了一嗓子。

人们听到李大河的喊声，纷纷转过身来，目光齐刷刷地投到他的身上。一时间，争吵声也戛然而止，出现了短暂的宁静，浪打着河堤的声音则十分清晰了。

李长河在哪？李大河在人群中看了看，没看见李长河，于是又大声问了一句。

一个从头到脚沾满黄泥巴的人从地上爬起，向着李大河走过来。他的右腿有点瘸，走一步甩一下。正因为这个特点，李大河一眼就看出是"老拧巴"。他还没动弹，二钢嘴里喊着我的个叔来，紧跑几步迎了上去。叔，您下河了？咋弄成这样子？

李大河也向前迎了几步，上上下下打量着"老拧巴"。"老拧巴"还没开口，一个叫英子的就抢着替他说出事情的缘由。英子说，那个姓朱的小老板真不像话，不声不响把车开到老河套，不声不响要卸船，不声不响要下河挖沙。"老拧巴"大叔跟他理论了半天，他听也不听。"老拧巴"大叔这才躺到车下，说你有种，就把船砸在我身上。除非你把我这把老骨头砸碎，不然就甭想在老河套里挖沙子。

英子的话音刚落，马上有人接上说，"老拧巴"大叔也管得太宽了。您一不是村书记，二不是村主任，就老河套一普通村民，您凭啥拦着挡着不让人家卸船下水挖沙？我看人家朱老板对您够客气的了。说这话的是英子的丈夫李东，论辈分得叫李大河爷爷。

英子上前一步，指着李东的鼻子骂道，老河套姓李的上一辈再上一辈都是顶天立地的汉子，怎么到了你们这一辈都窝囊到这样子了。不就是想挣钱吗？你挣钱也不能在黄河身上打主意，不能破坏了老河套几代人用血汗换来的青山绿水！你要跟着他们挣这样的钱，我立马就和你离婚。李东你听着，我英子一口唾沫一个坑，说话算数。

英子的话说完，围观的人群议论纷纷。有的支持英子，有的支持李东，从开始评论他两口子的话，到各说各的理，从起初的说理，到互相攻击，争论越来越激烈，甚至有的口出恶言。眼看着就要发展到动手了。李大河大喊一声，哪，哪个是朱、朱老板？

一个中等个子，30岁出头，穿着白色西装，戴着墨镜的男人迈着方步，大摇大摆地走到李大河对面，讥讽地说，哟，就你这嗓子，要是去中央电视台星光大道比赛，少说也得拿个月冠军。可惜喽……

他还没说完，二钢就火了，用脚尖勾起沙土朝他扬了过去。他赶忙抬起胳膊和手挡了一下，头发上、脸上、衣服上还是落了一层沙土。二钢接着又骂道，你小子眼不好使唤还是耳朵塞了猪毛。站在你面前的是李长河李书记的亲爹、老河套村原书记李大河，别没大没小的，小心有人揍你！

朱老板弯下腰，向李大河深深地鞠了一个躬。老李书记，不，老李大爷，对不起您。您大人不计小人过，千万别因为我刚才的几句话气坏了身子。

李大河从二钢和朱老板的神态中，已经猜出了他二人的关系。他假装不明白，不露声色地问朱老板：朱老板呀，你这浩，浩浩荡荡、大模大样地，闯，闯到老河套来，看架势要在这安营扎寨？

李东抢着回答：大河爷爷，人家朱老板是咱老河套村招商招来的。我长河叔代表村里跟人家朱老板签有合同。

李东的话引起现场一阵轰动。李东也是村委会的副主任，他的话等于向大伙公开了内部信息、一个对朱老板有利的证据。有一些人指责李长河和村委会办事不规矩，这么大的事不经村民大会讨论；有一些人则借批评"老拧巴"和英子影射李大河，意思是村里招商引资没错，朱老板是村里请来的，对人家应当客气。"老拧巴"急得瞪大眼睛，对李东扯着嗓门喊道：这还不是老河套天大的事？这么天大的事你们几个人就当家做主，眼里还有没有群众，还有没有我们这些老党员老干部？

"老拧巴"说着，上前拉着李大河的胳膊，指着一片被轧过的苹果园愤怒地说，您看，这不是，不是糟蹋这片果园，是糟蹋咱这帮老兄弟们的血汗！说着说着，他竟然像个孩子一样蹲在地上放声大哭。

"老拧巴"这一哭，把李大河的心哭乱了。他双手颤抖着捧起一棵折断了的苹果树枝，在心里约估了一下，少说也有七八年以上树龄。过去说"桃三杏四梨五年，苹果结果在六年"。折断的树枝上挂着又圆又大的苹果，有的被轧得裂开大口子。眼前有两排苹果树被轧断，至少有五十多棵树，而这两排之间正是重卡通过的间距。他胸中本已点燃的怒火腾地升了起来，瞪大眼睛在人群中搜寻着李长河。英子看透他的心思，不满地嘟哝道：长河叔从昨天就没在老河套露过面。他把锅甩给了李东和朱老板。

李东指着英子，你，你在这瞎胡呲！长河叔是去县扶贫办给老河套跑项目去了……

英子朝李东胳膊上打了一巴掌，瞪了他一眼。你把手给我放老实点，把嘴巴闭上，没人拿你当哑巴。

李东低着头，灰溜溜地退到二钢的身后。二钢知道李东惧内，有英子在不敢狂，而朱老板虽然有和村委会的合同，也带了投资来，对一些村民有诱惑力，但有李大河、"老拧巴"这两个老河套村的老干部老功臣压阵，英子这些"80 后"年轻党员冲锋，那些支持朱老板的人也不敢胡来。他得趁着李大河还没表明立场，把这件事先压下来。于是，他上前一步，先把李大河手里的苹果树断枝接过来，小声说道：大河大爷，这事您先别急，等长河回来问清楚了来龙去脉，您有意见再给他说。要是长河真跟人家签了合同，那人家朱老板就是在履行合同，咱没理由对人家朱老板说三道四。老河套村村委大红公章，还不抵两个退休老头咋呼一句？这传出去，谁还敢和老河套打交道。

他说这话时，目光一直在李大河的脸上停留，观察着李大河的神情，分析着李大河的心理。他父亲铁蛋和李大河、"老拧巴"从光腚一起长大的，在他面前经常念叨他们过去的事。他印象最深的是父亲不止一次说过，李大河最要面子。他见李大河对他的话不但没有反感，好像还有所触动，于是又接上说，大河大爷，长河是您亲儿子，您关起门在家怎么骂他都行。可他现在是村支书，这事也不是您家的私事，您得给他留面子。您要当众让他下不来台，对他的形象、权威、影响都不好。再说了，他要真甩手不干，老河套一时半会儿能找到接他的人吗？

李大河也意识到了这件事没有那么简单，二钢的话也的确对他有所触动。李长河不在现场，即使在现场，他也不能当众给儿子下不了台。他对自己刚才的冲动有点后悔。李大河呀李大河，你啥时能改了这容易着急上火的坏毛病？

大河大爷，我送您回医院吧？二钢说，我出门时，我爸还让我早点回去，带他到医院去找您聊天呢。您可能想不到，我爸让我来地窖拉红薯，就是蒸熟了给您送去。您几个老哥们儿吃红薯长大的，现在打个嗝，满嘴还是红薯味……他本来想逗李大河笑，让李大河消消气。没想到李大河听了撇撇嘴，脸上的表情比哭还难看。

"老拧巴"和李大河是在黄河滩的沙窝里摸爬滚打几十年的老伙计，对李大河的性格比二钢把握得准。他看出李大河在犹豫，直接走到朱老板面前，指着几辆重卡说，朱老板你明白李书记的意思了吧？快点撤吧。

朱老板嘴角挂着一丝冷笑，看也没看"老拧巴"一眼。

李东见英子正在低头捡折断了的苹果树，壮着胆子嘲讽"老拧巴"：您老人家眼花了，这是原李书记，老河套现在当家的李书记还没回来！

"老拧巴"又转过脸对李大河嚷嚷：您儿子李长河不在，您就再当一回家。您下个命令，老少爷们儿保证都听。

李大河陷入两难的境地。就在这个节骨眼上，董昌云气喘吁吁地赶到了。她一上来就劈头盖脸把"老拧巴"数落了一顿："老拧巴"你啥用心？你明知李大河他现在就老百姓一个，他给谁下命令？再说了，你是让他和他儿子针尖对麦芒，他俩掐起来，吵包子闹分家呀？！要下命令你下去。李大河他是打医院偷偷跑出来的，这命都快没了，你要当他是你生死患难的兄弟，就劝他回医院好好治病，先把命保住！

"老拧巴"被董昌云一顿臭骂给镇住了，过了一会儿才说，那，那大河您还是跟昌云嫂子回医院吧。

英子也跟着劝李大河回医院。

二钢来了个顺水推舟。大河大爷，走吧，我送您回医院。

二钢和董昌云一个在前边拉，一个在后边推，李大河半推半就上了二钢的车。刚要关车门，"老拧巴"冲他又吼了一句：大河您放心治病。这边有我这个不怕死的兄弟顶着。他们谁真敢把我撞死轧死，您就把我埋在咱和铁蛋老哥仨当年选中的地方！

哐当，董昌云关上车门，接着骂了一句：越老越狂，瞎捣乱！

她的话一下子激怒了李大河。李大河瞪了她一眼，你说什么……？

要不是副驾座位上坐着个陌生的年轻姑娘，他十有八九骂出脏字。

三

"老拧巴"是个粗中有细的人。他刚才那句话，与其说是故意给李大河听的，不如说是用刀尖扎李大河的心窝。

李大河小时候，老河套是远近闻名的穷村，全村一半以上的男青年过了30岁说不上媳妇。有句顺口溜说："有女不嫁老河套，不养老来不养少，一年四季吃不饱，三伏穿着破棉袄。"李大河18岁参军，在部队三年，立了一次功，入了党。他复员回家时，给全家人都买了礼物，其中给爹买了两瓶老白干酒。没想到，全家人中只有爹板着脸坐在门槛上，嘴里叼着的旱烟袋故意抽得嗞嗞嗞地响，对他不亲不近，不冷不热。他从小就怵爹，也没敢问。到了晚上，全家都上床休息了，爹把他叫到黄河边，借着酒兴才把心窝子里的话倒了出来。爹说，大河呀，你小子就这点出息啊！爹送你上部队，指望着你能混个一官半职，再也不要回老河套来吃苦受罪了。你咋就不明白爹妈的心思呢！你都立了功，入了党，再努把劲不就提干了！像搬石头，人家搬小的，你拣大的搬，不就是多流几滴子汗？你还怕流汗呀？你看看你看看，回来了，你晚上还得钻牛草屋，白天还得撅着腚在黄沙里刨食……爹那天说得很激动，李大河后来每回给李长河讲起，都是热泪盈眶地说，你爷爷那叫一个慷慨激昂，慷慨激昂啊！

李长河听了撇撇嘴，低声嘟哝道，那叫慷慨激昂啊？

那时还没搞联产承包，队队都养牛，一间屋子里拴着几头牛、堆着牛草，像李大河那样家里房子不多，住得不宽敞，还没娶媳妇的男人到了冬天的晚上就到牛屋里过夜，连被子也不用带，衣服也不用脱，往草堆里一钻，用干草把整个人埋起来，比躺在床上盖着被子还暖和。李大河入伍前就和"老拧巴"等几个小伙伴钻牛草屋。李大河和铁蛋是因为家里人口多，如果住在家里就得与爷爷和两个弟弟挤一张小床上盖一床破被子。"老拧巴"家里明明有地方也来钻牛草屋，是因为和李大河有感情，想和他待在一起。牛草屋里人多，有个李大河爷爷辈的老头年轻时是唱大鼓书的，每天睡前给他们讲《三国演义》《水浒传》《杨家将》，小伙伴们听得有滋有味。有时听到惊心动魄的情节时，连小便都硬憋着……复员回来都成大小伙子了，又要钻牛草屋。这让李大河心里不痛快。第一天晚上，他和"老拧巴"等就在牛草屋里谋划起"造反"来。

"老拧巴"说，河对面那边搞包产到户了。不知怎么的，咱这边还没动静。

铁蛋说，咱这边还故意把大喇叭架在河边，天天对着人家那边放"社会主义好"，好像在骂人家不搞社会主义了。

李大河挠着头皮，想了一会儿，我们部队驻地那儿农村也搞包产到户了。我听说，勤快点的、人口多的、想吃饱肚子的、想致富的都很积极。不过，这才刚开始，不知道效果怎么样。出水才见两腿泥嘛！

铁蛋说，就是，等他们搞好了，咱这边也会跟着学。

"老拧巴"急了，你小子就属于好吃懒做那类人，喜欢"大呼隆"。等人家搞出经验了搞好了，咱不就落后了，看着人家吃得肥头大耳白白胖胖，咱瘦得跟麻秆一样。那边的闺女更不嫁这边了。

铁蛋也急了，那，那咱这领导没发话，你急，皇上不急太监急有个蛋用！你连个党员也不是，能夺了大队书记的权？

这两人从小就喜欢抬杠，谁都不服谁，有理没理都争。不过两人都服李大河。有时，两人吵得难解难分，李大河咳嗽一声，马上就停下来，眼巴巴看着李大河，李大河一旦做出裁判，两个人都服从。这回，李大河没有马上做裁判。他走到门口蹲下来，点了一支烟，边抽边思考。铁蛋跟出来，从李大河放在脚下的烟盒里抽出一支烟抽着，扭头看着屋里，哼哼两声，大河哥你看到没，他还是那么拧。你当兵这几年，我没少了受他欺负。

李大河没接话茬，而是直截了当地问铁蛋，你给我实话实说，你是不是支持包产到户？咱大队社员是支持的多，还是反对的多？

铁蛋犹豫片刻，回答道，我说不上支持也说不上反对。我就一平民社员，让咋干就咋干。社员吧，怎么说呢，支持的多一点吧。他又反问：大河哥，你咋想的？

李大河起了身，在原地转了几圈，对屋里喊："老拧巴"你出来一下。

"老拧巴"身上裹着件他爷爷和他爹穿过的破羊皮坎肩，晃着晃着走出来，朝地上一坐。

李大河抓住他的衣领把他拎了起来。我把丑话说前边，要是我当了队长，你俩得给我好好"拉套"。谁要是使绊子，我就把谁丢黄河里喂鱼。

李大河之所以说这话，是他复员回来的当天晚上，大队书记就到家里找他，动员他接任生病已经住了半年医院的生产队长。他当兵时的班长刘义去年复员，在公社农具厂当车间主任，曾写信给他，让他回来后去农具厂上班。所以，他没答应大队书记。经"老拧巴"和铁蛋一撺腾，他下了接任生产队长的决心。

第二天，李大河就走马上任生产队长。老河套大队当时有八个生产队，他任队长的第三小队人最多、地最多，也最穷，全大队的光棍就占了一半。大队书记对他"勇挑重担"满口称赞，他提出的几个条件也都痛痛快快地答应，只是对他要求带着第三小队先搞包产到户试点这一条没有明确态度。"老拧巴"说大队书记没明确否定，咱就干！铁蛋也表示，如果有什么错，咱哥仨一起扛，就是蹲监也一起去。这就是后来老河套人称的"铁三角"。

李大河上任后第一件事，就是把河套里叫"马蹄掌"的一块能耕种的地分成三十八块，每家按人口均摊一块，最大的一块一亩多点，最小一块仅四分，等于是包产到了户。第一年，第三小队就把吃救济粮的穷帽子摘掉了。接着，第二年又扛回了全县治沙先进的红旗。第三年，大队改为行政村，村党支部改选时李大河被推选为村支部书记。"老拧巴"也进了村班子，当了村委会主任。铁蛋则接替他当了第三村民小组的组长。这时，刘义已经当上了副乡长，分管治沙工作。他上任第一天就来老河套找李大河商量，要在老河套搞治沙试点。他对李大河说，这试点，说到底也是树典型。搞好了，老河套就成了全县的先进，你李大河说不定能当上省劳模！

李大河说，老班长，我可不是为了当先进当劳模，我就是想让老河套这群光棍都能娶上媳妇，生儿育女，让老河套的老少爷们儿的肚子不再挨饿。

晚上，李大河把"老拧巴"、铁蛋都召唤到家里，一起陪刘义喝酒，商量治沙的事。四个人两瓶酒下肚，终于达成了共识：先把老河套绿化起来。李大河把胸脯拍得啪啪响，话也说得很干脆：我当兵那地方叫沙坡头，那可是大沙漠。开始治沙的时候，死了几个人，还有年轻漂亮的女大学生被飞沙给埋了……

这沙是不好治。铁蛋说，要是能治，咱上辈人不早就治了。

李大河说，那地方现在变成绿洲了，还铺了铁轨通了火车。

刘义说你小子贼精，我也去过那儿，咋就没想起向人家请教一下治沙的经验。

李大河说，我给指导员写信了，想请他帮忙介绍那儿的技术员。指导员一定会帮咱这个忙。只要他的回信一到，我们就过去取经。

说这话的第三天，指导员的回信到了，说是人家技术员欢迎他们过去。李大河让"老拧巴"在家主持工作，自己和铁蛋过去取经。他让母亲蒸了几十个红薯面窝头，又带上一串干辣椒、十几头大蒜。买车票的钱打哪来？铁蛋说既然是为老河套村办公事，那就每户出一元钱，一百多户就是一百多，够车票钱了。"老拧巴"也同意铁蛋的意见。李大河说这不行，八字还没一撒就向村民要钱，说不过去。三个人为这一百多元车票钱，在黄河边坐了大半夜。

你俩别管了，车票钱我来想办法。铁蛋拍着胸脯保证，明天上路时，这钱肯定给你。

"老拧巴"说，这钱你千万别放大河一人身上。你俩要分开装，万一在路上遇到小偷小摸，偷了一个人的腰包，另一个人腰包里还留着用的。

李大河问铁蛋：你到哪弄一百元钱？莫非你爹过去存了银元？

铁蛋笑笑，反正咱俩车票钱我先垫上，你就别管我从哪给你弄来。

第二天天还没亮，李大河和铁蛋就动身了。"老拧巴"跟着他俩走了几里地，直到李大河冲他发了火才停下。李大河和铁蛋走出很远，回头看时，黄河岸上还有个一动不动的黑影。当时，他的眼泪就掉了下来。

这一趟来回整整十天，李大河和铁蛋吃了很多苦。"老拧巴"见了他俩，搂搂这个，抱抱那个，鼻涕眼泪一把把地流。李大河对"老拧巴"说，别扯没用的，马上通知各小组长来开会。

刘义也匆匆赶来了，和村民小组长一样坐在沙地里，听李大河和铁蛋学来的治沙技术。

李大河让铁蛋把一捆麦草分给大家，让大家跟着他把麦草编成长长的绳子，然后埋在沙子里。有个村民小组长嘟哝道：就这也叫技术？

李大河说这就叫"麦草方格沙障"，它的作用是阻沙固沙，也叫锁沙。

铁蛋在一旁插话，人家那边干了十几年，这法子还真起作用，沙漠现在变绿洲了。

虽然大多数人心存疑惑，不太积极，但李大河和"老拧巴"、铁蛋态度坚决，刘义也支持他们试验，事情就定了下来。散会后，李大河回到家，他刚娶过门不到仨月的媳妇董昌云，瞅了他半天，半真半假地问，你谁呀，上俺家来啥事？李大河二话没说，倒在床上就睡。第二天早上醒来，董昌云愁眉苦脸，神情不安地说，你这一觉睡得跟不省人事似的，村里出大事你也不管。李大河一惊，出啥大事了？董昌云说，乡派出所来人调查，说咱老河套半夜有炮声。李大河不解，怎么会呢？老河套哪来的炮？董昌云说，追到咱家院子里，就差掀你被子把你光腚提溜出来了！李大河这才恍然大悟，董昌云是在说他呼噜声大。他嘴里骂着你这个坏蛋，一使劲把董昌云掀翻在床上……

从那时起，李大河带领老河套村民搞起"麦草方格沙障"治沙，中间失败了很多次。最大一次失败是麦草方格放好了，夜里下了一场暴雨，黄河河水暴涨，"马蹄掌"的麦草方格全都给冲到了黄河里。很多村民的积极性受到无情打击，失去信心，不愿再干下去。那时农村第一波外出打工潮已经出现，村里年轻人成群结队往城里走，劳动力骤然减少，一段时间里在"马蹄掌"坚守的就剩下李大河、"老拧巴"和铁蛋。三个人索性在"马蹄掌"搭了个"地窝子"住下，吃饭由三家的家人轮流送。几个月下来，麦草方格终于在"马蹄掌"扎下根。一场大风过来时，远处黄沙飞扬，这片地方黄沙却老老实实。开春，他们把三家男女老少都喊了来，在麦草方格中栽种沙蒿、籽蒿、柠条等沙生植物。别看就在黄河边上，到黄河里打水还是靠着用水桶和脸盆肩挑手提。董昌云把家里和面用的盆都用上了。到了第二年春天，"马蹄掌"里见绿了。那片生机勃勃的绿色，让李大河、"老拧巴"和铁蛋激动得抱头大哭了一场。村民们也看到了希望，于是都跟着动起来。几年过后，老河套沿黄河大堤立起了一排排防沙林，而且种上了苹果树，有的人家还种花生、种西瓜、种蔬菜……十年过去了，老河套一片葱绿。二十年过去了，老河套成了一片绿洲。省报有个记者采访后，称"马蹄掌"是黄河岸边小江南。刘义早在第二年就把老河套的经验向全乡推广，县里又向全县推广。有一两年的时间里，李大河因为抽不开身，铁蛋就成了香饽饽，到全乡全县去做技术指导，知名度甚至比李大河还高。

有一天，李大河、"老拧巴"和铁蛋在"马蹄掌"商量完事，"老拧巴"动情地说，大河、铁蛋，咱哥仨说好了，死后就埋在这"马蹄掌"。

四

二钢，停车！董昌云拍着前边的二钢喊着，我和你大爷先回趟家，拿点东西再去医院。

车是那个陌生女孩开的。她没等二钢同意就踩了个急刹车。董昌云的脑壳哐当碰到车顶，疼得咧了咧嘴。那个女孩这回很勤快，主动给李大河开了车门。李大河说了声谢谢。董昌云却理也没理。

二钢问：大爷大娘，我等你们吧！等你们收拾好，送你们去医院？

李大河摆摆手，不用不用，我的"电驴子"还扔在老河套那儿呢。

那个女孩手里拿着粉红色的小喷壶，对着李大河和董昌云刚坐过的座位猛喷，嘴里还不住嘟哝着。董昌云拉着李大河转过身，骂了句：啥玩意儿！再坐这车一会儿，我都能让她身上那味给熏倒。

李大河家堂屋的当门墙上挂着一张张照片，全都镶在镜框里，有大有小，有彩色有黑白，有李大河当兵时穿军装的，有他和董昌云的结婚照，有他和"老拧巴"、铁蛋在"马蹄掌"劳动时的，有他当劳模时披红戴花与领导的合影，有李长河百日时的全家福，有李大河退休后和董昌云去海南旅游的……这些照片是李大河人生的缩影和见证。平时，他喜欢默默地看这些照片。李长河带儿子女儿回来时，他也会指着照片，一张张地给孙儿孙女讲过去的事情。董昌云了解他的心思，每天都把镜框擦拭一遍。今天一进屋，李大河的目光又投到了墙上，神情却有些忧伤。董昌云用毛巾一边帮他抽打着身上的沙尘，一边叨唠：你自己都不止一次说过这都是历史。历史就是过去，不顶吃不顶喝的……

李大河反驳道：你咋不说，有句话叫"忘记过去就等于背叛"。

董昌云也反唇相讥，过去是啥光景？你领导的老河套治治沙栽栽树就是全县有名的先进，现在呢，光好看了不挣钱，成了全县有名的贫困村。你当了多年先进，让儿子来当后进，还好意思说。

董昌云到厨房烧开水去了。李大河一屁股坐在沙发上，呆呆地望着墙上，墙上一半挂着照片，一半挂着奖状。正如董昌云所说的那样，这些奖状大多是七八年前的，有上个世纪 80 年代治沙先进、绿化先进、计划生育先进、带头致富先进，有 90 年代治安先进、卫生先进、抗洪救灾先进，有优秀党员、劳动模范……

李大河你快过来看看！董昌云在厨房里高声喊。

李大河不知发生了什么事情，赶忙钻进厨房。董昌云正在抹眼泪，见他进来，指着掀开的锅盖啜泣着，你看看，你看看，这就是你儿子的早餐。李大河看见锅里残留着半碗面疙瘩汤，旁边碗里放着啃了一半的煮熟的玉米棒子，还有几块咸菜。他的眼睛一下子潮湿了，嘴里却抱怨道：屋后的园子里现成的青菜，拔几棵炒炒费多大劲？这小子越来越懒！

董昌云不愿意了。老河套的人打我儿子小时候就夸他勤快，我还是第一次听人说他懒，而且是你这个当爹的。你怎么不说他心思都用在了脱贫上，没工夫给自己做点可口的？说着说着，坐在小板凳上呜呜哭起来。我儿子本来在城里开着饭店，吃香的喝辣的，老婆孩子热炕头。你非得动员他回来接你这个烂摊子……

李大河急了，你，你怎么知道我不在想办法帮他？我不光是帮他，也是在帮老河套村民。

董昌云一撇嘴，唏，你就吹吧。我等着看你的能耐。

李大河的手机信息提示铃声响了。他举到眼跟前看了看，一边往外走一边说，我得去把"电驴子"弄回来。

董昌云上前一步拦住他。李大河，不许你再去给儿子捣乱。实话给你说了吧，儿子要在黄河捞沙，是我替你答应的。

一个月前，李大河住院的第一个周日，李长河带着媳妇和儿子女儿到医院去看望。李大河刚输完液睡了。李长河把董昌云叫到门外，告诉她说，一个工程公司的朋友找到他，说是县境内要修高速公路，需要沙子，想和老河套村一起搞个沙厂，由他们工程公司投资，除了利润两家分成，还可以安排村里几十个劳动力就业。董昌云一听急了，又是摇头又是摆手，儿子，这事千万甭给你老子提。你老子是黄河治沙模范，黄河里的一滴水他都看得比他一股子血还宝贵。你要是在黄河里挖沙，那不是挖他命根子？他不和你拼命还怪！李长河理直气壮地说，黄河哪年不清淤？我这也是保护黄河嘛！董昌云唏了一声，别以为你妈不懂。好歹你妈也当了二十多年村支书的媳妇，现在又是村支书的妈。你说的清淤是上边要求的，那是有计划有安排的，和你这私自挖沙是两码事。私自挖沙非法……李长河不耐烦了，打断董昌云的话，妈，今年的苹果不好卖您知道不？好多人家的苹果还长在树上没摘您知道不？苹果卖不出去村民就没有收入您知道不？董昌云挤巴挤巴眼皮，不知怎样回答儿子这一连串问题。李长河又接着说，离冰冻封河也就两三个月时间，我用五台挖沙船干这段时间，保证家家户户比卖苹果收入高！他见董昌云用疑惑的目光看着他，又低声说，实在不行，我夜里干……说着，他不住叹息，我已经答应人家了，如果反悔，以后怎么在朋友圈里混？再说了，要摘掉贫困村的帽子，可咱老套哪有个脱贫的项目，凭啥把村民的收入提高？我不当这个村支书了，可我老子的面子往哪搁？董昌云看儿子真着急了，于是心疼了，问他：黄河上有监察的，万一逮住了？李长河说，反正只要是为了老百姓，不朝我自己兜里装一分，最多给个党籍处分。反正也就这一二年，一年干两月，等高速公路建成了，白送人家也不要。我和铁蛋叔聊过。他说黄河里捞个几百吨几千吨沙子，等于掉一根皮毛，甚至连根皮毛也算不上。董昌云说，你甭听铁蛋的。他和你老子早不是一路上的人了。李长河说，那咱不干，人家可以找别人干。干脆我早点卷铺盖离开老河套吧！董昌云也急了，你现在是老河套的一把手，你想干，村民也同意，你就干呗。你老子他一退休老头，管他同意不同意呢！他不同意，还能生吃了你不成？

　　李大河听董昌云说到这里，长长地叹息一声，你这哪是帮他，是毁他！黄河里捞沙那是禁止的，发现了不是免了职罚点款就能了事，弄不好要蹲监狱。

　　董昌云撇撇嘴，李大河，我跟你过一辈子了，还不了解你？吓唬谁呢？前些年有多少家在黄河捞沙的？你不也捞过？咋啦，你也没蹲监狱啊！

　　李大河哼哧一声，亏你还知道那是前些年。眼下是前些年吗？再往前些年，老河套黄沙飞扬寸草不长，是今天青山绿水花果飘香的样子吗？

　　董昌云反唇相讥，行了吧李大河。你辛辛苦苦几十年换来的青山绿水就是你欣赏的一幅画，老百姓的口袋有钱吗？有钱还戴着贫困帽子？苹果现在市价你知道不？花生卖多少钱一斤你了解不？

　　得得得……李大河冲董昌云摆摆手，我没时间跟你抬杠。反正就一条，这黄河里捞沙不行！一捞沙，沙一松动，首当其冲是"马蹄掌"。这块百里闻名的小江南还不给毁了。

　　李大河边说边往外走。董昌云嘲笑地说，没理了吧，嘴秃噜了吧。

　　看着李大河的身影消失在门外，她又追到门口，冲着他的背影高喊一声：回来吃不？不回来就不做你的饭了啊！

　　李大河气哼哼地往前走，连头也没回。其实他是心里难过。这娘儿们跟我过了几十年日子，虽说嘴碎一点，爱好叨唠，可那也是为我好。她刚才这话就说到了点子上。当年搞绿化大伙的积极性多高啊，就连"老拧巴"这个小学文化的地地道道老农民，都忍不住写了首诗："男女老少齐上阵，流血流汗种树忙，绿化黄河当先锋，不见往日飞沙扬。"市报还给发表了，称他为农民诗人。可后来呢，沿河的果园连成片，苹果的价格波动太大，好的年景收入还可以，差的年景连本都难保，有的人家流转给了别人，有的人家甚至把果树都砍了改种别的……如果今年苹果、梨子、花生等等卖不上个好价，不光儿子的工作够难为，乡亲们的日子也受影响。

　　大河哥！有人在身后喊他。他连头也没回就应了一声，铁蛋，你这城里人咋有空下乡来啦？

　　铁蛋追上李大河，嬉皮笑脸地碰了一下他的肩膀头。咋地，还在生长河的气？

　　李大河猛地站住了，咄咄逼人地看着铁蛋，唏，你信息咋这么灵？然后指着铁蛋的额头问道：是不是你在中间给长河牵线搭桥？铁蛋赶快摇头摆手，大河哥，自打搬城里我就很少回来。您也知道二钢又要了个二胎，上幼儿园接送我老婆负责，我在家做饭……他意识到再说下去李大河会骂他，于是又转了话头，不过我还是挺想您和"老拧巴"的。听说您住院了，我就天天计划着去看您。可二钢这小子……

李大河说，二钢就在老河套。

铁蛋等了一会儿不见李大河往下说，鼓了鼓勇气说，大河哥，长河打算在黄河捞沙这事，我觉得没啥大不了的。刘义刘乡长和您一起住院，他没给您说咱县建条高速沙子需要量蛮大吗？这既是支持高速建设，又是提高村民收入的好事……

嘿嘿，嘿嘿，李大河笑了，我就约估着你老小子在这件事中至少是个参谋长的角色，怎么样，没猜错吧？

铁蛋理直气壮地说，就是参谋长又咋啦？长河是我侄子，他当村支书是您、我和"老拧巴"一遍遍做工作、说服动员的。我当时给他拍着胸脯保证支持他的工作，不能说话不算数，让后辈瞧不起吧？再说了……

李大河做了手势，甭往下说，你要说啥我都清楚。我就问你一句：你舍得毁了老河套的青山绿水？

铁蛋咳嗽几声，没，没您说得那么严重吧。

走吧，叫上"老拧巴"，咱哥仨好好聊聊！李大河拍了拍铁蛋的肩膀。

五

"老拧巴"坚持在"马蹄掌"三家窝棚见面。李大河和铁蛋当然明白他的用意。

几十年过去了，三家窝棚只剩下当年三家人栽的三棵老槐树。老槐树绿叶茂密，郁郁葱葱，远远看去就像三把撑开的绿伞。不过老槐树也明显老了，一道道一圈圈岁月的年轮越来越深，越来越黑，就像老人脸上密密麻麻的皱纹。中间那棵树上挂着一块小木牌，上边写着"三家窝棚"，还有几句介绍"三家窝棚"历史的简短文字。李大河和铁蛋到了树下，"老拧巴"正靠在树上打盹，眼角上残留着豆粒大的泪珠。铁蛋上前踢了他一脚，哎哎，做啥好梦呢？还想再娶个小媳妇呀？

"老拧巴"突然一跃而起，右胳膊搂着铁蛋的脖子，右腿绊住铁蛋的腿，一使劲把铁蛋摔了个仰面朝天，一边抹着眼角的泪水一边骂，你小子以为在城里过几天舒坦日子，吃几顿山珍海味就壮如牛了？不行，我让你一只胳膊一条腿，咱比试比试。铁蛋从地上爬起来，气喘吁吁地说，你这叫偷袭，不算本事。再说了，现在哪还有动不动就和人打架的，不文明！

交换过见面礼了，言归正传吧！李大河开了个头，先亮明自己的态度：不同意在黄河捞沙。"老拧巴"很高兴，一口一个大河哥叫着，我就知道老河套您这面红旗不会倒在金钱面前。铁蛋也不含糊地说出了自己的观点，把在路上和李大河说过的那些话又重复一遍。"老拧巴"耐心听他说完，针锋相对地一条一条反驳。两个人你一句我一句，你一来我一往，越争越激烈，越吵声越高，四周地头上渐渐聚了很多人，有的蹲着有的站着还有的席地而坐，仿佛在看一场表演。李大河看着两人争得面红耳赤，既不劝阻也不插言。他就是想让围观的群众从他俩的争辩中弄清原委，明辨是非。过去，"老拧巴"和铁蛋也经常争吵，每回都是铁蛋先罢战。"老拧巴"之所以叫"老拧巴"，就是性子太拧，非争个是非出来。李大河清楚记得，有一回两个人争上了，从太阳落山、家家户户炊烟升起争到天黑。"老拧巴"的媳妇赶着那年刚满 5 岁的女儿来喊他回家吃饭，他对女儿吼道：回去叫你妈把饭给我送来。今儿我非跟他争个明白。过了一会儿，铁蛋刚满 7 岁的儿子二钢来喊铁蛋回家吃饭，铁蛋对二钢说，回去让你妈把今晚的和明早的饭都给我送来。最后，还是李大河让铁蛋先走一步，事情才算告一段落。眼下，看着两个老伙计像年轻时那样争吵，他心里倒是有些高兴。毕竟，他们到了这个年龄，心里还装着老河套的前程。可是，他也知道任凭他二人这样争下去吵下去不解决任何问题。解铃还须系铃人。二钢说得对，李长河不出面，三个退了休的老村干部就是吵到天昏地暗也没用。他想到这里，又拨李长河的手机，听到的依然是那句话：你呼叫的号码已转移到小秘书，如需留言……这小子跑哪去了呢？

英子突然从人群中跑过来，红润的脸上洋溢着甜甜的笑容，好像刚刚喝了蜜，和李大河刚才见到时像换了一个人。她悄悄地告诉李大河，大河爷爷，您快劝劝他俩，别在这吵了。一会儿有客人来。

李大河莫名其妙地看着英子，不知道她说的是哪来的客人，与"老拧巴"和铁蛋争吵又有什么关系。

英子指着自己手机上的微信给李大河看。大河爷爷，您看，咱老河套上网了，老河套的苹果也上网了，这才一个多小时，就接了五十多张订单，最大的一单要一万斤，五十多单加起来快十万斤。再有订单过来，咱老河套全村的苹果都不够供应了。

李大河一愣，这，这喜从何来呀？

英子问，长河叔的儿子小河您该知道吧？

李大河说，傻丫头，那是我亲孙子！

英子又问：二钢叔的女儿小婧您老也见过吧？

李大河点点头，见过，挺乖的孩子。他俩咋啦？

英子说，他俩和几个同学前些天来过老河套。长河叔不在家，我带他们在果园里转了转。他们对路口、园子里设了几道卡子感到很稀奇。我告诉他们，为了防止有的人家偷偷给苹果喷农药，村里定了村规民约，设卡是检查那些不自觉的人。

李大河说，这也不是一天两天了，多少年都这样坚持的，这有啥稀奇？

英子说，他们吃了树上现摘的苹果，说老河套的苹果是黄河水滋润、沙土地长的，又好看又好吃，还没施过药，纯生态，就是缺少包装、推广、营销。他们说回去后要好好宣传……

李大河问：你长河叔同意了？

英子皱了皱眉头，他要是同意了，还会答应做捞沙这事？他说小河是他儿子，别以后再来要广告费，涉嫌村支书给自己儿子谋私，那就会让他犯错误。

这叫啥错误！刘义突然在背后接上话。李大河一看，刘义推着自行车站在了身后。他这才意识到"老拧巴"和铁蛋也好大会儿没吵了。都在认真地听着英子和他说话。

刘义非常坚定地说，别说李长河的儿子不要广告宣传费，就是要，那也是在帮老河套村民营销苹果，知识扶贫，和谋私是两码事。

英子的手机信息提示音又响了几声。她低头看了一眼，高兴得几乎要跳起来。又来订单了，又来订单了！这网上营销还真管用，连北京、上海的订单都来了！咱老河套的苹果供应不上可咋办？

刘义说，老河套不光是你们老河套村，咱这一带都叫黄河老河套。李大河你当年治沙时不就把周边的村子都动员起来团结起来了吗？没有上游下游村子的支持，你老河套一个村能干成这样？你们把周围的村子产的苹果都集中起来，可以搞一个老河套集团，不就解决了嘛！

铁蛋问英子，光是有人要，这价格呢？

英子回答道：我看报的价格比咱自己一家一户卖的不低呀！再说了，价格咱可以跟用户谈嘛！

铁蛋又问：今年他们要了，那明年要是不要了呢？

英子瞪了铁蛋一眼，没有回答。

铁蛋叹了口气，这不还是一锤子买卖？今年村民收入有保证了，明年没人要了，价格低了，收入少了，贫困帽子还摘不掉不是？

"老拧巴"：那你今年捞了几船沙子，明年要是捞不成了，"马蹄掌"和周边的果园又让流沙给毁了，那不是更没收入更贫困？

你……铁蛋瞪大了眼睛。

你……"老拧巴"也瞪着铁蛋。

李大河哈哈笑了，笑罢又严肃地对铁蛋说，你老小子是在城里安享晚年了，可我和"老拧巴"老哥俩还在老河套呢。有我们老哥俩在，"马蹄掌"就会常绿，老河套苹果的品牌也会名声越来越大。你信不？

"老拧巴"说，就他，鼠目寸光……

铁蛋气得倒背着手转了几个圈圈，突然蹦到"老拧巴"面前，手指着他的鼻梁，吭哧吭哧地说，好你个"老拧巴"，好你个"老拧巴"，你，你这样说我。

"老拧巴"哼了一声。

铁蛋突然张开双臂，紧紧搂住"老拧巴"的脖子。他的个子比"老拧巴"低了半头，踮起脚尖才能和"老拧巴"肩膀齐平。刘义大吃一惊，以为铁蛋要和"老拧巴"摔跤，赶忙伸出手中的竹竿，想把两人分开。李大河悄悄抬起胳膊给挡住了。接着，就听见铁蛋哭出了声，"老拧巴"，我的好哥哥，我，让你弟妹一个人留在城里带孙子孙女，我回来陪你和大河哥！

叭叭叭，英子第一个鼓起掌。围观的人群跟着鼓起掌，一时间掌声噼里啪啦响成一片。

二钢悄悄地从人群中离开了。

六

昌云大娘，我大河大爷让你去摘苹果！门外有人喊董昌云。董昌云开门一看，村街上很多人都在往黄河边的果园赶。她拉住一个妇女问道：你们这是去摘苹果，怎么连个篮子也不拿？

那个妇女说，老嫂子，人家来收苹果的用的是包装箱，摘一个就装箱子里。

董昌云不好多问，关上门也跟着往黄河边走。刚走没多远，她的手机铃声响了。她刚接听，里边传来儿子李长河的声音：妈，您在家里吗？董昌云对儿子劈头盖脸就是一顿臭骂：李长河你钻哪个老鼠洞里去了，连个头也不敢露？你爹在家都急疯了你知道不？他现在就在"马蹄掌"那儿等着你回来和你算账呢！

李长河等她不骂了才说，我知道我爸在家。我就是怕他当着大伙的面给我下不了台，才躲起来的。

董昌云说你躲了初一还能躲过十五？你还不了解他那人的脾气，等不着你，他不会离开。他是从医院里偷偷跑回来的，再不回医院输液，最起码又得在医院多住些日子，弄不好还会耽误治病。你给我快点回来。

李长河说，我在医院呢。是刘伯伯刘乡长让我在这待着，等我爸回来。

董昌云急了，等，你等他回去，别说今天，就是明天太阳落山了他也不会回去。

李长河说这回不会。我爸他赢了，高兴了，保准会喊着您和刘伯伯一起回医院来。

董昌云一愣，你给我说清楚明白了，啥意思。

李长河告诉董昌云，是李大河安排李小河和二钢的女儿小婧一起回的老河套，也是李大河嘱咐他们给家乡做点贡献。李小河、小婧和他们的同学，把老河套的苹果产品上了网宣传推广了出去，现在老河套的苹果不愁卖了。董昌云如同坠入云里雾里，一时没弄明白，你爸他怎么知道小河小婧能帮忙？李长河说，唏，您不知道我爸他玩微信，还会玩抖音，天天和小河视频？他自己还在微博上写当年苦战"马蹄掌"的回忆录，把您夸得跟天使样……

他夸我……哼！董昌云嘴上这样说，心里却又高兴又激动，忍不住眼泪落了下来。她问：你那捞沙的事咋办？不是说和别人签过合同了吗？这毁约要罚多少钱？

李长河沉默了片刻，嘿，我在合同上写了，如果跑不下来捞沙的手续，双方互不承担赔偿责任。

董昌云抹了抹眼泪，笑着说，你呀，跟你爹一样贼精贼精。

董昌云边走边和李长河通话，到了"马蹄掌"边上才把电话挂断。她一眼就看见李大河正站在梯子上摘苹果，上前一步冲着李大河吼了一声：李大河你给我下来，我有事问你。

李大河不知发生了什么事，不情愿地从梯子上下来。董昌云一闪身，噌噌几步爬到梯子上，低头对李大河说，你快去给人家捞沙的说说好话，送送人家，别让人家说咱老河套人不讲究，让你儿子丢人现眼，以后没了朋友！

李大河说，好嘞，马上去。说不定二钢已经带他们回去了。

铁蛋见李大河要走，也跟着往苹果园外边走，边走边对李大河说，大河哥，我回去几天，给你弟妹安排安排就回来。

李大河点点头。他看看四下无人，突然问铁蛋：二钢今年40挂零了吧？

铁蛋说，可不是嘛。咱和"老拧巴"哥仨，你头一年把河对岸人家的铁姑娘队长董昌云娶回来，第二年昌云嫂子给我说了个媳妇。二钢和长河也整整差一岁，今年41。说完，他见李大河不吭声，惊奇地问：大河哥，二钢刚才来，惹您生气了吗？

李大河摇摇头，二钢那闺女小婧，多好的孩子啊！

铁蛋猜到李大河有话要说，就接上说，大河哥，二钢有啥不对您就直接说他骂他。我儿子和您儿子除了不是一个姓，不吃一个娘的奶，有啥区别？

到了快分手时，李大河才叹了口气，回去好好说说二钢，闺女儿子都慢慢长大了，自己也老大不小的了，别在外边拈花惹草了！

铁蛋眨巴眨巴眼皮，使劲点了点头。

风水宝地

一

故黄河一路向东，七折八弯，时宽时窄，在下游的中原东部，出现了一个S形的大弯子，当地人称为狗腿子弯。河湾镇就坐落在弯里。有一句民谣唱道：狗腿子弯又弯，河湾坐在弯里边，一根扁担两头尖，老鼠屁股拖铁锨，羊肉汤烫得舌头软，萝卜鱼喝得鼻子酸，小婊子妈妈扎人眼，拉魂腔唱得泪涟涟……

张守业小时候听他奶奶讲过，河湾很久以前就是个大镇子，民谣里唱的"一根扁担两头尖"是指镇上有一条贯穿东西的大街，街上有卖杂货的，有粮店、油店、饭店，有剪头的、修鞋的、打铁的、唱大鼓书的，还有牛市、马市、猪市……"老鼠屁股拖铁锨"是说挨着河湾镇有一个码头，形状如同当地农民挖地用的铁锨。羊肉汤和萝卜鱼都是河湾一带人最爱喝的，羊肉汤放辣椒油，而且是滚烫时喝，辣加上烫，所以喝过之后，舌头就像发软了一样。萝卜鱼里边则放醋，酸得冲鼻子。当地人称做皮肉生意的女人为婊子，称女人乳房为妈妈。窑子里的女人常常会在夏天的傍晚在门前招揽客人，故意敞着怀，露出两只雪白的乳房吸引人眼球。拉魂腔则是河湾所在地区方圆几百里流行的地方戏种，因其唱腔独具特色，所以才有唱得泪涟涟一说。

张守业的奶奶小时候就经常跟着他祖奶奶来这儿赶集。穷人家赶集十次有八次不买不卖，因为没有什么东西可卖，也买不起什么，最多是收了庄稼以后卖点粮食，再买点不得不买的生活用品。但是，到了集上还东打听西问问，摸摸这家摊上的辣椒，瞅瞅那家摊上的豆角，问问价格，这不光是图个新鲜，用现在的话说是了解市场信息，回去后给家里说今年种什么东西挣钱。这就是中国农民的智慧。

张守业的祖奶奶最喜欢听拉魂腔。只要到了河湾集上，戏台是必去的，哪怕就听几句。拉魂腔又称柳琴戏，是泗洲戏的旧称，这种剧既有南音的柔美，又有北音的粗犷，以丰富的花腔和独有的拖腔翻高震撼人心，富有感染力。高兴时唱快板，把五脏六腑都荡涤得干干净净；悲苦时唱慢板，那撕心裂肺的腔调便抚平了心中痛苦的皱纹。

张守业小时候常听一句民谚，叫"拉魂腔一来，跑掉了绣鞋；拉魂腔一走，睡倒了十九"。关于这句民谚还有一个生动感人的故事。

拉魂腔开场之前先是一阵锣鼓，如果是晚上的演出，挨傍黑时就开始敲打起来。所以，一听哪个村的锣鼓响，就知道那个村晚上要唱拉魂腔。

河湾有一个刚过门不久的新媳妇，从小就喜欢听拉魂腔，附近村子里只要有演出，她场场不落。在家当姑娘时可以吃完饭一抹嘴就出去听戏，出嫁当了媳妇就不那么随便了，要洗碗刷锅，然后把剩饭剩菜和刷锅水提到猪圈里喂猪，去听戏的路上还得搀扶着婆婆。

有一天晚上，河湾村来了县城的拉魂腔剧团，几个名人也在其中。可是从下午开始就变了天，黑云翻滚，狂风阵阵，上了年纪的人凭着经验说饭后要下大雨。演出只好提前开始。

那个小媳妇还像以往一样在家里拾掇，没想到琴声响起来了，接着就是县城剧团一个有名的男艺人的唱腔传来。小媳妇的魂立马被拉了过去。她不管三七二十一，拔腿就向演出的地方跑，路上两只绣鞋都跑掉了。

所以，就有了这句民谚。张守业小时候，有大人跟他开玩笑说，那个跑掉绣鞋的小媳妇就是他祖奶奶。

河湾过去没有戏台，只有戏场子，就是大户人家的打麦场。张守业的祖奶奶小时候听戏，学着男孩子爬到场子旁边的树上，为此挨了爹娘不少骂。

那个年代，河东一带的百姓都为能和河湾集上的人攀上亲戚感到自豪。周边村子的人不称河湾叫镇，而是称为街，对街上人还有个不太好听的绰号叫"街滑子"。所谓"滑子"就是油嘴滑舌，滑头，不是个好听的称谓。

从那个时候起，街上和村里就开始有差距，毕竟街上的人家能在自家门口做点小买卖，挣点油盐酱醋钱。所以说，中国的城镇与农村的差别冰冻三尺非一日之寒。

张守业的祖奶奶就是因为爹娘想攀一门河湾街上的亲戚，把他祖奶奶嫁到张家的，那时的张家在河湾街上已是数一数二的富裕人家。当然，还有一个重要的原因是，张守业的祖爷爷在戏台上见过张守业的祖奶奶，十分喜欢她。

张守业的祖爷爷在军队里当团长，军队就驻在河湾镇一带。1840年黄河从河南铜瓦厢决口改道入海，留下了一条旧河道，称为黄河故道，又称废黄河。那次黄河改道，把河湾从弯子里一下子改到了弯子外。昔日行水的河道成了河滩地，尽是淤泥，淤泥经过积淀，上边成了厚厚的沙土地，不能耕种。

当兵吃粮，张守业的祖爷爷为了让士兵能吃饱肚子不逃跑，下令士兵在河滩开荒治理，直到今天，河湾所在地的县、市博物馆里还都保存有当年士兵开荒的照片。现在当地偶尔还有人称那片地为军地，意思是当兵的开垦出来、用于产军粮的土地。

那是个军阀混战、无法无天的年代，有枪就是草头王，张守业的祖爷爷不光有枪还有地，不管哪个军阀都拉拢他，他也乐得当墙头草，北风吹来向北倒，东风刮来向东倒，后来被人戏称为"没爹将军"，就是说他一直没有个真正的主儿。

张守业的祖爷爷指挥他的军队在故黄河滩上开垦出了多少土地，一直没有个准确的数字。究其原因，还是他墙头草两边倒。

这个小军阀来了，封他个将军，他给人家几十亩地，那个势力大点的军阀来了，要清剿他，他献上百十亩土地，保存住自己的实力。一来二去，数字流动太快，所以没有准确记录。

不过，他拥有的土地至少有百亩之多，而且牛马成群，猪羊成圈，在河湾街上有两家粮店两家布店，还在城里开了粮店、杂货店。后来，又在河湾建了一座张家戏台。

有人说，人临水有灵气，地近水有营养。张家的土地都在故黄河边上，旱能灌涝能排。有一年赶上几十年不遇的大旱，故黄河瘦得只剩下骨头架子，很多人家的土地渴得张开大嘴，有的颗粒无收，张家的地靠河近，引水占了地利，夏粮依然保住了收成。到了春节前，河东县只有几家开仓售粮，张家是其中之一。又有一年下大雨，发洪水，别人家的庄稼被淹，而张家挖了几条沟，把水排到故道里，结果又保住了收成。

不仅是庄稼收成好，张家的香火也得了地的福。他祖爷爷只有一根独苗，到了下两辈上突然人丁兴旺，得了六个儿子。周围的人都说，张家在故黄河滩上的土地是风水宝地。

韩金富家，是他爷爷韩百山那辈才来河湾的。

韩百山推着一辆独轮车，轮子是木头做的，外边包了一层铁皮，铁皮磨断了几截。独轮车左右侧各有一只柳条编成的筐。左边筐里坐的是他娘，右边筐里是一家人的家产，用穷得叮当响表达韩家当时的情景那是相当恰如其分。

命运常常会捉弄人，但也会改变人。韩百山推着独轮车走到河湾村故黄河滩张家的地头时，张家正在收麦子。那时节天气高温，天空像只倒扣的火盆，阳光像一道道火焰，炽烈而又毒辣。

张守业的爷爷叫张青松，他母亲张陈氏是个吃斋念佛为人热心的好老太太，她见韩百山光着的脊背上全是大汗，头上冒着热气，两腿已显得有些无力，晃晃荡荡好像要倒下来，就让张青松给韩百山送去一碗水和两张烙馍。

韩百山想先让母亲吃喝，可是喊了几遍不见回声。他慌了，轻轻推了一下，母亲的头耷拉下来，老太太不知什么时候已经走了。

韩百山双腿一软跪倒在母亲面前，号啕大哭，我的娘呀，您怎么狠心撇下儿子啊……

张陈氏听见哭声，扔下镰刀，小脚一颠一颠地跑了过来。她先默默地诵了一会儿经，为老人超度，然后拉起韩百山，说这天太热，人死了不能放，赶快送回家安葬吧。

韩百山说俺那地方闹土匪，俺爹俺叔和乡亲们与土匪打了一仗，全都死了。土匪一把火把俺村子烧成焦土……

张陈氏明白了，眼前这个年轻人无家可归。她动了恻隐之心，抹着眼泪，指着河滩上一块还没开垦的地说，那地方头上有山脚下有水，风水不错，就把你娘埋那儿吧。你种上几棵树，日后也好找。

张陈氏喊来了张青松和几个本家，帮着韩百山把他母亲安葬了。韩百山先跪在坟前给母亲磕了几个头，转身又给张陈氏磕头，泣不成声地说，婶子，您老人家的大恩大德俺下辈子也忘不了。俺想在这儿给俺娘守孝三年。这三年俺给您做工，也算给您尽孝了。

故黄河滩上的土很暄，不用劲手指都能插进去，韩百山一头磕下去，碰到了藏在暄土里的一枚尖头石块，头上破了个洞，鲜血瞬间流了一脸。韩百山没有停下，又接着磕了两个头。张陈氏被感动了，说这孩子真实在。她想了想，点头答应了。

后来，有人说如果张陈氏当年不给韩百山送水送烙馍，韩百山就推着独轮车往东走了，也许累死渴死饿死在路上，就不会发生后来韩家和张家争地的事；也有人说张陈氏如果不让韩百山把死了的老人埋在那块地上，不同意他留下守孝，也不会给张家留下一个竞争对手。世上没有卖后悔药的，这些话说到底都是屁话。

韩百山在母亲坟的不远处，搭了一个窝棚。这就是韩家最早的老宅。前三年里，韩百山遵守诺言，在张家做工。每天天蒙蒙亮，他就到了张家，先在张陈氏门前磕三个头，问一声婶子早安。他不藏力不偷懒，脏活重活抢着干。张陈氏人前人后夸他有眼色。这孩子以后肯定能成大器，比俺家孩子有出息。

老太太对他疼爱有加，让他和张家人一个锅里搅勺子。老太太还几次张罗着给他说媳妇。他都以三年守孝期没到拒绝了。张陈氏对韩百山的偏爱，让张青松很是嫉妒。

韩百山是个有心人，也是个肯吃苦的人。他白天在张家干活，晚上回到窝棚那边也闲不住。三年过去了，河湾村的人惊奇地发现，那块地上不光长出了三棵柳树，还长出了一片绿油油的玉米。中国农村村有村名，地也有地名，张家的地因为大多是当兵的开出的，人们称之为军地。韩百山开垦的那几亩地，是张陈氏起的名，叫三棵树。

张陈氏那年已经走不动路了，夏收以后，韩百山把她驮到那块地上，用他开垦的地上种出的小麦磨成的白面做成烙馍，自己种的茄子、豆角和养的鸡做的乱炖，好好请她吃了一顿。第二天，张陈氏就去世了。

张家出殡时，韩百山也和儿女一样披麻戴孝拉哀棍。韩百山在张家已干了三年多。张陈氏去世后，他向张青松提出离开张家，去种自己三棵树那块地。张青松正在抽大烟，翻了翻眼皮说，三棵树那块地过去也是我家祖上圈过的，应该也姓张，是张家的。

韩百山不服气，说你祖上圈的地怎么没开垦？这块地里洒的全是我的血汗。张青松骂韩百山忘恩负义。说当初要不是我娘收留你，你早当了饿死鬼了。韩百山理直气壮，我婶子对我的大恩大德我姓韩的这辈子不忘，我还会让下辈下下辈也不忘。三棵树那地是我婶子给我安家立身的，谁也别想夺了去。

张青松经常朝城里跑。他一去，生意场上的朋友就把这个土财主朝金沟里拉。那是妓院集中的地方。一来二去，他喜欢上一个女人，娶她做了二房，不久就搬到城里去了，河湾的地和商店交给了两个弟弟。

他的大弟弟和韩百山同龄，性格近似，又都是顾家的男人，相处得不错。他大弟弟没再找韩百山说三棵树那块地的事，见韩百山是个孝子，人也能干，还把自己的小姨子说给韩百山做媳妇。娶媳妇得要房子，韩百山等秋收以后卖粮食换了些钱，把三棵树那块地搭的窝棚拆了，盖了几间草房，将媳妇娶回了家。

俗话说风水轮流转。张家的风水转着转着转到了韩家。

韩百山先后有了三男两女五个孩子，而张青松却只有一个儿子，还从小就有心脏病，干不了重活。张青松的两个兄弟，一个只有两个女儿，一个有一儿一女。河湾街上的人说，韩家把张家的风水给拐走了。不光是生儿养女的风水被韩家拐走了，财富也被韩家拐走了。

张青松娶的二房不是省油的灯，拉着他抽大烟、赌博，到了张守业父亲12岁那年，张青松输掉了城里的杂货店和房子，二房也跟别人跑了。张青松一气之下，连续吐了两个月的血，两个弟弟闻讯把他接回河湾时已经奄奄一息。临终前，他对两个弟弟和张守业的父亲说，韩百山不是个东西，他不光抢咱的地还抢咱家的风水。

张青松死后，两个弟弟把家产进行了分割。张守业的父亲分到了三棵树邻近的十亩地。他父亲后来对张守业说过，我两个叔都不想得罪韩家，有意把挨着韩家的地分给我。我要是有本事把韩家三棵树那块地给弄过来，他们脸上有光，如果我没本事弄过来，是我不给祖宗争气。他们阴着呢！

韩百山比张青松多活了几年。他临死之前，一边拉着儿子的手一边拉着孙子的手，千叮咛万嘱咐，让他们永远不要忘了张家大婶对韩家的再生之恩，清明节一定先给她老人家上坟。

韩金富的父亲比韩百山还能干。日本鬼子来那年，张守业的父亲因病去世，张守业刚刚15岁，在小叔办的学校里上学，再说他也不懂农活，无力经营那十亩地，被韩金富的父亲收入了囊中。

张守业的小叔因为是中学校长，先期参加了抗日救亡活动，日本鬼子来后，他和一些人组建游击队需要资金，把自己名下的地也卖给了韩金富的父亲。

张守业的小叔不久去了湖西的抗日根据地。张守业的大伯带着家人到西南的重庆投亲戚去了。张守业的大姐跟着二叔走了，二姐5岁那年就病故了。无路可走的张守业被韩金富的父亲收留，在韩家当了一名看青的。

青是指没成熟的庄稼，看青就是看守庄稼不被人盗，不被鸟和害虫毁坏。张守业下地时经常碰见村里的老人，有的指着原来属于他家的地对他说，这里原来是你们张家的地，那里原来是你们张家的地，让他心里愤愤不平，想着总有一天能从韩家收回自家的地，振兴张家家业，光宗耀祖。

韩金富比张守业小一岁。他父亲一共有五个孩子，韩金富的大哥参加了张守业小叔的游击队。老二是女孩，16 岁那年就被韩金富的父亲嫁到连云港。三哥四姐在徐州城里上学。韩金富本来在张守业二叔办的学校上学，二叔一走，学校散了，韩金富也被他父亲留在家里。韩金富的父亲给他派的活比张守业的活还重，让他割牛草、晒饲料、跟着饲养员学养牛。

张守业和韩金富之间的关系相处得不错，甚至比亲哥俩还亲。他们一起在地里挖个坑烤红芋，弄得满脸烟灰，像古戏里演的包公。他们一起下到故黄河里摸鱼捉虾，然后用捡到的日本鬼子丢弃的钢盔炖，虽然没有油盐酱醋却吃得津津有味……

有一次，张守业看韩金富累了，就帮他割了一篮草。韩金富的父亲知道后，让韩金富趴在地上，屁股撅起来，拿了根柳条要抽他。张守业也趴在地上撅起屁股，说大爷你要打就打我，是我和老五哥换的，他帮我看青，我帮他割草。

韩金富的父亲把他拉起来，抱在怀里，心疼地说，孩子，你哥俩一辈子都要像亲兄弟。

二

韩金富到了 16 岁那年，他父亲张罗给他说媳妇。女方是河湾街上维持会会长的女儿，叫小朵。一家有势，一家有钱，亲事一说就成了。

韩金富结婚那天，张守业在地里哭了一天。凭什么韩金富娶媳妇，我张守业娶不上媳妇？他家的钱不是地生出来的吗？他家的地不又是我张家的吗？就这样，他怨恨起韩金富来。晚上，他和几个在韩家做活的去听房。听着韩金富和小朵的笑声，他心里愤愤不平，等听到小朵叫疼，他几乎怒火中烧了。

第二天早上，他假装生病没有下地，在院子里晒太阳等着看小朵。当他看见小朵第一眼时，就被小朵的美貌惊呆了。长长的辫子，黑黑的眼睛，红红的嘴唇，甜甜的笑容，高高的胸脯，圆圆的屁股，轻轻的脚步……一切都和在梦中与他做爱的女人吻合。他的下身腾地一下挺了起来。

这时，韩金富正好出门，挽着小朵向堂屋去给父母亲问安。他赶忙蹲在地上，叫着肚子疼，骗过了韩金富的眼睛。从那天起，小朵就在他的脑海里赶也赶不走了。不过，他知道要把小朵从韩金富怀里拉到自己怀里，首先要把韩金富家占的他家的地收回来。你地无一垄、房无一间的穷光蛋，人家小朵凭什么看上你！

大概是韩金富对小朵说过，张守业是他比亲兄弟还亲的兄弟，小朵每回遇上张守业，都冲他亲热地一笑。有一天下大雨，张守业从地里回来的路上淋成个落汤鸡。因为鞋后跟断了，他光着脚在路上跑，几次滑倒，一脸一身都是泥。一进大门，正碰上小朵。

小朵看着他的狼狈相乐了，你咋跟孙猴子学会变身了？你看看你，整个一个泥猴儿，好玩！

玩笑归玩笑，小朵说笑着拿来一件韩金富的衣服让张守业换上。她见张守业的粗布裤腰带沤断了，接也接不上，顺手扯下挂篮子的麻绳扔给了他。

张守业以为小朵喜欢上了自己。他自己找的理由是，韩金富没有他个高块大有力气，又是个跛脚。他越是这样想，心里就越不平衡，越有怨气，时刻在寻找机会把小朵拉到他的怀里，不，是他的床上。

不久，日伪淮海省成立，韩金富的岳父摇身一变，从维持会会长当了县长，拉韩金富的父亲做商会会长。韩金富的父亲死活不答应，只让韩金富在县政府民政科挂了个虚名，并不去上班，也不办事。就这样，背地里有人说韩金富的爹当了汉奸，张守业听了并不否认。

韩家的地河滩上有，河湾里有，村东有，村西有，分成了好多块，远远近近。韩家在远的地方搭上一间草房给看青的住。房子一般搭在地的中间，尤其是高粱、玉米长起来后，看青的房子往往就自然而然地淹没在碧绿的海洋中。

那天晚上，张守业刚刚入睡，看青的一个伙计神神秘秘地跑来找他，说他有个亲戚在河湾的看青房里等着见他。他半信半疑，忐忑不安地跟着那人到了看青房。他见了来人大吃一惊：是韩金富的大哥韩老大。

韩老大问了家里的情况。张守业说你爹不是成心当汉奸，是金富跟着他岳父跑，把你爹拉上跟着他背黑锅。他知道抗日队伍最恨汉奸，想借韩老大的手除了韩金富。

韩老大沉默了一会儿，问张守业敢不敢跟小鬼子斗。张守业挤巴挤巴眼皮，问韩老大怎么斗。韩老大这才把来河湾的真实目的给他说了。

河东县的日伪政权成立后，日本鬼子如虎添翼，抗日力量受到打压，湖西抗日根据地也受到威胁，上级派韩老大回河湾发展抗日武装，开展敌后游击战。韩老大单枪匹马回到河湾已经有一段时间，发展了一些抗日积极分子，但是没有武器弹药。他想到他父亲为了保家，曾购置了十几支枪，于是就动了从他父亲那里弄枪的念头。

韩家有三个看青的人，其中孙秃子和另一个已经被他发展，剩下张守业。张守业一听，急了，他说我张守业抗日比谁都积极，你不能撂下我。韩老大问他能不能弄几支枪出来。他说韩家的枪在金富那管着，弄枪得先把你弟弄死了。韩老大说金富也不一定就真心投靠日本人。我了解他。这样吧，你明天晚上这个时候把他带这里来，我先摸摸他的底。

让张守业想不到的是，韩金富与韩老大见面后，不仅给了抗日游击队十支枪，还给了些钱。枪是张守业和孙秃子亲自扛着给韩老大送去的。

转眼到了第二年秋末。小朵的肚子大起来了，张守业连她的手还没碰过。他每一次在夜里手淫，脑子想的女人都是小朵。白天看到小朵，眼里冒出的全是渴望和欲望。韩金富的父亲猴精，早看出了张守业的心思。老头子脑筋一转，想了个主意。

一天，他把张守业叫去，对他说要给他说一房媳妇。张守业说我是个穷光蛋，有谁愿意跟我过日子？韩金富的父亲说已经帮他安排好了。你家那两间草房，我让金富找人拾掇过了，被子褥子，连锅都给你支好了。给你说的媳妇是对面河北的，人家父母要见男的家长，我就当了你一回爹，和他们家长见了面，把日子定下了。张守业感动得要磕头，被老头子拦住了。

进了洞房，张守业掀开蒙在新娘子头上的红头巾，才发现新娘子满脸黑麻子，一只眼大一只眼小，忒丑，与小朵比简直就是乌鸡比凤凰。他又气恼，加上喝了点酒，扒下那女人的裤子就干。一边干嘴里一边念着小朵的名字。第二天凌晨，韩老大派人来找他，说是要送一些抗日积极分子去湖西根据地，问他去不去。他二话没说，也没跟媳妇告别就离开了家。

张守业是在淮海战役中负的伤。他的右腿被穿了个洞，骨头断了，成了跛子。伤好后，部队征求他的意见，问他是留在刚解放的城里当干部还是回老家，他没假思索，回答说回老家。于是，他拿着一纸介绍信回到了河湾。他还带回一架望远镜。刚刚成立的区人民政府缺干部，尤其是缺乡一级的干部，任命他做了乡"土改"工作队的队长。

张守业有两个没想到。第一个没想到的是，他新婚那天晚上就和媳妇睡了一次，媳妇竟然给他生下了个儿子，见了他能叫大大，这让他大喜过望。第二个没想到的事却让他差点气炸了肺。

原来，他回来的前一年，韩金富的父亲去世。当时还在打仗，韩金富把他父亲的尸体放在地窖里，尸体周围放了冰块。仗一打完，他就动工在三棵树大兴土木，建造墓园。

知情人说，韩金富父亲的最后两年就有在三棵树建墓地的打算。他说三棵树的风水好，在那建墓地可以保佑韩家子孙平安。他花钱从城里找人设计了墓园的图纸。

河湾一带是平原，距最近的山有上百里路，他专门在山上买了一块地方用于开采砌墓园用的石头，还在几百里之外订了几块大理石准备做碑用。不过，那两年战火连绵，干干停停，到他咽气还只是个雏形。韩金富是个孝子，怎能违背父亲的遗愿？他造的墓园气派很大，光土地就用了整整五亩。

可是，墓园刚刚动工，土地改革开始了，韩金富家毫无疑义地被内定为地主。村"土改"工作组的拿不准该不该让他继续造墓园，申请到了乡"土改"工作队，也就是张守业那里。

张守业觉得这不是件小事。你想，一个大地主在"土改"开始之际，占了地给他家祖宗造墓园，明摆着是在对抗"土改"。他拿起望远镜，登上高坡向三棵树方向看了半天，当时黄河故道上有雾，什么也看不见。他嘴里嘟哝着，什么破玩意儿，还望远呢！他背上盒子枪，气势汹汹地到了三棵树那块地上，命令正在施工的停下来。

施工的农民拿着韩家的工钱，当然不听他的。他一气之下，掏出盒子枪冲天放了两枪，施工的人吓跑了一半。他叫上村"土改"队的几个人，拿掀的拿掀，拎锤的拎锤，三下五除二把墓园砸了个稀巴烂。

韩金富闻讯赶来，一见面就冲他发火，张守业你什么玩意儿？这是我韩家的地，我想在上边盖什么就盖什么，你凭什么让停下？韩金富左腿跛，张守业右腿瘸，两个人一道走路，一个东倒，一个西歪，有人戏称河湾村有个东倒西歪。不了解的人还以为东倒西歪是一个人的绰号。从回到老家起，张守业只要是和韩金富见面，总要挺直腰板，把身体的重心尽量让左腿撑着。

张守业把身上背的盒子枪拍得很响，说，我今天告诉你，你已经被定为地主，你们家的地也要被"土改"分给贫下中农。你在贫下中农的地上造坟是什么意思？

韩金富说你放屁，我怎么就成了地主？

张守业用手指着四周，咄咄逼人地说，这是你家的地吧？那是你家的地吧？初步搂了一下，你家有地三百多亩，在河东县排不上第一也得在前三，还不是大地主？你就给我老老实实点吧！

韩金富一下蹦起来，跳到张守业面前，指着他的鼻子骂道，张守业你安的什么心？难道你真不晓得这地有我大爷我叔的还有我哥我姐的？

张守业一把抓住韩金富的衣襟，一手握紧拳头高高扬起，韩金富你个大地主，老子告诉你，领导说过，过去地主骂贫农，贫农吃哑巴亏，现在解放了，地主骂贫农，贫农可以揍他！说着就给了韩金富一记重拳。

韩金富腿跛，身子又瘦弱，加上张守业这一拳头用力过猛，被打倒在地上。他气急败坏，骂得也凶，张守业你个坏种，你敢告诉我是哪个领导说的这话，我去找他！

张守业冷冷一笑，说，毛主席朱总司令说的，你去找吧！

有人把韩金富拉起来。韩金富拍拍屁股上的土，不服气地说，毛主席朱总司令不会说这种话，是你编的。你不要当了几天兵打了几个仗就耍威风。你当兵是我大哥带出去的，我大哥现在还在部队上。我爹死前留下了字据，我家的地有我大哥一份，我写信告诉他你给他戴地主帽子，看他不弄死你！

张守业听韩金富一说，有点晕了。他对土地改革的政策了解不多，像韩老大这样在解放军队伍里当了副师长的还划不划成分，他们的地还收不收？他掏出旱烟袋，假装抽烟，蹲在地上连抽了两锅子，把烟锅朝鞋底上一磕，站起来边走边说，我反正警告你不要再建墓园了。你要是再建，出事自己担着！

回到乡里，张守业让已当了乡长的孙秃子端碗老白干到他屋里拉拉呱。那个时候的乡辖区小，只管着几个村，和县一级中间隔着区一级，孙秃子乡长不是脱产干部，而且年龄比张守业小，党龄比张守业短，对张守业很尊重。

张守业没说话之前先叹了半天的气，喝了半碗酒。孙秃子说你先别急着喝，我去找下酒的吃的。实际上，他是出去找和张守业一起去河湾的其他"土改"队员，向他们了解张守业叹气的原委。当他听说张守业和韩金富干了一架，心里也没了底。

打淮海战役时，孙秃子管着支前，经常去找韩金富。韩金富非常积极，要什么给什么，大车、平车、独轮车，牛马猪羊、小麦、玉米……他曾亲手把支前模范的红旗挂到韩金富家的大门上。韩金富还是军属烈属双占着，大哥在军队里当副师长，四姐在湖西反扫荡时牺牲。像韩金富这种家庭情况，别说在河湾，就是在河东县也很典型。

孙秃子明白张守业喊他喝酒的目的了，保准想让他支持他对付韩金富。他一时犯了难。犯了难也得见张守业，张守业已经提着他的名字叫他了。他想了想，又端了一碗酒。

果然，张守业把同韩金富打架的事给孙秃子说了，最后反复强调韩金富是在对抗人民政府。孙秃子只是赔着笑，夸张守业阶级立场坚定，斗争性强，至于如何对付韩金富，让不让韩金富建墓园，则一个字没提。这中间，他想着法儿劝张守业把第三碗酒也喝了。不一会儿，张守业就烂醉如泥。他安顿好张守业，到乡办公室给区长要了个电话。区长说拿不准，等向县长请示以后再答复。

第二天一早，县里区里都来了人，把张守业和孙秃子乡长叫到一起，宣布了县里的决定，张守业私自开枪，还打了人，违反了纪律，撤销乡"土改"队长职务；韩金富是地主，地主的土地要没收分给贫下中农，所以韩家的墓园必须停下来。

张守业心想，一定是韩金富告了老子的黑状。行，"土改"队长我可以不当，你韩家的墓园我要亲手拆了。他当即表态支持县里区里的决定，但要求参加拆除三棵树韩家墓园。

县、区来人原以为张守业会仗着自己打过仗负过伤，不接受处分，没想到他配合得这样好，再说他参加拆除韩家墓园的要求也无可厚非，就答应了。

张守业于是叫来"土改"队的队员，举着红旗，敲锣打鼓，气势浩荡地去了三棵树。县里来人向韩金富宣布了县政府的正式决定，同时还告诉他，县长跟他大哥通了电话，他大哥明确表示和地主家庭划清界限，不支持建墓园。韩金富听后两眼发直，面无血色，大叫一声，吐了一口鲜血。

张守业带着"土改"队员，把韩金富建了一半的墓园给拆除了，不过，韩金富祖上的坟墓没有动。他不敢动，在故黄河一带农村，挖坟被看作是缺德的事，挖人家祖坟更是要遭天打雷轰的。

韩金富一气之下生了场重病，"土改"分他家土地时，他也没露面，而是让家里人把地契交到了乡里。张守业虽然被撤销了乡"土改"队长职务，可上级并没有不让他当村干部。他回到村里当了贫协主席。孙秃子受他的牵连，也被撤销了乡长职务，回村当了民兵连长。

三

张守业最失望的是，回来以后一直没见小朵的面。熊地主娘儿们钻哪个窟窿里去了？他想打听，又不敢说出口，一是怕贫下中农骂他想着地主婆，一是怕自己的老婆跟他过不去。

没事的时候，他就解开小朵给他当裤腰带用的麻绳，在手腕上缠过来缠过去。他到部队后发了军腰带，可是他不舍得把小朵给他的麻绳腰带扔了，一直系在军腰带的里边。他每次解大便时，都把那条腰带捧在手上看看，心里就会浮现小朵甜甜的笑容。

他在淮海战场打仗最激烈时，右腿突然疼了一下，知道负伤了。当时卫生员不在，部队配发给他的绷带也给战友用光了。他灵机一动，解下麻绳把伤口处缠住，止住了流血。卫生员后来对他说，是这根麻绳救了你一命。从此，那条带血的麻绳更让他爱不离腰。

孙秃子会揣摩人。他从张守业没事就低头摆弄麻绳裤腰带的动作和神情，猜出了张守业的心思。不久，孙秃子对张守业说，韩金富私下里发牢骚，说三棵树上的墓地他会重建，即使他这辈子不能重建，儿子孙子也会重建。

张守业哼哧一下鼻子，熊地主羔子大白天做梦，不怕鬼缠身！

孙秃子问要不要开韩金富的批斗会，张守业含着烟袋嘴子想了一会儿，摇了摇头。

孙秃子说韩金富最讲面子，你一开会斗他，他就老实，就会把小朵招出来。

张守业用旱烟袋头冲孙秃子的光头上敲了一下，你小子别想小朵的好事，小心我抽你的筋扒你的皮！

孙秃子诡异地笑笑，我还不是怕你得了相思病。

春节快到了。那是解放后第一个春节，翻了身的人们热热闹闹欢庆。河湾所有能拿出手的传统节目都上了，踩高跷、扭秧歌、舞狮子……张守业爬到自家院子里的老槐树上，用望远镜看着街上欢腾的场面，心里竟然有点沮丧。就在他准备从树上下来时，望远镜里出现了一辆马车。

这辆马车从远处而来，虽然是寒冬腊月里，马的身上却冒着热气，明眼人一看就知道跑得过急。马车上拉着一个用棉被裹得严严实实的东西，好像不停地在动。

他心里奇怪，莫非是区里来给贫下中农送猪羊？可昨天已经送来，被屠杀后分到了各家各户，有的人家已剁成了饺子馅。他又仔细看了看才恍然大悟，车上拉的是人，而且是个抱着孩子的女人。他的心跳突然加快了，胸口感觉热烘烘的。是小朵回来了！

果然是小朵回来了。河东县解放后，小朵的父亲因为当过日伪县长，后来又做过国民党的县党部书记长，怕人民政府秋后算账，吓得带着家小跑到鲁南山区一个土匪那里躲了起来。小朵那几天正回娘家，被父亲连哄带骗拉上走了。

一个月前，小朵生下了小女儿。山里缺粮少衣，加上人民政府围剿力度不断加大，她父亲权衡再三，带着一家老小走出山沟投案自首。鲁南那边安排了人和马车，把小朵送回了河湾。

小朵和小女儿的回来，让韩金富既惊喜又高兴。他说人民政府真是好政府，就冲这一点老子也认它。小朵让他给小女儿起个名字，他脱口而出说就叫欢庆！

对于小朵的回来，张守业心里的高兴和激动劲儿丝毫不比韩金富差。那天中午，他的酒量大增，一个人喝了半瓶老白干，仗着几分酒兴，让孙秃子跟他去韩金富家。他对孙秃子说，今年冬天比往年冬天冷，有的人家孩子还没有棉袄，咱去韩金富家看看还能不能让他拿点棉花出来。孙秃子心里笑他会装蒜，不就是想见小朵吗？

小朵见了张守业还是没生分，说你怎么出溜成小老头了？见韩金富瞪她，又笑着说肯定你是操心多，老得快。张守业想说我是想你想的，又碍于韩金富的面子没说出口。

少妇小朵比起少女小朵别有一番风韵，头发变短了，雪白的脖颈更耀人眼；脸瘦了一些，两个酒窝更逗人；为了给孩子喂奶方便，衣服没有系扣子，松软的乳房随着身子的一举一动摇晃，仿佛冻得发抖的小白兔，让人忍不住想抱抱……

张守业故意敞开怀，露出系在腰上的那根麻绳。小朵早已把那根麻绳的事忘到九霄云外，连看也没看一眼，让他心里很恼火。出了韩家的院子，孙秃子低声骂了一句，这熊地主婆变得骚了。张守业嘿嘿一笑，表示赞同孙秃子的评价。

往后几年里，韩金富的确表现非常出色。抗美援朝，他捐出了家里的两头牛；"三反""五反"，他是运动积极分子。他在街上打点杂货店，小朵既要带孩子，还得伺候三棵树那几亩地。那几亩地是"土改"时给他家留下的，而张守业"土改"时分的地也在那里，两块地连着边。小朵下地干活常常和张守业两口子碰上。

张守业的麻子媳妇虽然在别人面前大大咧咧，甚至有人说她张牙舞爪，在小朵面前却低声细语，态度和蔼可亲。小朵的孩子小，有时忙不过来了，麻子媳妇还主动上前帮手。农忙的时候，下地的人都是在地头吃午饭。到了逢集的日子，韩金富在店里忙起来，不能及时给小朵送饭。麻子媳妇送饭就多送一份给小朵。

当了民兵连长的孙秃子几次提醒张守业，说你媳妇和小朵走得太近了对你影响不好，她是地主婆，和咱不是一路人。麻子媳妇知道了，骂孙秃子浑身上下里里外外就头顶那一片亮。都是种地吃粮的，怎么就不一路了？

其实，张守业有好多次和小朵单独接触的机会，好多次实现自己梦想的机会。夏天在地里耪豆子，小朵不像他麻子媳妇那样光着上身，但也时不时地撩起衣服擦汗，露出雪白的肚皮和两只大奶子。

在地里干活的男人，小便时转个身掏出家伙就尿，最多跑到树后边回避一下。女人会跑到地埝沟里，或者找个有草棵子的地方，不过，地埝沟一般挖得都不深，屁股会露出来。小朵的屁股就多次出现在张守业眼前。

还有几次，中午吃罢饭，麻子媳妇收拾一下回去了，张守业在树下乘凉。小朵躺在地上，让小女儿骑在她身上玩大马。玩着玩着，小朵和小女儿就睡着了。那时，张守业想下手易如反掌。

有一次，他也的确爬到了小朵跟前，掏出了自己下身的家伙，可是伸手去解小朵的裤腰带时，手却不听使唤，一个劲儿地抖，没碰着小朵的皮毛却碰到了她女儿的眼睛。她女儿哭了。她醒了。张守业忙掩饰地说是听见她女儿哭，想帮她哄一哄。小朵脸红了。她看见了张守业下身那个蠢蠢欲动的家伙。她没挑破，说我们家金富没看错，你是个好人。

转眼到了合作化运动，韩金富跌了个大跟头。他拧着头皮不愿意把三棵树的几亩地入社。他说那地上有他的祖坟，还把他爷爷埋的地界石也搬了出来。这一下把孙秃子激怒了，张守业也恼火了。

熊地主羔子看上去老老实实，原来心里时刻想变天。一个贫协主席，一个民兵连长，当着村里半个家。这两个人一联手，哪有韩金富的好日子。韩金富被大会批小会斗，整得死去活来，地入了社还不算，杂货店也归了公。

人民公社成立后，大队、生产队也相继成立。孙秃子还当民兵连长，张守业还当贫协主席，两人都是班子成员。

国庆十周年前，县里拥军优属团到了河湾。那时候上边干部下乡都是走村串户，深入田间地头。一个南下的干部在地里遇见正在赶着牛耕地的张守业，一面夸他阶级觉悟高，一面提出要照顾他这样的革命伤残军人。不久，张守业被调到公社兽医站当了一名牛行人，而且转为吃商品粮，也叫国家计划。那个时代，吃商品粮的都统称为公家的人，公家的人被人高看一眼。

牛行人的职业，说白了就是现在的市场监管和质量检验，保证做牛买卖的双方交易公平。张守业干了两年三个月，在圈子里颇受好评。后来，私人养牛被禁止了，牛行的生意也渐渐没了。张守业在牛行看了几个集日的牛橛子，觉得索然无味也就不去了。没人免他的职，也没停止供应他的商品粮，他还是公家的人，生产队不好给他安排活，孙秃子说你就干看青老本行吧。

张守业看青成了人精。他看见玉米地里有玉米秆在晃动，能准确判断出是被风吹动还是偷玉米的人撞动。如果是有人偷玉米，他还能准确指出偷玉米的人从哪个方向逃，一堵一个准。

孙秃子不服，说他是靠望远镜帮忙。有一天傍晚，张守业从三棵树那块地上过，发现红芋地墒沟里有一块鸡蛋大小的红芋。他敏锐地意识到有人刚刚偷了红芋。那些日子很多人家的粮食断了顿，不少人逃荒走了，胆子大一点的就下地偷青。

县里公社里连续开了几次紧急会议，要求各大队生产队提高警惕，严防死守，绝不能让阶级敌人趁火打劫，兴风作浪，破坏社会主义大好形势。张守业那段日子里已经抓了十几个偷青的人。

一开始他对那些偷青的人怀有敌意，认为他们私偷集体的财产是不光荣不道德的事，所以不管那些人怎么求他，他都不心慈手软，坚决把他们送到生产队处理。

随着偷青的人越来越多，他的警惕性也越来越高，有时干脆在地里过夜。直到那天他追上了在三棵树偷红芋的小朵，思想才真正起了变化。

小朵出来没敢拎篮子，那样太明显，被看青的民兵拦上一查就露出马脚。她把偷的几块红芋藏在褂子里，这样就可以大模大样地走回家。肚子大了点是吧，腰粗了点是吧，对于女人来说不很正常吗？我怀孕了怎么着，还能不兴怀孕？只要那些民兵不碰她的身子，就查不出她偷了红芋。可是，褂子里突然塞了几块红芋不光不舒服，走路不能迈大步，掉了块红芋也不能弯腰去捡，一弯腰都会掉下来。她刚走到三棵树地头，被张守业拦住了。

小朵毕竟心虚，不敢用眼睛与张守业对视，只是看着自己高高隆起的肚子。火眼金睛的张守业一眼就看出小朵的肚子有问题。他不便去检查，就让小朵自己把褂子里的东西掏出来。

张守业说你怎么也做起贼来了，不晓得抓住就得受罪？小朵突然笑了。她笑得很凄凉，很无奈，同时也很悲壮。那一刻，老天爷好像被她的笑声感染，瞬间黑云密布。张守业看小朵的面孔，也由清晰变模糊，唯独两只泪光闪闪的眼睛还很明亮。小朵说你以为我想做贼呀？但凡家中还有一口能填饱肚子的东西，谁也不会来丢人现眼。你是公家的人，有商品粮吃着，当然不会干这种事。俺一家老小可是几天没进一口粮食了。老五饿得浑身浮肿，躺在床上下不了地，大儿子带着小儿子逃荒走了，欢庆，欢庆……

欢庆她怎么了？张守业着急地问。

小朵说话的力气渐渐弱了，欢庆再不吃一口饭，小命就没了。她昨天夜里对我说，娘啊，我的肚子是不是透气了？

小朵哭了。张守业也流泪了。其实，小朵说的情况在他家早发生了。过去，他家只有他一个人吃商品粮，每月二十八斤，经常从家里带些粮食补贴。他大儿子考上师范后，也转吃商品粮。那个年代，只要考上中等专科以上的学校就等于是公家的人了。可是，家里还有两儿一女，他那点商品粮不够一家七口吃几天，麻子媳妇和儿子女儿已经喝了几天菜糊糊。他突然明白了，人的生命比他所获得的那些荣誉更有尊严。

他回到红芋地里，一口气从地下扒拉出十几块红芋，用自己的褂子包了，又解下小朵当年给他做裤腰带的麻绳扎了口，递给小朵，说你快走吧！

小朵一下子跪在地上，俺一家忘不了你的大恩大德。她掏出一只玉烟袋嘴，递给张守业，说这是金富用的。他让我拿了换点吃的，哪怕一张豆饼都换。张守业接过看了看，揣在腰里。

第二天晚上，小朵又来了。张守业早就料到她会来，已经帮她挖好了几块红芋。他嘴里含着小朵给他的玉烟袋嘴，津津有味地抽着。

小朵没先动手装红芋，而是干净麻利地脱光了衣服，朝地上一铺，自己往上边一躺。

张守业被小朵这一连串动作吓得目瞪口呆，心中惶恐不安。你，你这是干吗？

小朵说，我知道你心里早就有我。来吧，我今天就让你好好玩个痛快。

张守业什么也没说，转身就走。一路上他不停地抹眼泪。他回到家里，一气喝干了一瓶老白干，然后拉过被子蒙头大睡。第二天，他没有下地去看青。

半个月后，小朵出事了，而且又是在三棵树偷红芋时出的事。

那天小朵在三棵树地里偷红芋被张守业拦着，虽然张守业放了她，可是，第二天孙秃子就发现红芋被盗了。他觉得好生奇怪：这里不是张守业看的吗？怎么会被人偷了呢？偷者胆大包天，一连拔了好几棵，不下十斤。按说算是大案。他不好去问张守业，又不好挨家挨户地搜查，最后决定用放长线钓大鱼的办法找出偷青的人。

小朵把那十斤红芋拿回家里，和野菜拌着煮糊糊，吃了十天就吃光了。没有办法，她只好又去三棵树偷红芋。没想到这一次出去遇见了守株待兔的孙秃子。

孙秃子不是张守业，他直截了当地和小朵谈起了条件。你小朵要是想让全家人天天吃上鲜红芋，就得依了我。你要是依了我，我天天挨傍黑在这等你。我帮你挖好红芋，把你送到你家门口。

小朵开始不答应。她说就你秃熊样，还想占老娘的便宜，也不撒泡尿照照自己。孙秃子摸着自己的秃顶说，我不逼你也不求你，你自己看着办。小朵哭了一阵子，把眼睛一闭：孙秃子你不得好死！

孙秃子得逞后，也很守信。他刨了五块红芋让小朵带回家，小朵想多要几块。他说你家几口人我清楚，一人一天一块。我要给你一人两块你明天就不来了。

孙秃子没想到刚到第五天事情就暴露了。他正和小朵在三棵树红芋地墒沟里干那种事，被另外几个民兵抓了个现行。当晚，他和小朵一起被送到公社。

公社把孙秃子定为腐化变质的坏典型。小朵呢，当然是拉拢腐蚀贫下中农的地主婆。两个人被戴上高帽子，在全公社挨个大队游斗。

张守业得知这事后气得吐血，一下子病倒了。他已经在县城当老师的大儿子回来看他，对他说这就是阶级斗争新动向。

他开始心里还不接受。他儿子就给他读报纸，报纸上把阶级斗争提到了很高的高度。他终于相信，小朵是受韩金富这个当年的大地主指使，用色相拉拢腐蚀贫下中农中意志不坚定的分子如孙秃子，达到破坏生产、破坏红色政权的目的。他庆幸自己没有上小朵的当，同时也对小朵产生了阶级仇恨。

孙秃子不久患了大病一命呜呼。小朵回到河湾后又被批斗了十几场，最后安排她打扫全大队的茅房。此后，张守业再见到小朵，都是尽力回避。渐渐地，小朵在他的心里死去了。

四

俗话说，成也萧何败也萧何。张守业和韩金富都没有想到，韩金富的一段特殊经历，让他在80年代摇身一变，成了河东县第一批"万元户"。

上个世纪70年代，河湾还很穷，生产队买不起麻袋装粮食，就派人在城里走街串巷收旧麻袋，回来缝补缝补装粮食用。这种收破烂的活贫下中农当然不能干，过去是韩金富和另一个地主干，他孙子韩三树失学后，就跟着韩金富干这个活。

韩三树和张守业的孙女张四清是小学和初中同学。他们初中毕业那年，由贫下中农推荐入学的政策还没改，韩三树是地主的后代，当然没有推上。他跟着爷爷到城里收旧麻袋，一天比贫下中农少两个工分。

他们爷俩在城里没亲戚朋友，生产队也不会出钱让他们住招待所，就在一家宾馆的墙旮旯里，用几根木棍支了个架子，上边搭上几顶破席子栖居。

韩金富那时快 60 岁的人了。经历了六十年风风雨雨的人，对世事看得比较透。他经常对韩三树说，吃点苦受点难，对人的成长好。韩三树每次听爷爷说这句话，就会拧着脖子，回答说那得看吃到什么时候。

有一回，韩三树问韩金富，咱过去是不是有很多地很有钱？韩金富沉默了一会儿，点了点头。韩三树又问是不是张四清的爷爷带人把咱的地抢走了？韩金富生气地打了孙子一巴掌，听谁瞎胡说！张四清的爷爷凭啥把咱的地抢走？那是政策。

夏天的晚上，棚子底下热，蚊子嗡嗡乱飞，旁边一条城市排水沟的臭气直往上冒。爷孙俩睡不着，韩金富就带着韩三树在附近溜达。一些居民在屋里热得睡不着，在大街两旁凉快。女人们一般都穿戴整齐，三五个坐在一起，互相摇动着大蒲草扇子扇风取凉，说着家长里短。上了年纪的女人才敞着胸，大胆地露着摇摇欲坠的奶子。男人们则不管老幼都穿着裤衩子，有的三五成群地围着下象棋、打扑克牌。

韩金富是下棋高手，年轻时还拿过河东县象棋比赛的第一。他喜欢转象棋摊，到了危局的时候常常出手不凡地指点一下，让危局方化险为夷。慢慢地，收破烂的老韩的棋艺就在那条街上出了名。这个约他一比高低，那个请他做高参。开始是以棋会友，渐渐地混熟了，有人把他当朋友，请他喝个小酒。

韩金富也不白吃白喝人家的，每次回家来，走时都和韩三树带上一些自家晾晒的豆瓣酱、盐豆子，生产队分的大蒜、土豆、西瓜等等。

后来，韩三树给人讲过，该富的不但要有福气，还得有智慧。我小时候跟着爷爷在城里，看爷爷给人家送这送那，家里能拿出手的宁愿家里人不吃也拿了送人，心里还不高兴。后来，爷爷交了很多城里的朋友，我才明白我爷爷那就是一个聪明才智，能人！

韩金富的城里朋友的确给他帮了忙。有一个在废品收购站工作的棋友，卖了一批废品收购站正规渠道收购的麻袋给他，整整一马车。他所在的生产队用不完，又一条麻袋加几分钱卖给了别的生产队。队里赚了一笔钱。这还不说，城里有的棋友送给他的烟酒，他一大半转送给其他棋友，剩下的拿回来偷偷送给生产队长、会计。队长和会计当然心花怒放，到了给地主摘帽的时候，积极主动帮韩金富上报材料，使韩金富第一批摘了帽。

不久，实行了联产承包责任制，韩金富和韩三树并没有回家里种地，仍然在城里收麻袋。不过，他们不是给生产队了，生产队已经从历史舞台退出。他们是卖给农民、粮管所和粮食加工企业。

韩金富前些年利用生产队给他创造的条件结交的城里朋友，这时候给他很大帮助。河湾村的乡亲如同看变魔术一般看着韩金富致富，眼花缭乱而不知其中奥秘。

他们先是见韩金富爷孙俩开上了一辆红色波罗乃茨，不久又换成了一辆上海产的白色桑塔纳。韩金富曾拍着小轿车，亲口对人说，过去我爷爷我大大乘坐马车都感觉很威风，和这车比起来，整个一个屎壳郎和蚂蚁比赛。张守业听后，气得几天没吃下饭。

张守业的孙女张四清大学毕业后分配回到河东，在县经委工作。她参加的第一个全县性大会，是"勤劳致富先进个人表彰大会"。她一进会场，被会场内外的气派和气势震惊了。

从县委县政府大院到大礼堂约两公里，两边是由中小学生组成的鲜花夹道，据说县城的中小学全部停课参加。大礼堂门前，全县各乡镇派出的锣鼓队、唢呐队、秧歌队、舞蹈队欢呼雀跃，有人说比当年解放军进城时还要热闹几倍。

大礼堂设置了两个入口，一个是与会人员入口，另一个铺着红地毯的入口，是给勤劳致富先进个人专门设置的，就像现在机场的贵宾通道。礼堂里挂着彩旗、飘带，一面墙壁上则挂全县十大致富先进个人的巨幅照片。她一眼就认出了韩金富和韩三树，心想，十大人物里韩家占了两个，真不得了。

大会在鞭炮、锣鼓声中开幕。县委县政府主要负责人全部到会，十大先进人物和县委县政府领导一起坐在主席台上。县长宣读了表彰名单。县委书记在"重要讲话"中强调，被表彰的先进个人，是致富带头人，是全县人民的榜样……

代表勤劳致富先进个人发言的是韩三树。他佩戴着鲜花、绶带，精神焕发地走到发言席。他的讲话稿是县政府秘书科给写的，稿件中有一些他认不清的字，不时读错，披荆斩棘被他读成披草斩刺，连未来也被念成末来。

起草稿子的人可能考虑到他第一次在这样的场合讲话，煞费苦心地在容易引起高潮的地方加了括号，以给他提示。有两处用括号注明（此处暂停，鼓掌）。没想到他照葫芦画瓢地念道，前括号，此处暂停，鼓掌，后括号。会场上爆发出一阵嘲讽的笑声，人们鼓起倒掌。主席台上一位领导小声对他说括号里不用念。他以为领导在给他指示，跟着说括号里不用念了。台下的人笑得前仰后合，主席台上有几个领导也捂着嘴笑。

散会后，张四清在礼堂门口遇见了韩三树。她一本正经地对他说，三树哥，你别光忙着发家致富，趁着年轻也找个函授大学学学。韩三树不气不恼，说那你就帮哥哥联系联系吧。

张四清当了真，四下打听起函授大学招生的事。没想到过了两个月她再见到韩三树时，韩三树告诉她，他已经大学毕业了。她不解，问，你是速成大学啊？韩三树得意扬扬地笑着回答，现在有钱啥事办不成？你以为还是贫下中农说了算的年代？

张守业知道韩金富爷孙受表彰是在几天后。那时河东县电视台还没成立，但县委机关报《河东报》已经创刊。报上的头条刊登了勤劳致富十大先进人物的照片。张四清回家时带了一份，高高兴兴地让他看，还告诉他，全河东县表彰十个人，咱河东占了两个。

张守业看了十分生气，骂变天了，地主翻身了。张四清劝慰他说，爷爷，这是党的政策，是为了国家好，百姓好。再像过去那样天天搞阶级斗争搞政治运动，老百姓什么时候能富起来？

张守业在院子里呆呆地看着天，嘴里不知咕哝些什么。那一天，他一口饭也没吃，一滴水也没进。

与张守业相反，韩金富把全家人召集到一起喝酒庆祝。第二天小朵给邻居说，韩金富多喝了几杯，指着报纸上县委书记和他握手的照片，高兴地说，三十年河东三十年河西，现在致富又成光荣的事了。他说我三十多年前也是靠勤劳致富的。我七八岁时，我爷爷我爹就赶我下湖割草。他上中学的小孙子不信，说，书上说地主老爷都在家享福，用鞭子、棍棒、刑具逼迫穷人卖命。爷爷你是地主还干活啊？爷爷骗人！韩金富听了，一脸麻木，半天没说话。

其实，小朵没把后边的话往外说。当时，韩三树照弟弟的屁股踢了两脚，骂他，你懂个屁，书上写的能信？三棵树那块地就是咱爷爷的爷爷开荒开出来的。不勤劳不干活，富还能飞来？！韩金富听韩三树提三棵树，长长地叹了一口气。韩三树看出了爷爷的心思，说，爷爷你放心，三棵树这块地，早晚还得归咱。

这些话小朵敢向外说吗？当然不敢。她毕竟在阶级斗争年代经过风雨见过世面。过去每次政治运动，韩金富挨斗，她都跟着陪斗。韩金富戴高帽子，她也戴。韩金富脖子上挂一块"地主分子"的牌子，她脖子上则挂一双破鞋。就因为一句话，韩金富和她挨批斗的事发生过太多次了。

70年代有一次，韩金富在城里收破烂回来，见路上有几摊牛粪，就用一只破麻袋包上带了回来。路经三棵树，他把牛粪埋在了地里，被一个社员看见了，向大队举报他偷偷在地里埋东西。大队一下子紧张起来。这个地主分子埋的什么东西，炸弹、地雷？抑或是财宝、变天账？

那次不仅是张守业的民兵营出动了，公社的公安助理、武装部长都来了，出动拖拉机把三棵树翻了个底朝天，地里已经发黄的麦子全被毁掉。韩金富、小朵和全家都被关在大队部审查，彻底交代罪行。

韩金富再三解释是几摊牛粪，没有人相信他的鬼话。后来，县公安局的破案专家来了，看了现场，检查了韩金富用来包牛粪的麻袋，最后一锤定音：韩金富埋的不是炸弹、地雷，也没有财宝。

张守业坚持认为韩金富没这些问题也有别的问题。韩金富为什么不把牛粪放在别的地里，而是放在三棵树？尽管三棵树也是队里的地。他就是想着反攻倒算。最后，韩金富又挨了一场批斗才算完。

这个熊地主羔子天天翻变天账，梦里都想把三棵树弄到手。张守业不止一次在大会小会上说，还给自己家里的人说。张四清那时虽然小，但学校里经常开忆苦思甜会，讲阶级斗争，课本里也充满了这些内容，所以，她懂得变天账的意思。80 年代初分承包责任田时，韩金富提出要包三棵树那块地。时任的生产队长答应他了，可张守业不同意。他说，让韩金富包那块地不等于把"土改"没收他的地又还给了他？那咱当初搞"土改"干啥？

那时地主富农摘帽了，贫下中农协会撤销了，民兵也解散了，他也就没了任何职务。他的话队里当然没人理会。无奈，他向队干部说，你们要是把三棵树的地分给韩金富，我就在三棵树上吊死！

这样，干部们也不敢坚持把三棵树的地给韩金富承包。他张守业毕竟是复员军人、革命残疾军人，老贫农，又是村里的老干部。

张守业在三棵树分了一亩地。搞土地承包时，队里把远的近的、河滩外河滩内的相互搭配，有的一家四口人，地在七八处。三棵树是块肥地，切成了十几块蛋糕，分给了十几户人家。张守业索性在自家的承包地上搭了个棚子住了进去，一直住到 70 岁那年生了一场大病，才在家人劝说下离开。但棚子没人敢拆。后来，有人称他家的承包地为张家棚子。

实行联产承包责任制的第二年，张守业的老伴去世了。张四清的父亲把张守业接到县城去住。可是，张守业住不习惯，从来没住过三天以上。他喝不惯自来水，说水里有股马尿味。他吃不惯城里的菜，说菜叶子洗之前明明沾着农药，像一层霜。他不喜欢孙女、重外孙天天早上逼他刷牙，晚上逼他洗脚，认为那是让他活受罪。他最不习惯的是楼上楼下、院里街上见不到熟悉的面孔，听不到讲骚呱、骂大烩……

有一回，他拿着那架望远镜在阳台上四处看，对门的楼上一个妇女开窗骂他老流氓。这还不说，有人报了警。警察到了小区门口被挡住了。县委县政府机关小区，又都住的是科以上领导干部，你警察凭什么随便出入？警察说有人报警，说302房有个老头拿着望远镜四处看，怀疑有问题。传达室的说302住的是经委的张四清。那老头是她爷爷。

正说着，张守业出来溜达了。他胸前就挂着那架望远镜。传达室的人指着他给警察说，就是那个老头，张四清的亲爷爷。你们想问去问吧？警察笑笑，走了。

第二天张守业又到阳台上去看，对面楼上的妇女又报了警。公安局有个张四清的高中同学，就把这事给张四清说了。张四清哭笑不得，那是我家老爷爷的宝贝，睡觉都舍不得摘下来。话是这样说，她专程到对面楼上找那个妇女赔礼道歉，请人家原谅。

五

张守业70岁那年生了一场大病。那场病来得凶猛，有人说他是被韩金富生生给气的。那年，河东县乡乡搞开发区，像发了疯一样圈地，拉院墙。因为有消息说规划的高速公路经过河湾村北的黄河故道，河湾又是全乡最大的村，乡里把开发区放在了河湾。

开发区首要的条件是土地，就像乡长在动员大会上讲的，没有地，开发区的厂房、办公室还能打个包吊在半空中不成？老天爷也背不动。见会场上有人笑，乡长又说，不光咱这个乡，全县全市全省全中国都在搞开发区，都在加快改革开放，谁搞晚了谁就落后，你落后一步，费吃奶的劲也赶不上。

张守业不是死脑袋瓜子。解放几十年来他一直都是贯彻执行政策的积极分子。他家老屋的四壁上贴满了他历年来得的奖状，政治方面有：土地改革，他冲锋陷阵；"整风""反右"，他站在前列；"大跃进"，他一马当先；"文革"初期，他也是全乡打头炮的人，只是后来自己也挨了整，才被逼无奈地退出。生产方面有：大炼钢铁、兴修水利、生产自救、植树造林、交公粮卖余粮，甚至于灭鼠的，几乎囊括了解放后各场运动、各个方面。

改革开放初期，他对一些政策的确有抵触情绪，"地富反坏右"摘帽，土地包产到户，这些都让他想不通，流行在农村中的一句顺口溜"辛辛苦苦几十年，一夜回到解放前"，是他当时的真实心态反映。可是，随着农村改革的不断深入，农业生产上去了，农民收入增多了，他的心态也发生了变化，觉得这个政策对路子。只有一件事让他耿耿于怀，就是韩金富一家富得太快太神奇。熊地主羔子，一不下地二不种田，不就靠着投机取巧，挖咱社会主义的墙脚，摇身一变成了富人，这公平吗？

在张守业看来，韩金富的财富积累像变戏法。80年代初期，他和孙子韩三树靠着捣弄麻袋赚钱，成了河东县第一批带头致富的典型，不过还只是万元户。此后不久，几十年没回过河湾的韩老大回了一趟家。他那时已经从西部一个省副省长的位子上退下来。他给韩金富带来了河湾村的第一台大屏幕彩电，摆在原大队部门前的广场上放了几天。他还到三棵树给他父亲和祖宗烧香。当然，他也专程去张守业家看望了这位昔日的战友。

韩老大走后不久，韩三树就在河湾消失了。有人说他到韩老大当过副省长的省去当县长了，有人说他在韩老大那个地方开了一家做贸易的公司，还有的说他被韩老大送出国，娶了个外国媳妇……

张守业对这些传说一概不信。韩老大是咱党的高级干部，不会干以权谋私的事。他要真干这些事，我张瘸子第一个反对他。有的村民听了，对他竖起大拇指，可是背过身就嘲笑他，你以为你是谁，不就一个打过仗受过伤的瘸子？你反对顶个屁用。

事实也的确如此，等到乡里搞开发区时，韩三树回来了，说是回家乡投资，一口气建了三家工厂，其中一家叫脱水菜厂，用的是三棵树那块地。

张守业一开始不知道三棵树那块地给了韩家办厂。有一天，在县经委当科长的孙女张四清回来，说是同学韩三树请她帮忙协调一下用电的事。张守业一听韩三树在三棵树盖工厂，屁股像被针刺了一下跳起来，不顾张四清的劝阻，爬到家院中的银杏树上。

他家院子里的银杏树，还是他爷爷栽的，有一百多年历史，比他还老。

树又高又粗，三个人才能搂得过来。到了夏天，整个院子都在树荫下。他打从部队上复员回来，经常爬到树的最高处，用望远镜四下张望，看有没有阶级斗争新动向。

他最关注的是韩金富家。从树上看韩金富家一目了然。后来，韩金富家的平房拆掉，盖了四层楼，拉了两人高的院墙，挡住了他的视线。但是从最高处远看，村子外的田野还能尽收眼底。

他朝三棵树方向一看，果然正在施工。他气得七窍生烟，在树上就破口大骂开了，你娘个熊地主羔子，整天寻思着把三棵树那块地从贫下中农手里夺回去，没门！老子不同意！

乡亲们听到张守业骂人，纷纷过来看热闹，院子里挤不下，连门前都站满了。张四清劝他，爷爷，人家这是回家乡来搞投资开发，县里乡里都很支持，用地手续也齐全。再说，他只是在三棵树的地上盖工厂，工厂可以解决咱村一些人就业，生了效益对乡里村里也有好处。

张守业呸了一口，好你个小四清，你小时候爷爷怎么教的你，你又怎么给爷爷说过？"不忘阶级苦，牢记阶级仇"的歌还是你教爷爷唱的。张四清说那是老皇历了。现在哪还有阶级？韩家和咱村群众一样都在建设社会主义嘛！

围观的村民中有人对韩金富家不满，顺着张守业的话嚷嚷。有的说张大爷是立场坚定的共产党员，爱憎分明。地主摘了帽也不能比贫下中农先富！有的说三棵树的地让韩家占用了，不明摆着是向贫下中农反攻倒算……

一时间，张守业仿佛又成了阶级斗争的急先锋。他要带着反对韩家占用三棵树的人去夺回三棵树，一时激动，竟忘记了自己是 70 岁的老人，还是个瘸子，直接从树上就往下跳。张四清吓呆了，还没等她上前去接，张守业已经摔倒在地上。

张四清和几个乡亲赶忙把他送往医院。经检查，张守业的左腿骨裂，腰椎受损，两处都要做手术。

手术之前，张守业握着前去看他的乡长的手，泪流满面，如泣如诉地恳求说，三棵树那块地不光是长庄稼的好地，还是咱老百姓翻身当家做主的象征、共产党打天下的成果，千千万万不能让老地主韩家占了。不然，老百姓会捣咱脊梁骨。乡长只是点头，嘱咐他好好休息养病。

俗话说，伤筋动骨一百天。几个月后，张守业出院了。张四清那时已经结婚生子。她力劝爷爷在县城住下。张守业放心不下三棵树那块地，坚持回了河湾。但是为时已晚，韩三树的工厂已经冒烟。

不过，那时他生气归生气，不服归不服，经过儿子和张四清、乡领导村领导再三劝说，他明白韩家对三棵树只有使用权，而且只能建工厂，所有权还是归集体，也就是全体村民，加上村里有几十口子在韩家的脱水菜厂上班领工资，最主要的是这些都符合政策，他也就不再坚持反对了。

他出院后，韩金富专程到家里看他。他想到门口迎一迎。门一打开，他看见韩金富被一个年轻女人扶着从小轿车上下来，马上恼羞成怒，喝令媳妇关门。熊地主羔子，没三步路还坐车，烧包。老子不见！

张守业伤养好以后，医生建议他不能再从事笨重的体力劳动。他也没有多少可以从事的笨重体力活。他家承包的三棵树和其他几块土地变成了开发区，只剩下四分菜地，不够他摆弄。村里很多年轻人外出打工，连几个党员也出去了。老支书找到他，请他担任村治保主任。他爽快地答应了。每天挂着那架望远镜，臂上戴着红袖章在村里边转悠。

半年前，村委会改选，韩金富的小孙子、韩三树的弟弟韩反修当选村委会主任。张守业后来听人说，韩三树为了让他弟弟能够顺利当选，上至乡长下至村民花了不少打点费。韩反修上任的第二天，就把停产一年的脱水菜厂给平了，说是要引进新项目、大项目。

韩三树办的脱水菜厂开头几年很红火，产品销到北京、上海等一些大城市。韩三树对厂里的职工说以后要把产品打出国门，让美国总统的餐桌上有咱的大蒜罐头。县报的记者收了韩三树的红包，跟着大吹大擂。县里一位与张守业熟悉的老干部看了报纸对他说，无知才不知无耻，姓韩的真会吹，人家美国总统吃不吃大蒜他还没弄清，就在那里胡侃！

好景不长，脱水菜厂两年的工夫就关门了。张守业听人说，韩三树心思根本就不在脱水菜厂。他大爷给他在西北接了一条高速公路工程，那是个挣大钱的活，一天的进账超过脱水菜厂一年的收入。张守业这才如梦初醒，这个熊地主羔子，八成是借办厂为名占三棵树那块地吧？

果然不出张守业所料，那个厂闲置了七八年，那块地也闲置了七八年，院子里的荒草长到一人多高，成了一块被遗弃的荒地。

韩金富是个人精，做事滴水不漏。他不会让张守业找到他的把柄。不知他怎么交代的，反正韩三树每次从外地回来，都对村民说他正在跑省城跑北京拉大项目。他说，只要大项目成了，咱河湾不出两年就会成为河东首富村，说不定还是全省全国的先进小康村。

前些天，孙秃子的侄子孙跃进跑到张守业家，悄悄地告诉他，韩三树回来了，在全村四下里找一块大理石的石碑，说那块石碑上刻有韩金富爷爷的名字。张守业说韩金富是不是还在做变天梦？孙跃进说变天他没那能耐，变地他可有法子。

他这样一说，张守业马上警觉起来。他想起"土改"时见过那块大理石石碑，上边的确刻着韩金富爷爷的名字，但那是韩家的地界石。当时有人要砸了，还是他劝住了。他摸着那块像冰一样滑溜的石头，说这是块好石头，又不是个人，和咱没啥仇恨，谁家有用谁拉走。至于谁拉走了，他想不起来。五十年过去了，又不是什么不该忘记的事，哪里记得起来？

韩金富让他孙子找那块石头肯定没安好心，张守业说，这熊地主羔子一撅尾巴，我都知道他屙几个屎蛋子。你鼓动鼓动咱村的老贫农睁大眼睛，盯着韩家大大小小熊地主羔子的举动。孙跃进面露难色，不安地说，大爷你咋还那么晕呢？现在谁还认自己是贫农？贫农是贫穷的代名词。张守业翻了下眼皮，咋地，还能连老本都忘了？别看过去几十年，隔着肚皮照样看着他吃过的红芋秧子。孙跃进说不是这个意思，我是说没人跟咱鼓动韩金富家的事。韩金富这些年把好事做绝了，像建小学校、敬老院，修村里的路、自来水。你说他收买人心也好，说他拉拢腐蚀也罢，反正他的人气旺得很。不然，他小孙子怎么当上村委会主任？

张守业的心被孙跃进的话深深刺痛了，朝烟袋锅里装烟的手不住地颤抖，手指被烫了一下，疼得他咧了咧嘴，差点掉下泪。他知道，这几年来还能到他面前和他一起谈谈村里的事，听他骂韩金富几句的，只有眼前这位老伙计了。也许是出于对那个老党员的一种奖励，也许是为了进一步团结他，也许……张守业自己也弄不清到底有什么样的目的，拿出孙女上次回来看他给他带的两瓶五粮液，朝孙跃进面前的桌子一放，这酒我喝着不过瘾，你拿去喝吧！孙跃进两手摆得像风吹着的荷叶，这怎么行？我哪能收你的东西。嘴上话是这么说，手却把两瓶酒朝自己面前拨拉了一下。张守业大大方方地笑笑，你喝我喝都一样。孙跃进一手拎了一瓶向外走，出了大门，又觉得不妥，脱下外衣把酒包上夹在胳肢窝里。张守业仰望着银杏树，两颗豆粒般大的泪珠夺眶而出。第二天，儿子来看他时，他对儿子说，我张守业也学会行贿了。他儿子笑了，大大，你又无所求，给谁行贿啊？张守业把旱烟袋抽得咝咝响，半天才把送酒的事说了。他儿子听完，神情凝重，劝他说，大大呀，你该把你的老皇历丢了。

张守业的那两瓶酒的确起到了效果。几天后，孙跃进就跑来告诉他，韩金富家"土改"时丢的那块大理石找到了，在孙秃子家。张守业想起来了，孙秃子是个石匠，力大如牛，尤其手腕子劲大。他过去也在韩金富家做过工。那块大理石从地里挖出来后扔在沟里，孙秃子说是块好石头，扔掉可惜了。他就拉回家用作了锅台。经过多年烟熏火燎，那块石头的成色丝毫没变。孙秃子去世后，他儿子盖新房时把锅台拆了，那块大理石又被砌在门框上做了门梁。韩三树的弟弟带人去要。孙秃子的儿媳妇不同意，和韩三树的弟弟针尖对麦芒地干了起来。张守业问孙秃子的儿媳妇怎么说，孙跃进说孙秃子的儿媳妇整个一只母老虎。她指着韩反修的额头，骂他的村委会主任不清不白。你也不打听打听姑奶奶什么人。别人怕你韩家，姑奶奶不怕你们。这石头是"土改"时分给俺家男人的。你要拉走可以，给钱。

听到这张守业开心地笑了，额头上的皱纹也高兴地跟着波动。他说这娘儿们有种，像个党员！她不怕韩家有钱有势，敢和姓韩的当面锣对面鼓地干。张守业又问韩反修那个熊地主羔子还有什么招？孙跃进说韩反修动手动脚要拆门，孙秃子的儿媳妇躺在地上拦着。韩金富过去把他小孙子拉走了，说是要打官司。老三哥，这事恐怕还得牵涉到你。你是当时的"土改"队长，那块石头是不是分给我秃子大爷的你最清楚。张守业心里咯噔一下。"土改"时政策有规定，没收地主富农的财产要登记，分这些财产时也有登记。但是，那块石头没登记。他想起来了，是合作化运动入社时，韩金富扒出地界石证明三棵树那块地是他家的，当时孙秃子确实在场。如果韩金富真的和孙秃子家打官司，让他出面作证，他不知该向着哪一边。说真话吧，对不起已经死去的阶级兄弟；作假证吧，又违背他的为人。想了几天，他最后决定到县城住一段时间，躲过作证这一关。

六

两个月后，张守业回到河湾，捎了几次信让孙跃进去见他，孙跃进都没登门和他见面。他让捎信的人告诉孙跃进，他带回了两瓶五粮液，想和他一起喝。孙跃进还是不见他。捎信的人给他说，人家说你去县城看病是假。村里人在背后都说你，说你是躲孙家和韩家的官司……来人没把话说完，张守业的脸就红了。他想象得出村里人对自己的议论，骂他是个孬种，不敢得罪姓韩的；骂他软骨头，怕姓韩的钱和势。一气之下，他真的病了。

后来他才听说，韩金富让他小孙子韩反修把孙秃子在上海打工的儿子孙女都叫回河湾。韩金富亲自和他们一家谈了一次，最后商定，由韩金富家给孙秃子家两万元钱买回那块石头。张守业这次没骂孙秃子的后人。他觉得是自己没能尽到责任。所以，下一步韩金富要做什么，他必须旗帜鲜明地站在前边，让河湾的父老兄弟看看他张守业骨头没软，气节没丢。

韩反修动工建农场是半个月前的事。张守业从县城回来就很少出门，也没人到他家串门，消息相对闭塞。过去，每逢河湾集日，他都挂着孙女张四清给他定制的拐杖上街转悠。传统拐杖是一根腿，而张四清给张守业专门加工的拐杖是两条腿，中间带一个圆盘，走累了站累了，一打开就是简易的凳子，可以坐下休息。张守业更喜欢的是它像过去的圆盘机枪，让他又找到了当兵的感觉。他上街最喜欢去牛行。他当过牛行人，看牛比看人还准。他不仅能从牛的牙口看出牛的年龄，甚至能从牛蹄看出牛的健康，现在年轻的牛行人见了他都恭恭敬敬，买牛卖牛的更不敢在他面前耍奸。他的很多信息都是从牛行市场得来。这段日子，他怕看乡亲们向他投来的不满或小瞧的目光，到了逢集日也躲在家中不出门。所以，韩反修动工时他不知道。

这天晚上八点半，张守业打开了电视。这是他坚守的一条规律。七点到七点半是中央电视台新闻，七点半到八点是省电视台新闻，八点到八点半是市电视台新闻，八点半以后是河东县新闻。在河东县新闻里，他能看见他最喜欢的孙女、副县长张四清。有一次他从电视里看到，一天中张四清参加了三个会，让他心里很不高兴。他当着张四清的面说过，你们这些当官的能不能少上点镜。今天出来是开会明天出来又是开会，你们干脆天天带着老百姓喝会吃会吧！

他正要关电视，听见漂亮的女播音员提到河湾，于是又接着往下看。女播音员说，我县河湾村是一个老先进村，转变经济发展方式又走在前列。为了提升农业现代化，提高农业的比较效益，该村加快土地流转的步伐，最近，由韩氏集团投资三亿元建设的我县第一个家庭农场——韩氏农场，将把河湾村的土地进行重新规划，分别建设……与女播音员配合的画面上，韩反修正指挥着拖拉机耕地里的田埂。

张守业的目光凝固了，神情麻木了。他马上想到，韩金富复辟成功了。熊地主羔子如今财大气粗，变着法儿把三棵树又转到他家名下，还不光是三棵树，全村的土地都姓韩了。不行，现在还是共产党的天下，不能让他韩金富得逞。河湾的韩金富得逞了，河东全县的韩金富就会得逞，那全省全国的韩金富都这样做，还不变了天？

第二天，张守业去了镇上。镇党委书记、镇长都去县里开会了。一个30多岁的年轻副镇长接待了他。张守业一开口就讲了一串大道理，小爷们儿，咱共产党为什么打天下，不就为了老百姓翻身解放，不再受地主的剥削压迫？河湾村的大地主韩金富现在把"土改"时没收的地收了回去，这算不算复辟？

年轻的副镇长笑了，老爷爷，这是两回事。咱现在搞的土地流转，企业只有使用权，地还是集体所有，承包经营责任人还是你们自己，性质没有变，与地主那个时候是两种概念。张守业听不懂什么叫概念。他只认一个理。现在这些地都在韩家名下，村民都给韩家干活，与过去不同的只是领现钱。这怎么还不叫复辟？

年轻的副镇长被他一口一个爷们儿、小子叫得心烦，又听他口口声声阶级斗争、地主复辟，不耐烦地说，你要是有意见，可以写信向上级反映。我们镇干部官小，给你说不清政策上的事。张守业恼了，挥起拐杖把副镇长屋里的花盆砸了个稀巴烂，又要打副镇长。副镇长赶忙给派出所打电话。派出所民警到了以后，才把张守业制止住。

张守业回到家里，给省长写了一封信。他没想到，信转来转去转到他孙女张四清手里，更没想到张四清不支持自己，反而支持韩家。

张守业的第三代共计九个。这九个中，张守业最疼大孙女张四清。这当然有多方面的原因。张四清的大叔在上个世纪 60 年代的三年自然灾害时期离开家，用张守业的话说是饿跑了，那时农村农民不像现在没地位，"七级工八级工，不如农民一沟葱"是当时的真实写照。企业招工的就如同拉壮丁，见年轻人就问愿不愿意去他那儿上班。她大叔就这样去了西北一家钢厂，后来在那儿安家立业。他家的孩子几年回来一次，张守业想疼也够不着。张四清的二叔 18 岁参军到北京，后来在部队提了干，现在是副师长，全家也是几年回来一次。张四清的父亲是老大，中学毕业后就在老家当小学教师，后来当了校长，"文革"后期借调到县"一打三反"办公室，运动结束后就留在了县教育局，退休之前是县教育局的党委书记，正科级。虽说她父亲在兄弟三人中官衔最低，但在家陪伴父母的时间最长最多。张四清作为长女，和爷爷张守业在一起的时间比爸爸还多。她从小聪明伶俐，嘴甜，有眼色，腿脚勤快，上学后学习也好，所以深得爷爷的宠爱。她上中学时，全家跟着父亲搬到了县城。每逢周末，她都骑着自行车回河湾看爷爷奶奶。上大学后，离家远了，不能常回河湾，张守业反倒觉得不适应。小朵后来告诉她，你上大学走后很长一段时间，每到星期六的傍黑，你爷爷都像过去一样到三棵树去接你，拿着他那个宝贝望远镜向县城看啊看啊，一直站到夜色把他的身子给吞没了，你奶奶喊他回家吃饭才回去。

张四清回河东县工作后，每个月都要回河湾一两次，一直到当了副县长依然如此。她有时是和父母亲一起来，有时是自己来，有时则是到其他乡镇检查工作顺路来。这些年高速公路发展很快，从县城到河湾只用十几分钟。高速公路在河湾有个出口，还建了一个服务区。这个服务区是张四清给争取来的。有了这样一个服务区，不仅可以安排一些村民就业，还可以解决农民水果、蔬菜等农副产品买卖难问题。这个高速公路的出口因为在三棵树地界上，就叫三棵树。车子驶出收费站，张四清隔着窗户向三棵树看去，果然看到了一片大兴土木的场面。地里竖立着一座水泥搅拌站，还有挖掘机、装载机、运输车来来往往不停地作业。她放眼望去，她过去经常来的棚子已经不在了，心里不免有点失落感。时代在发展在变化，不以人的意志为转移。她想。

这时，司机突然停下车，对张四清说有人拦车。张四清一惊，不要说她是堂堂河东县的副县长，就是张守业的孙女这个身份，在河湾地界上也没人敢拦她的车。她挺直身子朝前一看，拦车的竟然是她爷爷张守业。张四清把爷爷扶上车送回到家里。她问张守业，爷爷，您腿脚不方便，去三棵树那边弄啥？张守业一提三棵树就火。他说我去看看三棵树那块地还姓不姓共，还长不长粮食。张四清笑着，一边给爷爷泡茶，一边循循善诱地说，这还能随便更改，谁有那么大的本事。爷爷您八成是听错了。我是分管土地的，我怎么没听说过咱河湾的地改姓了？张守业说你是管土地的，那你今天给我说说土地都有啥新政策。他两年前听从医生和孙女的劝告戒了烟，但是旱烟袋还不离身。时常把烟袋嘴含在嘴里吧唧吧唧干吸几口。那个玉雕的烟袋嘴是小朵送给他的。他含在嘴里感觉就像把小朵含在了嘴里。

张四清把农村土地流转的相关政策给张守业耐心地说了一遍。她讲了农村人多地少的矛盾，解决这个矛盾要把更多的农民从土地上解放出来，转移到二、三产业，扩大农业生产经营规模。她还讲了农民在市场的主体地位很脆弱，很多事情靠一家一户不好办也办不了，与发展现代农业的要求不相适应。她强调土地流转也是农民自己的创造，在一些发达地区一些农村通过土地流转，使农庄迈向规模经营，而农民不种田也有口粮，打工还有工资收入……

张守业没听孙女说完就皱起眉头，那为啥非要把地流转给姓韩的？就不能流转给贫下中农？张四清一听乐了，爷爷，您咋还地主富农贫下中农的老观念呢？现在都是中国特色社会主义的建设者！这么给您老人家说吧。韩氏集团是咱河东县较大的民营企业之一，有资本实力，说白一点有钱。您老人家要让农民把土地流转给您，您得有实力呀！张守业恼了，说一千道一万，还不就是韩家现在有钱了，把土地又流转到他们家了。

张四清有点急了，爷爷您怎么没听明白，不是他们家而是企业。中央文件明确规定赋予农民更加充分而有保障的土地承包经营权，现有土地承包关系保持稳定并长久不变。土地流转不得改变土地集体所有性质，不得改变土地用途，不得损害农民土地承包权益。说到底土地流转是"三权分离"：韩氏集团只有经营权，承包权还是归承包的农户，所有权仍然是集体的。

她又把韩氏集团的规划给张守业做了解释，推平河湾土地上的一千多条田埂，对土地进行平整，扩大可耕地面积，然后实行科学种养，统一品种、统一耕作、统一种植、统一管理，增加土地产出效益；在故黄河发展水面立体养殖；同时，发展观光休闲型的"农家乐"……然后，她举了个例子，搞土地联产承包时咱家农村户口是四个人，您、我奶奶、我和我弟弟。咱四口人承包了四亩地。这四亩地分成七八个地方，来来回回要跑大半天。我奶奶那时嫌地分散，天天发牢骚说不方便种。咱村几百户人家上千亩地，家家都是这种情况。要么各种各的品种，要么一哄而上，根本就没有市场竞争力。再说，这些年外出务工的人多了，土地的管理松劲了，产出的效益低了，需要加大投入，加强管理，提高效益。

张守业对孙女说的大道理也能听明白。但是，他就认一个死理，如果把土地流转给了韩金富家，就是地主复辟。爷孙俩争吵了半天，谁也说服不了谁。最后，张守业扔下一句话，中央的政策，我当党员的拥护，流转给谁经营我都举双手同意，给姓韩的，没门！中央不是说尊重农民，让农民自觉自愿吗？我不自觉自愿可以吧？张四清给张守业续上一杯水，拉着张守业的胳膊，带着点娇气，说，爷爷您这就有点故意找茬了。咱家的几块地在地中间，您不同意流转，人家拖拉机、播种机、插秧机、收割机这些大型机械还能翻过去呀？！

张守业听孙女的话里有些指责自己不讲道理的意思，顿时大怒，一扬手把茶杯打翻地上，好你个小四清，你也和地主钻一个被窝里了。我看你这个共产党的副县长阶级立场有问题。信不信爷爷翻脸无情，向中央告你！说完他转身进了屋，把门也关上了。张四清哭笑不得，一筹莫展，愣怔地站在门口，过了一会儿才转身离开了。回到县城家里，张四清把和爷爷争论的经过给爸爸学了一遍。她气得掉了眼泪。爸，你说我爷爷怎么就这么顽固呢？新中国成立都六十多年了，他们那一代人的恩恩怨怨真的就那么不容易改变？张四清的爸爸说你爷爷这样思想的人不多了，但也还有代表性典型性，对他们不能着急。韩反修那小子做事也不注意方式方法，一撒钱什么都摆平，这也不对。两人讨论了一阵子。最后决定，张四清给韩三树和韩反修兄弟做做工作，让他们严格按照法律办事，不能强行。张四清的爸爸带张守业到苏南一些经济发达地区走一走，看一看人家农村土地流转带来的变化，用事实说服他。

可没想到，就在这个节骨眼上出事了。

七

张四清走后第二天，张守业放心不下自己的承包地，拄着拐杖，一步一颤地去了三棵树。村口有一幅巨大的广告牌，上边是韩氏农庄的规划图。规划图上标着河湾村每一片土地包括农民宅基地的改造方案，分别用红蓝黄黑四色做标志。张守业到之前，已经有几十个村民围在那里边看边议论。比较欢欣鼓舞的是些在外务工回来的年轻人，他们说按照规划建成了农庄，和城市就没多大差别了。有的上了年纪的不太相信，把咱这地方画得像天堂，能成吗？张守业扫了一眼，觉得规划的确是不错，他从心里也赞成。共产党打天下坐江山，不就是为了让老百姓过上天堂般的好日子吗？当年在湖西练兵，就有一首歌唱道：弟兄们都来练兵，练好本领打进城，住洋楼用电灯，吃水不用再打井……这么多年过来了，今天说新农村，明天说新农庄，就是让你摸不着。让他觉得刺眼的是"韩氏农庄"四个字。凭什么就是你韩家的了？他看见自己家的承包地，自己家的老宅子都囊括在里边，心里更上火。熊地主羔子太张狂了吧？不管你用我的承包地做什么，总得经我点头、按个手印吧？过去的地主和贫农做买卖也得签个什么证呢。

三棵树的地上，几台拖拉机和轧路机正在平整田埂。张守业一看，火冒三丈，挥起拐杖朝拖拉机打去，由于用力过猛，拐杖叭嚓一声断成两截，他的身子也朝前一个趔趄，幸亏一个戴鸭舌帽的小伙子扶住了他，不然头上保准会起个青包，说不定还会流血。小伙子说，老爷爷您这是干啥呢？这拖拉机可是个铁家伙，不好玩呀！张守业说你眼长腚尻子里去了，看我是在玩吗？我问你，谁让你平我家的田埂？小伙子还没回答，一个刚从路边宝马车上下来的高个子男人盛气凌人地抢过话头，你是干什么的？哪是你家的田埂？这里的地都让我们征了知道不？张守业仰头看了高个子一眼，哪儿冒出的野种？你征我的地，我同意了吗？赶快给老子滚蛋，不然……没等他骂完，高个子抓着他的衣襟，一把把他提了起来。老不死的家伙，你敢骂爷爷，信不信爷爷把你当足球踢。你还让我滚蛋。告诉你，我是这地的主人！

张守业这一吵吵，引来了很多村民。孙秃子的儿媳妇扯着嗓子高喊有人打张叔了，呼啦啦地围上来几十个村民。村里年轻人大多外出务工，围上前的大都是称张守业大爷叔叔辈的中年人，也有几个和他年龄相仿的老年人。他们中有人尽管对张守业过去的一些做法有意见，但总的来说，认为他做事还能代表村民利益，讲究公道，所以对他还是有感情的。再说他是长辈，你个外来人欺负本村的长辈不等于欺负当地人吗？有的说韩氏集团太霸道，不打招呼就平地。有的说咱撕毁合同吧，反正也没领到多少钱。一时间，局面有些失控。

这时，一直坐在宝马车里的韩反修才从车上下来。他故意大声咳嗽几下，吵吵什么吵吵什么？河湾村多少年没发展都是穷吵吵瞎折腾闹的。你们还嫌不够穷咋地？孙秃子的儿媳妇一点也不示弱，破口大骂道，咱这还是共产党的天下。共产党不允许富人欺负穷人。你们别仗着有钱有势到河湾来撒泼。老张叔不吃你们这一套，老娘也不买你们的账！韩反修你把我的合同退给我，这地我不租你们！

韩反修冷冷一笑，上前一步扯住孙秃子儿媳妇的衣襟，臭娘儿们，信不信我废了你？孙秃子的儿媳妇用劲想挣脱韩反修，衣服刺啦的一声响，从上到下撕成两半，她的两只像霜打过的茄子一样软了吧唧的乳房全部暴露在众人面前。她大吼一声韩反修耍流氓了，韩反修耍流氓了！接着一头把韩反修撞倒在地上。张守业举起半截拐杖朝韩反修打去，嘴里却骂着韩金富：韩金富你个熊地主羔子，让你孙子来反攻倒算了！今天我要是输给你，就是丢贫下中农的脸。高个子用胳膊挡住了张守业的拐杖，顺手一牵，把张守业摔了个跟头。周围的人们哄叫着把韩反修和高个子等几个人团团围住。就在这时，地头响起一个粗哑的声音，你们都给我住手！

韩金富在孙跃进的搀扶下从一辆小轿车上下来。他刚迈进地里一只脚，鞋子陷进暄土里。他皱了皱眉头，站住了。孙跃进见状，毫不迟疑地弯下腰，把韩金富驮到了地里。他喊了孙秃子的儿媳妇一声嫂子，孙秃子的儿媳妇不屑一顾地转过脸，冷嘲热讽地说，俺老孙家没有孬种。你是哪的？围观的人群中爆发出一阵哄笑声。孙跃进的脸红了。

韩金富出其不意地打了韩反修一个响亮的耳光，骂道，你小子不听你爹的话，连爷爷的话也不听了吗？我怎么给你反复交代的，对咱河湾的长辈要像你爹你爷爷一样对待。你给我跪下，向父老乡亲认个错，不然……说着，他一阵剧烈的咳嗽，说不下去了。韩反修拧着头，气哼哼地走了。临上车，对着地里的人高声喊道，我要让你们看看胳膊能不能拧过大腿！

韩金富稍微喘息一会儿，对张守业和在场的人拱了拱手，各位父老乡亲，小孙子反修不懂事，得罪了诸位，我在这里赔罪了！孙秃子的儿媳妇呸了一声，您也别玩哩个儿楞。你孙子没有人在后边出馊主意、歪点子，也没那么大的做派。韩金富显然不想做辩解，在孙跃进的搀扶下，快快地离开了。

孙秃子的儿媳妇问张守业，老张叔，咱就像小羊羔这样被韩反修那只狼欺负啊？她的话音一落，周围的人们嚷嚷开了。有的说韩反修说得好听，建农庄让百姓致富，其实他是想圆了他爷爷的大地主复辟梦。你看他那派头，哪像是租咱的地，和咱好好商量，整个是强行霸占。有的说他让咱把地流转给他，每亩地一年给咱三百块钱租金，反过来咱还得给他出力流汗种地，说是给咱工资，那还不是血汗钱。有的还骂孙跃进，孙秃子怎么有这个侄子，要是放在抗日战争那个时候，他肯定是戴日本兵帽子，穿日本兵军装，搂日本娘儿们，喊日本人为爹的大汉奸！张守业不想自己吵吵自己听。他问在场的人有什么打算？有的说咱和姓韩的干到底。

张守业提出了一个方案，联合起来到镇、县上访。有人说韩家和县上镇上领导关系倍儿铁，想告倒他们没门。孙秃子的儿媳妇说那咱就上北京找总书记总理告状。有人说韩金富刚才打韩反修耳光是做做样子。韩反修个毛头小子想不出这么阴的招，一定是韩金富和韩三树在背后指使。其实，张守业他们只猜对了一半，就是韩金富的确支持韩反修搞土地流转。流转也是改革，只不过名字叫的不一样罢了。但是，张守业他们没猜对的另一半是，韩金富和小朵反对韩反修强行拿地。他回到家，让孙跃进到村委会把韩反修叫回家，又劈头盖脸把他骂了一通。他说张守业论辈数是你爷爷，他打光腚时和你爷爷就是好兄弟。你对他不敬就是对你爷爷不敬。再说，父老乡亲选你当村主任是让你为大伙服务的，不是指手画脚耍威风的。

韩反修说都是张守业那老不死的带头闹事。我要是不灭灭他的威风，别说建农庄，就是往后说话都不权威。韩金富说权威是靠自己做事树立起来的，不是靠着吵吵闹闹打打杀杀得来的。你要是连这点都不懂，就赶快滚蛋，老老实实跟你哥做生意去。小朵也在一旁埋怨韩反修不通情理。都是低头不见抬头见的乡里乡亲，怎么能动粗？你这样做把你爷爷这辈子的脸面都丢尽了。我告诉你吧，农庄宁可不建，也不能让乡邻骂咱祖宗八辈！韩反修一支一支地抽着烟，眼睛睁得溜圆，好像一不小心就会滚落下来。他等韩金富和小朵骂累了坐下喘息的时候才说话。爷爷奶奶您们就把心放在肚子里吧。我知道应该怎么做。

韩金富瞪了韩反修一眼。他因为刚才生气，加上在三棵树受到乡邻奚落，回来又说了很多话，觉得有点气短，就没有说话。小朵却不依不饶，又追问韩反修，给村民每亩地一年的租金三百块是不是少了点。你和你哥商量商量，看能不能再多给一点。韩反修说依我哥的意思，这三百都多了，他只同意给二百五。韩金富骂道，他就是个二百五！人家承包地一年种粮食也不止卖个二百五。你说说这公平吗，合理吗？说着，他剧烈地咳嗽了一阵。小朵忙帮他捶着后背，给韩反修递了个眼色，示意他不要再惹他爷爷生气。韩反修假装没看见，不服气地顶撞韩金富说，他一亩地能产一千斤麦子啊？就算是产一千斤能卖几个钱？化肥不要钱，农药不要钱？人工管理不要钱？卖粮运输不要钱？这七去八去能落下几个钱？再说，我还给他们发种地的工资，一年也好几千。

小朵说你这些账都是从你的角度算的。你咋就不说人家承包的责任田打下粮食吃粮食不要钱？咋就不说到外边打工一个月也能收入千儿八百？咋就不说……还没等她说完，韩反修的电话响了。他打开听了几句，脸色变得铁青，咬牙切齿地说，张守业和孙秃子的儿媳妇带人到镇上去上访了。镇长打电话让我过去。这熊老东西真是粪耙子摇头——找屎（死）。他一边说一边气哼哼地向外走。韩金富冲他后背大声嚷嚷道，小反修你个龟孙子给我听好了，你要是再对张守业和乡邻们动粗，就别再登我的门！

韩金富没想到他的话竟然应验了。韩反修在他去世之前没再登过他的门。

<h2 style="text-align:center">八</h2>

韩反修气势汹汹地出了韩金富家，一上车就给韩三树打了个电话。他说张守业真不是个东西，带着人到三棵树闹了还不算拉倒，又到镇上去上访。我今天就灭灭他的威风。他不是仗着孙女在县里当副县长吗？我就让他看看我怎么样连他孙女都收拾了！

韩三树三年前换届时当上了县政协副主席。他觉得自己再在河湾混有些掉价，就在县城盖了座四层的小楼，配套有花园、游泳池、菜园子。平常，韩金富不招呼他不回河湾。他听了韩反修的话，马上训斥他，反修你小子连爷爷奶奶的话都不听了。我严正地警告你，不要再和张守业干架。咱不怕他当副县长的孙女，但咱不能不怕民心。民心你懂吗？韩反修问你说怎么办？他张守业的地、孙秃子儿媳妇的地还有几个跟着他们起哄的人家，田埂子夹在大块地中间。他们不让动，整个连片都动不了。

韩三树问，你和张守业几家签订土地流转合同了吗？韩反修说这是咱韩氏集团直接和村委会签的合同。土地是集体的，村委会有权决定流转。韩三树骂你真是猪脑袋。党中央和国务院的政策说得很清楚很明白，要尊重农民的意愿，要经过土地承包人同意，承包人的主体地位不能变……多了，多了。你怎么就不先学学文件。韩反修说我没那么多工夫，再说也没那么多心眼。说完就挂断了电话。韩三树以为他还在听，仍然喋喋不休地说着上边的政策，听他半天没说话，又说那你动动脑子想办法。你不是聪明吗？

韩反修的确在动脑子。这时，车已到村头。他见高个子等几个自己的部下都在三棵树地头前守候着，就停下，把高个子叫到车上，向高个子嘀咕了一会儿。高个子一边听一边点头。等他下车以后，韩反修的脸上已经阴转晴朗。他好像成竹在胸。

镇政府就在河湾村一河之隔的老河湾街上、日伪时期的河东县政府旧址，几年前旧址撤除盖了新楼。周边那些商铺也经过了改造，如今仍然是河湾一带的贸易中心。张守业和孙秃子的儿媳妇领着十几个村民到了镇政府大门口，被门口的保安拦住了。保安听说他们是上访的，就让他们到旁边挂着信访室的窗口去登记。负责登记的是个中年女人。她问张守业是哪个村的，张守业回答说河湾村。那个中年妇女二话没说，低着头在桌子的玻璃板上找了一会儿，找到了河湾村村委会主任韩反修的手机号，给韩反修打了个电话。放下电话，她向张守业他们摆摆手，你们到外边去等吧。河湾村村委会的韩主任马上过来处理你们……

这位中年妇女的态度不冷不热，张守业他们还算勉强接受，可是她打电话让韩反修来，又说"处理"他们，把孙秃子的儿媳妇激怒了。她拍打着玻璃窗骂道，你个熊娘儿们会说话吗？处理，处理，他凭什么处理我们？那个坐在玻璃窗里的中年妇女这才意识到自己刚才的话有误。不过，她接受不了孙秃子的儿媳妇的态度，指着孙秃子的儿媳妇嚷嚷道，你骂谁熊娘儿们呢？你是啥，是大男人？呸，看看你裤裆里长那玩意儿了吗？处理你们还轻了呢。你要是再吵再闹，我打电话叫派出所来把你扣起来，告你妨碍行政机关工作。

孙秃子的儿媳妇在村里一遇到不顺心的事和看不顺眼的人就骂街。她的嗓门儿高，在街上骂地里能听得见，在地里骂村里能听得清。她骂人的词儿又新鲜又生动，而且骂起来可以饭不吃觉不睡。有人得罪了她，她坐在人家门前骂三天三夜不挪窝。日子久了大伙都避让她三分。有人说好鞋不踩臭狗屎，也有人说男不和女斗。她听玻璃窗里的中年女人骂自己，哪里能够忍让，脱下鞋子就朝那个中年女人脸上打去，喀嚓一声，玻璃窗碎了。中年女人吓得连连后退几步，好，你敢在镇政府搞打砸抢，我马上就报警。说着，果然给派出所打了个电话。张守业看看事情被孙秃子的儿媳妇搞砸了，赶忙劝住了她。他说老孙家的你消消气。你这样一闹腾会把目标转移，咱的事就耽误了。孙秃子的儿媳妇这才平静下来。

派出所的警车到时，韩反修也恰巧到了。他听说派出所的人是来处理孙秃子儿媳妇砸玻璃窗的事，赶忙给派出所的人解释，说孙秃子的儿媳妇精神不正常，经常在村里闹点事，就交由他带回村里处理吧。他和信访室的那个中年女人比较熟，喊了几声大姐，又赔了一百块钱的玻璃损失费，中年女人才说看在我反修兄弟的面子上，我就不追究了。不过，像这样的母老虎，你得圈起来。不然，她会伤人！

韩反修又把张守业叫到一边，爷啊，这事您老人家看着咋办吧。咱自己的事回家里去说。咱再待下去，镇里要是追究老孙奶奶闹事的责任，那可就不是我能说了算。现在各级都强调稳定……事情到了这个份上，张守业也不好再坚持。他说那咱就回咱自己家去说吧。反正得分出个里表来，不能你熊孩子想咋着就咋着。他心里想的是先把孙秃子儿媳妇闹镇政府这事平息了，回去只要谈不拢，还可以向上反映。韩反修说他要到镇委书记和镇长那里，为孙秃子的儿媳妇的事做个检讨，让张守业他们先回去，在村委会等他。

张守业一行十几个人在回去的路上，有的顺便去超市买东西，有的说有事要办，一下子分散了七八个。还有几个和张守业、孙秃子的儿媳妇一起回村的，路上不住地埋怨孙秃子的儿媳妇，说她惹是生非，误了正事。孙秃子的儿媳妇哪里服气，就和他们争，一路上都吵吵个没完。眼看就要到村头了，从路边的树棵子里突然蹿出四五个人。他们清一色的黑衣，戴着白口罩，手里拎着两米长的棍子。张守业这些人大都上了年纪，加上事情来得太突然，毫无准备，一下子都呆了。那些黑衣人不分青红皂白，围着张守业等人就是一阵乱棍。张守业腰上挨了一棍，腿上挨了两棍，双膝一弯，跪在地上，接着就倒下了。他听见孙秃子的儿媳妇在骂，另外几个村民在号叫救命，怒不可遏地骂了一句，熊羔子你们连过去的土匪都不如，土匪还报上名号，你们只会做偷咬人的狗！

村里有人出来，发现了村头上发生的事，向村里喊了几声抓坏人，那几个黑衣人才停下手，瞬间消失在树棵子里。不过，有一个黑衣人临走时，不知是有意还是无意撂了一句话，谁再敢和韩氏集团作对，就让他永远也站不起来！

张守业和孙秃子的儿媳妇以及几个让黑衣人打了的村民，被赶到的村民们很快送到了镇中心医院。经过检查，张守业那只伤残的腿又受了一次伤，但伤得不重。伤得最重的是孙秃子的儿媳妇，两只胳膊都严重骨折，需要住院治疗。她骂得更凶了。镇派出所接到河湾村村民报警，很快赶到了现场和医院。孙秃子的儿媳妇一口咬定这事是韩家干的。大地主韩金富交代他孙子小地主韩反修，为了霸占俺们家三棵树那块地，向俺们下黑手。

老大娘您有证据吗？做笔录的警察问。孙秃子的儿媳妇说我这个大活人就是证据。她把那个黑衣人临走说的话给警察说了，然后发狠地说，只有韩家的人能说出这种缺德话，做出这种下三滥事。做笔录的警察用笔杆敲了敲记录本，现在是给你录口供，说话注意点，污辱他人也是违法行为！韩金富在孙跃进和小朵的陪同下到医院来了。他见了张守业和孙秃子的儿媳妇就拱手作揖。孙秃子的儿媳妇骂他假，这事十有八九是你孙子干的。韩金富说让警察查，真查出是他个龟孙子干的，我保证不护短，亲自把他送进大牢！不然的话，我韩金富就不是人。

孙秃子的儿媳妇说这下好了，我正愁没钱养老送终。查出谁干的我就给谁做姑奶奶，让他管我吃管我喝，我死了给我拉哀棍。小朵泪眼看着张守业，一开口就哽咽了。老哥，咱都一大把年纪的人了。金富这些日子常念叨你们小时候的事，说像是一场梦。人啊，怎么都是一辈子。你计较我，我计较你，计较来计较去，什么时候是个头呢。张守业也叹了口气。当年在他眼里像朵鲜花的小朵，如今已头发花白，一脸沧桑。岁月真是无情啊！他说咱这辈子是交代了，可得让下辈懂得怎么做人。

这件事情很快就传到了副县长张四清那里。张四清既感到震惊，又感到愤怒。爷爷他们是老实巴交的农民，对土地怀有不可替代的情感。他们没有过高的诉求和要求，只希望给他们一个明确的说法，让他们能够享受自己应该享受的权利。这其实无可厚非。至于他们不懂政策，一时不理解，可以慢慢做工作，为什么要动用黑恶势力手段来对待他们呢？县公安局李政委是她同学。她约李政委谈了一次。李政委告诉她，案子进展不太顺利，主要是农民不懂得保护现场。现场被破坏了，不利于侦察。张四清问是不是有人给你们施加压力？李政委笑了笑，老同学，我无可奉告！我只能告诉你的是，县政协韩三树副主席打了几次电话，催促我们尽快破案。张四清走时，李政委追到门外，说是要送送她。他低声对她说，你就放心吧，我保证给你个交代。

一周后，那个高个子在洗浴中心嫖娼现场被抓获。李政委亲自提审他，向他晓之以理。他交代说那天发生在河湾村村头的打人事件是韩反修亲自安排的。韩反修答应给他十万元。事后，韩反修只给了他五万。他之所以没逃走，就是等着向韩反修要那五万元。李政委当即布置警力对韩反修进行抓捕，在韩反修的情人那里抓住了他。李政委又亲自出马对韩反修连夜突审，韩反修对高个子交代的犯罪事实供认不讳。李政委出门后给张四清打了个电话，意味深长地说了一句，天网恢恢。

第二天，市里一位领导打电话给河东县委书记，询问韩反修的事情，严厉批评河东县在农村土地改革等方面行动迟缓，步子过小。韩反修被依法批捕的第二天，张守业和孙秃子的儿媳妇等还没同韩氏集团签订土地流转合同的村民，在公证人员的公证下，签订了土地流转合同。张四清副县长亲自到场，并主持了韩氏农庄的开工典礼。

韩金富当时大病在身，行动不能自如，是被人抬到现场的。他在现场一直没看到韩反修，心里奇怪，回到家就问小朵，反修这小熊羔子跑哪去了。小朵不好再隐瞒，就把韩反修被捕的消息告诉了他。他听了，仰面望着天空好大一会儿，吐了几口鲜血，昏厥了过去。人们慌里慌张地把他送到县医院，他已经不行了，当天夜里就与世长辞了。他临死时眼角挂着泪，自言自语地连说了几遍，风水宝地，风水宝地……

张守业比韩金富多活了一年。他临死前好像得到了什么召唤，让张四清用车把他拉到三棵树。当时正是小麦收割时节，他看着地里几辆大型收割机，露出了欣慰的笑容。

方　向

一

　　"嘣"，声音不大，仿佛拨动一个开关，一下子就把屋里闹哄哄的噪声给关闭了。

　　所有的目光一律循着声音逆流而上，在发出声音的那只黑陶酒杯上略作停留后，又沿捏着酒杯的那只苍老的手上溯到同样苍老的脸上。老爷子生气了。

　　老爷子不爱生气，爱生气的人不会活到快80岁了还身板硬朗，一顿饭能喝二两茅台，而且耳不聋眼不花。所以，不爱生气的老爷子生气了，在他的儿孙看来无异于发生了一场地震。

　　而且，这是老爷子两天里的第三次蹾酒杯。

　　老三孙得财拍了一下脑门，你说我这记性，该去接茂财了，茂财的英语老师刚谈了个男朋友，像胶一样天天黏一起，说好了今天只教茂财一小时。他说着就往外走。孙得财起身的时候并没有忘记把筷子并在一起，尖细的那头朝里放好，使之呈现出恭谨谦卑的姿态。这是孙家的家规。他和哥哥姐姐妹妹小时候为了筷子摆放不规矩，脑袋瓜子没少挨老爷子用筷子敲。

　　孙得财的两脚刚跨出门，老大孙敬财喊了一声，得财！他要是在孙得财一脚门里一脚门外时喊，那声音就是一只钩子，稳稳地就能把孙得财给抓回来，可是等孙得财两脚都跨出了房门，那声音就变成了确认。他是做给老爷子看的，两重意思：一是表明他想制止孙得财，二是表明他与孙得财的意见有分歧。他是水山县农行行长，在县里能坐到这个位子上的必须是人精。

　　老爷子不动声色地说，老大你少跟我假模假式的。你们，他拿眼睛把饭桌上的儿女扫了一遍：你们怎么想的，我心里清楚。

　　孙敬财忙说，那是那是。他知道老爷子是在责备他为孙得财帮腔。因为孙得财刚才提到老宅子大门的方向时，他说了一句模棱两可的话：都管！

　　大女儿孙爱彩不时到厨房里帮小保姆遥遥忙活，所以桌子上的话也听得囫囵半片。她端着刚做好的红烧鲤鱼过来，发现桌上的气氛不太对劲，正要琢磨，老大拿眼睛看了一下老爷子，给了她一个暗示。她马上心领神会，说，爸，这是您最爱吃的一道菜。我好久没烧过了，您尝尝味道还对吧？孙爱彩小时候的名字叫孙爱财，刚上小学的时候，同学们总拿她的名字取笑她，说是像男孩的名字，又有的说她和她爹一样财迷心窍，她为了这名字哭了不知多少次，到了二年级，她自己给自己做主改叫孙爱彩。孙爱彩现在是水山县财政局农财股的股长，与老三孙得财算是一个系统的。

　　小女儿孙宏财一向大大咧咧，好像没明白老大的暗示，继续刚才的话题，爸，您可别冤枉了我大哥。这里面真没我大哥什么事。老三他就是镇财政所所长当得太久，人也老大不小了，再不动动就没机会了。我大哥迁就我三哥不也是得了您的圣旨，想让咱老孙家这棵大树在马兰镇高高屹立。孙宏财是四兄妹中排行最小的，也是唯一一个在商场打拼且做出成就的。有人说在水山县要是排福布斯的话，她稳坐第一把交椅。

　　老爷子看了一眼老二孙爱彩。孙爱彩好像什么事情也没发生，什么事情也不知道，脸上笑呵呵的，爸，咱们老孙家要风得风要雨得雨，风里浪里还不是全靠您掌舵！这舵还得您掌。她的话里暗示对老大的不满。早在五年前，老爷子的长孙结婚时，老爷子就当全家人面隆重宣布想歇歇。我老了，孙家几代人十几口子，管不过来了，以后除了大事我参谋参谋，敬财多担当点。

而老大孙敬财做事总是精力不集中，今天让老三不满意，明天让老二不高兴。最后又都回到老爷子那里，由老爷子一锤定音。

大孙子孙兴财的脸已经被酒烧红了。他恭恭敬敬地给老爷子端了一杯酒，借着几分酒气，指了指门外，我三叔这人就，就是自私！咱祖宅的大门一直朝南，我爸不照样当行长，我大姑一高中生不照样当官，我小姑才晃荡几年就坐上水山首富的交椅，我孙兴财不也照样生意兴隆，媳妇生孩子都在国外，给我爷爷弄了个加拿大籍的洋孙子？我爷爷，我爷爷他不同意改方向，是我爷爷他老人家胸怀大局，高瞻远瞩……

孙敬财瞪了儿子一眼，大人说话你小孩子别插嘴，没规矩。

孙宏财不满侄子揭她二姐的短，你大姑高中生也比你爹强。你爹正过来算倒过来算，也就咱马兰镇"猴戴帽"中学初中肆业。她之所以护着二姐，自然有她的心思。她的别墅区三期眼下资金有点紧，想从二姐那儿拆借一部分资金。她已经给二姐说了几次，二姐一直没有松口。

孙兴财说小姑我求你老人家了，你能不能别再用些错别字污染侄儿侄女们的耳朵。我打小没少了听你用错字，什么曲脖向天歌，什么披荆斩刺，什么汉奸秦侩……你刚才说的那叫肆业。

孙宏财哈哈大笑，这得怪你爹。他不让我好好上学，非得让我那么早参加工作。

老爷子咳嗽一声，等屋子里静了下来才开了口，兴财的话我就爱听。他指了指满桌的菜，又指了指自己的耳朵，接着说，我不光享口福，这耳朵也光听好听的了。说着端起了酒杯，兴财比你们都懂事。方向问题，这个，这个方向问题那是比天大的事。你们老子这辈子大风大浪闯过来，全凭老宅子的方向好。"三反五反"、"社教"、"四清"、"文化大革命"，到改革开放，最大的是村集体改制……支书、主任，就连治保会主任，先先后后折了好几个，你们老子别说挨斗，"文革"时连张大字报也没有。他说着又拍了拍胸口，你们这里服吗？凭良心说，服吗？老大你先说。

孙敬财说，服，爸，我是真服。爱彩、宏财也服，老三其实打心眼里服，就是，就是……他见老爷子眼睛又眯起来，端着酒杯的手不住地颤动，就把话头停下了。

孙爱彩笑了笑，没说话。

孙宏财说，爸，别的我不敢说，要说服您，我敢拍胸脯。说着就"噗噗"拍了两下。孙宏财的胸很大，像揣着俩西瓜。

孙爱彩乐了，老四快别拍了，再拍就爆炸了。这屋子小，我怕来不及跑。

孙宏财照着孙爱彩的前胸就是一巴掌，再说，再说我把你这小柿子给拍成柿饼。孙爱彩身材高挑，就是胸小，当年她老公跟她搞对象，把"窈窕淑女"理解成"高挑淑女"了，没在胸上讲究。

老大笑呵呵地看着她们，脸上挂满了长者似的慈爱。姐妹俩显然想把老爷子给逗乐了，偷眼看时，老爷子脸上似乎松了一些。

老爷子脸上是松了，心里却一点都没松，像以往决定任何一件大事时一样，他提着一口气，谁也别想把这口气泄了。孙兴财想说什么，见孙敬财拿眼睛瞪自己，嘴张了张又合上了。

桌上的菜凉了，老三影都没有。

孙宏财放在那只能值好几头牛钱的外国皮包里的手机，像一只贫嘴蛐蛐叫个不停。她小心地看了老爷子一眼，掏出手机，急了眼地骂道，屎堵腚门子了是不？让你们等着就等着，哪来这么多废话！

老二孙爱彩不停地看手表。其实客厅里放着一架一人多高的红木立钟，她宁可从窄小的袖口里往外抠手表，也对那架立钟视而不见。临了，还是跟孙宏财要了手机，对着手机说，我可能要晚一会儿，你们先开着，我尽快。

最气定神闲最具诚意的看来还是老大。老大的手机响的次数比孙宏财多。他第一次看了看号码就给挂了，第二次，第三次……直到孙宏财接了手机，他才接了，而且只是轻声说，开会呢。

孙兴财显然对这几位长辈的表现不满，他走到窗前打开窗户，让中午的阳光泻了进来。他把头探到窗外，看着银色绸缎般金光闪闪的马兰河，竟然吹了一声口哨。

老爷子通情理，不管是真是假，人家都把理由拿出来了，明摆着是不想耗下去。老爷子明事理，拴得住人拴不住心，拴不住心就没法让他们心服口服。老爷子更有章法，先放你们一马，只要我在，孙家这驾马车的方向就得由我把握。想明白了的老爷子冲儿子女儿挥挥手，你们忙，大周末也闲不住，走吧都。

孙宏财像得了特赦令，"噌"就蹿了出去。

孙爱彩不紧不慢，几次打开包看了看，翻了翻，好像在收拾东西，还不忘说声：爸您注意自己身体。

孙敬财拿眼睛问老爷子，老爷子仿佛已经无力抬起胳膊，就冲他点了点头。孙敬财怕孙兴财不走，再在爷爷那儿瞎掺和，就让孙兴财帮他开车。孙兴财说我喝了酒，脸还红着……孙敬财没等他说完就踢了他一脚，在水山别说喝酒，就是喝了敌敌畏开车也没人查你！

其实，他这话也是说给老爷子听。老爷子脸上果真闪过一丝不易察觉的得意的微笑。

院墙外，小汽车"嗞儿——轰""嗞儿——轰""嗞儿——轰"响了三次。老爷子一听声音就知道，声最大的是老四孙宏财的红跑车，声最小的是老二孙爱彩的白丰田，声最憨的是老大孙敬财的黑奥迪。

都走了。小保姆遥遥像只猫似的溜进来。遥遥是老三孙得财媳妇的远房侄女，因为上面有了三个姐姐，一心想要个男孩子的爹妈就给她起了这个名字，意思是说还得再要孩子。遥遥到了孙家，算是一步登天，她爹妈和三个姐姐享的福加起来也没她多。遥遥很满足，睡着了都祈祷孙老爷子永远不死，那样她一辈子都能留在这里。遥遥进来，猫一样轻手轻脚地收拾桌子，一边拿眼睛询问老爷子有没有指令。老爷子明白遥遥这孩子猴精猴精，随时注意着自己，他往上指了指，遥遥明白了：上楼。遥遥赶忙过来挽起老爷子。

二楼的楼顶是一个巨大的平台。坐在平台的遮阳棚下，往东，能看到绿油油的田野，往西，隔着一片即将完工的别墅区就是县城。别墅区是老四孙宏财开发的项目，第一期第二期已经入住，现在准备开发第三期。正因如此，资金链有点问题，才缠着孙爱彩帮忙。她把这个项目叫作高尚住宅。老爷子问过老四，住在你卖的房子里就高尚，不买你的房子就低贱了？老四说对，我这里住的就是高尚的人。老爷子说，那白雪也高尚了？白雪是老大养的相好，白得像奶一样。老四回答老爷子说，这年头当二奶就不高尚啊？

老爷子并不关心老大养不养相好，老大面上憨实，心里七窍玲珑，分得清轻重，不会把事办砸了。全县农行系统几百号人，混到行长的只有一个，虽说是靠老爷子的关系上去的，但没点真本事在这把交椅上也坐不稳。再说老大媳妇不说，谁说都没用。老大媳妇是县工会的一个副科级干部。自打老大和白雪黏上后，她就很少参加孙家的家庭大聚会，就是春节也不来。

从二楼平台向西看，很容易就能看到一栋贴满了绿玻璃的楼，那是县城里的第三高楼，县财政局，老二孙爱彩工作的地方。老二工作的地方，也是老三孙得财向往的地方。老三不是向往那栋楼，而是向往楼里的一个座位，那个座位是副局长。

老三在马兰镇当财政所所长。马兰镇是水山县政府所在地，或者叫政治经济文化中心。县政府所在地的镇官，在全县各乡镇的眼里，那就相当于京官，老三手里掌握的，无疑就相当于全县京城的财政大权。所以老三的行政级别，比各乡镇财政所所长高半级，相当于副局。可是老三想要的不是相当于，而是名正言顺。只有当上名正言顺的副局长，才能当局长，再往后才能当副县长。

在孙家，老三想要的这个位子不难，一点都不难。老四说，拿我的一套别墅，换个局长那是富富有余。老四不当官，所以话粗。但老四有底气，拿钱没问题。她不但自己生意做得大，老公还是水山县的地税局局长。老大不说话，老大有的是办法，凭他在县里混了几十年的功力，把老三的"相当于"给去掉不是难事。难就难在老二那里。

老二也是个"相当于"。老二的农财股在水山县这个以农业为主的县里，是个举足轻重的股室。尤其是这几年，上边对农业的投入大，农财股的地位也水涨船高。老爷子不出门，那是上了年纪才不出门，过去可是常出门，啥事都瞒不了他。别看同是政府机关部门，可职能不一样，权力就不一样，像老二这样掌着钱的部门一个股长，就是文化局局长、文联主席、研究中心主任都不换。老二的老公何文学就是县文联副主席，主席是宣传部部长兼的。问问他在孙家有啥地位？老二为人热情，办事也公道，在县机关和各乡镇就连一些老百姓那里的口碑也好。她没在老爷子面前说过那个副局长位子的事,甚至连暗示都没有过。老爷子私下问过老大、老四。老大说爱彩是哑巴吃饺子——心里有数。老四说我二姐不争,但也不会帮我二哥。

到了老爷子这里,就更不好办了。老大说手心手背都是肉。老爷子知道老大那是给他一个托词。手心手背不一样,手背肉薄,手心肉厚。可是谁是手背谁又是手心呢?

马兰河在院墙的东边静静地向南流,流到县城的东南角,又向西流去,到了县城的南门,折向东南。阳光下,马兰河水闪着银色的光,平静中透着婀娜。这条河老爷子已经看了八十多年,少年时爬到大堤上看,中年时登到房顶上看,盖了两层楼,就上到二层楼顶上,站在更高的高度看了。从少年到老年一步一步登高望远使他从微观走向了宏观。

二

老爷子叫孙守田,顾名思义就是要守住田地。可是老爷子的儿女们没有一个土里刨食的,甚至没有一个户口是跟田地有关联的。他的老邻居曾跟他开玩笑说,守田不守田,守的是财。他的大儿子孙敬财是农行行长,农行是县里最大的银行。老二老三是财政局的干部。老四是开发商,她的生意像发大水的马兰河一样,钱多得满地漂着。这还不算老四当地税局局长的老公何庆红,也不算在马兰镇当信用社主任的老三媳妇刘爱玲。孙家的儿女们紧紧地守着财,足以牵动全县的财脉。财是田地的升华,孙家完美地实现了这种升华。

因为这种升华,老爷子走在大街上就不停地点头。不是他喜欢点头,是人家跟他点,也不是点,是躬身。人家都鞠躬了,你总是要点头回应,这不光是礼节,也是做人之本,得意不能忘形。也是因为这种升华,老爷子不愿上街,人家的躬是鞠给他的儿女的,是鞠给他所代表的孙家的,是一种付出或投入,继而是期望回报的。老爷子代表孙家收受了人家的敬意并不能给人回报，背后就有一种亏欠，这种亏欠就会变成一种能量聚集起来。聚集起来的能量什么时候释放以什么方式释放他无法预知，也无法掌控，但总是要释放的。原来和他一个班子的村委会主任，低价买了集体的一辆客货车，说起来也不是什么大事，就是因为亏欠老亲舍邻太多，被人一纸告到县纪委，纪委派人一查，结果顺藤摸瓜又查出一大堆问题，最后判刑入狱。

最近一些日子，他隐约感觉到有一种能量在向孙家释放。像他这种经历的人，如果连这都感觉不到，岂不是白吃几十年干粮？

两个月前，他家后院邻居老韩家盖新房子，盖的也是两层小楼，不过设计时，楼面高出他家五十公分。老爷子还没说话，老三就不干了。在马兰镇尤其是在孙家近邻，你老韩家盖的房子一下子高出我们家的房子，不是想断孙家风水？再说，你老韩家连个招呼也不打，太目中无人了吧？老二说咱家房子比人家早盖七八年，人家也没说咱家挡他家风水，算了吧。咱以后盖三层、四层，他不就挡不了了吗？老三见老爷子不说话，只是阴沉着脸，就私下找镇规划部门，给韩家下了个通知，说是统一规划，让韩家的楼面降低了六十公分。老韩家没人出来骂街，好像吃了哑巴亏，可老爷子几次在门前遇到老韩，老韩都是低着头绕开他，好像没发现他。老爷子表面上不露声色，心里别扭了一些日子。小保姆遥遥有几个夜里看见老爷子坐在床上发呆。她给老三说过，老三不以为然，老人睡得少，想得多，都那样。

这不，老爷子刚到了楼顶上，左边院赵老头子家的鞭炮声仿佛冲着他而来，激烈且持久地响起来了。

赵老头子家不知烧对了哪门子香，好运接踵而至。半年前，赵老头子家盖了新房。虽说到处借钱，欠了一屁股债，两层的小楼还是拔地而起。这一回，老爷子提早给儿女们打了招呼，反正咱老孙家马上要盖新房，任他们怎么折腾，咱到时都比他们高一层两层，就别为那三十五十公分闹得大家脸上过不去了。就为这，韩家人私下里骂孙老爷子看人下面条，不就是和赵老头子的媳妇过去有一腿吗？

赵老头子家今天比盖新房子还热闹，好像攒了一辈子的热闹全在这一刻爆发了。赵老头子的双胞胎孙子同时考上了大学，一个考取了清华，一个考上北大。这在全县是件大事，教育局局长、分管教育的副县长都上门贺喜了，电视台也播放了，大红的绫子挂上门，鞭炮屑子铺满地。赵老头子一高兴作了首诗：

> 马兰河边老赵家，
> 大门朝东贴红瓦。
> 世代守法尽孝道，
> 勤劳节俭人人夸。
> 两个孙子最争气，
> 一个清华一北大。
> 全都念的是中文，
> 前途光明又远大。

这首诗竟然还在孙老爷子女婿何文学主编的《水山诗歌》上发表了。何文学还写了编者按，称赵老头子的诗像春天的马兰河水，是从心里流出的人间真情云云，气得老三孙得财骂何文学胳膊肘儿朝外拐。老爷子没骂何文学，老爷子只是觉得赵老头子的诗很可笑，赵老头子也很可笑。人生得意多显于形，况且赵老头子一辈子都没怎么得意过。他当生产队会计时，赵老头子是一般社员。每年收了红芋分到户，赵老头子都主动扛着切红芋的机子，找到他家地头上帮他切红芋干。红芋干一般是在地里收了后就在地里切，然后铺在地里晒，晒干以后，赵老头子不等他招呼，还会带着两个儿子把红芋干给他送到家。他当大队会计时，赵老头子依然是一般社员，见了他老远就打招呼，守田守田兄弟的叫得老亲切，仿佛一个娘生的。再后来城市扩建，马兰村的地渐渐被征完了，村改叫街道，他孙守田依然是街道会计，老赵头也涛声依旧地做一般居民。就说他孙家的房子，二十年翻盖一次，占地越来越大，房子越蹿越高，赵老头子家始终跟着他的屁股后边。做了几十年邻居，老赵头别说超他前边，就是比肩也没有过。再说赵老头子的两个孙子学的都是中文，学中文的不会对孙家守着的财构成威胁。孙家第三代中，长孙孙兴财的名字依然带着财，老二生的也是儿子，名字叫旺财。孙守田老爷子给老三、老四的孩子也想好了名字，一个叫茂财，一个叫盛财。后来，老三老四生的是女孩，老爷子才没强迫在她们的名字中带财。孙兴财已经继承了爷爷辈和父亲辈的传统，大学毕业后在省财政厅工作了两年就辞职下海做起生意，现在也是千万富翁了。孙老爷子认定，孙家从他这一代起不会再过穷日子。你赵家两孙子学中文能有多大出息？再说，现在大学毕业生、硕士、博士找不到工作的也多了去了。你以为还是学而优则仕那个年代？我孙家几个孩子一个没上过大学，不照样在水山县出人头地、呼风唤雨？不过，老爷子也的确有过片刻犹豫，难道，难道马兰镇这块地上的风水真的要改变了？不过，这仅仅是片刻之间的事，或者说是一念之间，很快就烟消云散。他从心里不相信赵家改了个大门的方向，就能超过孙家的风水。他也不愿意让孙家大门和赵家那些人家的大门一个方向。更为重要的原因，只有老大孙敬财看得明白，就是老爷子不允许儿女们改他的规矩，从而失去家庭的权威。

老二孙爱彩也提过以后盖新房子时，大门的方向得改一改。那是她有一个下雨天来，车在门口差点撞着赵老头子的媳妇瑞兰子，气急之下说的，不像老三是得了风水大师的指点而为了实现个人目的。孙守田至今记着她说的话：大门朝东开，车可以停在门口，不用拐进来拐过去，于己不方便也于人不方便。老二打小就有一个习性——替别人着想，老爷子喜欢她疼她就这点，只是老爷子不愿在面子上显露出来，让其他三个子女嫉妒老二。当老人的要忌讳一碗水端不平，端不平溢出来的就是灾祸。

老赵头不就是显摆一回吗？他越是显摆越是说明心矮。一个小孩子在大人面前踮着脚，为啥？还不是觉得自己个子短。

孙老爷子突然觉得自己很宽厚，同时被自己的宽厚所感动。被自己感动了的老爷子决定为自己的宽厚埋单。他拿两千块钱封了两个红包亲自去了赵家。遥遥小心翼翼地扶着他。赵家大门没改朝向时，他出了自家的门拐一道弯就到了，赵家现在门朝东了，他得拐两道弯。拐了弯，他觉得眼前豁然开朗，宽阔的马路，绿肥红瘦的街心公园，白绸缎似的马兰河……难怪很多人家改了大门的方向。不过，孙老爷子并没动心。进了赵家门，他把红包捧在手上，两手抱拳冲赵老头子贺喜。赵老头子满面红光白发飞扬，只是哦了一声。一贯谦卑的赵老头子竟对他视而不见，只顾张牙舞爪地给县文联副主席何文学念诗。要不是赵老头子的老伴瑞兰子给他搬了个小凳子，他就成了晒在马兰河边的死鱼。尽管瑞兰子已经很老了，那双曾经让他丢魂的眼睛都快睁不开了，身上那种让他眩晕的气息也演变成近似母牛的味道，说话的嗓音也变成了熟过了头的沙瓤西瓜，但老爷子还是很感激，甚至依稀找回了年轻时和瑞兰子的那种默契。

孙老爷子以为赵老头子念完诗，会像过去那样恭敬地叫着守田哥，蹲在他身边跟他说会儿话，共同完成贺喜的礼节。赵老头子过去在他面前的确是这样，他让他蹲他不敢坐，他让他坐他还是不敢坐，嘴上还得说我站着舒服。这是什么，这就是权威，是影响，是世道。然而，赵老头子这回让他大失所望了。赵老头子念完了诗，又和何文学接着谈诗。赵老头子说我打小就让我爹拿棍子赶着背书背诗，熟读古诗三百首，不会写诗也会诌。不信问问你婶子，我写过不少诗。

瑞兰子看了一眼孙老爷子，哼哧一声，你那都老皇历了。

赵老头子问何文学，"文革"那年代出了个天津小靳庄你知道吧？何文学说知道，当时我上高中，学校里小靳庄组织赛诗会，我还拿过奖呢。赵老头子说我那时也写了不少，有上百首。何文学问，怎么没出版呢？赵老头子瞅了一眼孙老爷子，哼，那时有人算计我，怕我比他好。我整天像个缩头乌龟，还出诗集呢！何文学好像很激动，那您老人家找出来，我拜读一下，能发表的我给您在《水山诗歌》上用。

赵老头子摇头，早沤成灰了。接着，赵老头子越谈兴致越高，瑞兰子几次劝他别说了，还示意孙老爷子在旁边，赵老头子都装聋作哑不理会，相反越谈兴致越高，好像要向水山诗歌学会何文学主席证明他有生以来就肩负着诗人的使命，是诗族潜伏在马兰河边的不二卧底，两个孙子考上名牌大学的中文系是对文曲星基因的忠实传承和发扬光大。

孙守田突然想起，赵老头和赵老头的父亲都在马兰集上唱过大鼓书，也就是说书。赵老头子既然把唱大鼓书当饭碗，打小在他父亲的棍棒下死记硬背过一些古书。别看很多人把唱大鼓书的看作要饭的，可年轻时的瑞兰子喜欢上年轻时的老赵头，就是因为老赵头唱大鼓书。后来，老四孙宏财聊到这事时，说得一针见血：爸，你们年轻时代，在老赵大爷家的瑞兰子大娘眼里，老赵大爷就是个文化人，是她的精神追求！就像何文学，当初我姐还不是看上何文学会写诗，水山小报上三天两头登他的狗屁诗！

此刻，何文学让孙守田发自内心地厌恶。这个何文学竟然对老岳父的到来不屑一顾，滔滔不绝地赞美赵老头子的诗是有感而发诗由心生，是最纯粹的去伪存真去芜存菁的惊世大作。

老赵头一高兴，出口成章地念了两句诗：十年河东转河西，大福大贵到赵家。何文学马上击掌，好，绝句！何文学一说，遥遥也在旁边鼓掌。

老赵头接着又念两句：有人进京去烧钱，我孙进京把书念，来日长成栋梁材，回到水山换新天！何文学又是击掌又是夸赞，有气魄，有大气，就是要让水山县换个新面貌！

遥遥也在旁边说，换吧，第一个就把拆俺家房子的贪官给换掉！她家前些日子遭强行拆迁，她爸爸现在还和几个同样被强行拆迁的村民在省城上访。

何文学烧起了轰天大火，赵老头子把自己烤成了红头大虾。

何文学官方身份是县文联副主席，民间身份是县诗词学会主席，家庭身份是孙爱彩的丈夫，孙守田的女婿。孙守田开始不满意何文学，曾经因为阻挡孙爱彩和何文学约会把孙爱彩关了几天。无奈那时的孙爱彩还是个县城近郊农村的女孩，同许多同龄人一样，对有文化的人非常崇拜，加上何文学对孙爱彩穷追猛打穷追不舍，最后还是成了孙家的女婿。何文学在县报当副总编时，有一个记者写文章批评县农行，当时还是副行长的孙敬财找到何文学，让他把批评文章压下，何文学一口拒绝。孙敬财想搬老爷子给何文学施压。何文学推说有事往后推了两天。第三天晚上到了老爷子家，没等孙敬财开口，就把已经登了文章的报纸拿给孙敬财，还把孙敬财给的一万元钱退给了他，气得孙敬财脸色煞白。过了不到一周，何文学就调到了县文联。老三曾私下给孙守田老爷子嘀咕，何文学的调动是不是老大做了手脚。老爷子心里认可，嘴上却责备老三瞎胡猜，那组织部又不是农行开的，老大他凭啥对人事上的事指手画脚？不过，从那以后，孙老爷子就认定何文学缺心眼。缺心眼的人在当地被戏称为一瓶子不满半瓶子咣当。老四背地里干脆就称何文学咣当。此刻，老爷子确信何文学吹捧赵老头子的话并不是别有用心，也是有感而发。确信了这一点，孙守田就不在乎被冷落的尴尬，而是饶有兴味地看着缺心眼的女婿和疯子赵老头子怎么把这出闹剧演下去。遥遥仿佛也兴致很高，不时帮何文学吹捧赵老头子。

接下来的剧情出乎他的意料，赵老头子在出口成章几首打油诗后，又开始和何文学高谈阔论文人的高尚。赵老头子说，我们老赵家世代读书人家，十分清廉。孙老爷子想，你们家世代也没做过官呀，你倒是想不清廉呢，行吗？就让你代理几天会计，你不还搞贪污？赵老头子一生最大的官是当过两个月的生产队代理会计，那是孙守田去邻村参加"社教工作队"，让给赵老头子的。就这两个月间，赵老头子竟然弄差了生产队的八块五毛三分钱。倒是这八块五毛三分钱成全了孙守田日思夜想的和瑞兰子的梦。他对瑞兰子说你男人要戴坏分子帽子了。瑞兰子害怕了。那年代坏分子就是阶级敌人。阶级敌人就得被专政。专政的滋味可不好受。她只得舍身给孙守田，救了自己男人。孙守田当了一辈子大队会计，地里有几棵庄稼瑞兰子身上有几根毛全都在他心里。

何文学接上吹捧老赵头，是啊是啊，读书人起码不会迷失做人的方向！

孙守田老爷子心里又一阵子不痛快。县文联掰着手指头算就仨人，其中一个还是临时工；一台破桑塔纳，经常半路上抛锚；你平时喝茶，茶叶都得从家里带。你倒是不廉洁我看看。

瑞兰子给孙守田倒了杯开水，抱歉地说没放茶叶。赵老头子却不以为然，还话中带刺，我们家喝不起茶叶，不像有的人家喝茶都讲究这牌子那牌子，喝不完的几百元几千元一盒的茶叶当杂碎倒。别看那样人家的儿女做官的做官，搂钱的搂钱，表面上风风光光，其实就是驴屎蛋子外面光。剥开一看，官帽上带着脏气，票子上带着腥气，那样人家有一个算一个先拉出去毙了，回头再查保准不冤枉。

何文学接上说，腐败分子不会有好下场。陈毅元帅有诗云："手莫伸，伸手必被捉。"

赵老头子哈哈大笑，陈元帅的诗好，必被捉、必被捉……

孙守田当时就傻了，这不明摆着指孙家吗？他脑袋"轰"的一声就大了。他想起身，可两脚突然间像和大人赌气的孩子一样不听使唤。

赵老头子根本没理会这位老邻居的体会，接着问何文学，何主席，你说这社会变得怎么越来越让人混沌了？有的人家一人得道鸡犬升天，一人有权全家发财。我听电视上说这叫什么来着，对，对，利益集团！大集团小集团，都……他还没说完就剧烈地咳嗽起来。瑞兰子赶忙去给他捶后背。孙守田老爷子这回找到了个体面的台阶，同时也找到了报复的机会，冷冷地笑一声，倒背着手晃着身子往外走。本来是来贺喜，不料反倒成了戏里白鼻子的奸臣。老爷子一边走一边冷笑，差点被院门的门槛绊倒，幸亏瑞兰子抢先一步拉住他。老爷子表情古怪地看了看瑞兰子，像年轻时一样，很轻浮地伸出手在瑞兰子脸上摸了一把。他希望疯了的赵老头子能看到这一轻浮荒唐的动作，进而能找回伴随了他一辈子的失败感。

孙老爷子回到家里的第一件事，就是打电话给老二孙爱彩，让她把半个脑子的何文学给叫回去。他想狠狠地恨一下赵老头子，可是却恨不起来，甚至连诅咒的兴趣都没有。平心而论，该被恨的该诅咒的应该是他孙守田，一辈子话虽说得低事情却做得高，儿女们得道把着水山县财脉且不说，就是赵老头子的老婆瑞兰子也把二十多年最美好的年华奉献给了他。快入土了，赵老头子终于敢说话了，并且一出口就咬牙切齿杀气腾腾，像是个骂街的泼妇。孙守田不这样，孙守田不在话上找补高低，话高高一时，事高高一世，咬人的狗不叫，狂吠的狗吃不到肉，这是真理。孙守田一辈子满脸平静似笑非笑，胸中的乾坤又有谁人知晓。

小人得志。对于赵老头子的德行，孙老爷子得出了这样的结论。得出结论后，孙老爷子就有了一种看笑话的愿望，赵家仿佛是一个戏台，正在上演闹哄哄的一台乱戏。孙老爷子不关注过程，他历来都只注重结果，这次他期待的是一个乐极生悲的结局。

赵家一反常态的热闹使他有一种不祥的预感。老爷子的预感一向准确。

果然，孙老爷子的预感夜里就应验了。后半夜，先是隐隐约约一缕细鸣，转而是瑞兰子清晰的凄厉长嘶，半分钟后就成了疾风骤雨般的一片哀号，老赵家，哭声震天。

孙老爷子预料的结局出现了，赵老头子死了。他突然觉得有点索然寡味，老赵家的戏不厚实，不经看，就像一个突遭艳遇的鳏夫，刚一个回合就泄了。他突然想到，赵老头子比自己小五六岁，走到自己的前边，该不是大门改方向闹的吧？他悄无声息地起了床，一步一挪走到窗前，吃力地睁开眼睛向赵老头子家院子看去。赵老头子家的两层小楼挡住了他的视线，只能看到院子上空昏黄的灯光。假如赵老头子家大门不改方向，他是可以看到赵老头子家院子里的情景的。

方向，方向能随便改？整个一傻熊！孙老爷子更加坚定不移地相信，他的坚持没有错。

三

老三孙得财捧着两盒茶叶，一进门就喊，遥遥，请爷爷品茶！遥遥"哎"了一声就开始往二楼顶上端茶具。遥遥是孙得财媳妇刘爱玲的远房侄女，孙得财就是她姑父。有了刘爱玲这个姑姑，才有了孙得财这个姑父，有了孙得财这个姑父，才有了孙家爷爷，才有了遥遥风不吹头雨不打脸的幸福日子。遥遥懂事明理，姑父就是她亲人，孙家就是她家。姑父的吩咐，遥遥格外乐意，上楼时一步三个台阶，猫一样敏捷。

孙得财扶着孙老爷子上楼时，遥遥已经把水烧上了。老爷子爱喝茶，还得感谢在生产大队当干部的那段岁月的造就。马兰村是当时的公社所在地，又是水山县所在地，县里公社里的干部来得相对多，有的领导喜欢喝茶，大队就准备了茶叶放着，保管茶叶当然是他这个当会计的工作的一个部分。领导走了，老爷子就把茶壶里的剩茶叶捞出来晾着，搋着茶叶末子自己享用，利口解渴消暑退火，味道很好。所以，马兰镇一带几十年来懂得品茶的只有他。

孙得财先沏毛尖。毛尖细嫩，香气细腻飘逸，适合先品。孙得财先用八成热的水洗茶，从一数到五，滤掉水，再用七成热的水沏茶。水热了不行，八成热的水洗过的茶加上七成热的水沏，水温就到了七成半，这样的温度沏的毛尖，香气淡远且容易捕捉，入口略甘，老爷子喜欢。

品完毛尖，孙得财又换上猴魁。猴魁香气高厚，又透着些藏而不露的凌厉孤傲，是老爷子的最爱，只是沏茶时水温要高出毛尖半成。

喝了一口猴魁，老爷子往藤椅上一靠，半闭着眼睛说，好茶。

就知道您能喝出来，猴坑的。老三说。

猴坑就那两亩地，供中央首长喝都不够，你还能拿到？老爷子说。

老三笑笑，人家就那么说，说是猴坑的。

茶好喝就行，管它是不是猴坑的。老爷子说。

对对，英雄不问出处。孙得财说。咱老孙家没靠山没背景，孙家儿女能有今天的大好前程全靠您老人家把握方向掌稳舵。老三知道这话老爷子爱听。

别跟我绕了，老爷子心里甜滋滋的，脸上并没显露出来。老三，你一个大忙人，平时鬼影子都难看见，这会儿不是来跟我论茶的吧？

遥遥接上说，爷爷我帮您老人家记着考勤呢，这个月我姑夫来家看您的次数最多，都第三趟了。

老爷子翻了翻眼皮，表示对遥遥不满。傻妮子，这事能让他们兄弟姐妹知道？

孙得财笑笑。他长得猴子似的，眼睛一会儿都不安分，专盯着人脸转，转着转着就转出了主意。前院赵老头子家，送葬的队伍已经走了，只落下满地的黄白纸片，风吹过，纸片在院里肆意飞舞，喧嚣而凄凉。居高临下，观赏着这样的景况品茶，有一种奇怪的感觉，或者说有点残忍。这种残忍不光是对赵老头子家，也是对孙老爷子。孙老爷子快80了，应该没有对着别人的死亡品茶的情致。孙得财有点后悔，说，爸，楼上有风，咱们进屋吧。

孙老爷子伸出手，在半空压了压：屋里闷，有话就在这里说。

爸。他们，孙得财指了指前院说，他们要告何文学。何文学是孙得财的姐夫，但孙得财和妹妹孙宏财从来就不叫二姐夫，都是叫何文学。孙宏财背地里叫他咣当。老爷子知道，他俩压根看不上何文学。孙得财对何文学的意见更大。他第一次提出改大门方向时，何文学就插了一腿，说什么不要迷信，方向无所谓，不管朝东朝西只要住着方便舒服就行。孙得财想骂放屁！方向关系到前途命运，关系到世代家业。你不就想让你老婆当副局长吗？干吗拐弯抹角！

孙守田老爷子曾骂过老三老四没家规，可久而久之也就听之任之了。姓名、称谓还不都一样的性能？再说这个姓何的也的确不让做弟弟妹妹的尊重，自己不争气，在文化局副局长位子上趴了近十年，又在文联副主席的位子上磨蹭了七八年，就是汽车抛锚也该修好了。

赵老头子家说何文学那天跟赵老头子又喝酒又念诗，赵老头子的媳妇儿媳妇几次劝赵老头子休息，何文学挡着没完没了。赵老头子犯病硬是何文学闹的。孙得财接上说。

老爷子哦了一声。

不能让他们告，何文学好歹也是咱孙家的女婿。

老爷子又哦了一声。

这不是冲咱老孙家来的吗？打狗也得看主人！孙得财越说越激动。

遥遥在旁边插话，唏，赵家人弄啥呢，我姑夫没打他没骂他，咋赖上我姑夫了？

孙得财摩拳擦掌，爸您说怎么办呢？您给个方向，事情我办。

让他们告。老爷子说。

为什么？

让那个半个脑子长记性。

可是我二姐，对我二姐影响不好吧。老三说。

你二姐是你二姐，他是他。

对咱孙家，有没有什么影响爸您说。

孙家是孙家，他是他。

哦。孙得财说，我知道了。老爷子这会儿一直闭着眼，他看不清老爷子的眼神，所以无法琢磨老爷子的心理。他拿起手包，刚要给老爷子告别，老爷子说话了，就那么着急，是不是你背着媳妇在外边也那个了？

孙得财嘿嘿笑了两声，怎么会呢！我媳妇可不是老大媳妇。我要真有那个，我媳妇还不给我那个！再说，老大已经是正科，离退休没几年，无所谓了。我，我这不……他没往下说。

老爷子说，有什么话，说完。

老三重又坐稳，嘿嘿一笑，他等的就是老爷子给他这个台阶：爸，什么都瞒不了您。

老爷子不吭声，他不再给老三垫话。知子莫若父，老三喜欢绕，从小就喜欢绕，给他垫话就是给他台阶，就是纵容。孙得财当然明白，但他改不了，此刻还是习惯性地绕圈子：其实也没什么，就是咱家盖新房子大门的方向问题。

就知道你得说这个。老爷子心里说。这几年马兰的人家大都盖了新房，靠近马兰河边的人家，跟风似的学着老赵家把大门的朝向改朝东，出了门就是马兰河边的水泥路，过了水泥路就是沿河公园，再下几个台阶就是缓缓流淌的马兰河了。房子面朝东，豁亮，顺畅，就像住在公园里。在风水学看来，河水主财，门前守着一条河，那就是守着滚滚财路。赵老头子家就是前几年翻盖房子时把朝向改成了向东，才几年时间两个孙子分别考上了清华和北大。老邻居私下议论，风水轮流转，现在该是门朝东了，朝东，成了马兰的人心所向。这些孙老爷子早看在眼里。

孙家在上个世纪80年代在马兰第一个带头盖了新房。新房子盖在老宅基地。当时，孙家的两层小楼格外引人注目。有时周末老大回家，行里有人找他，派司机时只说一句：沿着河走，有座两层小楼就是行长的家。这几年，老亲舍邻都逐渐富起来，盖新房子的多了，三层、四层的小楼就有十几栋。老爷子相反不着急了。树大招风，再说儿孙都不在家，盖那么大的房子做啥？老赵头家的新房落成后，他才动了盖新房的念头。老三孙得财一开始就提出要把大门朝向由南改向东。老爷子孙守田没同意。最近，孙得财又提过，孙老爷子生气了，还差点摔了酒杯。不过，孙得财没泄气，见老爷子不吭声，孙得财试探着说，爸，您看……

　　老爷子"哦"了一声，睁开眼睛看着远处。远处，马兰河向西流去，在县城南门，又折向东南，在无边的田野上，写下了一个巨大的"之"字。面朝东的人家，实际上是面对着"之"字的"横"，而孙家的房子，则是侧跨着"横"，面对着"折"和"捺"，是更加的辽阔和远大。这一点，老三不懂。

　　其实朝东，风水也不错，像赵家，孙得财往前院指了指，接着说，改了方向，两个孙子就考上了名牌大学。风水大师说方向就是命运，就是运程。

　　遥遥又插话，大门朝东好，出了门不用拐弯抹角，直着过去就到公园和河边。我可以天天扶着爷爷逛公园。爷爷要是有兴致，咱还可以钓鱼呢！

　　老爷子冷冷一笑，心想，赵家是考上了两个学生，可是赵老头子却没了，一件喜事抵一件丧事，扯平。这笔账他早就算好了，赵老头子死和活对赵家并没有什么影响，唯一遗憾的是赵老头子没有充分享受两个孙子考上名牌大学的荣耀，这是命，怪不得别人。再说，两个孙子考上大学，也不是赵老头子的功劳，赵家像一块贫瘠的土地，两个孙子把地力拔尽了，赵老头子这棵老蒿子自然就干枯了，一颗火星就烧了个精光。不像孙家，孙家是他孙守田一手培育的，几十年来他修枝打杈浇水施肥，看着孙家的儿女们一步一步从马兰河边的烂泥里长成马兰镇人人仰慕的大树。孙守田享受的是付出和收获，并且进而支配着这些收获使之发扬光大。

　　孙得财当然没有把老爷子的沉默当成默许，他了解老爷子，老爷子让人说话，等你说完了，他再告诉你他的主意。也就是说，让你说话，不等于就是和你讨论，你说话只是提出问题，最多也只能是加快解决问题的进程。按孙得财的设计，先跟老爷子提出赵家要告何文学，牵出二姐，看老爷子对二姐的态度，然后再提出房子的朝向，争取让老爷子改变主意，把房子改成面朝东。在他看来，只要大门的方向改了，风水大师预言的他的财政局副局长的位子就十拿九稳。

　　孙得财说的看似两个问题，一是何文学和二姐孙爱彩，二是翻盖新房的朝向。实际上两个问题都是为一件事：谁当县财政局副局长。这次提副局长，老三孙得财和老二孙爱彩两个人都是考查对象，就是说必有一个。孙得财和孙爱彩表面上互相谦让。孙爱彩说我一个女同志，快50的人了，当不当那个副局长没啥。孙得财说姐你真没几次机会了，我打算给组织部的同志说说，我不参加这次竞聘上岗了。可是，私下里他却找到大师给自己看了，大师说你这回当上副局长，过两年还能当局长，再过几年能弄个副处……不过，大师说了个事关重大的问题，就是他家大门的方向要改向东。大师说赵老头子家大门改朝向就是他给看的，结果赵家两个孙子就都考上了名牌大学。老三的儿子正在上高中，明年就要高考。就是老三不当副局长，儿子能考上大学也值得。可是那天他刚提到改朝向，老爷子就生了气，老三吃不透老爷子的想法。

老三的想法孙老爷子全都明白，老二有城府，不说，但老爷子也明白。老三两口子，一个是镇财政所的所长，一个是镇信用社的主任，地位基本上是个平手，老三高上一头当然是好事。老二呢，丈夫何文学是个不着调的半瓶子咣当，何文学在单位在家都没什么地位，指不上，那个小家只能指望着老二了。可是老二老三是亲姐弟，孙家兄弟姐妹之间向来谦让，这是打孙老爷子小的时候就严守的家规。此刻老三再一次提出改变房子的朝向，老爷子知道他是真的急了。

两利相权取其重，这个道理尽人皆知。但在孙家，谁更轻谁更重呢？老爷子不能不深思熟虑。要论贡献，老三的贡献最小，从小上学，一直上到高中，没出过什么力。老二就不同了，老二小的时候老大已经当了农行的代办员，也就是不用种地拿工分了，家里的粗活细活都是老二一肩挑，老二是孙家的一头驴，对一个女孩子来说太不容易。要是论听话，那还是老三，老二是驴脾气，干的活最多，出的力最大，相反招老爷子生气也最多，比如她嫁给半个脑子的何文学，就把老爷子气得一年没让她进孙家的门。再比如老四孙宏财、长孙孙兴财都做生意，做生意得用钱，老大老三都支持过他们，而且是不遗余力地支持，可老二就是不接他们的茬。老二说我手中是管着很多很多钱，可那是政府为农民服务用的。为啥叫农财，就是给农民的财，说是用来帮着农民发财也对。我要给你们做房地产，那不公然违法乱纪？再说，我良心也不安。为此，老四和孙兴财没少了背地里骂她假正经。

当然，还有一个重要原因，就是老爷子认定孙家的风水得益于大门向南。这绝不是改一下方向，而是很可能改变孙家的运程。

孙得财没拿到老爷子的态度有些不甘心。他说赵老头子家看样子是动真格的了。

老爷子这回不是哦，而是哼了一声。别看那一声是从鼻孔里出来，着实让孙得财心里发怵。

四

赵家果然把何文学给告了。

赵家的两个孙子辈的同时考上了名牌大学，在县里成了名噪一时的人家。水山县多少年来也没有出一个北大清华的考生，赵家无疑是众多学校和老师研究的对象，学生家长学习的榜样，舆论关注的焦点，全县阶段性的热门谈资。昨日还被水山县网民亲切称呼的赵老头子，现在被赵老先生代替了。赵老先生为啥会意外病故，也由猜测变成了肯定：赵老先生被小人算计了。这个算计赵老先生的人是谁呢？是赵老先生一墙之隔的孙家。孙家为什么算计赵老先生？因为赵孙两家多年来就有隔阂……这样，何文学个人的行为自然也就有了孙家的背景，整个事件的起因顺理成章地变成了孙家与赵家两家的恩怨。

人世间本来就是一个发酵池，人们的好奇侠义各怀鬼胎损人不利己以及与生俱来的参与欲望无疑是性能优良的酵母。赵老先生之死最终被舆论演变成了蓄意谋害，逻辑支持也是坚不可摧的：赵家盖新房子时，因墙角遥遥地冲着孙家的客厅正门，被孙家视为破坏了孙家的风水，因而孙家施尽手段对赵家打压，迫使赵家将房子缩小了半尺；两家结怨后，孙家在水山势力较大，多次排挤、刁难甚至污辱赵家，孙家的二女儿甚至开着车撞赵老先生的夫人，幸亏赵老先生的夫人躲得及时才幸免于难；赵老先生不堪孙家的欺负，鼓励两个孙子发奋读书，终于考上名牌大学，孙家为此恼羞成怒……有网民发动了人肉搜索，于是，孙家和赵家半个世纪的恩怨都抖搂出来：孙家掌门孙守田在赵老先生的老婆年轻时曾多次将其霸占，赵家的儿子极有可能是孙守田的儿子，赵家考上北大的孙子也就极有可能是孙家的孙子，赵老先生死后，孙子就有可能认祖归宗回归孙家。孙家在水山县是首屈一指的大户，容不得一墙之隔的赵家与之抗衡。但是孙家影响大，树大招风，不便出面和赵家争个高低，于是乎让当县诗歌学会主席的二女婿何文学作诗讽刺挖苦，活活气死赵老爷子。在舆论中，孙家渐渐就成了欺男霸女的恶霸，成了众矢之的，首当其冲的孙老爷子自然也就成了被轰天大火烤着的红头大虾。而与赵老头子的死多多少少有点直接关联的何文学，则被忽略成了孙家手里的一张牌，成了可怜的走狗打手牺牲品。

这一切孙老爷子完全没有料到。他那天对老三哼了一声，是想对老三说赵家不敢。不敢并不是怕何文学那样一个县文联副主席，而是何文学身后的老孙家。正像老三所说，赵家打狗也得看主人！没想到赵家这回偏偏不打狗而直接打主人。网上那些事，不是赵家整的还有谁？当然也少不了韩家。孙老爷子被打得有点发蒙，好几天没有上二楼顶的平台。他觉得平台此刻就是高高的戏台，戏台四周都是眼睛，所有的眼睛都盯着台上唯一的丑角。孙老爷子能清楚地感受到那些目光中的恶意，隔着衣服也能清楚地感觉到那些目光的力度和射在身上的痛感。

孙老爷子并不打算反思，更没有必要悔过。在他近八十年的人生体验中，反思的意义在于对以后的指导。当年他当大队会计时，曾经拿一斗麦子接济过市人民银行的李行长。那一斗麦子不是小数，对孙家来说，是一笔大额投资。李行长当时走背运，被戴上同情右派的帽子下放在马兰村。开批斗李行长的大会时，全大队参加批斗会的人中只有大队会计孙老爷子没举拳头。李行长一家当时被安置在冬天放牛草的屋子里，别说没人敢到他家去，就是从他那门口过都躲着绕着。孙老爷子和别人不一样，他时不时到李行长家串门子，嘴在和李行长说话，眼睛却偷偷瞅李行长夫人雪白的脖颈和隆起的胸。有一次是晚上，李行长的夫人烧了一锅水让李行长泡脚，李行长泡完脚，李行长的夫人去倒洗脚水，孙老爷子上前夺盆，说这脏水盆怎么能让嫂子细皮嫩肉的手端。说着，他摸了一把那双细皮嫩肉的手。到了春天青黄不接，李行长的孩子饿得嗷嗷叫，孙守田让自己的孩子啃红薯面搋红薯秧的窝窝头，把仅有的一斗麦子深夜送到了李行长的茅屋里。李行长的老婆当时就给他跪下了。他弯腰搋李行长的老婆时，不知是无意还是有意，手碰了一下李行长老婆的奶。

　　一斗麦子的投资换来的回报是惊人的，最终彻底改变了孙家的家族命运。李行长没多久就官复原职离开了。一开始，孙老爷子还有些沮丧，如果再给他两个月的时间，他十拿九稳地能把李行长那个白白胖胖的老婆睡了。没想到艳福太浅的孙老爷子却得了其他方面的福。又没过多久，他刚刚15岁的大儿子孙敬财就当上了储蓄代办员，20岁就当上了银行储蓄股的副股长，25岁当上了信贷股股长，而后副行长、行长。随之而来的是老二进了财政局，老三进了镇财政所，老四一开始做生意就得到了巨额的资金支持。孙家的儿女，没出一个大学生，并不是他们考不上大学，而是来不及考大学。

　　孙家的这棵大树长得太快了，毕竟只有一斗麦子的底肥，不足以使这棵树真正根深叶茂参天而立。大风大雨的时候，孙老爷子甚至担心这棵树会倒下，最可行的办法是给这棵树修枝打杈。这个时候孙老爷子就会反思。如果老大不把大量的资金挪给老四，如果老四的生意不这么扎眼，如果老三像老二那样坚持原则，把好关口，不把大笔的无息贷款挪给老大的儿子在省城开投资公司，孙家这棵树的枝叶就不会这么招风惹雨。如果老大不养白雪这个情妇，老二不找那个一瓶子不满半瓶子咣当的老公，老三不那么急于争副局长位子，老四不这么张扬霸道，孙家这棵树就不会生出这么多的虫洞。

　　而现在，孙老爷子所担心的一切都不会改变。顺着一连串的"如果"往回倒，后果更是可怕的。没有老大的资金支持，老四就做不了生意，老四的家庭就稳定不了，她那个当地税局局长的男人根本就是个地痞流氓，背着老四没少搞女人，老四财大气粗了，他才老实一点；没有老三的财力支持，老大的儿子孙兴财就办不了省城的投资公司，孙家未来走出水山县杀向省城的规划就会泡汤；没有老四的生意，孙家的财富来源就会遭受公开的质疑。老大不养白雪，铁定了就要跟那个在县工会工作的老婆离婚，一离婚他老婆就会毫不留情地把老大的底细抖搂在光天化日之下；老二和老三要是不出一个副局长，手下人的官场赌注就会押到别人身上，不光包不住挪用公款的事情，牵出其他的恶心事也是完全可能的；要不是有一个整天咣当咣当的何文学，老二就不会那么奋发图强，奔 50 的老娘儿们还利用大礼拜一个月来回两趟去北京读什么硕士……

孙老爷子原本是想有一把吃饭的勺子，可是使着使着这把勺子就成了笊篱。要是再想把笊篱变回勺子，那就成了一捧支离破碎的废铁。

这些都是孙老爷子能想得到的，想不到的是赵老头子的死居然会掀起轩然大波，并且舆论的矛头会直接指到自己头上。甚至在社会上的流言中，自己居然成了恶人。

网上涉及的事情，有的是事实，比如赵家翻盖新房时确实墙角冲着孙家的客厅正门，这一点非常明显。邻居之间的房子，讲究"宁冲三山不冲一拐"的规矩，"拐"就是墙角。不过让赵家把房子缩小半尺这件事，是老四背着老爷子做的，直到今天老爷子才知道。赵老头子的老婆瑞兰子确实跟孙老爷子好了多年，但那是瑞兰子自愿甚至是上赶着的，从瑞兰子每次和孙守田在一起时幸福的表情和欢愉的叫声就可以证实。至于说赵家的二儿子是孙守田的骨血，孙老爷子也不止一次地问过瑞兰子，瑞兰子也不确定，这世上身份存疑的人多了去了，并不是只有赵家的二儿子。赵家考上北大的那个孙子，也确实是赵家二儿子的儿子，也就是说有可能是孙家的种。可是孙老爷子并不打算弄清楚这一点，孙家不缺人，不想争赵家的孙子。至于说孙家容不得赵家与之抗衡，也是实话。在孙老爷子看来，整个世界都是在叠罗汉，所有的目光无一例外地都盯着最上面的那个人，你要是想往上爬，就必须是人踩着人。赵家上来了，有一天就有可能要踩着孙家，这很正常。他被你踩脚下半辈子，有朝一日翻了身，能不以牙还牙以血还血？除非他的血不是热的！"文革"结束后没多久，老赵头就曾在孙守田面前念叨过，说他当代理会计时差的八元多钱，是有人存心陷害他。还说媳妇瑞兰子可以作证，如果他真贪污了钱，那个年代八元多钱得买多少粮食多少家用？根本就不可能藏着掖着。孙老爷子当时差点和老赵头动了手。一辈子没向人家卷裤腿撸胳膊，唯一就那么一次。

甚至对赵老头子的死，孙老爷子也是庆幸多于惋惜，那充其量也不过是人人都有的妒忌心和歹念作祟罢了。

所有的人都有自己的秘密，所有的人也都有一系列恶毒的想法，只是这些秘密通常不会被有意识地戳破，恶毒的想法也不会被有计划地实施。如果用一条逻辑线把这些秘密和恶毒的想法串起来，进而把因和果的关系推演成一个个结，恐怕本事再大的人也难以解开。

赵家告何文学的案子，已经下了开庭的传票。这是老三孙得财告诉老爷子的。老爷子虽说开始时不在乎，越往后心里真有些不舒服，不是心乱，这点风雨孙老爷子经得住。是心烦，平平安安的日子，非弄个官司出来。这个官司输了赢了都没好处，真不如当时听了老三的，干脆私下了结，不让他们告到法庭。几十年都没看错过方向的孙老爷子，这次对方向没了把握。

法院很快就主持了调解。开庭传票已经发了半个月，也没见一个孙家人打招呼。孙家什么意思主审法官有点吃不透，虽说孙家的势力集中在财税金融口，但其实力绝非如此。别人不说，单是孙家老四，不光手上的钱可以铺满县城，还在每个乡镇都捐建了一所以她名字命名的宏财小学。她还有一个半官方半民间的身份是市政协常委，就是县里几个主要领导对她也有几分恭敬。市政协常委里可是集中了一批老领导老干部。在水山县，就是在全中国的官场上，老领导老干部可是不容忽视的重要力量。他们手中没权了，但有权力资源，哪个老领导老干部没提拔过干部？帮你可能不行，但毁你肯定没问题。因此，她在水山县的政治影响力远远超出了常人的想象。一个风风火火的老四孙宏财已经足以改变绝大多数人的政治前途，孙家其他的人要是再上手，就更不能不给予足够的重视了。奇怪的是孙家人半个月不露面，连个电话都没有。老二孙爱彩仿佛压根就不知道这件事。

孙家人不露面并不能直接解读为对被告何文学的输赢不在乎，谁要是这么解读那他准是个笨蛋，而笨蛋是当不了法官的。赵家呢，虽说只是两个毛头小子考上了名牌大学，但谁也不能保证四年后、五年后、十年后，这俩小子不会在京城、在省城、在市里或者水山县折腾出点名堂。名牌大学的学生前途无量。再说了，名牌大学学生即使本人仕途一般，还有那么多同学呢，同学之间保不定有人做大官，稍微提携一下就不得了，别人用上吃奶的劲都不一定比得上。况且，这仅仅是一桩简简单单的民事案子，民事案子是可以调解的，而调解达成的意见是原被告双方意思的真实表达，与法院无关。

原告赵家和被告何文学很快就在法官的主持下签署了调解书。被告何文学在十五日内赔偿原告赵家丧葬费、精神抚慰金共三万六千元。何文学并不想降低赔偿金额，他要证明自己是个勇于负责的男人，钱，只是这种负责态度的物化体现。

何文学在调解书上签完字后表白，请你们相信我，赵老先生是一个很有深度的农民诗人，他具有诗人应有的气质，他拥有一个属于自己的精神世界，你们可以不理解，但你们不能不承认。赵老先生是高兴死的，这是诗人最高的死亡境界，因此，作为后人你们应当感到幸福。法官及时制止了何文学的诗意表述，因为他们发现赵家的人的神情与何文学说的那种幸福感背道而驰。

赵家的大儿子说话也干脆利落，别说那屁话。你交了钱，这案子就结了。瑞兰子也许是上了年纪脑子有点糊涂，也许是真的着急上火，说得比她大儿子更直接：我家俩孙子还等着钱交学费！

何文学说的是男子汉话，可是做不了男子汉的事。他没有存折没有卡，所有归他支配和他有权支配的钱都装在衣服口袋里。他翻遍所有的口袋，掏出二百九十七块一毛，这就是他的全部积蓄。

何文学的朋友本来就不多。现在这社会人们讲实际，别的朋友经常请你吃喝，你从来不请别人，再说你还有个在财政局工作的老婆，这不是故意装傻？慢慢地也就没多少人请他了。有几个至今坚持在诗坛勤奋笔耕的朋友，虽然承认他何文学是水山县诗界领袖，喜欢和他一起吟诗，但诗人可以让阳光分解，让风沙埋葬，让风载着灵魂巡视山川壮丽江河辽阔，让梦在美人的胯间游走，把自己火热的心装进爱人的胸腔，但那充其量只能变成思想，变不成钱。他的一个诗友就曾经埋怨知识贬值，一首好的歌词就是一首好诗，谱成曲，名歌手唱一次好几万，再唱一次又好几万，有的歌手一首好歌唱一辈子能挣好几百万，可词作者也就几百几千元钱的稿费。

几个穷光蛋的诗友给何文学凑了五千元。五千元，离三万六千元差得远呢。何文学只好硬着头皮找老婆孙爱彩要。孙爱彩静静地听着何文学用诗意的语言介绍事情的经过，又静静地听完何文学说出的钱数，看也不看他一眼，冷冷地问了一句：你说完了？

何文学说，说完了。尽管他和孙爱彩夫妻感情几乎到了崩溃的边缘，但毕竟还是夫妻，毕竟还有过山盟海誓，毕竟还曾经爱得死去活来。感情不和也不是我何文学一方面的责任。自打你有了孩子，注意力就放在了孩子身上，很少再像过去那样体贴我。自打你转正以后，对工作的热情比对自己男人的热情高几倍，有时下乡一待几天不回来，让你男人守寂寞。尤其是你越来越轻视我，甚至看不起我……当然，这些话是不能说出口的。他何文学是诗人，诗人就是文化人。文化人不能把自己降低为一介野夫。再说了，这理由那理由也不能成为你背叛爱情的理由！

孙爱彩转身进了厨房，过一会儿出来了，简单说了一句，知道了。

何文学问，钱怎么办？

孙爱彩问，钱怎么办？

何文学说，我问你呢。

孙爱彩说，我问你呢。

何文学说，不给？

孙爱彩说，凭什么？我的工资你的工资加起来，先供你上大学的儿子，剩下的吃饭，哪有那么多存款？

何文学说，能不能，能不能……

孙爱彩说，能不能问老大老三老四借是不是？你还有脸说。要借你自己去，看你那张脸值几个钱。

何文学叹了口气，不给就算了，别说那么多。

孙爱彩说，那就算了。

何文学说，我白张了一回口。

孙爱彩说，那就别张口。

何文学有点火了，说，士可杀不可辱。

孙爱彩说，你也不是士。

何文学往外走，雄赳赳地迈着诗人的步伐。

孙爱彩在后面冷笑，何文学转身时，她的泪水流了下来。

何文学一摔门，把孙爱彩的冷笑和泪水都关在屋里。

世界需要一道门，把丑恶关住，把美丽打开。何文学禁不住为自己迸发出来的诗句振奋起来。振奋起来的何文学马上想到了一个人，更准确地说他想到了一道美丽的风景。

五

何文学想到的是白雪。

白雪是老大孙敬财的情人，白得像奶浇铸成的，像雪塑造出来的，曾让何文学为之失魂落魄。

白雪大学毕业后就到了何文学手下工作。但是，她不像何文学过去的年轻女部下那样对才华横溢的他非常崇拜，听他讲诗时全神贯注，目不转睛，脸上荡漾着春光。白雪崇拜的是水山县商界一些成功人士，比如老四孙宏财就是她特崇拜的对象。

有一次，白雪在何文学面前说，何主席，你真了不起！

何文学得意扬扬，是吗，你也这样认为？

白雪说，咱水山县首富孙宏财是你小姨子。你是水山大户孙家的女婿，了不起。

气得何文学直摇头。

又过几天，白雪要请何文学吃饭，何文学以为白雪慢慢地对自己有了好感，爽快地答应了。没想到白雪接着说出第二句话，让他气得差点骂娘。

白雪说你先联系一下孙宏财孙总，看她哪天有时间，肯赏个面子。

何文学为了办水山诗歌节，带着白雪找老大孙敬财搞公关拉赞助，白得像奶一样的白雪被老大孙敬财用农夫一样的黑手抓住了，用窑夫一样的黑脸贴上了，用屠夫一样的黑心玷污了，用大便一样的黑钱买下了。

何文学懊恼、后悔、痛苦，同时也不理解白雪。有一次他请白雪吃饭，直截了当地问她，钱和诗相比，你觉得哪个高贵？

白雪问，一定要我回答吗？

何文学点点头。

白雪又问，说真心话？

何文学有点晕。

白雪说，那我就说心里话，是钱，钱比诗高贵。她说这话时面不改色心不跳，而且理直气壮。

何文学喝到嘴里的一口水全都喷了出来，喷到白雪雪白的上衣上。何文学赶忙摸起桌上的抹布去擦，在白雪雪白的上衣上留下了几道黑不溜秋的印痕。白雪皱了皱眉头。何文学鬼使神差地摸了摸白雪隆起的胸。就在他感到惊魂未定时，白雪突然咯咯笑了，何主席，你这也算高尚的行为啊？……

从那以后，何文学对白雪总有一种犯罪感。白雪反倒无所谓，见了他仿佛什么事也没发生过，依然恭恭敬敬地称他何主席。后来，白雪不上班了，有一次他遇到白雪时，正为办诗歌节的经费无处落实犯愁，脱口而出地说了一句，别叫我何主席，干脆叫穷主席吧，跟个叫花子一样找这个要钱那个要钱。

第二天，白雪给他打电话，说帮他从银行找了两万元钱赞助。他不想让白雪怜悯，更不想用白雪利用老大孙敬财弄来的钱，就说这事我不管。

白雪说你不管不行。

他说我说不管就不管。接着就挂断了电话。

又过了一段时间，他和白雪在一个地方遇上了。白雪开门见山，说你是水山县的诗协主席，诗歌节的事怎么说不管就不管了？

何文学说我没说不管，我把这项工作看得比我生命还重要。

白雪生气了，那天给你打电话，你明明说不管嘛。

何文学这才想起白雪不是本地人，对本地一些方言还没吃透。他说的不管，就是不行的意思。我怎么能让你帮着从银行拉赞助，当然不行。

白雪明白了是方言惹的祸，哈哈大笑，何主席，以后再有什么事情，千万不要跟我客气。

此刻的何文学想到了白雪。其实，他一直在想着白雪，只不过他想着的是那个不爱钱而爱诗的白雪，但现实中的白雪偏偏只爱钱不爱诗。有一年五四青年节搞诗会，他用了两个晚上写了一首诗，名字叫《美丽》。那首诗是专门为白雪量身定做的，他也指名让白雪朗诵。他觉得白雪朗诵他的诗，一定会非常动听。白雪朗诵完他那首诗，也一定会感动，说不定会抛开孙敬财的金钱，投身他的怀抱，不，是诗的怀抱。可是，白雪朗诵那首诗时，竟然断断续续，结结巴巴。他最得意的诗中的两句：你白色的身影飘过马兰河边，我的生命于是就有了风向标……被白雪读成了：你白色的身影飘，过马兰河边是我……气得他从此见了白雪就远远躲开。你爱你的钱去吧，我何文学不仅是诗人，还是个英雄汉！

一分钱难倒英雄汉。到了今天，他认为自己再次想起白雪是必然的。他何文学需要钱，而白雪有钱。

白雪住在老四孙宏财开发的别墅里，何文学一进白雪的别墅，立刻就觉得自己瘪了。

白雪并没有反感他的到来，问，需要钱？

何文学真诚地说，需要钱。

白雪问，怎么不回家要去？

何文学说，回家要了。

白雪说，没要着？

何文学说，没要着。

白雪说，呵呵。银铃一样。

何文学说，嘿嘿。破锣一样。

白雪转身，拉抽屉。接着"啪"，一万块钱拍在他手里。

就这些？何文学问。

白雪说你爱要不要，就这些。

可是……何文学嘴唇颤抖。此刻，白雪的手立在他嘴前，白里透粉，香气缭绕，体香。他有些蠢蠢欲动。

白雪却转过头，慢走，诗人。

何文学走了，走得很快。背后的门慢慢关上。何文学回头看了一眼，世界不需要门，那样所有的秘密就不是秘密，我的灵魂就可以自由行走。

现在何文学行走的是钱，白雪的钱加上他朋友的钱，一万五，离三万六千块钱还差两万一。他每个月两千多块钱工资，老婆孙爱彩有言在先，你不抽烟不喝酒也不用应酬，只能留一点零花钱。儿子高考没考好，花钱去澳大利亚买个大学上，每年的开销不是个小数目。孙家只有孙爱彩缺钱，其他人都不缺钱。

这让何文学常常愤愤不平，孙家儿女辈，连一个大学生都没出，可是却富可敌县，他何文学一肚子诗书，却经常身无分文。眼下的世道，权能变成财富，财富能变成更大的财富，诗书简直就是废纸！

身无分文的何文学还是要继续凑钱。他硬着头皮找了老三。老三先是奚落后是哭穷，最后掏出一千块钱。何文学你知道我们老孙家老爷子方向把握得好，规矩严，谁都不敢在钱上动邪念。我这就一千元，你别嫌少！

何文学当然嫌少，但还是脸都不红地接了。出了老三的门，他突然感到，自己一直是孙家中的外人，孙家的人连句真话也不给他说。什么方向、规矩，水山谁不知你们孙家财大气粗。

能借的都借了。白雪的钱就等于老大孙敬财的钱，老三虽说借了一千，但也借了，还有就是老四孙宏财。何文学不敢去找老四，老四眼皮都不夹他。他知道老四私下称他咣当，也知道咣当用到人身上是贬义。诗人虽不把脸皮当回事，但尊严是不容侵犯的。老四要剥夺的，恰恰是何文学的尊严。

何文学走后，老三紧跟着就出了门，他要去见老爷子。

老爷子这些天心情不好，精神大不如前。老三先给老爷子沏了茶，然后告诉他，我给了何文学一千块钱。

老爷子说，哦。他没钱了？这个没出息的。

老三说，帮他凑份子，法院判下来了，让他赔赵家三万六。

老爷子冷笑，赵家是穷疯了。话虽这么说，但老爷子算是舒了一口气。何文学输了官司，那是何文学自己的事，与孙家无关。赵家得了钱，也就没什么好说的了。或许这是个最好的结局。

孙老爷子以为的那个结局，其实只是个开端。这些天水山县的网站——水山在线上的帖子不仅没有减少，反而越来越多，矛头直指孙家的几个儿女。指向老大孙敬财的帖子，说他包养情妇，受贿，违规发放贷款让老四牟利；指向老三孙得财的帖子，说他是财政所的仓鼠，挪用公款办公司，同时也有行贿受贿行为；指向老四孙宏财的，说她垄断水山县城的房地产市场，以黑社会手段打击竞争者，以行贿手段套取土地资源，推高房价，榨取水山县百姓的血汗钱。孙家四个儿女中，唯一没有被骂的是老二孙爱彩。开始也有两个骂老二的帖子，说她把上级支农的钱挪用给老四，在老四的公司参股，可是帖子一出来，很快就有反对的帖子，称孙股长对农民的感情最深最好，说孙爱彩管的农财股年年接受审计年年先进……

这些孙老爷子看不到，遥遥看到了。平时遥遥会把网上的新闻说给孙老爷子听，但这些她不敢说。遥遥不敢跟老爷子说，老爷子的四个儿女也不敢给老爷子说。老爷子以为事情已经过去。没想到，接下来事情从网上到了现实中。连续两天，孙家的大门被人涂了屎。

孙家的院门是朝南的，在众多的门朝东的人家中，显得有点别扭，也显得更加僻静。遥遥早上打开院门时，对着门上的污物辨认了一会儿，突然"哇呀"一声大叫，跑回了堂屋。听完了遥遥的叙述，孙老爷子并没有去看，而是从藤椅上站起来，满屋子溜达，仿佛院门上的污物已经进了屋。

遥遥接上水管子冲洗大门。门是朝里面开的，大门上冲下来的黄汤子满院肆意横流。遥遥一边冲一边骂，遭天杀的。孙老爷子喊了一声遥遥，遥遥就不骂了。遥遥懂得，家丑不外扬，屎不扬不臭。可是这种事瞒得了谁呢？

涂屎事件第二天又重演了一遍。这一次遥遥不说老爷子也知道了，从院门上冲下来的黄汤子又一次让孙家成了露天厕所。要命的是邻居们也知道了，左院的赵家，后院的韩家，还有很多人家都从楼顶上往孙家院里张望，住得更远的，就假装路过，跑到孙家院墙外面闻臭味。臭味证实了一切也宣扬了一切。孙家平时走得高，邻居们见了目不斜视的孙家人只能上赶着点头打哈哈，遇到这种事，善一些的邻居只能装作没看见，恶一些的就递话引话。赵家因为前头和孙家的过节，怕沾上嫌疑，连大门都不开。

邻居们不说，并不表明不传。县城不大，放个屁也立刻会家喻户晓。孙家在水山县是名门，名门家的屁当然具有迫击炮的力度，孙家大门连续两天被人涂屎的事情很快就传开了。老大孙敬财，老二孙爱彩，老三孙得财，老四孙宏财几乎是全县城最后知道的。

孙家的四个儿女在家里聚齐了。以前孙家人聚在一起时说的都是好事，谈笑间就拨动了水山县的算盘珠子。这次完全不同了，孙家成了别人拨弄的算盘珠子。

最急眼的是老四，浑身被红衣裹着的肉乱颤：要是让我查出来是谁干的，非弄死他不可。老四有急眼的本钱，手上养着几十号拆房子的保安，水山县人管老四的保安队叫"绝户队"。问题是老四并不知道要弄死谁，孙家在明处，跟孙家作对的人在暗处，孙家以外的人个个都有嫌疑。

老四的态度老三赞成，老大和老二反对。孙老爷子没有说话，自从赵老头子死后，孙家先是不明不白地成了晒在河滩上的鱼，又不明不白地成了众矢之的，再不明不白地成了众人嘲笑玩弄的对象，孙老爷子的气就一寸一寸地短下去，短到了心口窝里。老爷子想把气提起来，可是怎么提都提不到嗓子眼。

孙老爷子并不指望四个儿女能拿出行之有效的主意，这个时候做出任何反应都是徒劳，都是越抹越黑，都是当小丑演戏给人家看。老爷子能想到的最好的办法是以不变应万变，孙家这个主角不出场，这出戏就演不了多久，等人们疲了，腻了，觉得没味了，注意的方向就转移了。老爷子依然想着方向。

孙老爷子的意思首先得到了老大老二的认同，老三不情愿，但也拿不出更好的办法。老四还是想弄死人，老大吼了她一声，老四不吭声了。老大吼老四的时候声音不大，却像藏獒一般，令人生畏。

老大知道，孙家这次是遇到了一个坎，这个坎不高，但有可能把孙家绊一个跟头。他庆幸这次事情不是针对孙家的某一个人，不是要从他们某个人身上搞出什么名堂，而是要搞臭孙家。搞臭和搞垮不是一回事，搞臭的动力是来自下面的，而搞垮的动力则是来自上面的。来自下面的动力给孙家造成的是一次危机，而来自上面的动力则是一种摧毁性的危险。

这些年孙家就像住在没有房顶的房子里，风和日丽的时候还行，一旦天气骤变，就没有办法遮风蔽雨。孙家需要一个房顶，孙家的房顶显然不是老大这个年已半百的农行行长，而是更高级别的行政官员。这是孙家的短板，孙家无法在短期内让这块短板变长。老大再往上已经没有空间了，老四是个商人，不属于行政序列。属于行政序列的老二老三现在的行政级别只是个副局级，连名正言顺的副局长都不是，就算是，再往上的路也还是遥遥无期。老大甚至无法想象，猴子似的老三当副县长是多么滑稽。老二四平八稳，但毕竟是个女同志，这回当上副局长，过几年当局长，最后再努把力可以进县人大或政协弄个副职，副职就是副县级。

孙家的儿女好像这一辈注定是出不了一个县级干部的。也就是说，没有一只遮天大手罩着，孙家只能住在没有房顶的房子里，听任风吹雨打。这让老大产生了隐隐的恐惧。人要是知道自己这一辈子能做什么不能做什么是一种悲哀，因为它使人感到前途无望。老大现在就深深地陷在这种悲哀里。

要是往前倒二十年，甚至十年，孙家的老二还是有可能往上走的。老二的沉稳、成熟大方是适合在官场上往上走的。这一点老三没法比，老三从小到大整个就是只猴子，两只眼睛又贼又亮，满脸乱转，缺少做官应有的气场。但老二毁在了何文学手里，半疯的何文学让老二整天灰头土脸的，也让老二没了做官的心情。何文学要不是个半疯，凭着他那张名牌大学的文凭，闭着眼睛都混到副县了。那张文凭的最大价值是换了个清水衙门文联副主席，怎么看都不值。

这些，老大没法跟老爷子说。老爷子不喜欢后悔，孙家的老宅子主财不主官。老爷子只希望儿女们紧紧地守着自己的钱财，守着水山县的钱财，守着孙家的一团热火气。可是现在孙家的热火气守不住了，老爷子的气已经短了，眼睛明显灰暗下去，神态也渐渐涣散了。

老三说，爸，咱家这样不行呀。

老爷子抬眼看看他，老三知道，老爷子是示意他可以说下去。老三接着说，自从河边这些家改了房子朝向，咱家就觉得憋屈，您说是不是？爸。

老爷子不说话，只是看着他，老三就接着说，是不是他们改了朝向，风水就转了？

老爷子还是不说话。老大老二老四也不说话。大家的眼睛都盯着老三。老三知道他们愿意听自己说，就来了劲，他走到门口，指着院子说，马克思说过，万事万物都在变，唯一不变的就是变，你们看，他们都变了，把咱的风水占了。这几家的房子都跑到咱家的右边去了，左青龙，右白虎，白虎大了，青龙就只剩下了马兰河，镇不住。是不是？大哥。

老大这时也有些心动了，说我听爸的。老大不关心家里老房子的事，他自己住在农行二百八十平方米的行长楼里，加上给白雪住的三百多平方米的别墅，他两个家共有近六百平方米，老房子再大再好他都不会来住。只是老三提到风水，他心里动了一下。果然会是风水惹的祸吗？他想起农行前几年也常出事，今天这个营业所主任因为挪用公款被捕，明天那个会计因为贪污进了牢房，后来请风水大师看，大师拿到十万元钱后，说农行屋顶要放一个大镜子。这个大镜子放了两年，果然农行再没出事。所以，老大决定不再坚持。但是，他可以不坚持，却不愿替老爷子当家。

老二斜着眼睛看着老三，她知道老三绕来绕去还是想绕那个副局。

老四信风水，她家里、办公室里都供着财神，自己住的那套独栋别墅也是请风水先生看过的。老四说，爸，三哥说得有道理，我看咱家盖新房，大门的方向也得动一动。

老爷子眼皮塌下来，看着自己的脚尖。他和老三想得不一样。老爷子掌着孙家的舵，要的是孙家根深叶茂平安有序。不过有一点他和老三是相同的，那就是老房子该动一动了。盖个新房子，可以让四个儿女把心思集中起来，不再为那些乱七八糟的事情分心，尤其是老四，不会做出什么不该做的事情。也可以通过把房子拆成一片废墟，把舆论关注的热度渐渐平息掉。

想好了这些，孙老爷子对老三和老四说，你们先请人看看吧。

老三得了令，"噌"就跳到了椅子上，爸，您就放心吧。

老爷子伸手止住他：先把房子拆掉，要快不要慢。

老大说，拆了您住哪？

老四说还用问吗，我那有的是房子。

老爷子又伸出手止住，我去兴财那住几天。

老大说，那行。我现在就跟兴财说。兴财是老大的儿子，也是老爷子的长孙，老爷子拿他当掌上明珠，爷孙俩的关系令任何一个儿女辈的羡慕和妒忌。

孙兴财大学毕业后，老大找关系把他安排进省财政厅。可是他天生爱做生意，在财政厅只干了两年就辞职搞了个投资公司，房子大得能翻跟头。老爷子愿意去省城，说明他心情没有坏到不堪的程度。老爷子的心情好了，儿女们自然就好多了。

老三心情一好，话就多起来：要我说，多大个事呀，用不着垂头丧气的，蚂蚁再多，也架不住一泡尿滋。

六

孙家开会的时候，何文学已经到了省城。

何文学到省城的目的很明确：搞钱。

在孙家，孙兴财算是能和何文学搭话的。孙兴财愿意和何文学搭话，是因为何文学是个另类。当然，孙兴财不是另类，但孙兴财年轻，上大学时的那点癫狂劲还没耗尽，所以跟何文学就有话可说。何文学本想将孙兴财引为知己，但孙兴财顽强地继承了孙家的基因，理智得像块橡胶，看着软软的，咬却咬不动。

何文学不会绕弯子，跟孙兴财说了赵老爷子的死和法院的调解结论后，直截了当地就跟他借钱。孙兴财是他妻侄，跟他借钱要能够拉得下脸。

孙兴财问，你怎么知道我会借给你？

何文学说，因为这是一个高尚的需要。

孙兴财笑了，那么我要是不借，是不是就不高尚了？

何文学说，可以这么理解。

孙兴财说，既然这样你为什么不找我二姑要钱？

何文学说，你明知故问。

这么说，就该我为你的高尚埋单了？孙兴财说。

不是埋单，是借，我有钱会还你的。何文学说。

孙兴财差点笑喷了，我的姑父哎，就你，什么时候有过钱啊！

何文学说，我的诗集快要出了，出了我就可以还你一部分。

孙兴财这次是真的笑喷了：你的诗集？我的老天呀，你不是自费出的吗？我还赞助了一万元您老人家都忘了？

何文学的嘴秃噜了，是呀，是的，我卖废纸总行吧？何文学平时不怎么脸红，可这次确实是脸红了。何文学脸一红，嘴上就不诗意了：他妈的，斯文扫地这年头。

见何文学脸红了，孙兴财就不再跟他打岔了，忙说，你没斯文扫地，这年头你这样的人不多了。说吧，需要多少，活该我为理想埋单。

何文学想了想说，三万。何文学手上有穷光蛋诗人朋友们凑的五千元，白雪的一万元，老三施舍的一千，实际上是差两万。但他决定把白雪的一万元还给她。她的钱还不都是老大的钱，不干净！我可不沾你们的脏气。

孙兴财打开保险柜，拿出三万。何文学写了借条。何文学字写得很男人，端庄硬朗中透着些飘逸。孙兴财盯着借条看了半天，说这一手好字越来越少见了，再过些年，我拿三万您老人家可能不卖给我了。

何文学立马张狂起来：那是！好诗好字走天下，天下何处不男儿！他说完，把孙兴财给的三万全揣到兜里。

看着何文学远去的背影，孙兴财隐隐地有些酸楚和羡慕，他不知道自己活到何文学这个年龄时会是个什么德行，但他清楚至少活不到何文学这个份儿上，不会像何文学那么穷困，也不会那么轻松，更不会那么没心没肺，那么半人半仙。

何文学刚走，孙兴财就接到了父亲孙敬财的电话，说是爷爷要过来住些天。

第二天老三孙得财就开车把孙老爷子给送过来了。

孙兴财刚喊了一声爷爷，孙老爷子就说，孙子，背爷爷上楼。

孙兴财说，爷爷，您没糊涂吧？十六楼啊，您想杀了我？

孙老爷子说，傻孙子，不是有电梯吗？

孙兴财背着爷爷去上电梯。正是准备吃午饭的时间，一层的大堂里人很多。孙兴财公司的职员见了，问，孙总，您这是背谁呀？

我爷爷。孙兴财说。那我们帮您背吧。职员们说。不用不用，你们背，我又该挨骂了。孙兴财说。

上了电梯，孙老爷子说，怎么样孙子？给他们做个榜样，背爷爷不吃亏吧？

孙兴财说，您要是年轻，准是个作秀高手，我服了。

老爷子很开心，完全不像孙兴财的父亲孙敬财说的那样心情不好。这就是孙老爷子，心里有事自己兜着，不会传染给儿女，更不会传染给孙子。早年孙家穷的时候，孙家的儿女只需按老爷子的指令出力，而不用累心，孙家在马兰河边能够脱颖而出，最大的功劳应该归孙老爷子。

中午吃饭的时候，孙兴财想起了何文学，何文学今天要回水山县，正好搭三叔的车。

何文学在电话里说，下午他还要去出版社谈谈诗集发行的事，回不去，让老三先走。

老三松了一口气，他根本就不想拉那个一瓶子不满半瓶子咣当的何文学。何文学也根本就不想搭老三的车，老三猴子一样，跟他说话就别想对上频道，比如，公路边满眼的绿树和无边的田野，在何文学眼里充满了盎然的生机和诗意，在老三眼里，充其量就是值多少钱。要是老三当镇长，见种大烟比种庄稼挣钱多，说不定强迫农民毁了粮食种大烟。何文学不愿和老三这种人打交道，宁愿自己挤公共汽车回去。

第二天，老四派来了被人称为"绝户队"的几十号保安，保安们绝对是训练有素，一上午就把老屋里的家什物件全拉到她楼下的空房子里，光是透明胶带就用了两大箱子。下午是拆房，这也是保安们的拿手好戏，他们在水山县城拆的房不计其数。到了晚上，孙家几十年的老宅就夷为平地了。

老三打电话给老爷子报信，说按您的吩咐，老房子已经拆完了，明天我就安排人清理。老爷子说好，够快。老三说清理完了地基怎么下呀爸？我想下五层的地基，盖四层。

电话那边的老爷子说，哦。

老三说，每层六间，四层显得大气。

老爷子又说，哦。

老三说，爸您困了吧？明天我就请人看看风水，看完了我再给您打电话。

老爷子在电话里打了个哈欠。

水山县看阳宅风水的第一高手当属水利局局长老陈。陈局长已经 56 岁，看不见副县级的曙光了，所以开始研究风水。他的研究可以用突飞猛进来形容。不过，身怀绝技的陈局长轻易不使，一般人根本请不动。这是符合事物规律的，谁都能请得动的，一定就不是高手了。一般人请不动的陈局长，孙家请得动，老大孙敬财一个电话，老陈就屁颠屁颠地到了孙家的废墟上。老陈的老婆和小舅子都傍着农行做生意，用着老大的上百万块钱呢。

阳宅风水重要的是宏观上的把握。书上说的都是微观的方法，也就是战术，这些，看过几本风水学读物的都明白，可宏观上就分出高低了。比如用罗盘定位，有的风水先生是把客厅作为罗盘的中心位置，有的则放在厨房，有的呢就放在院子的中央，还有的就是把房子和院子作为一个整体，罗盘取中。这里面许多人是以讹传讹或者自以为是，但陈局不，陈局在水山县做到局长，自然非等闲之辈，懂得以发展的眼光看宅基，以辩证的方法看问题。眼下，人们已经解决了温饱问题，有口饭吃不再是重中之重，所以罗盘放在厨房取位显然已经不能与时俱进。在陈局看来，重要的是主家的诉求，看人家最想要的是什么。

老三绕了半天，才让陈局猜出他的心思，老三的诉求一是要让女儿几年后考上令人羡慕的大学，二是自己能在官场有所进步。对于孙家老三和老二两人想提副局长，陈局早有耳闻，想想老三是男丁，孙家的次枝，当个副局是孙家的，老二要是当了副局那是替何文学何家争光了。

陈局把房子和院子作为一个整体，在中心点的位置放好了罗盘，分别向南和向东取了两个向。南向由于被前院的院墙和房子挡着，只能看老三数码相机里原先在楼顶拍的照片，照片上，马兰河从左侧流向前方，横着流了一段后，又折向左前方的东南方向。陈局"嘶嘶"地吸了好几口气，说，沙水有形，沙水有情，形情相追，情形俱备，上上好的朝向，孙家的财气到了孙子辈还得大长呀。

在向东的朝向上，由于没有院墙阻挡，马兰河一览无余。陈局"嗨"了一声，说，朝向上好，宜文宜官，平安富贵，只是财气不如南向，老三呀，你们主家定夺吧。

老三大喜，喜得抓耳挠腮。

陈局有应酬，不吃饭。老三赶紧奉上四条软中华，四瓶茅台。四四如意。陈局立起手掌止住：老三，我能看宅子的，就不能拿礼；能拿礼的，我也不会去看，都在一个市面上走着，心里有就行了。

老三坚持。陈局从老三烟盒里掏出一支烟，抽上，又打开一瓶茅台，对着嘴喝了一口。说，老三，烟我也抽了，酒我也喝了，日后富贵了，别忘了哥哥。然后上车走了。

老三对着陈局的车屁股，嘴唇乱哆嗦，磕头的心都有了。好大会儿才头也不回冲着身后叫遥遥，遥遥！

老宅子拆了，在院子里搭了个工棚。遥遥从工棚里跑出来，见三姑夫满面春风，也跟着高兴，啥事，三姑夫？老三冷不丁抱着遥遥亲了一口，成了，成了，我的小宝贝。

七

老三孙得财下午画了两张图。一张南向的，用文字标上主财，财气很冲，所向披靡，但没人罩着，财气会跑。老三知道老爷子喜财，但不喜欢太冲，事有十而取之七，太冲了则会舍弃。另一张是东向的，标上宜官宜文，富贵平安，看似平和，实则大吉。老三的图画得很好，字写得很差，好端端的图，加上他的字就像西服上打了个烂补丁。

画好图，老三先给老大打了个电话，算是告知。老爷子不在家，老大就是家主，老三把老爷子看成是家里的董事长，老大呢就是总经理，自己算是个执行副总吧。总经理对家里翻盖老房子的事不感兴趣，其实不是不感兴趣，是不敢感兴趣。这种大事，没有老爷子点头，他这个临时家主的话顶个屁？所以，执行副总老三只需搞定董事长就行了，给总经理老大打个招呼不过是招呼，或者说叫通报。

第二天老三去了省城。

老爷子在老三和孙兴财的搀扶下站起身，对着两张图看了半天，慢慢腾腾地说，字真烂。

老三嘿嘿地笑，说，字要是写得有您好就当县长了。

孙兴财说我二姑夫的字写得好，诗也写得好，县长的毛也没沾上。

老爷子看看老三，对孙兴财说，你三叔是说他本事大？

老三知道说秃噜了，连忙说，嗨，嘴上过过瘾呗，当了省长不也是您教导得好嘛！

老爷子回到沙发上坐下，回到正题上，说，咱们孙家，打上一辈房子就是朝南的，也没什么不好呀。你说的赵家韩家克咱孙家风水的事，我琢磨着没那么吓人。

老三知道老爷子这是套他的话，赶紧说，咱们孙家用了二十多年完成了第一步腾飞，现在要来第二步。第二步是什么？是富贵，平安。您想想，老大，我，谁也不缺钱，老四就更不用说了。我二姐喊着没钱，也就喊。我觉得咱孙家现在需要转型，往富贵上转，往平安上转。您说呢，爸？

老爷子明白，老三说得有道理，但他并不相信这仅仅是改了房子的朝向就能够实现的。况且老三葫芦里卖的什么药他也清楚，他更清楚的是老三鸡贼，身上没有官品。

老三见老爷子不说话，就自说自话：有个大师说了，咱家前些天出的恶心事，都和风水有关。大师说，官财官财，自古就是联系在一起的。我听说赵老头子家，不光何文学赔了三万六，水山的老板和百姓的捐款比这多十倍，几十万。

老爷子有点不悦，韩家也捐款了吧？

老三没正面回答。大师说了，孙家得托举起个官，最起码副县级。

当了县长也备不住让人掘祖坟。老爷子脱口而出。这些天的事，让老爷子心里一直窝着火，他孙守田一生风调雨顺，到头来大门上给人抹了屎。这是个天大的耻辱。这个耻辱是谁招来的？四个儿女个个都有份儿。他拆房子，就是要拆掉晦气。但是，他轻易不愿改大门的方向。

见老爷子动了火，老三赶紧赔笑。说，那是那是，事在人为，皇上身上还有仨御虱子呢，谁还没点缺点呀。

老三没别的本事，也没别的办法，只能横下心来跟家里折腾。女儿能不能考上大学，考上什么样的大学，关系到日后的前程，老三一点都帮不上忙。财政局副局长的位子，从眼下情况看，只有他和老二两人够杠杠。现在不是过去，过去用老四说的法子，拿钱砸，碰上个贪官可能会起作用。而现在用干部，不是哪一个人说了算，要竞聘、推荐、考查、公示……如果他要争这个位子，第一条也就是当务之急是按大师说的改变大门朝向。老爷子迟迟不表态，不表态就说明老爷子心里有老二，这对老三十分不利。要是换了别人，老三就是赤膊上阵也要争个你死我活，但跟老二不行。不跟老二争，并不是碍着一奶同胞的情分，而是争的结果只能使老爷子更加倾向于老二。况且老大的态度也很暧昧，老三猜得出老大的意思，老大不表态也是心里倾向于老二。老三确实有点像热锅上的蚂蚁了。

对于和老二争副局长，老三经常生出"既生瑜何生亮"的感慨，他甚至后悔当初参加工作时不该进财政口，虽然财政口的工作给他带来了意想不到的财富。老三的官是镇财政所的所长，工资不高，收入却不低。老婆是镇信用社主任，工资比他高一倍，收入多少他就不知道了。对于工资，老三从来就不在乎。他开着一家石料场，原先水山县城的石料场有三家，两家开在城北两公里的水山山南坡，也就是朝着县城的一面。后来省里整顿环境，山南坡被切开的山体像两块难看的疮疤，就给关了。县环保局在被切开的山体上涂了绿漆，光油漆就用了十几卡车。老三的石料场在北坡，县城看不见，就给留了下来。从此老三的财源就成了马兰河水，源源不断。往远了说，京沪高铁，南水北调，都用过老三的石子，往近了说，县城的每一项体面工程，都是老三从山北坡给搬过去的。不说别的，光老四的楼盘用量就很可观。虽说山北坡被老三给截了肢开了膛，但那是在山的背面，能看见山背面的，都是些种地的农民。

　　老三的石料场能保留，还得感谢老爷子和老大孙敬财。当初选址时，老三看上的是山的南坡。南坡离县城近，路也好走，运费能省一多半，但老爷子不同意，老爷子的理由就两个字：方向。老大理解老爷子的思想比较准确，对他说咱爸是说你选的那地扎眼。省里检查时，老大又带着老三一家一家地跑，从省里的环保局，到市里县里的环保局、林管局、公安局、工商局、人大、政协，到分管县长、书记……

　　事实证明，老爷子看方向不说十拿九稳，也命中率高，基本上算是神枪手吧。老三在老爷子的指导下，在老大的呵护下，顺风顺水走到今天，第一次遇到了难以逾越的坎儿，设置这个坎儿的正是一直呵护他帮助他的老爷子和大哥。现在的老三，就像被困在一个狭小的玻璃缸内，有劲都使不出，除非他把这个玻璃缸打碎。而打碎了这个玻璃缸，伤到的不光是家人，更是他自己。他现在唯一能使劲的就是改变老房子的朝向，管它有用没用。改造老房子成了老三救命的稻草。猴子不上架，多敲两遍锣。

　　孙兴财叫来了外卖，粉蒸肉，海参，清炒五子椒，都是老爷子爱吃的。老三打开一瓶老大捎来的白酒，对兴财说，三叔今天不走了，陪你们一老一小喝点。

你大哥看了吗？老爷子问。

老三说他是第一个看的。不过，大哥的脾气您知道，家里的大事您不表态他不表态。

孙兴财拿起电话就给老大拨，我问问我老爸，怎么说他是个皇长子，得有自己的主意。电话拨通了，嘟嘟嘟响了半天没人接。

此时，老大孙敬财正在家里跟市农行的李行长喝茶。

市农行的李行长不是老爷子资助了一斗麦子的老李行长，而是老李行长的儿子。老李行长前些年去世了，儿子子承父业，也当上了行长。老李行长去世时，老大孙敬财披麻戴孝，行了义子之礼。小李行长上任前管老大叫哥，上任后还是叫哥。两家的关系，老李行长在世时就规定了，砍不断，打不烂。

李行长坐下后，老大就沏普洱。老大的粗手沏茶时一点都不笨，暖壶、洗茶、温杯，精准而利索。

李行长喝了一口普洱，说，好茶呀大哥。如今的领导，真正会喝茶的，喝的是个人的喜好，不会喝茶的，喝的是路数，比如普洱，比如铁观音。

老大也喝了一口，说，我喝着都一样，嘴拙。

李行长说，你嘴拙，心里透亮。

老大说，拐着弯骂我是吧？

李行长说，不说茶，说事了。哥，你屁股上有屎吗？

老大想了想，说，有。

擦得净吗？李行长问。

擦得净，就是多费些手纸。老大说。

李行长说，那就擦干净了，别管费多少手纸。

老大问，怎么突然就说这个？有什么风声吗？

李行长说，这还用问吗？没风我吃饱了撑的？

老大说，那你就跟我说这风是个嗝，还是个屁。嗝是上面的风，就是上头压下来的，屁则反之。

李行长说，眼下还是个屁。

老大松了一口气，哦。

李行长说，给你一个月，到时候我要过过堂子。过堂子就是按程序查。老大懂。

老大说，行，到时候你过，哥这里，只添彩，不抹黑。

李行长把紫砂茶杯伸过来，跟老大碰了一下，一饮而尽。哥，你们孙家真得找个大师给看看。

老大叹了口气，指了指天。李行长明白老大的意思是说老爷子当家。于是笑了笑，做做工作呗！

李行长走后，老大把自己关在屋里。对这个比自己年轻几岁，管自己叫哥的上级行行长，老大是心存敬畏的，人家是官宦世家，行事做派体面而且滴水不漏，有官品而又平易近人，有原则却又讲究情分，这些都不是轻易可以修炼得到的。

老大屁股上确实有屎。这些屎要想擦干净，确实要费些功夫。比如贷款，老四的房地产项目，资金需求量大，用的是光明正大的贷款，只是贷款有不小的一部分不对口，也就是说，老大挪用了对口的贷款指标。这些不是大问题，贷款安全，农行没有坏账损失，也牵扯不到贪腐，老四的钱就是老大的钱，只是个在谁名下的区别。老四确实给了老大股份，但这个股份不体现在老四的账上，而是攥在老大手里的一份股权证明，这张股权证明就锁在白雪住的别墅的保险箱里。任是谁查，老四也不会把老大给卖了。至于老四是不是偷税，那是另一码事，有她当地税局局长的老公兜着。

老三当初开石料场用的贷款，早就还清了。老三当了多年的财政所所长，不是弄不到钱，而是把钱给了老大的儿子兴财。孙兴财在省城开投资公司，用的不是农行贷款，而是老三在财政所违法挪用的资金。所以在账面上账理上，谁也不能说老大对儿子网开一面以贷谋私。老大给了老三贷款，老三又给了兴财，这个圈子一转，谁都说不出啥。老大在老三的石料场也有股份，股份也不体现在老三的账上，也是锁在白雪住的别墅的保险箱里。

至于人情贷款，这些年不是个小数目，但每一笔都是信贷股和下面的营业所办的，老大不经手，单据上也没有孙敬财三个字。

除了贷款外，逢年过节，老大也收礼。老大收礼，一不收花子，二不收条子。花子就是钱，条子就是金银珠宝。老大收的礼，都是些烟酒茶叶公鸡鲤鱼工艺品之类。不光收礼，老大也还礼，张家送公鸡时，老大就把李家送的香烟转给他，李家送香烟，老大一定让他捎上王家送来的鲤鱼。农行的职工给老大送礼，大大方方地提着来，又高高兴兴地拎着回去，与其说是送礼，不如说是换礼，摊上个好行长，人人都没有负担。老大家里，一年下来，礼来礼往热热闹闹，屋里却空荡荡的，活像个礼品中转站，老大就是中转站的调度。这一点，也经得住查。

怕查的也有，还不少，但没人查得出来。比如为了老三的石料场，老大带着老三从省里送到市里，又从市里送到县里，一编织口袋的百元钞票都送光了。亏着多数人不收，不然再添两个编织口袋也不够。但送礼的不说，收礼的就更不会说。

捋完这些事，老大平静多了。他甚至都有点佩服自己，当了这么多年的农行行长，居然没留下一根能让人抓住的尾巴，还把工作做得风生水起。往大了说，算是为人清廉，往小了说，也算是大智若愚。

心情放松了，突然想喝点茶。老大不喜欢喝普洱，总觉得有一股子发馊的米汤子味，就沏了一杯炒青。茶虽粗，但利口，杀油。

老大就是这个时候想起的白雪。

想起白雪，老大突然一激灵，直直地坐在椅子上。白雪是老大最大也是最引人注目的尾巴。

平时想起白雪，老大总有一种暖暖的、柔柔的、甜甜的感觉。老大的一身黑肉和白雪奶一样的身子在一起时，老大就觉得自己年轻了二十岁。可是现在想起来，那种暖暖的柔柔的甜甜的感觉变成了屁股底下的针毡，这针毡扎得老大一刻都坐不住。

老大的老婆从去年开始闹更年期，不光不让老大近她的身，还死心塌地吃斋念佛，黑着脸谁都不理，整个超然世外了。要不是有了白雪，老大能憋屈死。对于白雪，老大的老婆一点都不吃醋，甚至心怀感激，白雪就是菩萨派来救她于水深火热的舍身赴难的救兵。有了老婆的默许，老大的路数就粗了，跟白雪，经常是半明半暗，难说别人不知道。这事，静下来一想，还真就是屁股上的屎。

白雪。老大在屋里来回走，白雪。再走几圈，白雪。

要说白雪确实是个好女人，跟了老大一年多，什么要求都没提过，仿佛前世注定了要她圆上跟老大的这段美妙姻缘。老大给她钱，让她买自己喜欢的东西，她说，我没有喜欢的东西，我喜欢的就只有你。日子久了，老大发现，他给白雪的钱，白雪都锁在了保险箱里，保险箱不大，渐渐就满了。老大问她为什么不用，白雪说，给你留着呢，万一你要是急用钱，就不用跟别人张口了。老大说，我是银行行长，你听说过银行行长缺钱的吗？白雪说，银行的钱又不是你的钱，用了要犯错误的，我不想让你犯错误。这个女人，有情有义，情义暖着老大的心尖子。就连视天下一切女人为天敌的老四，也不挑白雪的不是，处得跟亲姑嫂一般。

让老大割舍了白雪，那就是割舍了自己的心尖子。白雪离开了老大，也同样是在自己的心尖子上拉一个口子。但不割舍又不行，和白雪的事情要是在组织层面上曝了光，老大的政治生涯就到了头，接下来，其他问题，还有不是问题的问题就都成了问题，所有的问题划拉到一堆，轻轻松松就能让老大住进水山山后面的牢圈子。

白雪。老大想，白雪。

八

猴急猴急的老三，在省城终于得了老爷子的令，回家开始挖地基。

老爷子说得很清楚，挖地基不是下地基，记住了，是挖，深挖。挖多深呢？老三问。老爷子说，一直挖到下面的房基。

老三小心翼翼地问，爸，您没弄错吧，咱们家的房基就有一米二，下面哪还有房基？

叫你挖你就挖，老爷子说，一直挖到下面的房基。老三还想问，老爷子懒得说了。

　　那就挖吧。老三懒得费劲，直接从老四的工地上调来了一台挖掘机，挖。司机问，怎么挖？老三说叫你挖你就挖，一直挖到下面的房基。司机问，您没弄错吧，您这房基就够深的了，下面怎么还会有房基？老三挥挥手，跑临时工棚里找遥遥聊天去了。

　　挖掘机很厉害，两下就挖了一米多，房基挖出来了，再往下就是黄河故道细密紧致的沙土了。司机喊来老三，老三五指并拢，大幅度地做了个刨地的手势。

　　司机想那就挖呗，反正是你们家的宅子，做活不由东，累死也无功，挖，挖成鱼塘。

　　挖掘机刨出了一个大坑，足有两米多深。老三跑到坑边瞅了瞅，什么都没有，再挖就低于马兰河的水面了，该出水了。老三看看司机，司机也正瞪着牛眼看他。老三就五指并拢，轻轻地做了个刨地的手势。司机吐掉嘴上的烟头，吭哧又是一铲子，地下传来了"嘎吱嘎吱"的声音，像是吃米饭被石子硌了牙。

　　司机小心地把挖斗升起来，坑底出现了几块被挖斗的牙齿啃过的石头。老三跳到坑里仔细地看了看，确认这些石头是房基。

　　司机问，你们家怎么会把地基下得这么深？老三说，我们家怎么会把地基下得这么深？

　　司机说，我怎么知道！

　　老三说，我怎么知道？

　　老三赶紧给老爷子打电话，说挖到了下面的地基。老爷子说哦。老三问怎么办呀爸？老爷子说，接着挖，你给我小心地把老地基挖出来，别给我毁了，我要看。老三说，哎。

　　老地基实在是太深了。挖掘机刨去了两米以上的土，沿院墙堆成了两米多高的土堆围墙，孙家的院子成了一个一亩地的大鱼塘，加上土堆的高度，足有四米多深。老爷子说了，要小心地把老地基挖出来，别给毁了，再往下就只能用人工了。

　　这是个大工程。在挖掘机挖出的大坑里，几十号人一锹一锹地挖，一筐一筐地往上抬，老地基渐渐露了出来。孙家拆了老房子改鱼塘，成了一件新鲜事。赵家、韩家又从楼顶上往下张望，老三拿眼睛一瞪，两家的脑袋就矮了下去。

老三做事张扬，令工人们挑灯夜战。成筐的大米饭、成盆的红烧肉抬到了工地上。人工进度慢，坑里渐渐聚上了水。老三又从老四的工地上调来了抽水机。到了黎明，东方的地平线泛出鱼肚白的光线时，老地基完全挖出来了。呈现在眼前的，是三间房子的基础，规规矩矩清清楚楚，坐西朝东。老三开始愣了好长时间，一个人静静地坐在高高的土堆上，泪水流了一脸。朝东，朝东，祖上的房子就是朝东的，风水大师没算错，他老三没说错，一点都没错，这就是个铁证。想想这些天老爷子给自己的脸色，想想这些天自己低声下气的付出，想想老二的冷淡，老大的漠不关心，老三像个受了委屈的孩子，眼泪哗哗的，烟都打湿了。

老三没给老爷子打电话，直接拍了照片，他要把照片发过去，让老爷子看。

老三不会在网上传照片。遥遥会。老三叫遥遥，遥遥，遥遥！

遥遥说，哎！啥事姑夫？

老三说，快帮我传照片吧。

遥遥有一台手提电脑，是老三送的。她就用老三送她的电脑把照片传了。

老三给在省城的孙兴财发了个短信，让老爷子看照片。老三发完短信，让遥遥去把大姑夫、二姑、小姑都叫来。

遥遥说啥急事呢三姑夫，他们这会儿不定还在被窝里呢！

老三感觉浑身像散了架。他想打遥遥一耳光，可胳膊却没有力气抬起来，只好瞪遥遥一眼，这一眼让他差点魂飞魄散。遥遥晚上睡觉时把乳罩解下了，刚才老三一喊，她急忙之中忘记戴上，透过薄薄一层外衣，两个粉红色的乳头格外引人注目。老三目光直了，当属自然反应。

遥遥没有说错，老大孙敬财此刻真的躺在白雪的旁边。白雪已经睡着了，老大醒着。阔大的床上，白雪玉体横陈，像一尊洁白无瑕的艺术品。老大的心软了，这个有情有义的女人，将美丽无比的身体奉献给了自己，让自己把大半辈子的缺憾全都补上了，现在自己却要跟她摊牌，怎么张口呀。他起身走到落地窗前，东边，远远的，自己家老房子的方向，依然灯火通明。老大知道那是老三正在跟老房子较劲，他清楚地知道，老三跟老房子较劲是徒劳的。

李行长在老大家喝过茶后，老大就拿定了主意，财政局的副局长，只能让老二孙爱彩上。要是老三上，副局长就到了顶，再往上，你就是拎着老三的头发往上拔都上不去了，老三缺做官的品。老二就不同了，老二上了这个台阶，往上就会顺利得多，不出问题的话，能在政协副主席的位子上退休。也就是说，老二的顶是副县。副县就完全不一样了，县里的四大班子成员，屈指数来也就不到三十人，罩着孙家，比起老大这个农行行长要省心得多。

可是，怎么跟老三谈呢？身边的白雪，兄弟老三，都让老大不舍。

老大想了一夜，决定早上起床时跟白雪摊牌。

遥遥先找到老大家，老大媳妇说他去省行开会没回。遥遥又打老大的手机，手机把白雪吵醒了。她起床后第一件事是对着梳妆镜梳头发，乳白色的丝质睡衣轻轻地从肩上垂下来，圣洁得像一尊菩萨立像。

老大站在白雪身后，犹豫着不知怎么开口。想了一个晚上的词儿全都像咽到了肚子里。

白雪问，你有话说？

老大说，雪儿，你还年轻，我给你些钱，在省城买栋别墅，或者去北京，上海也行，你弟弟不是在上海吗？

白雪立起玉手止住他，那只手白皙柔润，羊脂玉一般。白雪打开保险箱，里面的钱"哗啦"一下流出来，足有五十万。白雪说，我不要钱，这些钱都给你留着呢。

老大心里难受，揽着白雪的肩，雪儿呀，你不要钱我还能给你什么呢？

白雪说，是呀，除了钱你还能给我什么呢？

老大拉着白雪的手放在自己的胸口，我还有这颗心，这颗心是你的，永远都是。

白雪笑笑，轻轻抽出自己的手。白雪去厨房煎了两个鸡蛋，连同两片面包和一杯牛奶放到餐桌上，充满爱怜地抚抚老大硬邦邦的头发：吃饭吧。

老大吃着，头都不抬，两行热泪滴到面包片上。白雪拿了张餐巾纸给他擦泪，老大止不住了，呜呜地哭出声来，孩子似的。

老大上班去了，白雪也出了门。

白雪出了门就给何文学打电话，让他去宾馆开好房间等她。一进门，白雪开口就问，你敢娶我吗？

何文学坏笑：你是我大舅嫂。

白雪认真地说，回答我。

何文学一愣，怎么了宝贝？

白雪的香唇轻轻地送过来，鼻孔里的丝丝香气让何文学眼睛痒痒的。何文学不回应，等着白雪回答他的问题。

白雪让睡衣滑下来，拿两包热奶轮换着喂他。何文学这回回应了，如饥似渴地吮着。白雪把他压倒在床上，说，弄死我吧。

何文学在一瞬间想到了孙爱彩冷冰冰的目光，孙老爷子蔑视的眼神，老四孙宏财的不屑一顾，下身一下子硬了起来……

白雪差一点就死了。

两人平躺在地毯上，白雪缓过气来，盯着天花板说，我不喊你何局长，也不喊你何主席，叫你一声何老师，你不会觉得我配不上你吧？

何文学用手盖上白雪的嘴，不是，宝贝，不是，我，我……他想说自己是个诗人，诗人追求高尚，不贪图她的肉体；他还想说自己是个穷酸文人，没权更没钱，可是不知为什么说不出口。

白雪一点都不觉得意外。白雪说，我托付你一件事。

说吧。何文学说。

我把我的 QQ 号告诉你。白雪说了以后，又说，我把密码换成你手机号的后八位。

干吗跟我说这个？

我要是出了事，比如，不测，你就把里面的一个视频发出去。

为什么？

别问，就说行不行。

行。

任何情况下，不受任何人干扰，你保证。

我保证。

我知道你是值得托付的，唯一的。

壮士一言。我不是君子。

我信你。白雪说着，拿出一个U盘：这个U盘里，是视频文件的备份，QQ要是给破坏了，就用U盘。

到底出什么事了？何文学问，怎么跟交代后事似的？

白雪笑笑，你答应的，别反悔。

何文学说，从小到大，我不会写反悔这俩字。

这才像你。白雪说着，又拿出一张卡：这张卡，有两万块钱，是我自己的，密码是你手机号的后六位。

你干吗？骂我？

白雪笑笑，意味深长。起身，穿衣。你不要就帮我捐了。说着就往外走。走到门口，回过身来：QQ，你身份证后八位。壮士一言，门把白雪仙子般的笑关到外面。

何文学赤条条地坐在地毯上，一脑袋糨糊。他用白雪留下的那张卡拨拉了一下私处，还是一脑袋糨糊。

白雪走在大街上，给弟弟打了个电话。弟弟在上海的一家网络公司做高管。白雪说，姐要去西藏玩一趟，那边信号差，姐要是半个月没给你来电话，你帮姐把QQ里的视频文件发出去。

弟弟说行，都发给谁呀？

姐QQ里的好友，都发，姐答应过人家的。

弟弟说行，密码呢？

QQ密码姐发短信给你。还有一个U盘，姐一会儿给你寄过去，QQ要是不好用，你就用U盘。

弟弟说，姐，我是吃网络饭的，我有办法。

记住了，半个月之内，姐不许你看视频里的资料，那是别人的隐私。

弟弟说，姐，你还不信我？

姐当然信你。

弟弟说，姐你注意安全。

弟弟说，姐你多穿点衣服。

弟弟说，姐你别忘了防晒霜。

弟弟说，姐高原反应你要先吃红景天。

白雪说，啰唆。

白雪放松了，天好蓝。云好白。身子好爽。这个何文学，像头驴。

九

老大他们聚集在一起看老宅基地时，孙家老爷子正在省城的长孙家看照片。

老三传过去的老地基的照片很清晰，三间，规规矩矩的三间。老三说老地基是面朝东的，老爷子看不出来，说这个三猴子，哄鬼呢。

照片是从上往下拍的，根本看不出老房基朝东还是朝南。老爷子坚信，祖上不会那么没眼光，明摆着南向朝阳，又对着马兰河恋恋不舍的情怀，怎么会视而不见呢？水山县在黄河故道上，老爷子小的时候，再往前，还没有老爷子的时候，黄河改道是家常便饭。那时候老房子被水冲毁了就在老地基上重建，再毁了再建，黄河水带来的沙土淤了一层又一层，淤着淤着就把老地基给深埋了。深埋了地基深埋不了老爷子的信念，说老地基朝东，哄鬼吧。

老三在电话里说，不信您自己回来看。老爷子当然要回去看，不光要看，还要烧香，拜祖宗，老地基里存着祖上的气息，住着祖上的魂灵呢。

老三说，要回来您就早点回来吧，老宅子都挖成鱼塘了，不是个事呀。

老爷子说，急什么，成了鱼塘也是咱孙家的。

老爷子不急，老三急。老三不敢犯着老爷子，也不敢犯着老大，老三唯一能使得上劲的就是改建老房子了。他老婆说你这是神汉玩屌，没有神下了。老三说我就是神汉玩屌，你不玩屌哪来的咱闺女？我不玩屌这辈子就当个财政所所长了？他老婆说有本事你自己拱去，离了孙家的槽你还不吃食了。老三说，我脑袋顶上都让老大布上了网，我拱得动吗我！他老婆说，老牛使笨劲，活该你憋死。老三说，我就是，是老牛掉进枯井里。我好似，落难的龙，潜在沙滩……老三唱着出去了，很苍凉的调子。

老大的的确确看到了，也信了，不光信老三，更信大师的话。

老大把两件事都想好了。一是给白雪一个交代，二是跟老三谈。

跟老三谈显然要容易得多，老三是自己的兄弟，深了浅了轻了重了都让一母同胞的名分兜着，都让一辈子的漫漫路程兜着，都让兄弟的手足情分兜着。

老大孙敬财在老房子的工地上找到了老三孙得财。老三正坐在高高的土堆上，眼睛望着遥远的天空发呆。孙敬财不由自主地顺着老三的目光看去，蓝天，白云；再看，还是蓝天，白云。看着白云像一堆堆白雪，老大有些伤神。老大说，三儿，哥反复想了，还没顾上和咱爸说。我个人，个人认为，财政局的那个位子，还是让你二姐上吧。

老三现出极其诧异的神情：为什么？我不是你亲弟？

老大有点不乐，说什么呢你！

老三说，我二姐给你什么好了？

老大生气了，放屁吧你！你二姐一毛不拔的角儿，能给我好处？

老三说，哼！

老大耐着性子，沉稳地说，你二姐上了这个台阶，保不准还能往上走一个两个台阶，将来咱把她托到副县上，也是个照应。咱孙家，得上去一个。

老三说，那为什么是老二呢！

老大说，不是老二还能是你？你上得去吗？

老三火了，反正你是看不起我，还有爸。你说我算什么？你们拿我当孙家的人吗？说着就哭起来，哥你说，我哪儿亏了你了？为什么就是我不行，为什么，哥你说为什么？

老大拍拍老三的肩，别说了，哥知道你难受，哥也不好受，不为什么，为咱孙家。

老三不服气，我为咱孙家，咱孙家为我吗？我二姐，她为咱孙家做什么了你说！

老大说，你二姐小的时候就是咱孙家的一头驴你知道不知道？要不是你二姐，你能上到高中毕业？

老三不服气，论功行赏多劳多得是吧？我做的也不少呀。老三一边说，一边用手指指脚下深深的大坑。

老大语重心长地说，三儿，咱孙家是一个整体，谁上谁不上，得看是不是对咱老孙家有利。

合着我上去就祸害老孙家是不是？老三一脸鼻涕冲着老大喊。

老大有点生气，站起身不打算再说了。一母同胞，兜得住兜不住都得兜着。老三也生气，坐在土堆上没动，眼泪哗哗地流。

老爷子和老大都希望让老二上，这一点老三早就觉察到了。这些天来他又拆房又挖地基都只能是徒劳，这一点老三也意识到了。他这样做实际上是跟老爷子较劲，跟整个孙家较劲，跟自己较劲，这一点老三也很清楚。老三不光长着猴一样的头脸，也有着猴一样的机敏。要不是上头有老大罩着，说不定他也就出头了，可是有了老大，有了老爷子，有了老二老四，孙家就显不出他，就像打牌，正副大王四个 2 在手上，A 尖和老 K 都只能算走闲张的小牌。老三这样围着老宅子折腾，说白了是一种储蓄，是一种付出，是一种投资。付出和投资没有回报，老爷子就欠他的，老大就欠他的，孙家就欠他的。孙家的人不喜欢欠债，那就要想办法还。老三不缺钱，要的也不是钱，老三是爷们儿，是水山镇财政所的所长，不能老在孙家赔着笑脸装孙子。别叫我老三，我叫孙得财，孙得财要出头。

老大跟老三谈完，觉得心里轻松了一些。许多看起来很难的事，真要去做，也就是一咬牙一跺脚。剩下的就是白雪了。

一想起白雪，老大的心就一揪一揪的，又疼又空。可是白雪再好，也好不过自己的政治生命，好不过孙家的兴旺和平安。老大此刻对"忍痛割爱"

这个词有了非同于常人的理解。

老大回到白雪住的别墅，白雪不在。打白雪的手机，没开机。以往老大回来的时候，白雪总是先递上一块温热的毛巾，再端上一杯热腾腾的清茶，然后让他泡在迷人的笑容里揉肩。这一刻老大突然涌上一股强烈的失落感，白雪走了？老大四处看了看，屋子里干干净净，一丝不乱。打开保险箱，里面的现金哗啦一下流出来。老大的心隐隐作痛。人去楼空，屋里只留下白雪特有的一股淡香。

老大试图把白雪的气息留住，轻轻地坐到电脑桌前。白雪平时最爱待着的地方就是电脑桌边上了。

电脑黑着屏，但主机开着。电脑的显示器前，压着两张纸，上面的一张纸上白雪写着：哥，我走了。电脑开着，想我的时候可以看看视频。明天我等你电话。下面的一张纸，是老四写给老大的股权证明。

老大迫不及待地打开视频。视频里，白雪一丝不挂，羊脂玉一般的身子斜靠在床上。老大黑油油的身子出现了，伸出短粗的胳膊搂住白雪。老大压着白雪。白雪压着老大。两条身子一黑一白，泥鳅和白鳝缠在一起。虎啸猿鸣。白雪汗湿的头发。老大满足的脸。老大看得热血奔涌，躁动不安。视频放完后，屏幕上出现了老四开给老大的股权证明，下面是一行字：哥，你要是觉得值，就把股权证明换成我的名字。白雪。

老大脑子里乱哄哄的，拿起桌上的股权证明，再看看电脑上的字，突然跳起来。

老大的第一个反应就是删除视频。点了删除键后，屏幕上又显出一行字：请不要试图删除本文件，本文件有多个备份版本，遭恶意删除时将自动群发。

老大赶紧跳起来，连鼠标都扔了。

老四接到老大的电话就赶过来了。

老四要看视频，老大不让看。老四坚持要看。老大说你还嫌你哥不丢人！老四说你跟我还丢什么人？老大说不行。老四说都到什么时候了你还拘着！老大说说不行就不行！老大让老四看了后面白雪留下的字。老四看完就骂，婊子，这个婊子，金子做的也值不了这么多钱，几千万呢这个臭婊子。

老大说，怎么办？

老四咬着牙说，弄死她！

老大说，弄死她我就完了，你也就完了。咱们孙家就彻底完了。

老大和老四一夜没睡。老大抱着老四哭了上半夜，老四抱着老大哭了下半夜。两人哭了一整夜。老四说早听三哥的，把方向改一改，就不会发生这样的事。

老大说，说不定就是老三要改方向闹腾出的这些事！

第二天白雪刚打开手机就接到了老四的电话。老四说，我答应你，婊子。

白雪说，你今天上午还可以骂我婊子，下午就不行了，下午我是你的股东了。

老四说，婊子婊子婊子！

白雪说，哎！

下午白雪带着律师和老四一起去了公证处。做完公证，老四把白雪拉到一旁，低声说，我迟早弄死你，婊子。

其实，老大和老四抱头痛哭的时候，老三把自己关在老宅子的临时工棚里喝闷酒。工人都走了，是老三打发走的。既然老大把话挑明了，他孙得财也没心思再去建什么新房子，等老爷子回来看一眼老宅基地的方向，看看还有没有希望吧！

这些天的事情，足够老三狠狠地郁闷一场了。那个副局长的位子，本来如飘在天上的饼，他跳一跳就可能抓得到，于是他就跳，脚都磨出血泡了，连个边都没摸着。老大轻轻松松一句话，饼就归了老二。凭什么？

四个兄妹中，老三跟老二走得最远，不是老三不想走近，是老二不睬他。对，老二历来看不上他。老二的儿子去澳大利亚上学，老三拿了十万块钱送过去，老二只收了一万，还是人民币。同样是兄弟姐妹，老四拿去了两万美元，老二却照单全收。老三怎么了？老三劈山卖钱，山劈不完，钱就赚不完。并且水山县只有老三一张准采证，山就是老三的，老三的钱就是那座山。老四又能怎样？老四是占地卖钱，县城的地总有占完的时候。还有老大，老大虽说帮过他，却也处处压着他，要不是老大压着，不是孙家压着，老三早就出头了，到不了今日。老三完全可以用那座山换任何他想要的东西，一座山，能换多少个局长？

最可恨的是老二，老二什么都没有，老大却还想把她托到副县的位子上。呸！老三不仅没把心里的郁闷吐出来，反而变成了恨意。

就在这时，老三看到了遥遥。老爷子走后，用不着遥遥了，遥遥就成了一只撒了欢的野猫，回了趟老家，又跑县城玩了几趟。老三想野猫喜欢找野男人。想到男人，老三一激灵，想起遥遥粉红的乳头。眼下再一细看，遥遥的身子不胖不瘦，哪儿哪儿都圆滚滚的，极瓷实，是眼下最时尚的麦子色。和老大的女人白雪不同，白雪的身子白而绵软，那种体力不行，动作几下就得气喘吁吁，遥遥的身子充满弹性，生龙活虎如火如荼。既然副局长没戏，何不活得精彩些，不白来世间走一趟。他喊遥遥你过来。

遥遥好像已经明白老三身上发生了什么事情，小心翼翼地站到老三面前。她最希望三姑夫能更出人头地。三姑夫出人头地，她就能得更多的实惠。

老三一把把遥遥抱在怀里。遥遥没有反抗，也没挣脱，三姑夫疼爱自己，这是她的福气。她干脆坐在老三的大腿上，舒舒服服地躺在他的臂弯里，像对自己的父亲那样，带着几分娇气对老三说，三姑夫，我，我肚子疼，是不是吃民工做的饭弄坏肚子啦？

孙得财揉了揉遥遥的肚子说，可能吧，我给你揉揉就好了。

遥遥说能成吗？三姑夫你又不是大夫。

老三说我小时候学过几天医，兽医！

遥遥咯咯笑个不停，三姑夫你骗人，兽医咋能给人看病？

老三的下身早已硬邦邦的，他说兽医给小猫小狗看病，在三姑夫眼里，遥遥就是可爱的小猫小狗。

遥遥被三姑夫这番疼爱的话说得心里暖烘烘的，早已放松了警惕。老三趁势在遥遥身上摸起来，从肚子摸到脖子，从脖子再往下摸，他犹豫了片刻，最后还是摸到了遥遥的乳头。遥遥这下清醒了，一边挣扎，一边给了老三一个耳光，三姑夫你是个坏蛋！你想欺负我？

老三哪能善罢甘休。他抱紧了遥遥，另一只手插到遥遥的下身，手指头像是街上肇事的小流氓，毫无顾虑地朝遥遥那里放了进去。

遥遥疼得大声喊，三姑夫，三姑夫，孙得财你是个大坏蛋，快点放开我！

<h2 style="text-align:center">十</h2>

不光是孙家人，认识老三的人都说老三是猴子变的。这个猴精的孙得财，做梦也没想到被人算计了。

这个人是何文学。何文学已经几天没到老孙家来了，听别人说老孙家挖成了个大鱼塘，他想过来看一看，没想到刚到门外，听到了遥遥的喊叫声。这一下，诗人易怒的性格暴露无遗，他一脚踢开门，闯了进去。孙得财你给我住手！

喊罢，何文学愣住了，他的眼前只有醉意蒙眬的孙得财，一手举着酒瓶对着嘴喝，一手在向他挥动，何文学你号个屌？我，我喝我的酒与你屌关系，你凭啥让我住手？

何文学不相信自己的听觉出了问题，明明是遥遥在叫嘛，可是又没有证据。他后悔自己太冲动，要是像一个经验老到的猎人，等待最佳的捕猎时机再出现。拿贼拿赃，捉奸捉双，他孙得财今天就注定跑不掉了。你孙得财是遥遥的姑夫，就算没这层关系，你也是遥遥的长辈，你不能对遥遥下手。

老三见何文学傻了眼，讥讽他说，怎么着，老赵头的鬼魂拉你读诗吧？来，来，我给你再灌二两猫尿助兴。不是说斗酒诗百篇吗？呵呵，呵呵！

何文学清醒过来。他猜想遥遥并没有走远，不过他自己找遥遥不方便，弄不好和孙得财发生冲突。他回到大街上，给自己和孙得财的媳妇都打了电话。他要让孙爱彩和老三的媳妇来，一起找出遥遥，共同分享这一美妙的时刻，见证这一历史性事件。孙爱彩的电话关机。老三的媳妇一听让她去孙家老宅，说了一句没工夫就把电话挂断了。何文学有些失望，又给老四打电话。

老四来也行呀，老四来了一起看看老三怎样勾引自己媳妇的侄女，怎样丢人现眼，哈哈。

老四的电话也关机。

何文学有些沮丧。他回过头，对孙家老宅子看了一眼。这一眼，让他的沮丧随即就被激动和喜悦消灭。因为他看到了一个穿花布衫的女孩子的身影，在孙家院子里晃了一下。那是遥遥。他肯定地想，刚才遥遥一定被老三给藏起来了。诗人何文学此刻被激动和喜悦燃烧着，浑身上下都充满了活力。他又打了老大家里的电话，没人接，老大的老婆在家是不接电话的，跟人面对面都懒得说话，对着根电线就更没兴趣了。他不灰心，又往老三家打电话，也是没人接。再想想，就又打了老三媳妇的手机，老三媳妇这回看到是他的手机号，干脆接也不接了。

没人分享，何文学不能自己独吞这份疯狂的喜悦。他要让这份喜悦焕发出更大的光和热，照亮水山县城。他过了好长一段时间，在确认老三已经得手，可能和遥遥在床上折腾后，给南关派出所打了个电话，报了门牌号，说是捉奸。他听到派出所的电话里欢声雷动。

何文学找了根棍子，提肛运气，一脚踹开了孙家临时的门。

院子里的工棚里，果然只有孙得财和遥遥两个人。不过，两个人是在吃饭。没有见到孙得财惊恐万状的表情，何文学多少有些扫兴。倒是孙家老三孙得财恼火了，一跃而起，上前夺过何文学手中的棍子，照何文学的腿就是一下。何文学毫无诗意地破口大骂！老三也骂他，天天嘴里喊高尚，竟然干起偷鸡摸狗的勾当。说着，照何文学后背又是一棍子。这一棍子没打着何文学，打在了遥遥的身上，遥遥扑过来用自己的身体挡住了棍子。三姑夫，你不要打二姑夫！接着双手捂着肚子，哎哟哎哟地呻吟。

何文学见遥遥为自己挨了打，顿感气愤，像饿虎下山般大吼一声，扑向孙得财。孙得财没有防备，一下子被何文学压在身下。遥遥急得在一旁干跺脚。你们弄啥呢，弄啥呢，这还是一家人吗？

老三喘着粗气说，屎一家人，哪还有家！谁心里有家，心里有家会到今天！

何文学也累了，上气不接下气，让你们孙家目中无人。这是报应。我早跟你说过老三，别尽耍小聪明，在大门方向上打主意没用。做了坏事早晚要遭报应。你手中有权也好，有钱也罢，报应到了全都没用……

遥遥听糊涂了，你们这算弄啥？

这时，派出所的民警带着一堆兴高采烈的联防拥进院子。派出所的所长知道何文学报的门牌号码是孙家，孙家院子里能有卖淫嫖娼？见鬼去吧。但是，既然接到报警就得出警，不然人家告你你没话说。所以，他只安排了几个联防来。联防没抓到嫖娼的，但抓到了打架的，打架也违反社会治安呀，这也算是一功吧，于是就把何文学、遥遥和老三带回了派出所。

马兰派出所招聘的联防队员个个立功心切。他们认定何文学、老三两人中间，有一人和遥遥在搞流氓活动，甚至怀疑是嫖客和娼妓的关系，第三方因为嫉妒或者也想占便宜才打起来。所以把何文学和老三分隔在两间屋里不厌其烦地询问，想钓出一条大鱼。但是，他们对结果好像又不是特别重视，相反对过程表示出很大的兴趣，比如先摸那个女孩哪个地方，后摸哪个地方，那个女孩叫不叫……

何文学对这些问题一律拒绝回答。老三却大吼大叫，乱摔东西，让你们所长出来见我！我明天就把你们这些联防的补助给停了，我说到做到！

一个联防队员说你就谝能了，俺知道你是谁，弄的就是你。

询问遥遥时，遥遥不住地骂，一个是俺二姑夫，一个是俺三姑夫，都是长辈，和俺能有啥事？你们家兴做不吃人粮食的事啊？

联防队员就打遥遥。遥遥的脸都被抽肿了。遥遥被打急了，就抓住一个联防队员咬。其他的联防队员一起上去打，遥遥就是不松口，棍子和拳脚打在遥遥身上像打一只破口袋。何文学在隔壁屋听到打遥遥的声音，大吼一声冲过去，拎起屋里的暖水瓶就浇。屋里的人吱哇叫唤着跑出去，纷乱中，何文学后脑勺上挨了一棍子。

何文学醒来时，已经是第二天上午了。醒来的何文学躺在医院的病床上。坐在床边的遥遥脸肿得像只倭瓜，咧着嘴冲他笑。遥遥笑的时候眼里流着眼泪，泪水从不对称的脸上流下来，肮脏而滑稽。何文学替遥遥擦眼泪，遥遥顺势把脸贴上来，又哭又笑，说就知道你是好人不那么容易死。

何文学很奇怪，我死过了？

遥遥说，死了七八个钟头。

何文学想起了昨天的事，你还疼吗遥遥？

遥遥说不动就不疼，一动哪儿都疼。

何文学说，你放心遥遥，我一定帮你报仇雪恨。

遥遥说，二姑夫你甭多想了，我没仇也没恨。我等爷爷回来，给爷爷告个别就走。

何文学一愣，小心翼翼地问，给，给你三姑三姑夫说了吗？

遥遥转了一下身，回过身来时仍然一脸笑容，点了点头，说，我三姑三姑夫都疼我。我这次离开，就是我三姑三姑夫出钱，送我去省城上电脑班，我学好了回来在县城给我安排个工作……

何文学半天才骂了一句脏话。

这个时候，在省城的老爷子也回到了老宅子。

老大和老三在老宅子边上等着。老大哭了一夜，眼泡肿得像一双厚嘴唇，眼下谁都懒得理。活生生地把价值几千万的股份转给白雪，老大像吃了一颗驴粪蛋，搁肚子里憋屈，说出来恶心。就连对老三，白雪的事老大也没法说，他真的希望这个哑巴亏永远只有他和老四两个人知道。屎不扬不臭，老大宁可臭在自己肚子里。

老三经过这一场，彻底蔫了。他现在反倒怀疑起水利局那个陈局长，你这方向看得准吗？怪不得你不收礼，官场上的谁不明白，只有办不成事的才不收礼！孙家一连串子的事，会不会都是要改大门方向闹的……

老大和老三各自有事，这让两人脸上都挂上了面对老宅子应有的肃然。老爷子对这种肃然感到满意。

孙兴财扶着老爷子爬上沿院墙堆着的土堆，见到了一坑水和泡在水里的三间地基。

老爷子见到老地基的一刹那腿就软了，幸好有身强力壮的孙兴财在一旁扶着，不然站都站不住。老地基里住着祖上的魂灵，藏着祖上的气息，孙家就是在这里长成了水山县万人仰慕的参天大树。老爷子无法自已，浑身哆嗦着向下走去。

就在这个时候，老三心怀叵测地说，爸，您看清楚了，老地基是不是朝东的。

老爷子扭头看了老三一眼，老三发现，老爷子的脸扭成了一根麻花。

自从老三把老地基的照片传到省城，老爷子最想见到也是最怕面对的就是这一刻。在这之前，他一直坚信祖上的老宅子，老地基是朝南的，这种坚信伴随了他一辈子。要不是老三急于改建老房子，要不是孙家接二连三地闹心事，他也许会在老房子里寿终正寝。那样，祖上老地基的朝向就一直是朝南的，这个令他坚信的朝向，就会和他一起寿终正寝。可是在老三的强烈质疑下，这种近乎虚幻的眼见为实，摧毁了他一辈子深信不疑的根基，他随时都有可能轰然倒下。

老爷子走下土堆，直接向水里走去。

孙兴财想拉他，看看下边是淤泥，又看看自己一万多元一双的皮鞋，就停下了。

老大想拉老爷子，老爷子一把把他推开。

老三上前一步，扶住了老爷子，老爷子冲他转过脸来，老三看到了老爷子厉鬼般的狰狞。老三一屁股坐到地上。

老爷子在水里，在祖上的老地基前跪下了。坑里的水淹到他的胸口，清澈而又神秘莫测。老爷子看到水里有一个厉鬼，那个厉鬼太有力量了，轻轻一拖，就把他拖了下去。

老爷子孙守田倒在了老地基前，倒在了近乎虚幻的眼见为实中。他倒下的朝向也是朝南。这让老三感到有几分不安。

孙家兄弟姐妹四人，谁也没说埋怨谁的话，甚至谁也没提大门方向的事。他们异常低调地发送了老爷子。

尾　声

一个月后，市里的李行长派来的工作组交割了老大的工作，老大因身体的原因，提前两年退休。

老二的副局长迟迟没有任命。老大问县委组织部一个朋友，那个朋友说还没研究，等等，有消息告诉你。再问一次，说再等等。老大就不再问了。

白雪的弟弟辞了上海网络公司高管的工作，成了股东白雪在老四的房地产公司的代表，职务是常务副总。老四异常高调地接纳了他，据说两人合作得很好。公司有人在外边说，老四和白雪的弟弟两人关系超出了正常的范围。白雪的弟弟和老四，不知谁玩谁。

没有人知道白雪去了哪里。白雪心大，去北京去国外都是有可能的，世界大得很，白雪有了钱世界就小了。

四个月后，老三如愿以偿地成了水山县财政局副局长。老三当了副局长后，并没有骂老大有眼无珠。他做的第一件事是请陈局长陈大师吃了一顿。酒足饭饱后，他直言不讳地对陈局长说，老哥，不瞒你说，我曾经骂过你。陈局长打着饱嗝，说我知道，我知道。说罢，两个人会心地笑了。

又过了两个月，退了休的老大在马兰河边的公园散步时，无意间听到一个消息：孙家在五十多年前大门是朝东开的，那时赵家、韩家还没搬过来。老大在心里算了一下，那时候他老爹孙老爷子刚成家不久，他还在娘肚子里，而老大的祖爷爷在孙老爷子8岁时就去世了，主持孙家大权抑或说盖房子时当家的，正是老大的爹孙老爷子。老大长长地出了口气。后来，老三又提过盖房子的事，老大出乎意料地明确表示，等等吧！

孙家的老宅子也没有重建，大坑里的水，白天映着太阳，晚上映着星星月亮。

村长秘书

一

杨东东到达民全村时已是晚上九点。

如果没有在半路遇上刘小芹，也许他今晚都到不了民全村。

他只知道这个村地处两省三县交界，是全县最偏远的村，离县城一百多里地，距乡政府所在地的镇子也有十多里。镇党委组织委员韩委员倒是劝他在镇上住一晚。韩委员说，咱这个镇就剩下民全那几个山村还没通柏油路，两省三县老是扯皮。今年雨水季节过后打算修了。明天可能会有蹦蹦车或者摩托车过去，你可以搭车去。

杨东东知道韩委员说的蹦蹦车就是燃油的三轮车，那种车在城里跑都不安全，遇上个坎坷容易颠覆，何况是崎岖不平的山路？他听了都感到心有余悸，更别说搭坐了。再说，全县这一批二十个大学生村官，大都到了所在村子，他也急着想尽快到达工作岗位。他笑了笑对韩委员说，十里二十里地小菜，我在大学参加军训时一口气都走过五十里。然后挺了挺胸脯，我在学校还是足球队员。

韩委员说，那好，那好。说着，翻箱倒柜找出了个手电筒，摇一摇，又拍一拍，不见亮光，打开后盖取出电池，电已经跑冒滴漏光了。韩委员有点不好意思，你走街上自己买两截电池装上，还能用。

杨东东在一家小店铺里买电池时，向店主打听去民全的路。这时一个姑娘从店门前一闪而过。店主指着姑娘的背影说她就是民全人，你跟她走就能到民全。

杨东东紧追几步，想喊那个姑娘，嘴张了张，没敢喊出口。

刚出镇子的路还好走，是柏油路，路上来往的行人车辆也络绎不绝。杨东东和那个姑娘保持着四五米远的距离。不过，那姑娘步子快，杨东东跟走了几里地就感到气喘吁吁，有些撑不住。他心想，山里姑娘走路都咯嘣咯嘣的劲头十足！

到了一个山坡时，前边那个姑娘拐进了一条小路，杨东东还是跟着她。可能是她察觉到了身后有人跟踪，步子突然加快了。她的两条腿砰嚓砰嚓一直是一个节奏，让杨东东想起学校锣鼓队打鼓的鼓槌，禁不住轻轻笑了。

前边的姑娘忽然走到路边弯下腰。杨东东一愣，马上想到她可能是系鞋带。没料到那个姑娘直起腰后，突然猛地转过身来看着他。夜色中他看见她那双眼睛仿佛雪亮的利刃。

你想干吗？姑娘问他。她的两只手倒背在身后，不像要攻击他。他才放了心，回答说去民全。

姑娘说你别在那阚人了。你这样的男人我见得多了。告诉你，我老公在前边等我呢。他要看见你跟踪我，不打断你的腿也打得你满地找牙。

杨东东乐了，凭什么？再说他打我，我就站着让他打？我也有双手，而且是有力的双手！姑娘说，就凭你跟着我，想要流氓就该打！

杨东东急了，这才说我真是去民全。

姑娘冷冷一笑，又阚，你去民全？你在民全认识谁？

杨东东回答不上来了，犹豫一会儿才说，我是去工作。

那个姑娘哼了一声，民全又没有机关企业，你去那里当农民修理地球呀？

杨东东说，还真让你猜对了。我就是去那里当农民修地球的。

姑娘低声骂了一句，油嘴滑舌。

杨东东严肃地说，我是大学生村官，真到民全工作的。因为不熟悉路，才跟着你后边。对不起，我应当先谢谢你这个向导。

姑娘似信非信。她身后砰地响了一下，好像什么东西掉在地上。然后，她的两只手又放回到原处，继续往前走了。杨东东以为她掉了什么东西，因为赶路没有发现，经过她刚才站的地方时故意低头弯腰看了看，发现是一块半截砖头大的石头。他恍然大悟：原来她刚才弯腰是捡石头，幸亏及时解释清楚，不然那石头砸在头上脑袋不开花也得破个洞。他倒吸了一口凉气。

越往前走路越狭窄，一会儿上坡一会儿下坡，路面也坎坷不平。杨东东拿出韩委员给他的手电筒照路。他在后边，手电的光亮照不到那个姑娘前边，于是他把手电筒高高举起来，让光亮尽量照到姑娘的前边。这样，他只能跟着感觉走，脚下不时被绊一下、滑一下，忽然一个趔趄，幸亏那姑娘转身机灵，一把扶住了他。他说谢谢！那姑娘说还是你走前边吧，要不把手电筒给我也成！说着，往旁边一闪，侧身让杨东东走到了前边。

姑娘说我叫刘小芹，民全村的。在镇上打工，每天都回家。

杨东东惊奇，那你一天来回得走多少路呀？

刘小芹说习惯了。一天不走这么远的路还觉得不舒服。说罢笑了，笑声在夜空里格外清脆。杨东东受了她的感染也笑了。

人熟悉了，话自然就多了。刘小芹先是介绍去民全的路况。她说有两条路通民全，一条是大路，七绕八绕，路面也不平整。一条是脚下这条小路，比走大路少走四五里。她介绍完路况，又问杨东东为什么要选民全村当村官？

杨东东不知道怎样回答，反问为什么不能到民全当村官？

刘小芹半天没答。这让杨东东感到纳闷。山上的风还很凉，扑到脸上就像古时一位诗人所说"二月春风似剪刀"。杨东东看刘小芹穿得有点单薄，忍不住问了一句，你冷吗？接着他放慢了脚步，想从背包里取出风衣给她披上。

刘小芹警惕性很高，一下站住了。你，你要干吗？

杨东东弄了个没趣，低着头又往前走了。又到了一个坡上，刘小芹主动与杨东东打招呼，哎大学生，你看见前边亮灯那个村子了吧？那就是民全村。你就顺着这条路走，过了一座桥，先向左拐，走一截地再往右拐……

杨东东打断她的话，怎么，你不去民全？

刘小芹说，我得先去地里一趟，看看我们家地里的麦苗是不是还待在我们家地里。

杨东东很惊讶。我怎么听你这话像绕口令。你们家地里的麦苗不在你们家地里，难道还会长腿跑别人家地里去了？

刘小芹哼了一声，给你说你也听不明白。

杨东东说你别瞧不起人。我虽然没在农村种过地，但是也知道庄稼是怎么长出来的。再说，我在大学读的是农村经济管理，农业上一些新科技新知识不一定比你知道得少。

刘小芹边听边鼓掌，好，好，我代表民全父老乡亲感谢上级派了个有知识的人。沉吟了片刻又说，希望你能在民全站得住脚，别屁股没焐热凳子就让人给端走了。

杨东东不解。谁，谁敢？我是上级安排来当村官的。我看谁敢端我？！

刘小芹说了声拜拜，就向坡下走去。杨东东想追她，踌躇了片刻，却看不见她的人影了。他知道她并没走远，大声喊了一句，你们家的麦苗要真长腿上了宇宙，我请我的老师同学来做研究。

和刘小芹分手后，杨东东边走边琢磨刘小芹的话，越琢磨越觉得刘小芹话里藏着什么东西。这一琢磨倒让他忘了刘小芹告诉他的左拐右拐，过了桥就向右拐了。走了一会儿他又犯了难，刘小芹说的走一截地，他没学过这种计量方法，弄不清"一截"是多远。这样绕来绕去耽搁了二十多分钟。后来，他遇到一位骑自行车的中年男子，那位中年男子告诉他走错了方向。你要去民全村往回还得走一小时，搭我的车，我送你两截地。杨东东十分高兴，连说谢谢。上了那个中年男子的自行车，他问那个中年男子，你们说的一截地是多远？中年男子没回答。杨东东看他的自行车车杠上绑着一根棍子，身上还背着一只喇叭状的铁皮话筒，觉得这人怪怪的，也没再多问。

快到民全村口时，那个中年男人让杨东东下了车。杨东东又一连说了几声谢谢。那个中年男人说，不用谢，要谢也得我谢你。给钱吧，五元！一截地两元五。

你，你这人……杨东东下边的话没说出口。他掏出五元钱给了那个中年人。那个中年人翻身上车走了，嘴里竟然得意地吹着口哨。杨东东冲他的背影愤愤地骂了一句骗子。骂声刚落地，一个姑娘清脆的声音在身后响起。骂谁呢，谁骗你了？明明是你走错了路，还骂别人。说话的是刘小芹。

杨东东喜出望外。刘小芹你从哪过来的？你们家地里的麦苗搬家了吗？

刘小芹没接他的话茬。他们前边倒是传来一个苍老的声音，芹回来了，和水说话呢？

杨东东用手电一照，面前站着的是个年过半百有点驼背的小老头。刘小芹厉声说了句，别照！然后三步并作两步走上前去，扶住那个老头，爸，不是不让您接吗，您怎么又来了？

刘小芹的爸爸已经看见了杨东东，问刘小芹这人是水？刘小芹没回答，指着村里的最高建筑——一栋小楼，说，那就是村主任刘光头家。走了几步，又哎了一声，叮嘱地说，你当面不能叫他主任，得叫村长。

杨东东问：为什么？他看不清刘小芹的表情，但能明显感觉出刘小芹很不耐烦。

二

给杨东东开门的是一个和刘小芹年龄相仿的姑娘。她打量了杨东东一眼，你找水？

杨东东说我不渴，不找水。我是来找村委会刘主任。

那个姑娘哈哈大笑，你这人挺逗。我问你找水，你说你不渴。

杨东东这才想起，在村口时听刘小芹的父亲也是这样问的。看来，这个地方人把谁读成水，是一种方言。他冲那个姑娘不好意思地笑了笑。果然，楼上又有人大声喝问，水？找水？

开门的姑娘仰头回答，爸，找你的。一男孩。说着，把杨东东朝楼上带。杨东东心里老大地不高兴，你说不定还没我年纪大，凭什么称呼我男孩？忽然，一条身材硕大的黄狗嗷嗷叫着向他扑来。他吓得赶忙躲到那个姑娘身后。那个姑娘冲黄狗扬扬手，二聋子老实点。黄狗老老实实地蹲在地上。她转过身用右手食指点了下杨东东的额头，又扬了扬左手的小拇手指，说，堂堂一男子汉，比老鼠胆还小。不就是只狗吗，又不是老虎！说罢，嘿嘿，嘿嘿笑了。

人没上楼，就闻到一股浓烈的烟味。杨东东皱了皱眉头，犹豫了一下。他从小就怕闻烟味，一闻烟味浑身不舒服。有一次参加一个聚会，一桌十个人有八个抽烟。他耐着性子参加完聚会，回到家就钻到卫生间里冲澡，光沐浴露就用了半瓶子。后来，他爸他妈再带他出去聚会，见到有人抽烟，他妈就开玩笑说你赶快别抽了，给我们家省点沐浴露钱吧！可是，现在这个时候，他不上楼又不行。村主任在楼上，你总不能等他下来见你吧？

二楼是个宽敞的大厅，中间摆着一张方桌，两男两女正在打麻将，旁边还有个30出头的男子一边喝酒一边看光盘。一个光头男人头也没转，问，你找我啥事？怎么悄无声息来了？

旁边那个看光盘的男子说鬼子进村都是悄悄的！

于是屋子里人一阵大笑。杨东东也笑了笑。

那个带杨东东上楼的姑娘上楼后，就站到光头男人的身后给他捏肩，所以杨东东认出那个光头就是村委会刘主任。他小心地问，刘主任您接到韩委员的电话了吗？

光头男人冷淡地问了一句，哪个韩委员？

镇党委管组织的韩委员！杨东东突然想起刘小芹告诉他的话，又喊了一声，刘村长，我叫杨东东，大学生村官。

刘村长这才看了他一眼。你就是杨东东，挺帅气的小伙。然后对他女儿说，柯柯，给杨，杨……他皱了皱眉头，叫你杨村官吧，没这个职务，也不顺耳。

杨东东说，叫我小杨吧！

咱村哪还有位子？二叔，不是来争你的位子吧？那个看光盘的男人从中华烟盒子里抽出两支烟，夹在上下唇中间，一起点了火，拿着其中一支恭恭敬敬地放到刘村长嘴上。柯柯从刘村长嘴上把烟夺下来，狠狠地扔在地上。三光叔你太恶心。我警告过你几次，你叼过的烟别朝我爸嘴里放，多不卫生。

坐在刘村长对面的妇女接上说，我闺女说得对。三光你一天到晚在县城和镇上找三陪女人亲嘴，嘴皮子都污染了，别把你二叔传染了。

于是屋子里人都放肆地开怀大笑。有个和刘村长媳妇年龄相仿的妇女说，三光你二婶子不光怕你传染你二叔，怕的是你二叔再传染给村里的其他女人。说完，屋子里又是一片放荡的笑声。

刘村长的媳妇又说，三光真正想亲的，别说嘴了，连腮也没沾上。

刘三光冲杨东东不住点头，笑容背后隐藏着嫉妒。他这回拿着烟盒，把烟弹出一支，送到刘村长嘴边。刘村长一张嘴含住了。等刘三光把烟点着，他抽了一口，才笑笑，说，我是村民选举的，县长也没权罢免我。等杨东东坐下后，又对杨东东说，小韩给我说了几次大学生村官怎么怎么重要，好像少了你们地球就不转了。他让安排你当支部书记助理或者村长助理，可这不是我说了算，支部那边是杨书记说了算。村委会成员得村民选举，村民外出打工的占一多半，开不成会。咱可没胆违反法律。他挠了挠头皮，又说，这样吧小杨，你就当我的秘书吧！

那个看光盘的男子咧着大嘴笑，说，好，叔你真有思想。

村长秘书？杨东东心里一万个不高兴，但是表面上没表现出来。韩委员跟他谈话时再三强调要和村干部搞好团结，他爸爸在送他去汽车站的路上，也反复交代他不能像在家里那样动不动耍脾气。他想明天给韩委员反映一下。

刘村长见杨东东不说话，就对看光盘的男子摆摆手，三光，你把杨秘书送大库去，我已交代他们给杨秘书把房子腾好了。

那个叫三光的男子有点不情愿，但又不敢违拗刘村长。他又从中华烟盒里抽出两支烟分别夹在两只耳朵根上，晃荡着脑袋在前边下了楼。杨东东走到楼下，柯柯追了下来，杨东东，大库那边不能烧水，你带两瓶矿泉水留着喝吧。杨东东接过矿泉水，说谢谢你柯柯。柯柯又用右手食指点了下他的额头，再来可别见了狗就跳啊！

出了刘村长家宽大的院子，紧挨着的房子大多是砖瓦房，还有一些是草房。村街上黑灯瞎火，空空荡荡，偶尔可以看见一两只狗垂头丧气地在路边逛荡。不知从哪间房子里传来一位老人剧烈的咳嗽声，惹得刘三光老大不高兴，嘟哝说老不死的还不死，等着医保给你治病呢。呸！

杨东东对刘三光的话很反感，脱口而出说，医保是国家给的，他是中华人民共和国公民，有权享受。

刘三光推了杨东东一个踉跄，呸，你真以为你是村官？告诉你，在民全村我叔是老大我就是老二。

杨东东忍了又忍，没有发作。

到了住的地方杨东东才发现，被刘村长称为大库的地方，其实就是村"两委"办公的地方，总共有两间，安排他住的是村党支部的办公室。一面墙上挂着马恩列斯毛主席像，纸边已经发黄。另一面墙上贴着一排排锦旗、奖状，落款的时间大都是十几年前，最近的也是五年前。屋的一角，堆放着小山似的书籍，有不少捆还没解开绳子。两张办公桌都是砖头垒起来，上边是水泥桌面，落了厚厚一层灰。屋子里摆了一张床，床上放了一件旧军大衣。刘三光进了屋首先去开窗户，然后站在窗子前抽着烟朝外看，一副全神贯注的样子。杨东东没去理会他，放下行李就开始收拾屋子。

突然，刘三光冲着窗外吹起了口哨。杨东东扭头看了他一眼，想说让他到外边去抽烟，话到唇边又咽了回去。这时，他听见哗的一声响，外边有人向窗户泼水。他想走过去看，刘三光把他挡住了。刘三光头发全湿了，水珠顺着额头往下流。他说杨秘书你是新来的更是外来户，我好心劝告你不要没事给自己找事。

刘三光说完，抹着脸向外走。到了门口又反回身，把窗户关上才又离开。杨东东觉得好奇：刘三光刚才在窗口看什么？又是什么人朝他身上泼水？依他的性格和脾气为什么没有发作？直到铺好床躺下，他还在想着这一个个问题。

爸您先上床歇吧，我洗完衣服就睡。窗外一个女孩的声音让杨东东觉得有些耳熟。突然想起来了，是刘小芹！他赶忙打开窗户向外看。这时月亮从云层里钻了出来，虽然天地间灰蒙蒙的，但可以看到窗外是个院子，院子里有棵树，由于叶子还没长成浓密，能影影绰绰看见树下一个人在弯腰洗衣。那个人显然听见了他开窗户的声音，低声说你还想找骂是不？刚才泼你一头是水，信不信我把我爹的屎盆子扣你头上？！

杨东东笑了，刘小芹，是我，杨东东！

刘小芹直起腰，看了他一眼，蹑手蹑脚地走到窗户前，用手指了指嘴，又指了指自家屋子。杨东东马上领会她的意思是别吵着她爸妈。他把头伸到窗外，房子不高，刘小芹个子高，站得又近，两人的头几乎挨到一起。刘小芹指了指屋子，那个流氓走了吗？杨东东点点头。刘小芹笑了，你要不说是你，我真把尿盆子扣你头上了。

杨东东问，你们家就住这儿？

刘小芹点点头，问他，让你住这儿啊？这屋子死过人，你不怕半夜鬼敲门？

杨东东说我又没做亏心事，为什么要怕。话是这么说，心里还真有点瘆得慌。

刘小芹说你昨天没做亏心事、今天没做亏心事，明天后天就会做亏心事。

杨东东问你这话什么意思，你说话能不能别掖着藏着？

刘小芹犹豫了一下，说，你和刘光头那样的人一起共事，不做亏心事还怪呢。我还没见过出污泥而不染的，只是染了多少而已。

杨东东乐了，你还而已而已的，像个大学究。他感到有点渴，转身拿来柯柯送的矿泉水，打开一瓶先递给刘小芹。刘小芹说不渴，就是渴也不喝刘光头送的水，怕中毒。

杨东东喝了两口水才说，我不想在你们民全待。

刘小芹一愣，盯着他的眼睛看了一会儿，怕艰苦？你是城里人吧？见杨东东点头，又说，我路上没说错吧，看看，你屁股别说没焐热凳子，连坐还没坐呢。

杨东东说你们那个村主任欺负人，让我当他的秘书。我是上级派来的村官……

刘小芹没等他说完就火了，哟，我以为什么大事呢。你是来当官还是来给老百姓干事的？你要是当官根本就不该来农村，就是村长算多大的官。

刘小芹说完转身走了。她把盆里的衣服一件件捞出来搭在铁丝上，直到进屋也没再朝窗户这边看一眼。杨东东被刘小芹几句话说得脸上发烧，回到床上躺下后身子像翻贴饼子一样，翻过来覆过去。

他真正感觉到了这个村官不好当。

这时候，他妈妈打过电话来。他妈说，你爸不让我给你打电话，怕影响你。可我想你呀儿子。你住的地方怎么样，能洗澡吗？

经妈一问，杨东东才感到身上不舒服。在刘村长那里沾了一屋子烟味，刚才刘三光在这屋里又留下还没散尽的烟味。如果不洗个澡，恐怕今夜都难以入睡了。他坐起来四下看了一眼，不要说水管子，连个脸盆也没有。他长长地叹了口气。他妈听他叹气，急了，儿子你是不是不高兴？他不想让妈担心，也不想再听妈啰唆，就让妈把电话给他爸。他开门见山地对爸说了刘村长让他当秘书的事。他爸听了沉吟片刻，说，组织让你干什么你就先干着，不要让组织认为咱挑三拣四。

放下爸的电话，他长长地叹息一声，什么组织？就他刘光头一个人说的……

三

第二天早上，杨东东六点半就起了床。其实，他一夜几乎就没睡着。好在屋子里有电灯，他凌晨一点爬起来一次，在堆积如山的书报堆里翻腾了一会儿，发现有一张五年前的县报，上边登载着民全村党支部书记杨进的事迹。报上说杨进18岁高中毕业那年，为了改变家乡贫穷落后的面貌毅然回村，从团支部书记干起，到大队党支部书记，后来又改成村党支部书记，一直干了三十多年。他和村党支部带领民全百姓植树造林，把民全的荒山全部绿化了；兴修水利，实现了所有的田块都能浇灌……正当他雄心勃勃，打算带领村民调整种植结构，提高农业效益，增加农民收入之际，由于长期劳累，患了肝癌，住进了医院。在县城住院期间，村民们自发地筹措了两万元钱为他治病。县报记者在描写村民捐款的场面时动了感情，杨东东读着读着泪水不知不觉地流了下来，再回到床上躺下，心情也好长时间不能平静。我明天就去拜望这位老支书，他想。

凌晨三点，他又醒了一次。这一次是被噩梦吓醒的：他和一个年轻漂亮的女孩在树下相遇，二人紧紧拥抱，正要接吻，突然从树后蹿出一条凶猛的大黄狗，恶狠狠地向他们扑来。他睁大眼睛一看，那条大黄狗瞬间变成了一个陌生的男人……

怎么做这样的梦？他不安地在地上走了几圈，再上床以后浑身真的痒痒起来。好不容易入睡，睡了一会儿鸡又叫了。他长这么大还是第一次听鸡叫，而且是几百只引吭高歌般地叫，此伏彼起。鸡叫声又引发了狗叫声和牛、驴、骡马的叫声，不过这几种动物的叫声不同鸡叫那样团结，而是单调、分散、无精打采，有的还仿佛受了惊吓。杨东东打开窗户，看见刘小芹手里攥着玉米粒，正在给鸡喂食。十几只鸡跷着细长的腿，围着她像跳芭蕾舞一样。她很开心，那些鸡也兴高采烈。杨东东忍俊不禁笑出了声，心想：这也许是真正的农家乐吧！

刘小芹冲他腼腆一笑，起了？

杨东东点点头。哎，跟你借样东西。

刘小芹一愣，我们家一贫如洗，能有什么可借给你这个民全村高干的？

杨东东把屋子一角放着的旧铁皮桶递给刘小芹，借桶水，我冲个澡。

刘小芹朝屋子里看了一眼，接过水桶，到院子里的手压井边去打水，几只鸡跟在她的后边，好像要保卫她。她提起水桶，无奈地摇摇头，把水桶丢在地上。杨东东看得非常清楚，那个铁皮桶破了几个洞。刘小芹回到屋里，取出一只红色塑料桶，打了一桶水递给杨东东，认真地说，你赶快把窗户关上，我爸要是看见你，不敲破你的头才怪呢。

　　杨东东正要关窗户，她又问了一句你不掺点热水，不怕冷？杨东东拍了拍胸脯说，我在学校天天洗冷水澡，习惯了。

　　洗完澡，他下了碗面条简单吃了，然后就在等候刘村长来安排工作。一直等到十点钟，还不见刘村长的影子。他沉不住气，去了刘村长家，刘村长家的大门上了锁。他正要离开时，刘三光骑着摩托车过来。哎大秘书，早请示晚汇报坚持得不错。

　　杨东东瞪了他一眼。尽管他已经接受了刘光头的安排，但秘书的称呼仍然让他心里觉得很别扭。

　　刘三光告诉他，我叔一早就陪我婶去镇上了。今天镇上逢会，你不去看看？你没见过农村逢会吧？人山人海，周边村子里的美女都到了，保准你看得眼花缭乱。

　　杨东东摇摇头。他不想和刘三光多聊，就朝村里走。刘三光骑着摩托车在后边跟着他，到了路口，刘三光突然低声问他，杨秘书，你没开窗户吧？

　　杨东东没理刘三光。刘三光没趣地走了。杨东东下意识地回头看了一眼，见刘三光在村头追上了一个姑娘，再仔细一看是刘小芹。刘三光不知给刘小芹说了几句什么，刘小芹用手指了指他，他伸手去拉刘小芹，刘小芹一闪身子让他扑了个空，连人带车摔倒在地上。刘小芹哈哈大笑着一溜小跑下了坡。杨东东也高兴地笑了。

　　他想去找老支书杨进，一打听才知道杨进住在后山上。他回屋里换了双旅游鞋才向后山走去。从村子里到后山有二里地的路程，沿途除了路不好走，风光却让他有点着迷。左边的山坡上是果园，果树已经开花，红的、黄的、粉红的、金黄的花儿在阳光下竞相开放，笑逐颜开。随着一阵阵硬朗的山风，浓浓的花香直往人的心肺里钻。右边是梯田，一层，两层，三层……整整齐齐，让他想起一位名人的油画。

　　到了杨进家门前，他愣怔了好大会儿。一座小院落，围墙是用石块垒成。院子里有几十棵树，都长得高高大大，魁梧健壮，一排五间石墙的房子从树丛中闪现出来，其中两间房顶是红瓦，三间是"猴戴帽"，也就是上半截是瓦下截是草，他在农村实习时听当地农民这样介绍过。可以看出房子已上了年纪，少说是二十年前盖的，房顶的红瓦被雨水冲刷得变了本色。杨东东想，村支书家和村长家房子的反差太大了吧？

也是狗先叫，狗叫声一落是脚步声，院子里走出一个年约50岁的老妇人。杨东东想这位可能就是杨进的媳妇，于是喊了一声杨奶奶。老妇人扑哧笑出了声，你是找我爸的吧？我可不敢当你奶奶。我叫杨梅，是杨进的大女儿。

杨东东弄了个大红脸，不好意思地上前去握杨梅的手。心里却在想着，杨进今年60出头，他女儿最多40上下，怎么长得这么老成？再看看她身上的穿戴，和刘光头的女儿柯柯几乎就是一个天上一个地下。

杨梅没和他握手。她说我刚给我爸换过褥子还没来得及洗手，咱就不客气了。然后把杨东东让进院子里，搬了把凳子让他坐。你先坐着，我去把我爸弄出来。他屋子里的气味不好闻。

杨东东上前一步跟着杨梅进了屋。他说我来背老支书。杨梅想拦他，他已经跨进屋子里。屋子开了两扇窗户，阳光从窗户透射进来，满屋都是清新的阳光。正如杨梅所说的一样，就是空气有些混沌。杨进虽然躺在床上，但精气神并不差，红光满面，说话声音也很洪亮。他说你是小杨吧？我听说了，新来的大学生村官。欢迎欢迎！

杨梅把杨进抱到一把截了腿的椅子上，和杨东东一起把杨进搬到院子里。杨进好像不太适应外边强烈的光线，闭目一会儿才慢慢睁开，拉着杨东东的手，让他在自己旁边的凳子上落座。杨东东刚要坐，他又拍了一下他的屁股，用手擦了擦凳子上的浮土才让他坐下。他的动作虽然很不经意，却让杨东东心头涌过一阵暖流。

杨进说话开门见山。他先向杨东东介绍了民全的基本情况。一边介绍，一边用断了半截的筷子在地上画着图。介绍到民全的生产情况时，他说咱民全四个自然村，一半的土地在一条朝阳的山沟里，雨水多，阳光足，长出的水果好，就是卖不上价钱。遇上光景不好的年份还卖不出去，很多人家把烂苹果当饭吃。

杨东东问为什么不组织起来，搞成联合体？再整体包装一下，注册个品牌，增强市场的竞争力。你竞争力强了，群众的收入才会水涨船高。

杨梅说，都让刘光头个老王八羔子给弄砸了！

杨进瞪了女儿一眼，小杨是民全的村官，我和小杨在谈工作，你该忙啥忙啥去，这里没你插话的地方。

杨梅有点不高兴，转身进了锅屋，接着锅屋里传出锅碗的碰撞声，明显是杨梅在拿它们出气。杨进摆摆手说不理她，咱爷俩唠。他问杨东东见没见到刘主任？杨东东点点头。他没有把刘光头让他当村长秘书的事告诉杨进。杨进好像对他任什么职务、分管什么工作也没太大兴趣，还是给他讲民全的生产。他说，还有一半的土地在河边，就是你来咱村经过的那条沙河。那边靠水，地有劲。

杨东东说，土要是好，可以在调整种植结构上用点功夫。

杨进说，刘三光倒是成立了个农产品流通类的公司，在镇上办公。咱民全和周边几个村的水果、蔬菜、烟叶，包括粮食都是他运到外边去……

杨梅端着盆到猪圈倒刷锅水。农村养猪的人家，刷锅水是猪的好饮料。她听见了杨进的话，不高兴地说，爸您给杨村官也实事求是介绍。咱村和外村多少人反映他刘三光赚钱太黑，尽阙老百姓。他的收购价格比镇上任何一家给得都低。

这回杨进没说话。

杨梅说，就说他收苹果吧，先不说好价格，收了放在仓库里，这一家那一家都写好名字，然后等，等到苹果大面积下来了，他才跟你谈价格。那时候价格已经下来。其实呢，他在苹果还没下来就和大城市的水果商签订了合同，就等着压自己父老乡亲的价，赚自己父老乡亲的钱。

杨进说，人家说了，那是搞市场经济！

杨梅呸了一声。爸您就替刘光头他爷俩打圆场吧。您知道村里有人背后怎么损您吗？她可能看见了杨进的神情变化，赶忙打住话头，转身又进了锅屋。杨东东坐在杨进旁边，杨进的神情变化他看得清清楚楚。杨进听了杨梅的话，脸上的笑容瞬间即逝，眉头也皱紧了，黯淡的目光望着远处的山顶，好大会儿也没说话。杨东东一时不知对杨进说什么，沉默不语地坐着。听见有人来了，他的脸上才恢复了平静。

来者是一位和杨进年纪相仿的老汉。他本来个子很高，但由于驼背显得矮了。他双手倒背着，身后横着一根棍子。杨东东想这里的村民怎么都喜欢拿棍子，是防身呢还是探路呢？那个老汉看见杨东东，一边转身朝外走，一边说你们家有客人，我下地转一圈再来。

杨进说，平安兄弟你别走。这不是客人，是咱民全人。

那个老汉转过身，看了杨东东一会儿，满眼都是惊讶，是咱民全人，我怎么没见过，水（谁）家的小子？

杨进笑了，我还能阚你，真是民全百姓的小子。他叫杨东东，大学生村官。

那个老汉似信非信，一边往回走一边端详着杨东东。杨东东在他进门时就已经站了起来，把凳子让给了他。杨梅又搬了一只凳子出来，放在杨东东脚下。那个老汉坐下后，挨着杨进的耳朵问，是不是要换刘光头？杨进拉着他的手，说，这话可不能瞎说，传出去不好。大学生村官是来帮助咱致富的，不是替换村主任。那个老汉听了有些失望，又看了杨东东一眼，直言不讳地问：小伙子你真有本事让我们致富？

杨东东不好意思地笑了，大爷，我得向你们学本事。

那个老汉摆了摆手，转头又去和杨进说话。他告诉杨进，刘光头叔侄俩跟催命鬼样，天天号叫种烟叶。刘秃头在镇上的会上拍了胸脯，说民全今年要种八百亩。他问杨进知不知道？

杨梅此刻已经坐在院子里洗衣服。她接上说，我爸在刘光头眼里就是聋子耳朵——摆设。他需要我爸帮他说话才来找我爸，整个拿我爸当枪使。

杨进生气了，脱下鞋子朝杨梅扔过去。鞋子落在洗衣盆里，溅了杨梅一脸一身洗衣粉沫。杨梅气得哭着跑屋里去了。那个刚来的老汉不乐意了，忽地一下站起来，用手中的棍子指着杨进，你老杨哥也太不对了。闺女的话说含糊了吗？没有。你想听听咱那帮老哥们儿骂你的话吗？好，我说给你听！轻点的，说你大病缠身，行动不便，想管村里的事可无能为力；重点的，骂你让刘光头叔侄堵院子里骂两回骂怕了；还有的说你知道刘光头上边有人，你为了拿当村干部的那点补贴和补助，向刘光头低头……

哪个不吃人粮食的人说的，就不怕断了舌头根？杨梅从屋里风风火火跑出来，两手抪着腰，跺着脚大骂，说，我爸身子动不了，脑子比他们强。说我爸不管事，那是我爸的错吗？你们刘家是民全的大户，刘光头爷俩想做啥子事，和你们刘家的人先商量好，到村民会上走走过场就过了，让我爸怎么说？刘光头天天喊着叫着现在是村民自治，支部书记不能一手遮天你们听不见。你家小芹妹妹那天见我还替我爸喊冤呢！人叫平安叔你二聋子，我看，我看你真聋了！

杨东东这下子明白了，刚才来的老汉是刘小芹的父亲。他不明白的是为什么叫他二聋子。昨天晚上在刘村长家，刘村长的女儿柯柯称她家的狗也是二聋子，难道……？

刘平安的脸涨得通红。他不停地用棍捣着地，好像在发泄心中的不满。杨进几次想阻止女儿，站又站不起来，手里也没了可扔的东西，只好用手指着杨梅。杨梅好像一肚子怨气没处发泄，接着说，刘光头刘三光经常偷着在西边岗上砍伐树，要不是我爸阻拦，又给县上和镇上反映，上边派人来查，西边岗上现在早变成秃顶了。她说完了，又回了屋里。不过她这次没有关门。杨东东觉得自己该说点什么，想了想，说，杨书记、刘大爷你们也别着急。在农村党支部是领导核心，村民自治也得在党的领导下。他刘主任说别人不能一手遮天，那他也不能一手遮天。村民自治不是村主任自治。老百姓拥护的还是真正代表他们利益的。

杨进听了杨东东的话，拍了拍他的手，好，好，小杨你说得好。

刘平安的眼珠子滚动几下，一边起身向外走一边念叨，阙，就阙吧！

杨东东等刘平安的步履蹒跚的身影消失在门外，好奇地问，他老说阙字是啥意思？

杨进笑笑没回答，杨梅在屋里说，阙就是骗人。

杨东东的脸刷地一下红了。他想，我怎么骗人了呢？

杨进拍了拍杨东东的手，意思是让他不要介意。接着，他又向杨东东谈了村里党员和党组织的基本情况。年轻力壮的党员大多数外出打工去了，剩下的党员年龄都大了，有的身体不好，有的不想多揽事，像刘平安这样还忧村忧民的不多。他自始至终没提村主任刘光头叔侄一个字，这让杨东东感到奇怪，同时也对杨进油然而生一种崇敬。

离开杨进家，他一边走一边想着刘平安对杨进说的种烟叶的事，觉得这里边一定有文章。

该不是阙吧？他想。

四

从杨进家出来，杨东东到西山岗去了一趟，看见有农民在给苹果树施肥，他主动上前帮忙，借这个机会和他们聊天，了解民全的情况。可是，一谈到村务，那些人不是回避，就是说刚从外地打工回来。这让杨东东有些失望，心想，这地方穷也不怪，人的思想观念太保守、太落后。

下午，他又在村里转了转，临傍黑，刘光头派人把他找了去，张口就问他：你到底是纪委派来的还是组织部门派来的？

刘光头的话让杨东东感到莫名其妙。他想起上楼时碰见柯柯，柯柯好像不认识他，他给她打招呼，她哼了一声把头扭到一边。他上了楼，刘光头连寒暄也没有，开门见山就扔给他这样一句话？他愣了神，问刘村长您这话从何说起？

刘光头斜着身子坐在沙发上，左腿高高地绷在沙发扶手上，用右手搓着脚指间，显然是在搓脚气，沙发布上已落了一层白色的末儿，左手却夹着烟，换脚的同时夹烟的手也换了。杨东东觉得有点恶心，又不敢转脸。别人说话时，你最好看着人家，这是对人家的基本尊敬。他懂这些礼节。

刘光头说，年轻人你别阙我。我问你今天一天你都干了啥？

杨东东实事求是地说，我刚来想搞搞调查研究、摸摸底。

刘光头冷冷一笑，我不是任命你做我的秘书了吗？这个这个秘书嘛，就是秘……你懂不懂啥叫秘书？给领导写讲话稿、拿公文包、端茶扫地、开车门……

杨东东忍不住了，我是……

刘光头打断他的话，说，我知道你来当村官。秘书就是官嘛！咱乡书记过去就是县委书记的秘书，咱县长过去就是市委书记的秘书。你当我的秘书，以后……他找不到合适的词了，又用搓过脚气的手去挠头皮。挠罢，把手放在嘴边吹了吹，一片白色的粉状的末飘散着落下来，分不清是脚上的东西还是头上的东西。他说，你就是真要搞调查研究，也得经过我这个领导同意，到我安排的人家去。可是我听群众向我反映，你去的都是和我，不，不，是和民全村委会作对，还有经常告村委会黑状的"专业户"。他见杨东东不解，向刘三光努了努嘴。刘三光一下子蹦到杨东东面前，用夹着烟头的手指着杨东东的额头，说，你小子太不识趣。杨进家你去了吧？那是个光能吃不能动的废人，一天到晚坐在他家当院子里琢磨怎么给我叔戴帽子。你在那还见了刘二聋子，那是个专门和我叔作对……

刘光头打断刘三光的话，他不是和你叔作对，是和民全村委会作对，说严重了是和民全村老百姓作对！

刘三光冲刘光头点点头，又指了指杨东东，你还去了另外几户人家，那几户都是和杨进、刘二聋子拧在一块儿的人。你说找他们是调查研究，还不如直接说是调查我叔。

杨东东急了，拨开刘三光的手，反过来指着刘三光，理直气壮地说，我没调查哪个人！我没那个权利，也没那个职责。我既然来民全当村官，就有搞调查研究的权力，谁也不能限制和剥夺我的权力。

刘三光眼珠了翻了几下，一脸惊讶的表情，你，你小子刚来就想造反夺权？

杨东东严厉地瞪了他一眼。他本来还想训斥刘三光几句，你刘三光算什么东西，凭什么对我吆五喝六？想想有点多余，就没有理会他。刘光头显然被杨东东的气势给惊呆了，好大会儿没说出话。杨东东也不想再待下去，说，刘村长你要没事，我就先回去了！说完头也不回地下了楼。

柯柯正在一楼大厅里看电视，见他下楼，嘲讽地说，你还挺威风，这几年敢在我爸面前大声说话的你还是头一个。

杨东东没理她。出了刘光头家的大门，他直奔村外走去。他想，我是大学生村官，搞点调查研究都要受气，以后工作怎么做？去镇子上问问韩委员，让他评评理。杨东东边走边想，走了半里地又折回头。人们常说回头路难走。杨东东往回走时，两腿好像被一根松紧绳扯着，迈出一步都要使出比平时大的劲。你小子刚来一天，遇到点困难就退却，领导怎么看你？回到家又怎么向爸爸妈妈交代？弄不好你会成为一个反面典型……也许他不折回头就不会碰上刘小芹，后来也不会让刘光头拿这说事。

他快到村头时，刘小芹气喘吁吁一路小跑赶上了他。一开始他也不知是刘小芹，刘小芹也没认他。等到刘小芹从他面前跑过，他从背影认出是刘小芹。他喊她的名字，她站住了，你，你怎么会在这儿？他说我在田野上走走，呼吸呼吸新鲜空气，欣赏一下山村的夜色。刘小芹掏出手绢擦了擦脸上的汗，又习惯地撩起衣襟想擦身上的汗，突然又不好意思了。杨东东开玩笑说是不是后边有人追你，你那么急忙？刘小芹说有人追我倒不怕。我是怕有人偷。

杨东东乐了，你那么大个人，谁能把你偷了去？又不是小玩意儿偷了能掖能藏。

刘小芹长长地叹了口气，低着头朝前走了。杨东东紧走几步，几乎和她肩并肩，她又加快了步子，和他拉开了一步的距离。这样走了几十米，她突然站住了，弄得杨东东措手不及，差点撞到她身上。刘小芹问杨东东村里是不是开会了。杨东东实事求是地说不知道。刘小芹惊奇了，你怎么会不知道？你不是村官吗，刘光头的村长秘书吗？他班子开会能不通知你参加？

杨东东想说没骗你，到嘴边又改了口，说，阙你是孙子。

刘小芹嘿嘿笑了，说，你这方言学得倒挺快，到底是大学生，脑子好使。

杨东东说，我一天都在村里搞调查研究。不信你回家问问你爸，我在杨支书家见到他了。说完他问刘小芹出了什么事？刘小芹开始不答。他觉察出刘小芹不信任自己，心里有点不高兴，也没再问她。两人都沉默了，就像互不相识的陌生人，只是巧合了走在一条路上。就在离村口还有几十米远的时候，一道雪白的亮光突然向他俩射过来。杨东东明白那是摩托车灯光，但不知道开灯照他俩的人是谁，就呵斥了一声，干什么，讲点文明好不好。刘小芹却猜到了那个人，突然出其不意地从衣袋里掏出一个纸包，朝灯光亮的前方扔过去，边骂：刘三光你个绝户头，早晚不得好死。

杨东东一愣，怎么会是刘三光？他看见刘小芹扔出去的纸包散开后，飞扬的是一片白色雾状的东西。

果然就是刘三光。他拍着巴掌，一边迎着杨东东和刘小芹，一边嘲讽地说，我叔就是伟大。看看果真让我叔猜中了吧？杨村长秘书来民全一是镀金二是搞小妮。我怎么就没想起把数码相机带在身上，好给你们拍张照片。

杨东东气愤地说，你刘三光别血口喷人，我是刚刚迎到她。

刘三光已经走到离他只有二三步的距离，嘴里喷出的酒气熏得他皱了皱眉头。刘三光说，贼不打三年自招，这话好像对你杨村长秘书说的。你说你迎她，你为啥迎她？

刘小芹显然不想和刘三光纠缠，转身从路边的田埂上绕过了他。刘三光也没追她，故意用身子挡着杨东东，说，姓杨的你给我听好了，刘小芹是我的女人，你千千万万、万万千千不要打她的主意。不然的话，别看你是站着进的民全，到时会躺着出去。

他的这话激怒了杨东东。杨东东冲他挥了挥拳头，气愤地说，我就不信刘小芹那样的好姑娘会看上你这样的人。你越是不让我接近她，我还就偏偏接近她，我看你敢把我放倒了抬出民全！

刘三光一下子张口结舌。他冲地上一块小石头狠狠踢了一脚。小石头被踢飞了，他自己的脚指头也被小石头撞疼了，一手抱着脚哎哟哎哟叫，一只脚在地上跳着独舞。杨东东感到很解气，哈哈大笑。他正要从刘三光身边过去，刘三光一把拉住了他，哎，我告诉你杨村长秘书，刘小芹可不是你说的好姑娘。她在镇子上的美容美发店当洗头妹，三陪小姐！

杨东东感觉好像一只苍蝇飞落嘴里，又无所阻挡地钻进肚子里，让他想呕吐。不过，他没在刘三光面前表现出自己感情的变化。

回到住处，杨东东急忙打开手提电脑，想上网与同学聊聊当村官第一天的感受。电脑打开了，才想起这民全村没有开通上网。他怏怏不乐地关上电脑，仰面躺在床上。他听见后窗外刘小芹家院子里有人说话，于是屏气凝神地听起来。

小芹妹子，你真看见咱几家的地边撒了白灰？

一点没错。你看看我还特意抓了一把白灰。稍停一会儿，她唏了一声，坏了，刚才在村口碰上刘三光，我想砸他，把那包白灰给扔了！

杨东东这才明白刚在村口刘小芹扔出的白色雾状的东西是白灰。

刘小芹的爸爸刘平安问，刘三光又上村头迎你了？我今儿个有点累，没去接你，这小鬼头钻了空子。

刘小芹说，爸您别为我担心，有好人帮我。

好人？咱民全有几个敢和刘光头刘三光作对的好人？这是一位妇女的声音。杨东东猜想刘小芹家院子里最少有四五个人，而且不光她一家人。他好奇地悄悄走到窗户前向刘小芹家院子里看了一眼。果然，院子里有七八个人，有蹲着的有坐着的也有站着的。其中一个手里拄着棍子站着的男人，杨东东觉得在哪儿见过，一时又想不起来。那个男人说，看这架势刘光头要对咱动硬的。咱咋办，跟他干到底。我今晚就在地里搭个窝棚睡在那……他的话没说完，坐在小凳子上的一个妇女猛地站起来，推了他一下。刘福你就不怕刘三光那个缺心眼的趁你睡得跟死猪时把你用席子卷了扔沟里？你要有三长两短，我们娘几个咋过？

那个叫刘福的男人双手挥着棍，朝地上狠狠地砸了一下。

刘平安等几个人静下来以后，慢条斯理地说，这事，我还得找杨支书反映反映。

刘福的媳妇说，找他反映顶个屁用？他又得说我了解了解。他爬都爬不到咱地里，向谁了解去？就是了解了，他又能拿刘光头怎么样？

刘福也说，找杨进真不顶用。咱村党支部三个支委，一个让刘光头安排在县城带小工，还给他说党员干部要带百姓致富。一个就因为苹果收购价格与刘三光争吵几句，让刘三光拿着三个筒子的猎枪赶跑了，半年多没回来。老支书想开支委会都开不起来。

院子里重又沉寂了。杨东东模糊听见有两个人在叹息。他忽然感到胸口有些发闷。一个贫穷落后的山村，竟然如此复杂。怪只能怪自己信息不对称，没有事前弄清民全的村情。知己知彼百战不殆，自己既不知己又不知彼，往后要在这儿工作多则几年少则一年，会不会碰得头破血流？不过，他马上又想起杨进对他说过的话，民全村有一千多村民，有不信邪的传统，只要你掏心窝子对他们，他们恨不得撕开胸膛回报你。无论如何得往下走着看。

院子里的人又开始议论了。刘福的媳妇说，咱村来新干部了，是驻村干部，上边派来的。他不能一屁股坐刘光头那边吧？咱找他说说去。

刘小芹嘘了一声，好像示意他就在屋子里。刘福没理会，不屑一顾地哼了一声，说，我见到了，一毛头小伙子，嘴上没毛办事不牢，他更不敢当刘光头的家。

杨东东明白刘福在说他。他不服气地想，你凭什么说我办事不牢？我不能当刘光头的家，他刘光头就能当我的家了？

刘平安突然大声咳嗽起来。杨东东听见他的咳嗽声还没落地，门前响起一阵急促的脚步声。他赶忙打开门朝外看，黑沉沉的村街上只有脚步声远去的声音。他马上明白了，有人在刘小芹家院子外偷听，刘平安觉察了，故意咳嗽把偷听的人吓跑了。他不由对刘平安生出几分敬佩。转念又迷糊了，这个刘平安耳朵很灵，怎么刘光头和村里人称他二聋子呢？

刘小芹家的大门响了，先是开门声响，接着是关门声响，再下来是由近及远的脚步声，引得附近一个人家的狗叫了。一只狗一叫，竟然比任何疾病传播得都快，村里的狗竟然你追我赶地都叫起来，有汪汪汪的嚎叫，有嗷嗷嗷的猛叫，有嗯嗯嗯的滥竽充数……山村的寂静瞬间被击碎。杨东东还没来得及想，村街上有个粗大的嗓门响了：开黑会的人你们听清楚了，别以为你们偷鸡摸狗、人不知鬼不觉。刘村长早就心知肚明，英明武断，你们那针眼大点的熊心眼，斗不过我们！我二叔让我警告你们，水（谁）给村委会捣蛋就是给镇政府捣蛋，给镇政府捣蛋就是给县政府捣蛋，给县政府捣蛋就是给中央捣蛋……

杨东东实在听不下去，想，这都什么理论什么逻辑？他一下来了精神，打开手提电脑，一气写了两千多字的感想。写到最后，他又犯了难，因为他无法给自己对刘光头的印象下结论。也许，这都是刘三光的主意呢？

五

一连七八天过去了，刘光头没给杨东东安排工作，杨东东几乎跑遍了民全的所有人家和地块。他隐约感到，民全村好像要有什么事情发生。

这天，他睡到七点多才醒来，下了床向窗户上扫了一眼，发现窗户外边的玻璃上贴着一张十六开的纸。他犹豫了一下，过去揭了下来。

这是一封打印的信。信上说的就是刘小芹家院子里那些人议论的内容：村委会主任和他侄子串通一气，逼着村民把地里的小麦和其他农作物填埋改种烟叶，而且不给一分钱的补偿。村委会主任美其名曰开村民大会，却只叫了平时和他走得近的十几户村民，就这十几户村民里还有一半不同意改种烟叶。但是，村委会刘主任硬是说村民大会讨论通过了，这是强奸民意。刘主任让刘三光放出话，谁不听村委会的就是不听镇政府的，不听镇政府的就是不听党的，就要取消低保和农业方面的补贴。信的最后呼吁上级领导派人调查处理，号召村民抵制村委会主任的行为，保护村民的正当权益和利益……杨东东读完，感到一股热血直往胸口涌，仿佛天降大任到了自己肩头，拿着信就要向外走。

他正要关窗户时，看见窗户台上放着一只白瓷碗，里边装着半碗炒熟了的豆子。他想，也许是刘小芹家早上喂鸡，放在窗户台上忘记拿了吧！

到了门口，他忽然又站住了。他想，如果拿着信去找杨进杨支书，等于是去告刘主任，再说杨支书问起信的来由，自己也说不清楚。他如果拿着信去找刘主任，那无疑是给他通风报信。刘主任要知道他是从和刘小芹家挨着的窗户玻璃窗上揭下的信，第一个怀疑写信的对象就是刘小芹，那他就是害了刘小芹。可是信放在自己手里，自己又无权处理。他回到屋里，捧着信，对着墙上一排伟人像作了作揖，默默念叨：赐给我力量吧，赐给我力量吧！

门忽然开了，柯柯出现在门前。她穿着一件红色风衣，脖子上系了条白色纱巾，显得青春靓丽，英姿焕发。杨东东明显感到自己的心怦然一动，下身的部位也有点蠕动。他为了掩饰自己的情绪，同时不让柯柯看见那封信，赶忙转过身装作找东西。他把信掖到被子下边，又让情绪稳定下来，才摆出一副欢迎的架势。柯柯你怎么来了？

柯柯反问我怎么就不能来？你这不就民全村支部的办公室吗，你以为是中南海？说罢，咯咯笑了。她的笑声很响亮，一窗之隔的刘小芹家里人听得非常清楚。不知是谁故意把门撞得咣当咣当响了两下。杨东东见柯柯听到后脸上的笑容瞬间即逝，怕她发脾气，忙搬了把凳子让她坐。她人倚着门框，说我是来请你的。

杨东东问，请我去哪里？

柯柯说，你锁好门跟我走，别那么多废话行不？！

杨东东只好依着她。柯柯一转身，嚓嚓两声响，她的风衣被门上的钉子剐破了条大口子。杨东东赶忙说这钉子真该死。说着就要找工具拔钉子。柯柯不以为然，说旧的不去新的不来，这件风衣我已经穿过两年，正准备换新的。这不给我爸妈有理说了吗。杨东东说你在我门上剐破的我给你赔！柯柯觉悟地看了他一眼，说话算话。我这件风衣可两千多。杨东东倒吸了一口凉气。

出门一看，门口停着一辆红色摩托车，他奇怪了，柯柯你要请我去哪？柯柯已经翻身上了车，一边发动一边说你这人真啰唆，到你上班的地方去！杨东东说这就是我的卧室兼办公室啊！柯柯说你得了吧。你是我爸的秘书，我爸在哪上班你得跟着。这句话又让杨东东老大不高兴，可是又没反驳她的理由，就讥讽她说就这三两步地你还骑车？柯柯一踩油门，车子箭一般冲出几米远。她说我喜欢感觉。感觉，你懂吗？

到了刘光头家门前，柯柯才告诉杨东东，今天是二月二，是个节，我爸让你到我家吃饭。又说，你看我爸对你好吧。

杨东东忽然明白了，那个放在他窗户台上白碗里的炒豆子是糖豆，这一带人包括他家所在的县城里的人在旧历二月二那天必吃的食物。他心里直后悔，怎么就把这日子给忘了呢？日子忘了不打紧，屈了放糖豆的人的一片好心却不应该。

小杨，这几晚睡得怎样？肯定不习惯吧？我给他们下了死命令，在小学校那边给你腾出一间教室，咱村小是去年上级拨款新建的房子，再装修装修，住了保准舒服。刘光头一见杨东东就紧紧握着他的手，说了一大堆好像情真意切的话。还有我那个不争气的侄子三光，让我骂了，还让我盖了一鞋底。我说人家小杨是大学生村官，不算公务员也算村班子成员，你得敬重人家。三光知道错了，说从镇里回来晚上请你喝酒，正式给你接风……

杨东东耐心等刘光头说完，诚恳地说我现在住得就很好，睡得踏实。我不能住小学校，你千万不要让村小给我腾房子。

刘光头一瞪眼，咋地，你怕校长老师不同意？水（谁）不同意我让他滚蛋！在民全地盘上老子说了算。也许他看出杨东东对他的态度和话不满，马上又笑了，挠着头皮说这事再说，再说。

柯柯端来了饭菜。刘光头的媳妇也拿着碗筷跟着过来了。她对刘光头，也是对杨东东说，咱家柯柯长这么大是第一次进锅屋帮我盛饭盛菜。

柯柯看了看杨东东，又白了她妈一眼，妈，教你八百遍了，那叫厨房。什么锅屋锅屋的，东东听不懂。

杨东东心里咯噔一下。柯柯的称呼太亲切，让他一时不适应。

上桌的饭菜分成两种，就是米粥也分两样，一样是纯大米，一样是大米里放了红皮山芋。柯柯见杨东东好奇地看，指着纯大米粥说这是我爸吃的。他说吃了大半辈子山芋，隔着肚皮还能看见山芋皮，不愿吃山芋了。可我就喜欢大米粥里放山芋。我在你们省城上学知道，山芋在城里很受欢迎呢！

刘光头说我这肚子怕山芋，吃一小块，一天之中屁响个不停。去年有一次在县里开会，早上吃饭时咱邻村的村长在我碗里放了块手指头粗的山芋，说是什么铁棍山药，能治百病。我就吃了那么一小块，结果开会时腔门子怎么也关不紧，砰砰地响……

气氛一下子活跃了。杨东东高高兴兴地陪着刘光头一家吃了顿早饭。

饭后，刘光头没等杨东东问就主动提出带他到村里和地里走走。小杨，虽然我是村长你是秘书，咱爷们儿也算是一个班子的。我带你遛遛。他嘴里含着一根用鱼刺制成的牙签，脚上穿着一双布鞋，不知是故意还是无意，鞋跟没提起来，把布鞋当成拖鞋穿。出门时，柯柯在大黄狗头上拴了个套，把绳子给了刘光头。刘光头并不用手牵，而是把绳子拴在腰带上。他拍了拍大黄狗的头，二聋子带爷爷去东坡头。大黄狗好像很得意，摇头摆尾地在前边走了。

出了村子向东是爬坡路，有几处很陡，大黄狗走在前边，用力地拉着绳子，刘光头上坡时就省了好些力气。杨东东想这位村主任还挺会享受。

过第二个下坡时，有一辆自行车追上了他们。本来自行车顺坡而下速度较快，骑自行车的男人从杨东东和刘光头身边已经擦肩而过。刘光头突然大喊一声，刘福你见我敢不下车！刘福这才赶忙刹车。他的自行车是辆旧车，刹车不灵，加上又是下坡速度快，他伸出右脚帮忙刹车，车轮和鞋底摩擦着发出一阵撕裂般的响声。杨东东第一次看见这种手脚并用的刹车法，既觉得刺激又觉得好笑。他见自行车摇摇晃晃要倒，赶忙跑了两步，上前拉住了车后座。

刘福停下车，站在路边等着刘光头。他说，我这破车除了铃不响，到处都响。

杨东东听他的声音有些熟悉，又见他车上绑着根棍子，才想起他就是自己第一天来民全迷路时遇上的收了他五元钱的男人。刘福显然也认出了他，冲他不好意思地笑笑。刘光头很敏感，看看杨东东，又看看刘福，唏，你俩认识？

杨东东摇摇头说，不认识。

刘光头把鱼刺牙签从嘴上拿下来，又用它去掏耳朵。他的这个动作让杨东东有些反感，脱口而出地说，刘主任你这样不卫生。刘光头嘿嘿一笑，不干不净吃了没病，你往后慢慢地也会不讲究这些了。

刘光头问刘福去哪里？刘福回答说去镇上买点化肥，小麦得上肥了。它也和人一样，吃不饱不长，吃不好长得慢。

刘光头好像很惊奇，哼了一哼，说，你那小麦还没铲啊？是不是非得我替你帮忙。话说好了，我找人帮忙可以，你得管吃管喝还要给工钱。

杨东东明白重头戏就要开始了，目不转睛地看着刘福。刘福眼睛里先是有火苗般的光点跳了一下，接着变成了乞求。他说，四叔你不能让我不好做人。我家的地和二聋子大爷、三大爷、张大滨他们几家的地挨着。他们不种烟叶，我也没法儿种。小麦施肥会影响烟叶。你没法统一管理对不？

刘光头也是目不斜视地盯着刘福。刘福说话的时候，他已经不动声色地把拴狗的绳子从腰带上解下来拎在了手里。杨东东开始没注意，看着刘福的目光在刘光头手上跳来跳去，眼神有些慌乱，这才顺着他的视线看了一眼。他心里暗想，这只黄狗可能是刘光头的打手。果然，刘光头松了松手中的绳子，大黄狗朝刘福走近了些，还冲他汪汪叫了两声。刘福绕到自行车的另一边，让自行车成为一道屏障。

刘光头有点不耐烦了，刘福你小子别阙我！你一撅屁股，我就知道你想屙屎还是放屁。你那个村民小组你是组长吧？

刘福说，过去是，年前说选新的还没选。

刘光头说，你废什么话？没换那还是你。你带个头，今天别去镇上了，把麦苗铲了。我警告你，你那个组已经几次不听招呼。你得小心点了。说完，他又把牙签含到嘴里，不等刘福表态又往坡下走。杨东东回头看了一眼，刘福已经坐在地上，双手抱着头，一副痛苦不堪的样子。他觉得这是个好时机，就问刘光头，种烟叶种小麦有什么区别？为什么有的村民愿意有的不愿意。

刘光头说，我这都是为民造福。咱这一片的地适合种烟，过去多少年都种不说，种烟的收入也比种小麦高得多。爷们儿你是大学生，我粗略给你算算你就清楚了。这一亩地如果种小麦，收入也就四五百块，多了能过五百，收完小麦你再种玉米，一亩又能收个几百块。两季加起来，满打满算也不到一千块。种烟叶呢，好赖一亩地也能收入两千多块，刨去了上化肥、农药等杂七杂八，一亩地能净赚一千七八到两千。算算种哪个合适？

杨东东被刘光头这一番话说得直点头。他说，这账很清楚嘛。你给村民算算，他们不就明白了。

刘光头从他的话中好像听出了什么，抬头看了他一眼。不过他没有追问他听到了什么反映，而是痛苦地摇摇头。爷们儿，这农村工作难呢！

杨东东说，这有什么难的。现在不是搞村务公开吗？咱们把你刚才说的比较数字朝公开栏上一贴，跟着再做做宣传。村民们明白了，事情就成了。

刘光头看了他一会儿，拍了拍他的肩膀，到底是大学生，有思路。这样吧，公开栏、宣传、动员这些事都交给爷们儿你。咱现在就回去，说干就干！

杨东东高兴得就差没跳起来。他既为自己的建议受到村主任的赞扬扬扬得意，又为自己能展示一下才华而信心倍增。他说，村长你放心，你造福百姓的目标一定会实现。

刘光头的眼里闪过一丝不易察觉的微笑。

杨东东回到村里就忙活开了。从上午十点一直干到下午三点，中午就着白开水啃了个馒头。他写好了村务公开栏的文章，又誊抄在两张红纸上。村委会里笔墨纸砚都没有，是刘光头专门打电话让刘三光安排人从镇上送来的。他还从堆积如山的杂物里翻出两条红布横幅。那两条横幅上还残留着最后一次公开露面的标语，由于是用面打的糨糊粘贴上的，被老鼠啃了一个个洞。没办法，也只好凑合着用。这两条横幅一条挂在村口醒目处，一条挂在村街中间。挂横幅时他想找个帮手，第一个想到刘小芹。一是他和刘小芹认识了，二是他想先给刘小芹说说种烟叶的好处。他故意打开窗户，窗户台上那个盛糖豆的碗已经不见了，不知谁家的小狗什么时候爬到窗台上拉了一摊屎。他看了直想吐。等了一会儿，刘小芹家里没动静，他想刘小芹可能去镇上上班了。没办法，他只好去找柯柯。柯柯很高兴，要骑着摩托车带他。他说不用，就几步路你张扬啥。柯柯说你不懂，这摩托车一会儿就能派上用场。果然，挂横幅的时候，柯柯让他站在摩托车上，说这样能够得高一些。他说，柯柯你真聪明。冲你这聪明劲你爸当初该让你学中文。柯柯说，中文学得再好，出国能派多大用场？杨东东这才明白，柯柯原来是在家等着出国留学通知。

在村街上挂第二条横幅时，他刚爬到摩托车上，柯柯的手机来了电话。柯柯接电话很兴奋，忘了帮他看着，他下来时一脚踩了个空，摔在地上。刘平安正巧经过，用棍指着他，一语双关地说，年轻人别蹦得太高，蹦得高摔得重，身子是你爹娘给的，是自己的，摔坏了可没人赔。你爹娘还指望你养老呢。

他说，谢谢您了刘大爷。这种活我没干过，不熟练。

刘平安看着在一旁活蹦乱跳接电话的柯柯，摇摇头，说，你不熟练不要紧，可别跟着一瓶子不满半瓶子咣当的人学。他看了一眼横幅，又问，你这上边的词是吃柳条屙筐——编出来的吧？

横幅上的词的确是杨东东编的，而且是他非常满意、非常自豪的词。一共十六个字，押韵合辙，朗朗上口：

要想富，找准路；种烟叶，高收入；建小康，奔幸福。

他不明白刘平安对横幅上的词有什么意见，诚恳地对他说，您老人家指正。

刘平安眯缝着眼上上下下打量了他一会儿，说，阙，阙吧，阙吧，转过身慢慢腾腾地走了。杨东东的心里很不是滋味，一直看着刘平安驼背的身影消失在一条小巷里。这时，柯柯也打完电话了。她显然刚才背着身子打电话，没看见刘平安。她问你刚才好像给我说啥子来？杨东东摇摇头。柯柯仰着看了一遍横幅，嘴里念着横幅上的词，眉飞色舞地拍着巴掌，好，好，杨秘书你还有写诗的天赋呢。我给你拍张照片，发到网上。说着就掏出手机，对着横幅要拍照。杨东东赶忙用身子挡住了她。别，别闹笑话。再说，种烟叶到底怎么样还没见效果。

柯柯一愣，怎么你杨秘书也反对种烟叶？

杨东东紧张地摆着手。还没等他回答，柯柯生气地嚷道，我想起来了，你住的地方和刘小芹家一墙之隔。三光说从窗户就能跳她家去。你是不是和那个洗头妹……

杨东东没等她说完，火了。请你尊重我好不好。刘三光是个什么东西，你要和他想一样说一样，那你把自己放在什么位置上了？

柯柯骑上摩托车扬长而去。

六

杨东东没想到刘小芹也生他的气了。

他住的屋子里没有下水道，每天都得隔着窗户，向刘小芹家借一桶水。尽管他节约着用，到了晚上桶也会见底。回到屋子里，他想烧水喝，打开窗户朝刘小芹家院子里看，巴望着刘小芹家有个人出来再给他打桶水。过了十多分钟，刘小芹家没有丝毫动静。就在他失望地准备关窗户时，一个十一二岁的男孩子从外边进了刘小芹家的院子。那个男孩子虎头虎脑，长得很敦实。杨东东从他的面相看，他长得有点像刘福，心里琢磨着是不是刘福家的孩子。这时那个男孩也看见了他，瞪了他一眼，你干吗呢？想偷我二爷爷家的东西？说着放下书包，拿起靠在树上的一把三个腿的铁叉子，虎视眈眈地看着杨东东。杨东东和蔼地笑了笑，小朋友，你叫什么名字？

那个男孩听杨东东说一口普通话，好像放心了，把铁叉子重又靠在树上，问：你就是那个刚来的大学生村官吧？我知道你。

杨东东问，你怎么知道的我啊？

那个男孩子噘起嘴，朝杨东东翻了翻白眼珠，说，哼，我们同学都知道你。

杨东东马上明白他话中的意思，刚想解释，那男孩子又往下说，你把俺们校长的宿舍给霸占了，害得校长回家住，每天来回多跑十里地。我们同学都骂你。

杨东东哭笑不得。他说，这事与我没关系。我在这里住得好好的，干吗要霸占你们校长的房子。

那男孩子似信非信，一边看着他一边大着胆子走到窗户前，伸头朝里看了一眼，突然转身就跑，抱住院子里的树，浑身颤抖。杨东东不知发生了什么事情，回头看了一眼，惊得目瞪口呆。原来柯柯牵着大黄狗来了，大黄狗悄无声息地将两只前腿趴在他的肩膀上。他浑身颤抖，问：你，你要干什么？

你是问我呢，还是问二聋子？柯柯一副玩世不恭的样子，倒背着双手在屋子里迈着碎步。

你先让二聋子滚开！杨东东着急了，大吼一声，声音变得又尖又细，连他都不相信是从自己嗓子里发出来的。

水（谁）在叫？院子里一个嘶哑的声音问道。杨东东听出是刘小芹的爸爸刘平安，暗想这下子惹麻烦了。没有人愿意别人叫其不雅的外号，尤其是带有贬低或者污辱性的外号。你一个外来的、一个晚辈，这样大呼小叫不是明显不尊重他？柯柯却得意地放声大笑，笑罢冲大黄狗吹了声口哨。大黄狗这才从杨东东身上下来，摇着尾巴溜到柯柯身后去了。杨东东瞪了柯柯一眼，问：有什么事？柯柯严肃地板起面孔，说，没出我所料，你又趴窗户往后看了吧，是不是在给那个洗头妹发暗号？

杨东东说，我听不明白你在说什么。

柯柯给刘三光打了个电话，让他马上过来一趟。然后，她抱着大黄狗趴在窗台上，对着刘小芹家院子连喊几句二聋子。她每喊一句，大黄狗就叫一声，仿佛是在应答。她得意忘形地咯咯咯笑。杨东东想制止她，又找不到合适的理由。突然，大黄狗嗷嗷尖叫两声，像射出的箭，飞一般从杨东东屋里蹿了出去，撞到刚要进门的刘三光身上。刘三光一个趔趄往后退了两步，进了屋气势汹汹地问，谁打了二聋子，我看它的眼睛红肿？柯柯说，我正纳闷呢。我没招它惹它，后院子里没人也不会，它怎么就发了疯？杨东东没说话。他意识到可能是刘福的儿子对大黄狗下了手。

刘三光走到窗台前，先把手里的一卷塑料管子扔进院子里，然后一个纵身跳了进去。

这时，刘平安从屋里出来了。刘福的儿子尾随在他身后。刘福的儿子冲杨东东挤巴挤巴眼睛，得意的眼神好像在说，瞧见我的厉害了吧？

刘平安冲低头捡塑料管子的刘三光屁股上踢了一脚，刘三光你出息了，翻墙越脊偷鸡摸狗的事都做得出来，要是你爹早生你几十年，燕子李三也得管你叫师父。

刘三光直起腰，理直气壮地说，二叔，我这是为公家办事，怎么叫偷？

刘平安围着刘三光转了一圈，一边转一边斜视着他，说，俺家又不是村委会，你办公事跑俺家干吗？

刘三光指着杨东东说，我是给这位大村官办事不算公事啊？他是民全新来的大学生村官，我二叔的大秘书，大小也算村干部。他的屋子里不通水。我叔让从你家接条水管子……他的话没说完，刘平安和杨东东同时叫了起来。

刘平安说，你叔尽出歪点子。把水管子接俺家谁掏水钱？

杨东东说，这不合适，我吃水可以自己去挑。

刘三光对刘平安说，这事你得听我叔的。我叔说了，这是村委会的决定。大学生村官是党派来的，谁跟大学生村官过不去那问题就严重了。你考虑考虑吧！

刘平安气得脸色发青，转身进了屋。进屋之前，他回头看了杨东东一眼，目光中含着埋怨和不解。刘福的儿子也要跟着刘平安进屋，刘三光上前一步拦住了他，小祥子你爸呢？

刘祥推了他一把。刘三光一手拧着他的耳朵，一手指着他的额头，说，你回家告诉刘福，你们家再不铲麦子，村里就不客气了。

刘祥挣脱了刘三光，回过头恶狠狠地瞪了杨东东一眼。杨东东觉得心像被刀子扎了一下。

果然，刘小芹后来骂他和刘光头、刘三光穿一条裤子。你就明睁大眼地看着他们欺负村民还是个孩子无动于衷，不是存心吗？这是后话。

刘三光接好水管子，回到屋子里又叮当叮当地用木板和钉子把窗户钉上了。他说，这也是村委会的决定，怕杨秘书被刁民袭击。杨东东十分生气，几次想和刘三光理论，想想又忍住了。

刘小芹和往常一样，还是晚上九点半回到家。杨东东不知为什么，一听见刘小芹的声音心就跳。不过他这次心跳和前几次不同，是属于那种紧张、不安甚至有些惶恐而又有些莫名其妙的跳。他想起刘平安埋怨和不解的眼神、刘祥恶狠狠的目光，头就有点疼，蒙上被子就睡了。第二天一早起床后他想洗脸，解开水管子头上的绳子，水流了不到半茶杯就停了。他马上意识到水管子连接院子里水龙头的那头被拔掉了。显然这是刘小芹回来后干的。因为在她昨晚回来之前，他还接水烧过开水。他犹豫了一会儿走到了窗前。刘三光不知是出于马虎还是有意，只用了横竖两块木板钉成了十字架，从上边和下边都可以看到院子里。刘小芹在院子里喂鸡，明明看见他却装作没看见。他站了一会儿，终于忍不住拍了拍窗户的玻璃。刘小芹四下看了看，好像没有看见他，嘴上却不住念叨，你才来几天，不学好偏学坏，就不怕吃饭噎着喝水呛着？

刘小芹！杨东东低声喊了一句。

刘小芹没回头。

他接着又喊了两句。

刘小芹猛地回过头瞪了他一眼，叫魂呢？

杨东东直言不讳地说，我想和你谈谈。刘小芹没搭理他。他又说，你对我有误会，你爸对我有误会，你们村里的人都对我有误会。我杨东东不是你们想象中的那种人。

刘小芹这才回答说，你是啥样的人你自己背着，给我说干吗？杨东东见她的目光和口气比刚才缓和了，恳切地说我求你个事。你能不能先给我放点水，我刷了牙洗了脸再跟你说话。我怕口臭气把你熏晕了。

刘小芹嘿嘿一笑，马上又板起脸来。凭啥？你交水费了，还是我们家欠你的？话是这么说，人已经弯腰把水管子和水龙头接上。杨东东感激地想，山里人对人就是实在。他刷了牙洗罢脸又走到窗前，见院子里多了一个人——刘福的儿子刘祥。刘祥不知在对刘小芹低声说些什么。刘小芹边听边朝他这边看，目光充满了困惑。他猜想刘祥给刘小芹说的大概是种烟叶的事。他不明白这样让村民致富的好事为什么刘小芹父女，以及刘福和一些村民强烈反对。难道这就是农村里宗派势力斗争的反映？他还不明白刘光头、刘平安、刘福、刘三光都姓刘，从相互称谓看还是近房，怎么会站不到一边，用当地老百姓的话说叫尿不到一个壶里。

杨东东正在想着，刘小芹朝窗前走过来了。我说杨村官杨大秘书，你到我们民全来做过调查没有？谁给你说种烟叶高收入？

杨东东没有隐瞒这话是听刘光头讲的。他说我计算了一下，按照刘村长说的，一亩烟叶比种其他粮食作物多收入七八百，好了可以多收上千元。

刘小芹没等他说完就打断了他的话，说，又是听刘光头阚你是吧？他还不给你净朝好里说。你怎么不问问民全的老百姓他刘光头说的是不是实话。刘光头刚当村主任那年，我爸听他的话种过烟叶，结果呢让他阚了，没收入不说还赔了钱。

杨东东一愣，这，这不会吧？刘主任说得明明白白……

刘小芹说，我爸种了一辈子的地，哪个收成好哪个收成不好还不清楚？种烟投资大，收成低，扣除各种费用，一年忙下来挣不到什么钱。前年，我刘福哥家种了两亩烟，说是收入近四千，刨去化肥农药两百多、煤五百多，加上劳动力投入，再加上分级扎把、炕烟这一道道加工工序，每个月也就百十块钱的收入。刘福哥说还不如到城里捡破烂！我爸多了个心眼，种了一半烟叶，留了四分地种红芋，结果还是我爸算计对了，红芋卖了一元多一斤，四分地就收入一千好几百。

杨东东哑哑嘴，想说什么，没说出口。

刘小芹又说，烟叶也分三六九等，一级二级三级，一个级一个价。最可气的是刘三光叔侄俩老是阚人。他们先把村民的烟叶收走，等级由他们和烟站的捣鼓着说了算，村民也不知道。他爷俩说你家的烟叶几级就是几级，说多少钱就是多少钱。我有个同学说，就这级差，刘家爷俩每年就能赚十好几万。

杨东东不解，那你们不会向上级反映？

刘小芹说，能不反映？这几年，年年都有上访的，到乡里就给截回来。上访的信转来转去转乡里，上访的人转来转去转乡里。这叫"转磨"，中国特色。我刘福哥和几个人前年去省城上访，到了省政府大门口被装警车拉回来，不光没人处理还说他们扰乱社会治安。现在老百姓说理、告状那个难劲儿。刘光头和刘三光俩人，年年把西岗几十年的大树砍了往外倒弄挣钱，也没见上边处理……刘祥在一旁扬了扬手中的弹弓，我爸说了，就得跟他们拼！官逼民反民就得反。刘小芹轻轻拍了一下他的脑袋瓜子，小孩子懂个啥？

杨东东对刘小芹的话半信半疑，其实连一半也没信。他觉得刘小芹太悲观，说的这些也不太现实。刘小芹大概从他的沉默看出了这一点，难过地说，拉倒吧，给你说这些是嘴唇上抹石灰——白说。你还以为我阚你是不？反正到时候你别说我没事前提醒过你。说完，她拉着刘福进了锅屋。

正在这时，杨东东的手机电话响了。电话是杨进的女儿杨梅打来的，说杨进有事找他。他正琢磨着向杨进请教，连饭也没吃就赶了过去。

杨进正躺在院里的椅子上看书。杨东东一坐下，他就拉着杨东东的手摇了几下。小杨，我是正式通知你，你已经被补选为民全村党支部委员了。

杨东东激动地握紧了杨进的手。杨进没等他说话，又接着告诉他，他还是村党支部书记助理。小杨，我自打生病下肢不能动，就向支部和乡党委提出退下来。村里是刘主任不同意。他三番五次找我、找韩委员，坚持不让我退。他怎么想的，其实我心里亮堂得很……

杨梅端着饭菜过来了。她说我爸猜到你还没吃早饭，特意让我给你饭里加了铁棍山药。你尝尝可好吃了，听说这铁棍山药在省城和北京一些城市都当营养品卖、当礼品送。

杨东东吃了几口，称赞说的确不错。杨书记咱这里为啥不种铁棍山药，是土壤不适合还是不懂技术？

杨进想了想，要说西岗的山地是不太适合，可东片河边的沙地应该没问题，朝东阳光也好，日照充足……杨梅在一旁打断说，那地是刘光头爷俩的钱袋子。他们想种烟叶发财，能让种铁棍山药？

杨梅的话引出了杨东东的话。他把这几天的见闻向杨进讲了一遍，末了说我正要向您请教。杨进拍拍他的手，小杨，你现在是村党支部委员，支部书记助理，可以行使支部交给你的职权。中央不是一再强调要尊重农民意愿，不能搞强迫命令吗？是种烟叶好还是种铁棍山药好，得听农民的意见。农民是土地的主人！

杨东东郑重地点点头，说我明白了。

杨东东走到门外，杨进又冲他说你是学农业的，把你学的知识拿出来。杨梅接上说别烂在自己肚子里，变成大粪拉出来……说罢，爷俩都开怀大笑。

七

杨东东一大早就到了河边。河边的麦地里有几个农民正在挑水浇麦。还没等杨东东看见刘祥，刘祥先看见他，喊着他的名字：杨东东，你来了。

杨东东见刘祥也挑着两只水桶，上前抢了过去，你怎么不去上学？

刘祥说，俺这里学校上课晚。我每天吃饭前都得帮家里干点活。

杨东东说，你挑那么大的桶，就不怕压着不长个？

刘祥皱了皱眉头，像是个小老头儿一样，长长地叹了一声气。

杨东东没挑过担子，两桶水压在肩头仿佛两座沉重的大山，刚走了几步就上气不接下气。最可气的是那挑子在他肩头上不听话，一会儿朝前滑一会儿往后溜，他用两只手紧紧地抱着扁担往下压，想让水桶平衡，脚下一个趔趄，人和水桶一齐摔在地上，水全都泼在地上，他手忙脚乱地爬起来，身上还是沾上了泥水。刘祥拍着巴掌笑话他：泥猴子，泥猴子！

这时，远处传来喊杨东东名字的声音，一声长一声短，一声高一声低：杨东东，杨，东，东，你跑哪去干狗吊秧子事去了。杨东东听出是刘三光，没有搭理。他问刘祥，狗吊秧子啥意思？

刘祥捂着嘴笑。

旁边一个妇女说，这也不懂啊？狗吊秧子是公狗母狗干那种事。

杨东东这才火了，放下水桶就往村里走。到了村口，遇到的却是刘光头。刘光头上上下下打量了他一眼，问：和贫下中农打成一片去了？

杨东东笑了笑。

刘光头说，你是看电影电视看多了。你就是天天变成泥猴子，老百姓也不会说你好。现在的农民比过去实惠，你得让他见了唰唰唰的票子，他才会觉得你好。

杨东东把杨进的话，以及自己想来看看河边土质的想法给刘光头说了。刘光头没听完就火了，说，那老家伙阙你。他要真有本事，当了二十多年支书也没让民全老百姓腰包鼓起来，自己还住"猴戴帽"的破房子？

杨东东皱了皱眉头。他弄不清刘光头说的"阙"是啥意思。

刘光头对他说，杨秘书，我做梦都想着怎样改变民全面貌。可是你说就民全这穷熊样，地下没资源，挖地八丈深也见不着老祖宗的一泡屎。地上不是山就是土，石头块就算拉城里人家还得罚你垃圾费。你说说，就算有本事的人来当村长又能咋样？

杨东东说那咱可以调整种植结构，种些效益高的作物，比如杨支书说的铁棍山药……

刘光头斜着眼盯了杨东东一会儿，把那根鱼刺牙签从嘴里取下装进口袋里，点了一支烟。他在揣摩杨进与杨东东的关系究竟到了哪一步。见杨东东沉吟了，他说你往下说，我这人特民主，不像杨支书那样老子天下第一。

两人走着说着，已经到了刘光头家。刘光头的媳妇早已泡好了茶，杨东东品了一口，心里说，好茶，整个民全村恐怕只有刘光头喝得起。

刘光头问，你吃过铁棍山药？

杨东东没敢说在杨进家吃过，想了想说，我见过我爸送人礼品盒包装的铁棍山药。他用手比画着，又细又长对吧？

刘光头好像来了兴趣，问，你爸是干啥的。

杨东东说，做点小生意。他知道他爸是事业有成的老板，资产过亿。他从来不像一些富二代那样张扬。上大学几年，他和其他同学一样节俭。他爸爸也支持他。他下乡当村官，就是他爸爸主张的。

刘光头显然不信，你爸要有钱，可以来咱这投资。我可以直接把烟叶交给你爸收购。他看了看杨东东的反应，又说，有钱大家赚。你大学生村官那点补助够干啥？

杨东东没接刘光头的话茬，他告诉刘光头，他从杨进那里回到宿舍（他称自己住的地方叫宿舍），当即上网查了一下种植铁棍山药的资料，又和两位在省农科院从事农业科技研究的同学网上交流了一下，觉得在民全坡东沿河边沙土地种铁棍山药是可行的。

刘光头已经抽完了烟，重又掏出鱼刺牙签剔牙，说，小杨，咱民全啥时候能上网了？他以为杨东东在骗他，所以突如其来地问了一句。他自信这话能让杨东东露馅，闹个大红脸。没想到杨东东非常从容地回答，我是用柯柯借给我的无线上网卡上的网。

柯柯在楼下听见了，接上说是我送给杨秘书的上网卡。他那房子没电视，我怕他心思用在别处！刘三光心里不舒服，想训斥女儿，又觉得女儿在这件事上没有错。他挠着头皮深思了一会儿，小杨你做得对做得好，我选你当秘书没选错。你刚来几天就积极为民全老百姓谋福，真是民全百姓的福气。

杨东东有些不好意思，说这是我应该做的。

刘光头挠着头在地上走了几圈，突然回过头看着杨东东，咄咄逼人地问：万一铁棍山药种下去收成不好或者说根本就不长，那农民的损失谁包赔？毕竟咱没种过这玩意儿，咱民全的地上没长过那玩意儿。

杨东东这下愣住了。

刘光头见他半天没说话，拍了拍他的肩膀，和气地说这不怪你，你年轻，有闯劲，又想尽快干出点政绩好安排工作。不过你想想，假如我刚才说的那些问题出现了，你不光没政绩，还落一身臊。咱爷们儿不会阚人，给你说的是实话，对你的前途负责。不像有的人，为了自己的位子、面子，拿年轻人当试验品……

杨东东的心怦然一动。他忽然觉得刘光头更可敬可亲、值得依赖。

刘光头又说，你来当村官能干几年？一年，两年，撑死了说三年。这民全百姓可陪不起你。一年的损失得几年能补回来。真到了那时，你想走，门也没有。老百姓不把你的胳膊腿卸成八块还怪呢。

这一刻杨东东的心里排山倒海般翻腾。刘光头说的的确是事实。土地为啥是农民的命根子，还不是因为土地上的庄稼能变成粮食供他们填饱肚子，养育儿女，积累财富？你让他们赔了夫人又折兵，他肯定和你拼命。自己是来这锻炼的，也就刘光头说的一二年的时间，循规蹈矩地跟着刘光头这些村干部做点事，不求有功但求无过，何必铤而走险、惹火烧身。他的眼睛虽然盯着电视屏幕，却只看得到里边的人影晃动。

刘光头看出了他的心事，狡黠地笑了笑，冲楼下喊，柯柯，闺女，让你二姨给杨秘书再泡杯绿茶，小伙子心火旺，喝红茶不好。

柯柯应了一声，接着就送上来一杯茶。她说茶早泡好了，是我亲自泡的，怕打扰你们说话没敢上来。刘光头抓住机会，对杨东东又加大了攻势。他说我看你小杨是个诚实的孩子。我们家柯柯也老在我面前夸你有知识有头脑，将来前途无量。我琢磨着不管咋说，民全是你工作的第一个地方，我这个村长有责任把你培养成才。

杨东东终于忍俊不禁，连说了两遍谢谢，谢谢刘村长。也可能是不想让激动溢于言表，他打开茶杯盖就往嘴边送，没想到烫到舌头尖，疼得他咧了咧嘴。柯柯扑哧笑了一声，夺过杯子，朝里边倒了点矿泉水，放在嘴边左转一下吹吹，右转一下吹吹，然后才递给杨东东。看看还是我对你好吧？后院那个洗头妹凉水都不让你喝够。

刘光头说，我们家人就心眼好，能帮人就帮，不像有的人总想着占老百姓的便宜。有个村干部得了病，在县城就能看，可他非要去省城住院手术。钱不够就逼着村民拿，有的人家把从鸡屁股里积攒的钱都掏了给他。我们家柯柯当时在省城读书，也拿了两百块。

柯柯说，我那是自愿的，没人阚我逼我。我看了报纸登的老杨爷爷的事迹非常感动。我同学也有自愿给他捐款的。

刘光头哈哈大笑，看看，到现在还不明真相。报纸上的东西都是阚人的。他的事迹，什么事迹？那是花钱请记者写的。闺女你不是不知道，就咱市报县报和电视台记者来找过我多少回了，非要采我录我，说给点赞助费就登就放，我都给回绝了。

杨东东心里明白刘光头在骂杨进，所以没有插话。刘光头又接着说了他如何放弃在县城的生意，回到民全来改变家乡面貌。末了，他说民全要想富，只有一条路——种烟叶。

杨东东犹豫了一下，就算种烟叶也得村民自觉自愿。党中央、国务院再三强调尊重农民意愿，不能搞强迫命令。

刘光头说，爷们儿你太天真。中央只是说尊重，没说不让动。再说了，中央在北京，哪能知道一村一家的事。他见杨东东有点不乐，心里也老大不舒服，心想，小子，民全还轮不到你说话。不过，他嘴上却迎合着杨东东，咱当然得听中央的，种什么让农民说了算。

杨东东笑了，刘村长，只要是农民自愿的事，我保证支持你。

刘光头也笑了，杨爷们儿，给你说实话吧，为民全老百姓服务，说白了是给俺们刘家服务。他挥着两手说，民全的人家用十个手指算，姓刘的占六成，我没出五服的又占两成。刘三光他爹和我是一个奶奶的，你后院的刘二聋子的爹和我爹是一个奶奶的。

这么说刘小芹和刘三光也是近房的？杨东东弄不清农村的辈分怎么排。

刘光头说那是，那是。不过，刘二聋子的闺女是从小捡来的，和俺民全姓刘的没有血缘关系。要是她有刘家血脉，我首先不答应她在镇子上干卖淫的勾当。

杨东东的头顶好像响了一声炸雷，轰隆轰隆好大一会儿。主任，这，这话可不能随便说。

刘光头嘿嘿笑了几声，小杨爷们儿，你初出茅庐，见识太少。美容美发、洗浴中心，还有什么 KTV，你大爷我前几年没少去过。我不是党员，弄这些事不怕。那些地方不弄这些怎么招揽生意？

杨东东说那也不能一概而论。公安机关经常开展扫黄打非……刘光头没等他说完就不耐烦了，共产党还天天反腐败呢？怎么腐败还是像韭菜一样割了一茬又长出一茬？你要是不信大爷的话，哪天给刘二聋子的闺女两百块，看她朝你被窝里拱不？！

杨东东觉得恶心，没再和刘光头往下说就告辞了。他出了刘光头家刚刚拐了个弯，迎面遇上刘祥和两个与他一般大的孩子。三个孩子都扛着棍子。杨东东问刘祥，你们去哪里？刘祥指了指东面的山头，我们去山上放哨，日本鬼子来了好报信。杨东东笑笑，摸着他的头，和平年代哪来日本鬼子，是不是你们学校搞活动？刘祥指了指山顶让杨东东看，那上边有面红旗你看到没？杨东东用手遮着太阳光线朝山顶看去，参差不齐的绿树丛中果然有一面红旗。没等他问，刘祥就主动介绍说那旗子是他拴在树上的。我从树上出溜下来时还被树枝剐了一下肚皮，我爸我妈吓掉了魂，抱起我先摸我的小鸡鸡还在不在。

杨东东被他逗得开怀大笑。刘祥却一脸严肃，一本正经。我爸说了，如果看见有拖拉机、推土机那样又大又笨的铁家伙，就赶快把红旗拔掉。

然后呢？杨东东问。

刘祥说我爸他们看见红旗没了，就会带着家伙冲上来。冲呀，杀呀，打他日本鬼子个落花流水。他手舞足蹈地边说边比画，那两个男孩主动和他配合，跟着像模像样地舞棍弄棒。

杨东东的心情慢慢地沉重起来。他清楚刘祥话中的背景。他说你们还是在家做功课吧。我可以负责地告诉你，请你也转告你爸爸。红旗不会倒。

刘祥问真的？你敢保证。说着伸出小拇指要和他拉钩。

杨东东也伸出手指郑重其事地和刘祥拉了拉钩。

和刘祥分手后，杨东东打算去找杨进，向他反映刘光头的意见，也汇报自己的想法。刚才和刘光头谈话时，他一直在考虑回省城一趟，向老师和农科院的技术人员咨询、求证一下民全这样的土壤究竟是否适合种植铁棍山药。快到杨进家时，顶头遇上了刘三光。刘三光的摩托车后座上坐了两个陌生的男子，好像刚从镇子上回来。他本来不想停车，大概看出杨东东是去杨进家，才停下车来跟杨东东打招呼。刘三光介绍那两个陌生男子是烟叶收购站的，哪个烟叶收购站没说清。杨东东也没问。他向那两个人介绍杨东东时，说这是我叔的秘书。他指了指脑袋瓜子，对杨东东说你脑子别犯晕！咱村是村委会主任当家。就算我叔不是村委会主任，我们老刘家占了一多半，姓杨的也翻不了船。你离他远点好。

刘三光说完，不等杨东东表态就扬长而去。杨东东恨不得摸块石头砸他，想想又忍住了。不过，刘三光的话的确给了他提醒：这时候去找杨进反映刘光头的意见，刘光头会不会误认为在告状，或者说挑拨村"两委"领导之间的关系，再朝深了说搬弄是非，影响民全的稳定？他站在那儿想了好大一会儿也没想出个结论。他忽然有一种无助和无力的感觉。

他报名当村官时，他妈妈就坚决反对。你别以为村官就那么好当。虽说你大学是学农的，但你一没在农村生活过，二没有农村工作经验，再说如今的农民也不是过去那样纯朴憨厚、老实巴交，只懂得撅着屁股在黄土里刨食的农民。我听人家说这农民一旦懂了市场经济，比城里人还狡猾狡诈，那些毒大米、毒奶粉等等不都是农民做出来的？老辈子说穷折腾，越穷的地方越会折腾。你去了不出三个月就让人给你折腾趴下，像《朝阳沟》里的银环一样哭着滚蛋。你要是不想考公务员，跟你爸做生意……此时，杨东东真正体会到了农村工作的复杂，理解了妈妈的一片苦心。此处不留爷，自有留爷处，我不跟你们穷折腾了。他回到住地拿了行李就朝村外走。

杨村官你这是弄啥去？刘福突然出现在他面前。刘福仍旧骑着那辆破自行车，车上仍旧绑着一根棍子，嘴里仍旧夹着半根香烟，目光仍旧含着嘲讽。杨东东看了他一眼就觉得浑身上下不舒服。刘福见杨东东不理他，又说你咋还背着包包，该不是这三天就镀完金、又上吊了？他故意把上调说成上吊，还用手比画了个绳套。杨东东本来就窝了一肚子火，又打算离开民全，哪里能吞下刘福的挑衅，咣当一脚把刘福的自行车踹倒在地上，向他挥了挥拳头，吼了一句，滚蛋！

刘福火了，你算什么村官，整个刘光头的黑打手。他扶起自行车，向前推了几下没推动，然后重重地踮了一下。自行车没有后支架，他把车靠在旁边的树上，过来抓住杨东东的衣襟，你今个要不赔我辆新车，我打得你满地找牙。杨东东说你敢，也攥紧了拳头。

就在杨东东和刘福之间一场你死我活的争斗即将开始之际，突然传来一声尖叫，东山头上的红旗不见了！刘福一下子着了急，撒开抓着杨东东衣襟的手去推自行车，推了几下自行车的轮子还是不转。他气急败坏地拔腿就跑，一边回过头对杨东东说，你走到天涯海角，老子也得找你赔车！

杨东东比刘福的脑子转得快。刘福都能想到东山头上的红旗不见了，那边土地上发生了事情，杨东东更能想得到，也撒腿朝东山头跑去。两个人一前一后，仿佛在展开一场马拉松竞赛。刘福一边跑，嘴里一边骂，不一会儿就气喘吁吁，被杨东东远远地扔在了身后。

八

被民全百姓称为东南湖的地头已乱成一团。

两辆大型推土机和一台挖掘机停在地头，刘祥昂首挺胸地站在一辆推土机前边，一副大义凛然、视死如归的气概。他同来的两个孩子则分别躺在轮子下边，随时准备牺牲。一个戴着白帽子的中年人，气急败坏地挥着拳头，命令推土机和挖掘机司机开机。那几个司机却无动于衷。车轮前有人，而且是孩子，谁敢对他们的生命熟视无睹？那个白帽子想去拉刘祥，刘祥挥着手里的棍子对着他乱舞，让他不敢近身。白帽子叫着骂着，才有一个司机从驾驶室跳下来，出其不意地从刘祥身后抱住了他。刘祥手中的棍子发挥不了作用，一急之下，狠狠地咬了那人一口。那人疼得哭着叫着松开了刘祥……

一些在附近地里忙活的人见状围了过来。有民全的，也有邻村的。杨东东赶到时，双方正吵得不可开交。他一眼就看见地里的小麦已经被推土机推平了几块。他算了一算，从刘祥他们发现推土机进了地到赶过来，时间上差不多。这时，刘祥已经被白帽子摁在了地上。白帽子扬起巴掌重重地打了刘祥一个耳光。刘祥一边挣扎一边高声叫骂，看我爸来了不活剥你。

你们民全人都是狗娘养的会咬人！白帽子拧着刘祥的耳朵，把他从地上拎了起来。他的话激怒了刚围过来的民全人。有个小伙子上前就要揍他，被刚刚赶到的杨东东拉开了。

杨东东问白帽子，你们是哪里的？

白帽子拍了拍手上的土，瞪了他一眼，你哪里的？

杨东东四下看了一眼，周围的人都拿眼睛看着他。他又严厉地问白帽子，谁让你们平民全百姓的麦地？

白帽子从驾驶室里取出一只黑皮包，从黑皮包里取出一份协议书在手中扬了扬，看见没，这是民全村村委会和我们公司签订的土地流转协议。这里的麦地归我们公司了。我们要种烟叶，不平麦子怎么种，麦地里能生烟叶？

刘福这时也赶到了。刘祥一见刘福，哇的一声哭了，指着白帽子说，他个坏种打我。刘福也看见了被平的麦地，正是他家的，又听儿子说白帽子打了儿子，火不打一处来，夺过儿子手中的棍子就朝白帽子头上打去，骂着，哪来的野种，敢到民全撒野？杨东东眼明手快，抬起胳膊挡了一下，棍子落在他的胳膊上，疼得他咧了咧嘴，眼泪一下子掉了下来。他想这一棍要是落在白帽子头上，脑袋瓜子不开花也得裂开嘴流出血。他劝刘福不要冲动。老刘你有理讲理，千万不能动武。

刘福说我没理跟你们讲。他不是说村委会签了协议吗？你是村官，签这协议也有一份。

白帽子听刘福说杨东东是村官，也冲杨东东来了劲。你们村委会说话算不算数，白纸黑字的协议不是擦屁股的卫生纸。你们要毁约，得赔我们公司的损失，先把我们前期的二十万退了。白帽子这一吵吵，仿佛朝周围的人群中扔了颗手榴弹，引起了大爆炸。这些年中央对农村的政策越来越好，越来越透明，农民们知道他们承包的土地，没经他们同意，谁也没有权力随意流转和占用。白帽子的话等于告诉他们，民全村村委会没经他们同意，已经把他们承包的土地流转给了白帽子代表的公司，而且收了人家二十万补偿款，也没有让他们见一分一文。这明摆着是侵占他们的合法利益。不用人带头，他们就嚷嚷开了。有的骂村委会对抗中央，明目张胆违法，是吃了虎胆。有的骂刘光头爷俩不要脸，吃独食，要断子绝孙。就连邻村的人也看不下去，说民全的村主任太不是玩意儿。眼前只有杨东东一个是村官，带有村委会的色彩，于是愤怒的人们把怨气撒到他身上，纷纷指着他骂，还有的朝他身上扔坷垃头。刘祥说我杨叔不是坏人。说着站到了杨东东身前，想用自己的身子护卫杨东东。

白帽子趁人们视线转移的片刻工夫，给刘三光打了个电话。刘三光陪着烟草收购站的两个人正在刘光头家喝茶。他挂断电话，简单地给刘光头说了遍就向外走。刘光头喊住了他，别遇事就手忙脚乱。他指了指自己的头，得用脑子。

刘三光说叔您就别菩萨心肠了。这事交给我，早就摆平了，用得着天天为一帮子刁民动脑子。

刘光头说你懂个屁？说着把桌上的水果刀扔给刘三光，你敢杀人？刘三光吓得哆嗦着嘴，我，我，我……刘光头说这不就得了。你不敢杀人，又没权抓人，不想个法子怎么收场？

刘三光狠狠地说，我哥们儿电话中说姓杨的小子也在场。是不是他挑动的？

刘光头抚摸着发亮的脑袋瓜子，没有接话。

刘三光又说这小子眼贼心也贼，这才来几天就让刘小芹把魂给勾了去。刘小芹放个屁他也当是喷香水。

刘柯柯在楼下听着不乐意了，三光哥你就是放屁，人家小杨看不上她一洗头妹，不就长得鲜亮点吗。

刘三光心想小杨能看上你？

刘光头突然一拍脑壳，这下好了。你赶快过去，对别人啥都不用说，就对姓杨的说一句话：我叔说了，你好心对他们没好报，先回去，有事村委会研究了再说。

刘三光问那些闹事的村民怎么办？我哥们儿公司的推土机也开回去啊？

刘光头不耐烦了，有姓杨的村委干部在，你还把屎盆子往自己头上扣呀？

刘柯柯在楼下又喊了一句，爸，您也不能往人家小杨头上扣屎盆子！

刘三光骑着摩托车，一袋烟的工夫就到了东南湖。地头已经围了上百号子人，吵吵得很凶。他没看见杨东东，只见刘福和刘小芹的父亲刘二聋子一左一右拉着白帽子，让白帽子还他们家的小麦。白帽子看见他来了，一边拼命挣脱一边高声喊，三光大哥你说话不算数，让我来整地却让我人身不能自由。看看你在哥们儿圈里还怎么混。

白帽子这一喊，让刘三光十分恼怒。他就像被人重重打了一记耳光，早把刘光头的话抛到九霄云外。他一踩油门，加大车速向刘福冲了过去。眼看就要撞到刘福身上，一场车祸就要发生，杨东东突然从人群中跳了出来，一跃而起扑向刘三光，连人和摩托车一起倒在地上。刘三光刚爬起来，刘福又一脚把他踢倒，狗日的你不光谋财还想害命啊？说着挥着棍子就要打刘三光。

杨东东也爬起来了。他拦住了刘福，老刘哥你有话说话有理讲理，不能打人。

白帽子趁机吵嚷，他刚才用棍子打我了，我现在肋骨还疼，恐怕被他打断了。

刘三光一边爬起来，一边指着刘福骂，刘福你给我等着，我要不弄得你家绝户头，我就喊你爷爷！说完，他就到一边去打电话。

杨东东虽然听不见刘三光在说什么，但是从他杀气腾腾的神情、有力摆动的手势，猜测他的电话可能会给民全村招来一场更大的骚乱甚至是灾难。一时间他觉得脑海里一片空白，不知应该怎么收拾眼前的局面。劝刘福等村民回去显然行不通，相反会加深村民对自己的误解。有几个年轻的村民在刚才争吵混乱时，已经骑着自行车回到村里驮来了行李，打算在地里住下，日夜守卫自家的承包地。有一些村民开始在地头上挖沟，意图阻挡推土机和挖掘机。有的村民甚至在身上泼了汽油，扬言如果推土机硬要推自己家的麦地就以自焚抗议……阻拦白帽子也不可能，因为白帽子手里的的确确有和民全村村委会签订的土地流转协议，而且他们公司向民全村付了款。从刘三光的态度，结合他的为人，也不会对村民尤其是刘福这些人善罢甘休。眼下的情况，他唯一的选择是向杨进或刘光头汇报。但是，这种局势又让他不敢离开。他掏出手机，想给杨进或刘光头打电话，没想到手机没电了。他把刘祥叫到一边，小祥，你赶快去杨支书家，把这边发生的事给他汇报，让他拿个主意。

刘祥刚走，刘三光过来了。他好像一只落水狗抓住根救命稻草，看到了生机，一脸得意之色，说，杨秘书你等着看好戏吧。他指了指地头和地里的村民，过一会儿这些人就会屁滚尿流地滚蛋，我不光要把他们地里的小麦给铲平，还得挖地三尺，把穷根给拔了。

杨东东非常生气。他说，刘三光你没有这个权利！我警告你，如果你强行毁坏老百姓的麦田，引起的一切后果由你负责。

刘三光冷冷一笑，我刘三光还没有不敢负责的事。胆小如鼠的刘三光还没生出来，也可能生出来了，但不住在民全村！

杨东东说，你叔是村委会主任，你也是村委会成员，你做事要对得起民全的百姓！

刘三光用眼角的余光斜睨了他一眼，说，民全的百姓不全是我爹。就算是我爹，和钱比，我也看重的是钱。我问你，你缺钱时向你爹要，你爹给不起你钱而是给你一耳光，你会给他磕头喊世上只有爹亲吗？你爹饿了病了，你没钱给你爹买饭买药，你还算是孝子吗？

杨东东气得脸涨红了，脖子上的几根筋在跳。他说，我一开始只觉得你这人混蛋，现在听了你一番无耻高论，才知道你根本就没人性。

刘三光点了一支烟，狠狠地抽了几口。你是老板的儿子，从小在蜜罐里长大，不知道穷是什么滋味。我给你说吧，卖地的那二十万，是我叔给柯柯出国留学用的，已经汇到国外去了。你说怎么办吧？要是不让我哥们儿的公司种烟叶，这钱你还？！

杨东东的脑袋一下子又涨大了。刘光头刘主任啊，你怎么能做出这种糊涂事？你难道不知道强征农民的承包地、贪污土地流转费是犯罪？

刘三光见杨东东面色苍白，又接着告诉杨东东，我妹妹柯柯喜欢上你了。她说你亲过她的嘴，摸过她的胸。

杨东东惊慌失措地连连摆着手，我没有，我没有。我不喜欢她。

刘三光说你赖是赖不掉的。我柯柯妹妹很封建，现在还是处女。她说她就算你的女人了。我刚才来时，她还对我说，三光哥你别让我老公受欺负！他转过脸，大声对刘福说，刘福你给我听好了，我大妹夫小杨是我叔的秘书，也就是咱民全村的秘书。他代表我叔处理土地流转的事。你们要是不听，就是反对我叔。反对我叔肯定没你们的好果子吃。我现在就请我妹夫宣布，取消你和二聋子家的低保。

刘三光这一手的确厉害。他的话还没落音，几百双眼睛齐刷刷地投到杨东东脸上。杨东东感觉到那一双双目光都长着刺，扎得他眼睛疼、皮肤疼。他必须当机立断，向大伙做出解释，否则就是跳进黄河也洗不清。可是，刘三光根本不容他说话，连推加搡把他拉到离地头几十米远的地方。

他骂刘三光，你真不要脸。

刘三光说，我脸上一块皮也没少。

杨东东说，不管你用什么手段，我不会和你们同流合污。

刘三光说，那就太谢谢你杨大秘书了。你要和我同流合污，我还愁怎么也得给你一份，那可是拿刀割我的肉啊！嘿嘿。

刘三光打电话从镇子上和附近村子里招来的二十多个哥们儿分乘十几辆摩托车到了。这二十多个年轻力壮的人，有的拿着铮亮的大刀，有的拿着棍子，还有几个穿保安服装的提着警棍。他们一到就瞪着眼问，谁捣蛋，谁捣蛋？白帽子指着刘福，他拿棍子打断了我的肋骨！于是，有两个人冲上去就对刘福一顿暴打。刘二聋子刘平安上前去拦，又有两个人冲上去把他摁倒地上，对他又是一顿拳打脚踢。杨东东在几十米外看了顿觉怒发冲冠，想冲过去，无奈刘三光个子比他高，力气比他大，紧紧抓着他的手不放。他挣扎了几下也没挣脱。刘三光对白帽子大声喊，快点让推土机下地，把地给我铲平了！谁再敢拦就给我朝死里打，打死了要赔命我赔。

刘三光从小在民全长大，了解村民的脾气和秉性。别看他们为了保护土地和土地上的小麦挺身而出，聚集成了一团，可是一旦发现对方势力强大，自己的身家性命都面临威胁的时候，马上就土崩瓦解，变成一盘散沙。分地单干几十年了，集体对这些村民来说只是一个概念，而且是模模糊糊的概念。谁不明白土地是承包集体的，又不是谁个人家的财产。再说了，几亩麦子能比生命还重要？再说了，年轻力壮的大多数外出打工，眼下这群人不是老就是小，也就刘福这个年龄段的人算是比较强壮的。果然不出刘三光所料，那些村民见来了二十多个凶神恶煞般的年轻人，一下子就乱了阵脚。有的脚底下抹油——开溜了，有的赶忙辩解不是自己带的头，更多的人退到了自己家的地里，与那二十多个人形成对垒。

两辆推土机又开动了，顷刻间又有几块麦地被铲平。

杨东东的泪水掉了下来。他不知从哪里来的力量，大吼一声，挥起拳头对着刘三光的左眼狠狠打去。刘三光惨叫一声。他趁机挣脱了刘三光的手，像一支离了弦的箭，直冲推土机飞去，伸开双臂朝推土机前一站，有种你从我身上碾过去！

推土机吭哧吭哧地停了下来。

那二十多个刘三光招来的年轻人也一时间目瞪口呆。俗话说软的怕硬的，硬的怕愣的，愣的怕不要命的。他真的不要命了，你不一定真的有种敢拿他的命。

地头上的人和地里的人都冲着杨东东欢呼。那一刻杨东东也觉得自己很高大。后来，他在 QQ 里和大学同学聊天时聊到这一情节，坦白地说其实自己当时两腿都在哆嗦，心也像跳出了胸腔，脑海里一片空白……

现场一时陷入了僵局。

这时，杨进被女儿杨梅用平板车拉着来了。刘光头刘主任也来了。刘光头是骑着摩托车来的。杨东东一眼就认出那是刘光头的女儿刘柯柯每天骑的摩托车。

刘光头笑容可掬地对杨进点着头，老哥你身体有残疾，组织上明确要求你在家休息，怎么又跑出来了？就这点风吹草动的事用不着你亲自过问。再说，行政上的事有我这个村委会主任负责，他的话是说给村民听的。响鼓不用重槌，民全村的百姓都听得懂他话中的含义。说完，他没给杨进留出时间，黑着脸冲刘三光吼道，刘三光你怎么搞得乱哄哄的？县政府乡政府都下了死命令，限这三天把烟叶种下去。这才第一天开工就搞不动，到时候怪罪下来，责任是杨书记承担还是我承担？然后又指着杨东东，你是村委会秘书，村长秘书，怎么带头维护村委会的权威的？

杨东东一下子愣了，刘主任，我不知道他们铲老百姓的小麦……

刘光头冷冷一笑，掏出鱼刺牙签剔了剔牙，呸了一口，说你年纪不大心眼不小，出了点事挺会给自己开脱。我问你，民全村子里的大红标语是谁写的，要想富，种烟叶是条路的黑字是谁写的？到村民家做工作的村委会干部又是谁？自告奋勇跟刘三光去烟站和人家谈收购的又是谁？

刘三光指着杨东东大喊，就是他！命令我在协议书上盖村委会公章的也是他。

杨东东张口结舌说不上话，脸上沁出了冷汗，脖后根也有点发凉。他看了一眼杨进。杨进的目光还是像过去那样温热，不像刘福那些人对他的目光充满敌意，心里才稍微踏实一些，安全一些。他又看了刘光头一眼，刘光头的目光虽然有些捉摸不定，但对他并没有恶意，还朝他挤巴挤巴眼皮，好像在给他暗示什么。他刚想开口说话，刘福在一边抢了先，让杨支书给我们一个说法。

刘光头哼一声，刘福你小子想把责任推给杨支书啊？这是村委会的事，杨支书不知道来龙去脉。

杨东东抢着问，土地流转这样的大事，村委会不给党支部汇报？中央明确规定在农村党支部是领导核心。

刘三光说核心个屁！你数数在场的党员有几个。俺们老百姓只服村委会管。

杨东东想顶他，这种事情能拿数字说话吗？纯属无知！可是，想想又忍住了。对牛弹琴除了浪费自己的精力和时间，有什么意义呢？

一直没开口的白帽子这时沉不住气了。他说刘主任你给我们个痛快话，这地还整不整，协议还履行不履行，我回去好给董事长汇报。

杨进问什么协议，在哪里？拿来我看看。

刘光头板着脸，果断地对白帽子挥了挥手，你们先回吧，回吧。等下处理好了，我让三光通知你们。他说着，向刘三光递了个眼色，示意刘三光把白帽子拉走。刘三光没让白帽子往下再说，拉着他上了摩托车，一溜烟地开走了。

刘三光一走，推土机、挖掘机司机和刘三光电话调来的二十多个人也快快地走了。刘福一下子跳到推土机上，张着双臂呼喊，他们不赔铲我们小麦的损失，这机器就别想开走。

刘光头嘴唇边掠过一丝阴险的微笑。

老杨哥，有事回村里处理吧！刘光头说完翻身上了摩托车，不等杨进说话就扬长而去。

地头上和地里的村民这时一拥而上，把杨进围了个水泄不通，争先恐后地向杨进说了事情发生的经过，也有不少人问杨进这样那样的问题。杨进招招手让大伙安静下来，问有没有人受伤？刘二聋子说腰疼，刘福说肋骨疼，还有的人说头上被打破了口子出了血。杨进见没有人受重伤，长长地出了一口气。大家伙该看病的去镇医院，该回家的回家，该干啥就干啥去吧，这事我老杨一定会给你们个交代！他指了指杨东东，还有小杨，他是书记助理。

有人说，小杨和刘秃子穿一条裤子。

有人说，小杨快成刘秃子的女婿了。

杨进笑笑，小杨和他不是一路人。

杨东东实实在在地感觉到了杨进和刘光头之间的差距。这种差距并不是人们常说的党政干部之间，或者说职务、权力造成的差距，而是政治素质、思想品德、精神境界等多个方面。他同时也感受到了杨进对自己的关怀。他想，经历了这样一次事件，我更没有理由离开民全。

众人散去了，刘福迟迟不动，一副愁眉不展的样子。杨进让杨东东和刘福把他抬到被铲平的小麦地里，太可惜了，这些人是造孽啊！杨进眼角挂着泪珠儿。

刘福说我估算了一下，他们铲了有二十多亩地的小麦。俺们这些人家的损失找谁赔？

杨进看了杨东东一眼。杨东东从杨进的目光里看到一种期待，一种信任。他说我建议这些地试验种铁棍山药。刘福一瞪眼，你小子想往深里害俺们。种那玩意儿要是不成，你一拍屁股走人，俺们的损失不更大。

杨进白了刘福一眼，你让杨助理把话说完。

杨东东说，我已经和城里一家公司电话联系过。他们答应在咱这儿搞订单农业，试验期间由他们投资引进种苗、技术，如果试种成功，大规模生产了，他们就把咱东片适应种这个品种的地全都包下来，再投入搞水利、修路，以后还帮咱搞新农村建设……

刘福显然不信，唏，你说的比唱的好听。他们把俺们的地都包了，不还是流转给他们，俺们干啥子去？

杨东东说，咱们的人搞田间管理嘛！他们按月给工资，年底给咱分红。

那俺们不成了给他们打工的？刘福嘟哝道。

杨进笑了，咱给他打工——种地；他也给咱打工——运销，只是分工不同。

刘福这才不说话了，蹲在地上扒拉着土坷垃，好像他土里埋了黄金被人扒走了，心疼地掉眼泪。

回村的路上，杨东东从杨梅手里抢过平板车拉着杨进。他对杨进说，我打算把今天发生的事向镇里如实汇报，绝不能姑息迁就，绝不能有下不为例！他说完，想等杨进表态，听到的却是杨进一声接一声的咳嗽。还没等他回头看，杨梅一声尖叫，我爸吐血了！爸，爸……

九

杨东东和杨梅把杨进送到镇医院，经过抢救，杨进人是醒了，医生却坚持让他住院治疗。杨进对杨东东说，小杨，你快点回村里去，千万别让村里闹出事情来。

杨东东想去找韩委员汇报一下，走到半路又改变了主意，决定还是等报告写出来再来。回到村里，他就开始写报告，还没写完，村里又发生了一件事。镇派出所来了两个民警，把刘福给带走了。理由是刘福不仅带头破坏烟叶生产，还暴力侵占人家的推土机、挖掘机等价值几百万的生产工具。

民全村又乱了。

杨东东是听刘小芹告诉他的。刘小芹说刘秃子叔侄俩恶人先告状，搞秋后算账。

原来，刘小芹人在镇子上的美容美发店上班，心思却惦念着自己家的承包地。刘三光带着白帽子一到镇里就去找刘小芹。你爹跟着刘福带头起哄，这回非摔大跟头不成。刘三光的目的是吓唬一下刘小芹，让她一家不要和刘福混在一起。刘二聋子的辈分长，他一退出，会带动他近房的几户人家。刘小芹一听就明白发生了什么事，请了假就朝民全赶。她到了东南湖，看见刘平安还蹲在被铲平的小麦地里吧嗒吧嗒地流眼泪。她连着叫了几声爸，刘平安头也没抬。她看着东一棵西一棵东倒西歪的麦苗，埋进土里露着尖尖的绿芽，心头一酸，泪水也模糊了眼睛。爸您放心，这回就是拼了命也得跟刘光头讨个说法！

刘平安这才抬起头，抹了把脸上的泪水，眯缝着眼睛看着她，你就别逗能了，俺们斗不过刘秃子。你刚才没看见那架势，刘家那边来了二十多号人清一色拿着刀片。要不是那个小杨村官在，你老杨大爷也赶到，说不定这地里得添几个坟头。

刘小芹一听杨东东在场，脸上露出了欣慰，他是咱这伙的吧？

刘平安不置可否，点点头又摇摇头，让刘小芹丈二和尚摸不着头脑。她又问，我老杨大爷怎么说？

刘平安叹了口气，你老杨大爷说他姓杨的会对俺们有个交代。依我看，他就想把人哄回村去，别闹大了。往后，他，他又拿刘秃子有啥法子？刘秃子在这当众说了种烟叶是县政府镇政府的命令。

刘小芹哼了一声，县政府镇政府能大过国务院？他们要是违法，我给国务院总理写信，总理一定制止他们侵犯农民利益的事。她说着扶起刘平安。刘平安一起身，哎哟哎呀叫着腰疼，又坐在地上。

刘小芹问，刘秃子打你啦？眼泪又掉下来。

刘小芹搀扶着刘平安慢慢腾腾地回村，在村头遇见了开三轮摩托车的民警，等摩托车过去了，她才看清坐在挎斗里的是刘福。刘福手上戴着铮亮的手铐。接着刘祥就追了过来，一边跑一边哭喊着爸。刘小芹拦住刘祥，问明了情况后，就带着刘祥来找杨东东。

杨东东感到十分震惊，骂了一句脏话，这种事情怎么可以不分青红皂白呢？

刘小芹说，刘福哥家里人到刘秃子家去了，还不知会闹出啥事！

杨东东更着急，闹，闹，就知道闹，闹个鸡犬不宁、天翻地覆的对谁有好处，到头来还不是老百姓吃亏。

刘小芹生气地拉着刘祥就向外走，到了门口，狠狠地摔了一下门，门仿佛也知道疼，哐当哐当呻吟几声。刘小芹回转过身子，瞪着杨东东，姓杨的你别坐着说话不腰疼。你说俺们这老百姓不闹有啥法子？

刘小芹走后，杨东东急得在屋子里转着圈，两手不知朝哪儿放，端起茶杯，杯子里空空的；朝口袋里掏手机，左手已经从左边口袋掏出来，右手还在朝右口袋里掏，过了一会儿才清醒过来，拔腿就往外跑，像在大学参加百米短跑竞赛的速度一样，咚咚咚，一口气跑到刘光头家门前。

刘光头家门前果然围了很多人。这些人分成两个阵营，支持刘光头种烟叶的站在一边，反对刘光头铲小麦种烟叶的站在一边，刘小芹站在反对者一边的前排，和刘光头的女儿柯柯面对面瞪着眼。在刘小芹这边，地上还坐着一个披头散发的妇女。她光着上身，胸前两只下垂的乳房随着她身体一仰一合地摆动，像秋千一样不停地晃悠。她一边用双手拍着地，一边哭骂着，哪个混账东西把俺爷们儿捆走了，快点给我放回来！

杨东东从没见过这种骂大街的情景，一时不知所措，低着头不敢看刘福的媳妇。柯柯身后一个男人说，刘福家的，杨村官来了。人家杨村官是童男子，没见过你那样的黑茄子，别拉革命干部下水。

刘福媳妇大概也觉得不好意思，一骨碌爬起来，躲到人后去了。

柯柯看见杨东东，迎上前两步，把他拉到自己身边，说，杨秘书你来我就踏实了，看看他们多嚣张。

杨东东见刘小芹目光迷茫地看着他，心里有些慌张，一使劲甩开柯柯的手，站到了对峙双方的中间。

杨秘书，你是我爸的秘书，得维护我爸的权威。柯柯急得大声喊。

杨东东说，我是民全村党支部委员、书记助理，我的责任是维护民全大多数百姓的利益。他说完这句话后，心里仿佛打开了一扇窗口，阳光哗地泻了进来，亮堂了许多。

柯柯气急败坏地张口骂道：杨东东你算什么东西，给我滚蛋，滚出民全村。她手舞足蹈地骂着骂着，向前走了几步，看样子想挠杨东东。刘小芹一偏身子站在了杨东东的前边，用颤抖的手指着柯柯说，你不要过来，你不要过来。

刘小芹并没想到她这样做相反是火上浇油。柯柯连跳带蹦冲到刘小芹面前，两手抓住了刘小芹的头发。刘小芹也不示弱，反过来拧住了柯柯的头发，脚也毫不留情地接连踢在柯柯小肚子上两下。

柯柯骂，你这个贱货，姓杨的才来几天就让你给勾搭上了。

刘小芹骂，我不像你，属母猪的，见了男人就发情。

柯柯骂，你和姓杨的没啥事，你怎么比对你男人还亲，现在又护着他？不知他日你多少回了。

刘小芹脸涨得通红，吭哧吭哧一会儿，才还了一句粗话，你才被姓杨的日过呢。

柯柯骂，姓杨的没日过你，会送你手提电脑？

刘小芹说，姓杨的手提电脑是借我用的。我不像你，把用过的沾着腥臊味的枕头、毛巾都朝人家屋子里放，让人当垃圾往外扔。

柯柯一听，气急败坏，一用劲，接着刺啦一声响，刘小芹的衬衫被她撕破了条大口子。她就势又用了一下劲，把刘小芹的乳罩系带扯断，刘小芹雪白的乳房和粉红的乳头暴露在众人面前。恼羞成怒的刘小芹一低头，狠狠撞了柯柯一下，柯柯哎呀地叫着，仰面朝天地倒在地上。

杨东东脱下身上的外衣扔给刘小芹，然后又去拉柯柯。柯柯踢了他一脚，你给我滚蛋，别碰我！

杨东东又气又急，你们两个女人骂架拿我当骂资呀？说完，他就推刘光头家的大门，想找刘光头，推了几下也没推开。他一急，喊了刘光头的外号，刘光头你开门。

柯柯又蹦跶过来，指着杨东东的额头骂，你不是人。我好心好意对你，你为了一洗头妹和我们家作对。骂着骂着竟然泪如雨下。

杨东东突然冷静下来，对柯柯说，柯柯，你劝劝你爸出来和群众见个面。他是一村之长，这个时候怎么能躲着不出来。

柯柯一边推杨东东，一边对站在她那边的刘姓人群喊，你们都是死人呀？谁要是不帮我爸，看我爸怎么收拾你！

杨东东生怕对峙的双方争斗起来，那样局面就更不好收拾。现在，杨进不在现场，刘秃子不在现场，他必须当机立断做出平息事态的决定。他的脑子飞快地旋转着，或者说绞尽脑汁思考着，就在他感到一片空白时，手机电话响了。他从裤袋里朝外掏手机时，一个点子形成了。阙就阙一回吧！于是，他问也没问一声来电是什么人，就大声喊道，我就是小杨，杨村官啊。报告镇长，民全毁麦苗的事我正在调查。放心吧镇长，没有人敢寻衅滋事……

挂断电话，他已经汗流满面，四下看了一眼，站在柯柯那边的村民已经走了大半，还剩下几个人也在犹豫不决。他嘴唇不停地哆嗦，对刘小芹和站在她一边的人招招手，说，回吧，都回吧。刚才镇长的电话你们也听见了。镇长说上级一定会严肃处理，给民全百姓一个交代。

刘小芹哽咽着说，我刘福哥呢？让刘光头出来说清楚。

这一下，刘小芹那边的人又吵吵起来：

有的说，让刘村长去派出所把刘福保出来！

刘福的媳妇从人群中蹦出来，刘光头你个坏种不得好死，你闺女找不着男人。

有的说，还得赔偿我们麦苗的损失！

得理不饶人，这是一些农民中存在的传统观念。尤其是看对峙的一方已经人心涣散，斗志涣散，得理的一方往往会变本加厉。有几个情绪失控的人，在地上捡起石头块，朝刘光头家大门和楼上投掷。有一个经验丰富点的，先是朝后退了几步，然后冲刺般地向前飞跑，同时扔出一块石头块，嘭嚓嘭嚓几声响，二楼的窗户玻璃好像被打碎了。柯柯急了，一边破口大骂，一边打开门放出了大黄狗，二聋子，上，咬他们！

大黄狗嗷嗷叫着就向投石头块的那人扑去。杨东东顾不得多想就飞起右腿。他从中学到大学都是校足球队的主力，踢球的命中率高，这一脚正好踢在大黄狗头上。大黄狗嗷地惨叫一声，扭头跑回院子里，只冲着外边叫，不敢再出来。柯柯指着杨东东说，姓杨的你小心点，就是我爸不整死你，我也让你少条胳膊。说完，她进了院子，砰地关上大门。少顷，又打开一条门缝，对刘小芹他们喊道，你刘福哥不在我家，你该到哪儿哭丧到哪儿哭丧去吧！

杨东东一屁股坐在地上。他觉得心像受了惊吓的兔子，咚咚咚咚不停地跑，仿佛要跑出他的胸膛。你小子敢冒充镇长，假传圣旨，就凭这一条给你个处分也绰绰有余。刘小芹犹豫了一会儿，过来拉他，杨东东，她一句话就把你吓成这个样？

杨东东朝她摆摆手，走吧，走吧！我求你刘小芹带个头。他说着，从地上爬起来，拍了拍屁股上的土，晃晃悠悠地走了。刘福的媳妇不甘心，跟在他后边不住地嘟哝。刘小芹还有十几个人大概怕刘福的媳妇急出病，或者是怕再闹出事，不放心地跟在后边。杨东东既觉得好气又觉得好笑：自己像是带着一支队伍，可这又是一支什么样的队伍啊？

镇政府倒是雷厉风行，工作组当天晚上就到了民全村，带队的就是镇长，镇党委组织委员韩委员是工作组副组长。

杨东东被叫到工作组临时办公地点村小学校长室。

镇长看了他一眼。他的心跳怦怦怦加快了。

镇长说，我怎么称呼你，镇长，书记助理？

杨东东扭过脸，看见韩委员在偷笑，心里有了底气。他说，在那种情况下，我，我只能随机应变。镇长哈哈笑了，紧紧握着他的手，说，我得好好谢谢你。你不光平息了一起群体事件，还给我这个镇长做了正面宣传。

韩委员说，要不是有人给镇长打电话告你，镇长还不知道有人冒充他呢！

接下来，镇长问了事情发生的经过，末了，让杨东东谈谈看法和意见。镇长非常坦诚地说，我和韩委员都不在现场，情况不太熟悉。我们想听听你的意见。

杨东东犹豫了一会儿，说，是不是把刘主任找来……

镇长说，该找他时我们会找。

杨东东见镇长和韩委员都用期待的目光看着他，想了想，认真地说，我觉得镇长应当首先在村民会上做检讨。

镇长笑了笑，说说你的理由。

杨东东说，据我了解，给村里下达种烟叶任务的是镇政府。刘主任再三对村民讲，如果反对村委会就是反对镇政府，反对镇政府就是反对县政府……

镇长问，他没说镇政府强调要尊重农民的意愿，不能搞强迫命令？

杨东东摇摇头，实事求是地回答说，我开始也以为种烟叶比种小麦和红芋的效益好。我被他们阚了。

还有什么意见？镇长问。

杨东东说，刘福没有把推土机拖回家。他就说了一句，用推土机那些玩意儿赔偿被铲的小麦损失。我认为抓刘福是个错误，应当把刘福放回来。

韩委员说，这件事不是派出所干的。那两个警察是刘三光一伙假扮的。他们是想用这个办法威胁村民。镇派出所接到杨支书的电话，马上调查，在刘三光的公司仓库里找到了刘福。刘三光已经被派出所控制，刘福现在也应该到家了。

杨东东长长地松了一口气，刘三光胆子够大的。

镇长看了看表，说，你还有什么想法？

杨东东说，当务之急是把农民被铲的麦田补种上其他作物，不然撂了荒农民的损失更大。

镇长点了点头，问杨东东：你和杨进同志商量过补种什么作物吗？镇长没提刘光头，这让杨东东有点意外。他把和杨进讨论过的补种铁棍山药，自己向农学院老师、同学征求意见的结果等，向镇长和韩委员说了。镇长和韩委员边听边点头。等他说完，镇长又问，销路呢，你们考虑了吗？

杨东东说，如果村民同意，市里有家公司打算过来签订单，从供应秧苗开始，一直到收到销全都由他们负责。如果收成好，质量好，他们往后还会加大投资，在农民同意的情况下扩大种植面积。

镇长问，肯定吗？

杨东东郑重其事地点点头。

镇长又问，那家公司信用怎么样？

杨东东迟疑了片刻才老老实实回答说，是我爸爸的公司。

镇长和韩委员都笑了。镇长给了他一拳头，你小子千万别阙我和韩委员。

镇长、韩委员和工作组的其他同志要分头去村民家。镇长对杨东东说，小杨你帮我列个提纲，看看我从哪几个方面向村民检讨，才能不让村民说我阙他们。镇长和韩委员临出门时，杨东东凑到韩委员耳边，低声说了一句：刘村长现在在哪？

韩委员没有正面回答他，拍了拍他的肩膀，抓紧完成镇长交给你的光荣任务！

尾　声

刘光头从地里回到家，马上就意识到事情闹大了，于是急忙赶到县城，找到一位熟人"活动"，想从县到镇上把事情压下来。镇长和韩委员到民全村百姓家调研的时候，他正在陪那个熟人在一家豪华洗浴中心享受着小姐的按摩服务；第二天镇长在民全村村民会上检讨的时候，他还在洗浴中心的豪华包房里高枕无忧地打呼噜……到了下午，那个熟人过来告诉他，民全村毁小麦种烟叶，又雇用黑恶势力打伤村民的事被媒体曝光了，省、市、县三级十分重视，要严肃处理，追究责任。熟人说，媒体曝光还点了你的名字，说是你指使的……

刘光头一愣，不会吧，是不是有人阙你？

你是不是有个侄子叫刘三光？

刘光头疑疑惑惑地点点头。

熟人说，他冒充警察抓村民，被公安机关抓住了。听说进去不到三分钟，就跟吃了泻药一样，哇哇哇的什么都吐了出来，就连上小学时偷过女同学铅笔盒的事都说了。

刘光头一用劲，咯噔一声，鱼刺做的牙签断成两半，他的舌头尖也被扎破出了血。他目光呆滞地看了看天空，半天才长叹了一口气，说，我闺女出国泡汤了！

他的熟人说，兄弟，你别太诚实。现在这社会，什么人可信，兄弟、叔侄、父子，狗屁！谁还顾谁？

刘光头回到民全当天，就被有关部门以涉嫌职务侵占带走调查，三个月后被依法起诉，最后被判刑三年。

刘光头出事后，经杨进提议，村民代表会通过，由杨东东代替刘光头主持村委会的工作。杨东东接手后第一件事，就是组织村民在被毁的小麦地里种上铁棍山药。让杨进和刘平安这些老民全人都没想到的是，东片河边沙土地里长出的铁棍山药不仅产量高，质量也好，在城里卖的价钱也很高。杨东东的爸爸告诉杨东东，公司决定第一年不赚农民一分钱。杨东东说，那就谢谢老爸的支持了！他爸爸说，你小子以为我光是在帮你？我也是在帮我自己。今年你们只种了几十亩，农民看到收益好，明年就会扩大种植。面积上来了，产量上来了，我们公司的利益也就上来了。这叫双赢。杨东东说，老爸，我又跟你学会了一招！

　　杨东东干的第二件事是挖洞，这是杨进提议的。民全村西边岗上果树多，到了收获时应当高兴的村民却犯愁，劳力在外打工的不一定能及时回来采摘，摘下来的苹果因民全的交通问题不能及时外运，当然还有个价格因素。最愁的是贮藏问题不好解决，建贮藏仓库一时没有那么多资金。杨进想起过去生产队为了贮藏红芋、粮食，在岗上挖过贮藏洞，就提议把联产承包后填平、倒塌的贮藏洞重新挖出来，整理整理。村民对此事非常支持，但一说到出工又都不吱声了。杨东东琢磨了几天，想出了个法子：出工的人家免收贮藏费。这一下调动了村民的积极性，出工踊跃，仅仅两个月就建成了十个贮藏洞。杨进夸赞杨东东说，小杨你喜欢动脑子，动脑子就有办法。

　　杨东东干的第三件事是发展"两蛋"：鸡蛋、鸭蛋。民全村养鸡养鸭的人家多，几乎家家都养，但是大多数养鸡鸭不是为了挣钱。上规模必然建圈，要买饲料，要做卫生防疫，卖鸡鸭或鸡鸭蛋又要去镇子上或县城。这样一来，民全百姓家养的鸡鸭是原生态，鸡鸭蛋也自然是原生态。杨东东的爸爸在与村委会签合同时来过一趟民全，在镇上一家饭店吃饭时不知吃下什么不干净的东西，导致拉肚子。他在杨进家坐了不到二十分钟，去了三趟茅房。杨进让杨梅给他拿来两只变蛋，说，你把这俩变蛋吃下肚，试试。杨东东的爸爸犹豫了，端着放变蛋的碗看了又看，心想，这不就是鸭蛋变的吗？压压饿还说得过去，能治拉肚子？他不太相信。他看杨进父女俩态度很诚恳，又觉得不好意思。杨东东夺过放变蛋的碗，三下两下就剥了皮，一边劝一边往他爸爸嘴里放。他爸爸吃下变蛋不久就见了效，拉得没有原先那么急了。杨进告诉杨东东的爸爸，之所以叫变蛋，就是由鸭蛋变化而成。他还给杨东东的爸爸简单介绍了变蛋的工艺流程。杨东东的爸爸当即拍板，你民全产的鸡鸭蛋我全都包了。不过，咱得在协议上注明，一是定产，扩大规模得与我们公司协商，由我们投资；二是你们养的鸡鸭不能用乱七八糟的饲料，脱离了原生态的性质，否则，我们有权……

杨东东说，爸，您别光强调你们的权利，我们也得有我们的权利。不平等条约我可不签字啊！

杨进看着这爷俩亲密无间的样子，开心地笑了。

有人编了个带荤腥的顺口溜：一根鸡巴（铁棍山药）两个蛋（鸡蛋、鸭蛋），民全明年准会变。

杨东东搞了个施政纲领，列了一二三条。新当选的村委会委员刘福说，你别搞这些八股，让父老乡亲说咱会阙，老三条旧三条还不就是一句话，啥钱好挣咱干啥！

杨进也婉转地劝他，什么新官上任三把火，有一把火能把咱民全人心点亮，都管。

到了下半年，杨东东又开始跑修路的事，上县里，去镇上，批规划、报项目，争取资金，县、镇两级交通部门答应明年春后开工，不仅修通民全的柏油路，把周边几个村子也一起修。这样，周边几个村子的人也很高兴，说民全村来的大学生村官好样的，不阙人。

春节期间，杨进赶着杨东东回城过了几天。他同爸爸妈妈在一家酒店吃年夜饭时，看到一个长得酷似柯柯的女孩，陪着一个也是光头，但年龄显得比刘光头还要大的男人喝酒，后来上了一辆大奔。一上车，那个女孩搂着那个男人亲了一口。他的心一下子就乱了。整整一夜翻来覆去睡不着觉。他妈半夜起来看他被子蹬掉地下，捡起给他盖上，嘟哝着说了一句，还像个大男孩！第二天一大早，他就回了民全。

一到民全，刘小芹又告诉他一件让他非常不安的事：杨进和刘福之间发生了矛盾。刘小芹说，我刘福哥组织一些村民，春节这两天偷偷地在西边岗上砍伐了几十棵大树。我老杨大爷听说后批评他，他还振振有词，说是为民全百姓谋福利。

杨东东虽然火冒三丈，但是没有表现出来。刘小芹看出他生气了，笑了笑，说，你还成熟得挺快。

接着，刘小芹又告诉杨东东，我刘福哥说了，明年咱北边有条高速路需要绿化，得用不少大树，咱村西边岗上的大树正合适。我老杨大爷听说后，也发了狠话：谁要动那些大树，就先把我埋了。说完，看着杨东东，又问：你看这事……

杨东东理直气壮地回答：他刘福不能一手遮天！

杨东东撂下这句话后，就去了杨进家。他和杨进谈了一个下午，临出门时，杨梅听见她爸爸对杨东东说，困难会有的，矛盾会有的，问题会有的，咱就认准一个理：凡做事看老百姓支持不支持……

杨梅后来给刘小芹说，我听着杨村官走路的声音咚咚咚响，带劲！

2010 年 8 月三稿于北京官园

我的文二嫂子

一

如果不是多年隔墙而居，如果不是她的模样儿在我脑海中印象太深太深，我真的不敢相信这就是我的文二嫂子。

她上身穿着件血红色的蝙蝠衫，下身穿一件雪白的西装短裤。上边露出雪白的脖颈，下边露出细嫩的大腿。你难以想象在豫西偏远的山沟里，怎么会生长出这么一个白白净净又水灵灵的女子。她长长的披发又黑又亮，犹如一片瀑布。她站一个坡上，身子顺势挺成了直线，波浪形的胸脯特别抢眼……夕阳好像也格外喜欢美女，悄悄地打扮着她，给她脸上添一片胭脂，给她身上添一层美丽。她的这副样子，让我想起时装店橱窗里的时装模特。别说这是乡下，就是我们学校那些"开放型"的女大学生，也只是西边的太阳快要落山时，在操场上打排球、打羽毛球或者在宿舍里才敢穿这一套。

兄弟，你看什么？她大大方方地说，你在城里上大学，什么样的女人没见过？嘻嘻……

我的脸红了。因为我觉得额头有点发烧。我在心里骂自己：瞧你小子这点出息，亏着还在城里上大学，让一个美女问得脸红。

放假了？回来几天了？她又问。这时，她抬头看了看夕阳。夏天的夕阳余晖照到人脸上还有点火热。她从衣袋里掏出一副墨镜戴上，隔着墨镜看了看我。

回来十几天了，全庄大人孩子都见了，就是没见着你。我说。

她笑了，想见我了？文二嫂子喜欢开玩笑。

我也笑了。

兄弟，你这一笑让我发现了你的一大变化。她说，我要是说出来你千万别见怪别生气！

我说，怎么会呢。嫂子你说吧。

她犹豫了片刻，好像在琢磨是不是要向我说。也许见我态度诚恳，她才半是认真半开玩笑地说，你的牙齿白了。过去，你可是一笑就露出黄板儿牙，就像抽了十几年烟，被烟熏的……

我能说什么，只有笑笑。

她问：听说我干什么去了吗？没等我开口，她自己就先做了回答。她说，我在城里开了个素汤馆，专做素菜素汤。店就在火车站对面那条很繁华的街上。我那门挨着门有五六家饭店。你反正懂得竞争吧？我和他们搞竞争。

我点点头，竞争就是比，比较、比试、比拼，我用了几个排比。

她没有注意我的用词，也就是说我没有引起她的注意。她说，他们都争不过我比不过我。不知你听没听说过，我父亲，你得叫大爷，他是开饭店出身，最拿手的招儿是烧汤，特别是烧菜汤。他用山芋秧子也能烧出人人喜欢喝的汤。一个字，鲜。

我说，鲜就是新鲜、鲜美、鲜嫩、鲜味，又是一串排比。

这回不知是她听出了我的学问，还是听出我在赞扬她，认真而又仔细地看了我一眼，不无自豪地说，那几家店有的搬走了，有的停业了，现在还剩下两家，一天下来的"流水"赶不上我中午一顿的。

那说明你经营有方。我说。其实我心已有点不乐。我的文二嫂子，你怎么就不知道夸别人两句呢？这世上有不喜欢被夸的人吗？无论是男是女，是老是小，哪个不喜欢被人夸呢？夸人又何尝不是一种风格，一种态度。

她可能没有想到我的感受，也可能是心里压抑太久，终于见了一个知音，所以想一吐为快。当初，我再三劝你二哥出去闯闯。他会开汽车，人又不笨，再加上我给他当帮手，怎么就不能……唉，他不听，还骂我心野了，不能与他共苦了。他还说我浑身上下没长一根经营的细胞，蛤蟆想吃天鹅肉。我就和他赌气。我原想在附近的镇子上，最远也就在县城干干、看看。后来一想，要闯就闯大城市，大不了再回家和他一起伺候那两亩地呗！没想到，这一去就真闯出来了。

我说，你是咱庄上女的里第一个到城里务工的，而且是开饭店当老板，没有闯劲根本不可能做得到。我这句话绝对不是奉承她讨好她，而是发自内心地赞叹，也是对她的肯定。但是，说罢我就后悔了。因为回家这些天，我听到的关于她的说法几乎都是负面的。有人说，文老二的媳妇跑到城里当"鸡"去了，陪男人一个晚上就能挣多少多少钱；有人说，她高中还没毕业，写自己名字时还丢胳膊丢腿，竟然搞什么餐饮文化，笑话！不知出于什么原因，我还跟那些说她坏话的人争辩过。我说她不是那种人。她搞餐饮文化是有人帮有人带。他们反问我怎么知道她不是那种人。帮她带她的人和她什么关系？我无言以对。不过，我希望她是纯洁的，像我们村庄旁女儿河水一样纯洁。

文二嫂子！我想对她说点什么，话到唇边又咽了回去。我是没有勇气，也不想伤害她。把别人背后说她的话当面说给她听，岂不是当面骂她一遍。

要往庄子里走了。我想和她挨近点，不知为何心里却有些惧怕。她倒是很大方，靠得我很近，身上的香水味直朝我肺腑里钻。

此刻，我俩走在竹林里的蛇形小道上。这是我家乡的青竹林。在这片青竹林里，我家乡的父老兄弟们演绎过许多许多爱恨情仇、生死离别的故事。从小学到大学，我有很多篇作文都写过青竹林。在我心中，它是美丽的青竹林，受过千般苦难万般折磨流过血的青竹林，曾经爱过也失恋过献了身又被抛弃过的青竹林。一天下来，青竹林里聚集了浓烈的炎热，人在林子里觉得很闷热。我甚至怀疑竹子也热得汗淋淋的。文二嫂子额头上布满了密密麻麻的汗珠，有几滴还落在了她长长的睫毛上。我想用手里的一本书给她扇一扇风，让她凉快凉快，又怕引起她怀疑，就没敢动。我说，文二嫂子，要累了，咱就歇歇。

她突然在我的肩膀上轻轻拍了一巴掌，嗔怪地说，兄弟你在城里两年了咋还不懂，像称呼比你大几岁的女人，城里都叫大姐，或者叫姐们儿，对吧？

我说是，叫嫂子习惯了，觉得亲，一下子改不过来。

她哈哈大笑，嫂子亲，姐就不亲了……话没说完，她的身子忽然向左边一倾斜，幸亏她反应机敏，抓住了一根竹子，才没马上倒下。我赶忙弯腰去拉她，没拉着胳膊，却拉着了大腿。这是我第一次接触母亲之外的女人的皮肤，身子像触了电一样猛地抖动。

你，你……她好像察觉到我的心并不安分守己，瞟了我一眼。但是，我从她的眼神里看不出有恶意和反感。

我的脸红了。

就要走出竹林了。竹林外就是那条足以让故乡儿女自豪又令故乡儿女深爱，但同时又曾给故乡儿女带来过耻辱和灾难的女儿河。可以听见河边洗衣的女人的谈笑声了。不知为什么，我的双腿突然沉重起来，迈不动了。

你还有事？她问我。

我想和你好好谈一谈。懂吗？我是为了你好！回到家这些天，茶余饭后，田边小憩，听人们谈论的都是关于你的故事，那些故事红红绿绿，情节污七八糟。在乡邻们眼里，你已经变成了一个坏女人，甚至变成了一条恶魔。我想问问你真的变坏了吗？你没有权力破坏你在我心目中的完美。可是，这些只是我的心思，没有说出来。真的，我就欠那么一点勇气。

她说，那我先走了。等你回城后，到我的饭店去吃饭。走了几步，她又回过头跟我开了句玩笑，兄弟，别忘把你女朋友也带来！

望着她像一只红蝴蝶翩翩消失在绿色的竹林中，我十分沮丧。你这个窝囊废，在大学生演讲会上，在成千上万双眼睛注视下，你能滔滔不绝；在一些研讨会上，你能据理力争，和不同意见的人吵得面红耳赤，为什么在她面前吞吞吐吐呢？你怕她，还是喜欢她？

我快快地走出竹林。女儿河边洗衣的几个女人，不约而同地把惊异的目光投向我。

大嫂，洗衣服呀？我主动和文大嫂子打招呼。

哎呀，是状元郎兄弟回来了。这么热的天钻竹林里做啥的？文大嫂子上上下下打量着我，好像我是偷盗了竹林什么宝贝的窃贼。说着，她还站起身，向文二嫂子离去的方向望了望。回头问我：见了二嫂子了吗？

我点了点头。我知道文大嫂子和文二嫂子不和。这几天，光她给我讲的关于文二嫂子的坏话，用俺村人的话说"用箩筐也装不下，抬不动"。当然，我也知道她和文二嫂子矛盾的根源。她嫉妒文二嫂子的聪明、灵巧，甚至连文二嫂子的漂亮，她也恨得发狂。我心里讨厌她，表面上又不能不应付。我说，刚才路上见了，打了个招呼。

等着吧，这个小妖婆一回来，咱这儿甭想安宁了。文大嫂子愤愤不平地说，她不知把哪个男人的魂勾了去呢。

几个洗衣服的女人也跟着文大嫂子发起了感慨。

瞧那打扮，就不是个正经人，活脱脱像个白骨精！

唉，你们没听说，她在城里天天跟野男人睡觉。不信让她脱了衣服你们看看，那肚皮上的老茧有三指厚，都能当磨刀石用了。

听说她还要带咱村几个女孩进城跟她干去，做梦去吧！谁家敢把孩子交给她带。

接下来几个女人骂的臊话不堪入耳，我觉得就是女儿河听了，都会羞红了脸。

快到家门前了，我看见文二嫂子正站在门前的街中心同一个高个子男人说话。看上去她讲话时很得意，细腰不停地左转右转，两手不住地上摇下摆。

大概是谁唤了文二嫂子一声，她和那个高个子男人分开了。瞧她大大方方向那个男人伸出白嫩的手，我真的有点感动了。我的文二嫂子，你是在同现代文明握手吧！当然，我也知道如果是另外一个同村人看见了，会对她嗤之以鼻，如果是文大嫂子看见了，又会骂她"浪货""骚货"。在我们那个乡下，男人女人见了面，一般会点点头，顶多问一句，吃过了？去哪？握手，还是女的先向男的伸出手，我还没见过。别看这样细微的动作，有可能引起一番热议，甚至招来骂声。

她进了她的家。

我进了我的家。

我们两家一墙之隔。那可不是城里机关大院或学校的院墙，而是用一块块狼牙般的石头摞在一起的。很矮，只到我胸窝。站在墙跟前，可以看见她那个干净利落小院里的一切，还能透过窗户看见屋子里。不过屋子很矮，光线也差，看不太清楚。

忽然，从她家的堂屋里传出一个男人粗哑的叫骂声，吓得我打了个激灵。不用辨别，是她丈夫文二哥在骂她。你这个骚娘儿们，活脱脱像只不着窝的野兔子，回家来也不说好好给我做顿饭，又跑哪儿撒野去了？

哟，你守老营有功劳怎么的？我回家来是招工、订菜的。大半天跑了几个村。文二嫂子的声音也很高。你一天什么也没干，连饭也不能做吗？告诉你，我可不是你文老二花钱买来的奴隶！

文二哥骂得更凶了。开口钱闭口钱，钱，钱！你觉着捞几个钱回来就了不起了？屁，老子一分也不会动你那脏钱！你说，那张报纸上搂着你的男人是不是你野男人，睡没睡过你？

文二，你，你真不是人……文二嫂子哭了。

接着是乒乒乓乓的摔打声。再接着是咚咚咚的脚步响。我姐用力把我推到屋里，关上了门，幸灾乐祸地说，这个女人是该好好管管了。她给文老二挣了多少顶绿帽子呀！

我没心思听姐说文二嫂子的不是。我关心的是她和文二哥之间接下来还会发生什么事情。我从窗户向她家看。不一会儿，看见她披散着头发从屋里跑出来。我一下子目瞪口呆。文二嫂子上身的血红色蝙蝠衫当胸撕掉了一片，向两边敞开着，一片洁白和两堆丰满向晚霞和人间裸露着羞辱。文二哥追了出来。他的手中攥着从文二嫂子衣服上撕去的一片布，狠狠地掷在地上。我觉得那分明是从文二嫂子身上撕下的一块血肉。

奶奶的，我叫你这个浪货还浪！从今天起你出门一步，我揍断你的狗腿！文二哥气势汹汹，长方脸扭曲成了四方脸，眼睛瞪得圆圆的，活像一尊凶神。

我一来不想听他们夫妻吵骂，二来因文二哥出现，我不敢再抬头向那边看，就关上了窗户。

文二哥真无能。打到的媳妇，揉到的面。这样的小妖婆，换别的男人早就打得哭爹叫娘，老老实实了。我姐在屋里纳着花鞋垫，嘴里却也在骂着文二嫂子。

你，你怎么能这样说人家？我很不高兴地责备姐，人家文二嫂子做了什么丢人事？

她做的丢人事还少？光挣的绿帽子，就够文二哥戴一辈子的了。姐说，都是本庄本村的，谁不知谁吃几碗干饭。她在城里凭什么挣了那么多钱，还不是靠脸蛋俊和一身香肉换的。她和野男人的照片都登报了。有人从城里寄给二哥。

我没看见登她照片的那张报纸。但是，凭我了解的情况，报纸上不会登人家隐私的照片。我怀疑是给文二哥寄报纸的人故意陷害文二嫂子。这里边必有隐情。

姐说，看着人模狗样的，做的事猪狗不如！

你，你再说一遍！我气得怒目圆睁，握紧了拳头。姐吓得惊慌失措，针尖扎到了手指，疼得轻轻叫了一声。接着把被针扎的手指放到嘴里吮吸。突然，她又笑了，说，哟，我说的是邻居家媳妇，就把你气成这副模样。要是你媳妇，我说几句，你还不把我连皮带骨头活活给吞了。

我说，姐，文二嫂子不像人家说的那样子。

我姐嫁的是她初中一个同学。姐夫在地勘队工作，天南地北到处跑着找矿，一年四季回不了几次家。姐生了孩子后，就搬回我家住了。姐对她自己丈夫倒是十分理解。男人嘛，做大事情。一天到晚朝家跑的男人有啥出息？她养了几只母鸡。她把母鸡下的蛋，一半给孩子吃，一半放在一只罐子里留着，等姐夫回来又是煮又是炒着给他吃。我曾听姐夫开玩笑说，在家待一周，回去大伙说我打嗝都有鸡蛋味！可姐对文二嫂子一百个不顺眼。昨天晚上，她还数落文二嫂子给我听。你看见二哥家院里院外堆的红砖了吧？快大年关了，是他媳妇让盖房子用的。他媳妇要二哥把老房子拆了，换成砖墙瓦顶。二哥现在也没动。我问为啥？姐说那还不明白？二哥怕乡亲们说钱不干净，盖了房子带来邪气。我气得骂了句脏话：净扯淡！

姐知道我挺喜欢文二嫂子。不过，在她看来，那种喜欢就是乡邻之间的一种普通感情。所以，她拦住不让我出门。姐知道你大学生，赶时髦，和俺们想得不一样了。可是，你总不能不听乡亲们的吧？一个人看不起她，两个人看不起她，那不是她的错。可咱全村几百号子人都骂她，难道都错了？我针锋相对地说，你说的几百号人有几个敢像文二嫂子一样出去打拼？

姐说，那你等着。文二哥肯定能打得她说真话。

这一夜，我的心像被一只手揪着……

二

我还清楚地记得第一次见到文二嫂子的情景。

那年我刚上初二。一天中午放学后，我和几个小伙伴光着屁股在女儿河里泡了个痛快才回家。我家的门楼和文家的门楼挨得很近，一蓬葫芦架在两家的门楼上，绿色连成一片。文家院子里有棵石榴树，到了石榴挂满枝头时，有几枝头伸到我家。文家爷爷隔着墙喊，狗蛋，把那些石榴摘了吃吧！不想吃去换点盐……我家的枣树也伸到文家院子里，挂枣的时候，我奶奶也会叫文家人摘了吃。文家爷爷在世时曾感慨地对我爸我妈说，咱这墙挨墙门挨门已经有三代人，两家的亲情是怎么也不能割断了。

远远就看见有一堆人围在门前，站在中间的是身着一身黄军装的文二哥。文二哥是前年参军走的。这家伙本来就长得挺英俊，再穿上一身军装更显得帅气。在我这个连山沟也未出过的初中生心目中，他就像电影里的英雄。昨天夜里我还做了个梦。梦见我穿上了他那身军装，个子也长高了长壮了，威风凛凛地朝学校里一站，浑身都光彩夺目，吸引了很多同学驻足观看。

哟，那是谁？我的一个同学惊讶地轻轻叫了一声。我循声望去，眼睛也不由得一亮。我看见文二哥身旁站着一位漂亮的长辫子姑娘。她是谁呢？是来俺庄走亲戚的吗？还未等我走到跟前，人群就散了。文二哥和那个长辫子姑娘挨着肩进了文二哥的家。我忽然头脑开了窍，这姑娘是文二哥的媳妇。回到家，一问姐姐，果然是文二哥未过门的媳妇。我乐了，咧开大嘴不住地笑，扒在墙头上探着头去瞧长辫子姑娘。可是，我没看见文二哥和长辫子姑娘，却听见屋里有人哭，是个女的声音。我心中生疑：人刚进家门怎么就哭？

姐扯着我的耳朵把我从墙头上拽下来，玩笑地说，你是看上文二哥的媳妇俊了吧？等你长大了，也让爸爸妈妈给你找个俊媳妇，让你当画看，不要吃饭就能撑饱！姐虽然是玩笑话，但话中有话。

那时候，我和小伙伴放学回家，放下书包不是拿起镰刀去河湾里割猪草，就是背着粪箕子漫山遍野去拾柴火。我姐把我从墙头上拉下来，就把镰刀递到我手上，催着我出去。我的心情格外愉快，一气走了好远好远。不知为什么，文二哥媳妇的长辫子老是在我眼前晃来晃去。那天，我直到太阳落山才回家。离很远，又见文二哥家门前围着很多很多人，吵嚷嚷乱哄哄的，好像发生了什么事情。我赶忙钻进家。我家院子里也站了很多人，隔着墙头朝文家看，已经没有容下我的位置了。在我从小的记忆中，村子里隔三岔五就有人家吵架。一到这时村里人都会去围观。如果碰到吃饭的时候，有的端着饭碗蹲在一旁，一边呼啦呼啦地往嘴里扒饭，一边津津有味地听着吵架的双方对骂，好像给他的饭里增添了味道。

我急中生智，爬到我们家院里的老枣树上，文家院子尽收眼底，我看见一个矮胖的黑脸女人气势汹汹，满嘴唾沫星子乱飞，指手画脚地骂着些不干不净的话。她的身后，站着几个年轻小伙，地上还蹲着一个干瘦老头。文二哥和矮胖女人面对面地站着，满脸汗水像一条条小溪往下流。

亏着你还是个当大兵的，勾引人家的媳妇，不知羞耻，这是犯罪！黑脸女人先是对文二哥说，接着又面向大伙，拍着巴掌吆喝，小文沃的父老乡亲们你们来评评这个理。把人家的媳妇勾引来做媳妇，按你们文家祖传家法该治个什么罪呀？

人群中没有回声。

黑脸女人急了，哟，你们小文沃没有通人性的呀？要是有人把你们文家哪个媳妇拐走，你们也会这个样子吗……黑脸女人气恼得又是跺脚又是拍手。我相信她的两个巴掌都拍肿了。

这时候站出一个人来，是东老太太（注：安徽萧县一带的农村民俗，称呼比爷爷辈分大的男人"老太太"，以表示尊敬）。我们小文沃文姓占得多，辈数也悬殊大。东老太太是我们文家辈数最长的，连我爷爷都称他为大叔。因为村子里和他同辈分的还有一个老人，所以人们就根据他们两家住的方位，分别称他们为东老太太和西老太太。东老太太比西老太太又大几岁，理所当然成了我们文氏家族的权威。他那时已经80多岁了，身体十分硬朗，耳不聋眼不花，说话声音洪亮。据说他的牙不但没掉而且很有劲，什么饭都能吃。不像有的老人比如我爷爷，只能吃些软面和喝点汤。他满脸怒气地冲那个矮胖女人说，我说妇道人家，嘴打扫干净些，说话别咬脏字，文家人没有都得罪你，有理讲理，想给姓文的泼脏水可不行！

黑脸女人很会察言观色。她从东老太太的相貌、举止以及大伙对东老太太的表情中，看出东老太太在村子里的地位，笑容可掬地说，老人家您别生气，怪我气糊涂了，说了些对不住您老人家及乡亲父老的话。您老人家海涵，可甭跟我一妇道人家一般见识呀！说完，她冲蹲在地上的瘦老头瞪了一眼，还不给老人家敬烟？瘦老头从衣袋里掏出半盒烟，递给黑脸女人。黑脸女人抽出一支递给东老太太。

东老太太被黑脸女人几句好话说得心里挺得意，神情也温和多了。他接过黑脸女人递的烟，夹在耳朵根上，仰着头问：你们到小文沃来有什么事，尽管讲吧！要是俺文家有人不讲理，我给你们做主。要是你们来胡闹，我也不会轻饶你们！

黑脸女人突然呜哇呜哇地哭了，老人家，您老要给俺做主呀！俺家花了一笔钱给俺儿子换了个媳妇，还没过门，就被你们这个后生给拐骗来了！她指着文二哥的鼻尖说，俺来找他要人，他，他不给；俺要钱，他说没有……

人群一下子寂静下来，就连刚才还在娘怀里哭闹的孩子也安静了。几十双目光都集中在东老太太和那个黑脸女人身上，想知道后边会发生什么事情。黑脸女人两眼也紧盯着东老太太，目光既有怀疑，又有期待。

东老太太望着文二哥，目光冷峻，突然厉声问道：小二子，这是真的吗？

文二哥倔强地昂着头，没有回答。

东老太太问你话，还不快回答！人群中有人向文二哥发出呵斥。

文二哥仍然没有回答。

我真有点傻眼，眼前发生的故事让我一时难以弄懂。媳妇还要花钱去换？多新鲜的词儿。

黑脸女人忽然转过身，拉起一直耷拉着脑袋蹲在地上的瘦老头，说，亲家，你给这个老人家说说是不是真的，你闺女我那儿媳妇是不是被这个当大兵的拐骗来的？

瘦老头浑身颤抖着，点了点头。

人呢？东老太太厉声问文二哥。

就在他屋里藏着！黑脸女人指着文二哥屋说。

东老太太的脸一下子拉长了，眼睛瞪大了。他四下扫视一遍，看见了文大嫂子。文大嫂子这会儿急忙钻到屋里，果然把长辫子姑娘给拉了出来。东老太太恼羞成怒，指着文大嫂子就骂，你这个嫂子怎么当的？你公公婆婆都走了，老嫂子比母你懂不懂？兄弟带着个女人家来，你也不问一问是谁？接着，他又骂文大哥，还有你这个当老大的，父不在，兄为父，你光为你自己老婆孩子热炕头，闹到给文家丢人现眼。文家的脸面不能败在你们几个孽种身上。今天，当着这几个客人还有外姓亲邻的面，咱给你们动动文家的族规家法，来……

东老太太一个"来"字刚出口，长辫子姑娘挺身站在文二哥面前。她因气愤而涨红的面颊上还留着泪痕，目光却被泪水洗刷得更加明亮。她义正词严地对东老太太说，老人家，一人做事一人当，这一切与文家没有关系，有什么事我担了！

　　你，你……东老太太气得身子发抖，半天没想到一个词儿。倒是黑脸女人早已胸有成竹，走到长辫子姑娘面前，拉着她的手，亲切地说，孩子你受苦了，婶子知道你是被骗的。俺不怪罪你，走，咱们回家去吧！

　　回家，回哪个家？长辫子姑娘甩开她的手，反问道：想让我跳你们挖好的那个坑呀？给你说吧，我死也不会回去的。

　　黑脸女人被激怒了，你敢不听我的话，也不听你爹的话？给你明说，别敬酒不吃吃罚酒，今天老娘就是拖也要把你拖走。

　　你敢！文二哥挥了挥胳膊，把长辫子姑娘拉到自己身后。那一刻，文二哥的形象在我心中变得更加高大了。我想到了顶天立地这个词。用它来形容文二哥一点也不错。

　　长辫子姑娘可能心里更有了底气，寸步不让地说，我一不情愿嫁给你儿子，二没和你儿子领结婚证，三没跟你儿子有不正当关系，你凭什么要强迫我？

　　你爹吃了我家的饭，用了我家的钱。黑脸女人说。

　　长辫子姑娘说，他吃你家的饭早成了大便，要讨你向茅厕讨去。他花你家的钱与我没关系，谁花了你找谁要去！

　　人群中爆发出一阵热烈的笑声。

　　黑脸女人恼羞成怒，伸手要抓她的长辫子，被她推了一个趔趄。她又去拉那个瘦老头，瘦老头无可奈何地闪开了。无奈，她又去求东老太太帮忙。东老太太被她几句话捧得心里乐乎乎的，竟对文大哥文大嫂子下了令，你们俩口子现在就把这姑娘赶出村去。

　　文大哥没动。文大嫂子想去拉长辫子姑娘。长辫子姑娘瞪了她一眼，她再没敢轻举妄动。

　　长辫子姑娘望着院里院外、墙上墙下的人群，说出了黑脸女人勾通媒婆搞买卖婚姻的事。她也含沙射影地责怪了东老太太一番。接着，她挽着文二哥的胳膊，说我和文泉是自由恋爱，我跟他回来就是结婚的。他没骗我没拐我。我就喜欢他堂堂爷们儿气派！是你们小文沃、文家人传给他的爷们儿气派！

　　她的这番话让我们村在场的老少爷们儿心里高兴。我也打心里为文二哥骄傲。文二哥找了个那么俊的媳妇，为文家争了气。我竟然不知天高地厚，脱口而出地喊了一句：买卖婚姻犯罪！

姐在我屁股上拧了一把，疼得我上龇牙咧嘴。姐说你咸吃萝卜淡操心。看看那女人，哼，我觉得她不配二哥。

不知是长辫子姑娘一番话的威力，还是她一身正气的威力，人群中开始有人为她说话。有的说花钱买媳妇，也得人家闺女同意。有的说这都什么年代了，还敢干买卖婚姻犯法的事。有的说这姑娘配文老二，天生一对。黑脸女人像泄了气的皮球，再也没有吵闹，向瘦老头丢下一句，咱的账得算清，然后灰溜溜地走了。

长辫子姑娘终于留下来，第二天就同文二哥拜了天地。

从那时起，我就很崇敬她，甚至把她作为心中的女强人。放了学，我回到家第一件事就是先隔着墙头往文二哥家看。她也许因为对我那天吼的那一嗓子记忆深刻，看见我就笑着和我说话。我们的话题越来越多，有时聊着聊着我竟然忘记去割猪草，挨爸爸一顿骂。她顶喜欢我。有几次她正在洗衣服，让我把脏了的褂子脱了帮我洗。我姐嫉妒地说，让文二嫂子做你姐吧！

其实，她比我大五岁，和我姐同龄，的确是做姐姐的。

我上高中时在离家十几里的镇上。别的同学住校，一周回家一次取食粮。我却一周回家两次三次。有时回去见了她一面，披星戴月再赶回校。如果回去见不到她，心里就挺不乐。

我后来才知道，这就是男人的初恋。

我到省城读大学的第一个寒假，回村时没见到文二嫂子。姐告诉我，她到省城做生意去了。

我第一反应是吃惊：她一个人？

姐说，就她一人，兜里揣了卖石榴的五十元钱。和二哥吵了一架走的。走时撂下话，不混出个人模狗样不回来见你！

我摇头，愠怒地说，二哥也太不负责任。怎么能……

姐说，你不知那女人心有多高多野！她早就对二哥不满意了。她说二哥没出息，就知道守着那两亩承包地。她说二哥身上不再有当兵时的精气神，终日为没要孩子唉声叹气。她还说，多了，多了。二哥一提她就恼火。

我不想听姐姐说她的不是，就直截了当地问：文二嫂子在省城待得下去吗？

姐说，听说好着呢！开了饭店，自己当了老板娘。

我心里想：二嫂，你怎么不与我联系呢？

三

夏日早晨的女儿河美得令人心神荡漾。河水像女人的乳汁一样白，看了忍不住想饮一口。翠绿的竹林披着一层雾纱，像一群"绿衣仙子"。近处的山远处的山，在淡淡的晨雾中时隐时现，让人觉得他们都活得更精彩了。

我走在女儿河边，心情沉重，脚步沉重。

昨天前半夜，文二哥家里的吵闹声几乎未断。到了后半夜，我实在犯困睡着了。今天早上一起来，我姐就对我抱怨说，二哥这个媳妇，真是越来越不像话。二哥一觉醒来，发现她在床头留了张纸，人不见了影子。

那张纸上写了什么？我问。

姐说，能有什么好事，说是要和二哥离婚。停了片刻又说，谁也不怪，怪文二哥自己，当初就不该娶这种女人。人家上门来要还给人家，今天就没这烦心事了！你想想，她给二哥惹了多少是非，就说你知道的那块表……

那时候，文二哥还在部队上。他给文二嫂子寄来一块"钟山表"。这在当时是要"走后门"才能弄到的。在我们这个山村里，别说普通老百姓，就是大队里那些头头脑脑们也没混上手表。文二嫂子手腕上那块金灿灿的东西，一时成了众矢之的。我记得大队里、小队里那些头头脑脑，经常到文二嫂子那儿去问时间。规矩点的，走门口喝一声"文二家的，几点了？"得到回答后就走了。有心术不正的，钻到文二嫂子屋里，假意问时间，却扯上半天话，还不住说，这才几点钟，不晚不晚！有的大队头头，还经常借文二嫂子的手表戴，有时十天半个月也不提还。我们那个大队书记去县里开"三干"

会，借文二嫂子手表用以"掌握时间"，开了几天会回来，站在门口对文二嫂子说，你这表是什么玩意儿，怎么老停在一个地方不走！当时我就在旁边站着。文二嫂子什么也没说，把表递给了我。我一看，原来大队书记不懂给表上劲，劲完了当然停在一个老地方了。我一说，大队书记脸红了。这玩意儿也要上劲啊？！

村子里风言风语，说文二嫂子是块"吸铁石"，把那些男人"吸"到家里来。文大嫂子说得最多，骂得最多。东老太太那时还活着。他从一开始就对文二嫂子没好感，一说到文二嫂子，他就摇头叹气，说文老二家的是麻绳串豆腐——提不得。

我那时候学前学后都要帮家里干活。有时不用我去问，文二嫂子就隔墙甩过话来：快该打预备铃了，晚到校小心老师熊你！后来，因为那块表惹了一场口舌，文二嫂子一气之下把表扔进了火里。

那天，大队书记又找文二嫂子借表。文大嫂子正巧也来找文二嫂子。她半是认真半是玩笑地对大队书记说，你借俺家兄弟媳妇的表，她借你什么呀？

大队书记哈哈大笑，我身上有的她都可以借。

文二嫂子正在烧火做饭，听了文大嫂子和大队书记的话恼羞成怒，把表扔进灶膛熊熊燃烧的火中。

有一阵风从女儿河的河面上吹过，河水颤抖起来。

我这时已走到文家的牌坊前。小时候，我在河岸上见过很多座牌坊，后来都毁于"破四旧"了。文二哥的老父亲，曾偷偷把文家立的一座贞节牌坊偷运到家里，做了垫猪圈的料。前年，文大哥按照老父亲的遗愿，把那座牌坊取出来，立在原来的位置上。听说为这事，另外一些姓氏的人还闹了一场，因为他们姓氏的牌坊都找不到了，即使找到的也残破不堪。就是文家又立起的这座牌坊，字迹也模糊不清。

记得我上大学第一个暑假的一天早晨，在女儿河边散步时，到了文家牌坊前见过文二嫂子。当时，她手里捧着一本书，在低声念着。我听出她是在读英语。我简直目瞪口呆了，在女儿河边的乡村，在贞女牌坊前，一个当代女子在读英语，这，这太令人不可思议了。

听到我的脚步声，文二嫂子回过头，朝我点了点头。

你在学英语？我问。

文二嫂子像个小女孩，把书藏到身后，摇着头说，没有！没有！

我说，我听着就是英语。

文二嫂子犹豫了一下，点点头。我从电视里看到，外国人到咱中国来得越来越多了。万一哪天到了咱村里，咱一句话也跟人家对不上，不是不礼貌吗？

那时，我没有想到她已经在琢磨进城做生意的事了。

我没话找话，看着文家的贞节牌坊问她：这牌坊上边写的什么，二哥给你说过吗？

她沉默了。早霞正如泼血似的从东边的天幕漫无边际地铺开。女儿河仿佛涂上了一层胭脂。远处的山近处的山也愈发英俊了。村子里响起繁忙的喧闹声。她叹息了一声，说，这种贞节牌坊能写什么，不就是对女人的一种约束吗？

我非常惊讶，看她时的目光都直了。

她反问我：现在乡下去省城做生意的人多了吧？

我点点头。

她忽然发了一通感慨：旧习惯旧势力的新生，不经过千百次阵痛，甚至头破血流是根本不可能的。这两年，我总是在想，咱这山里人什么时候才能混出个人模狗样来。你听有些城里人说乡下人的话，不是说咱人蠢，就是说咱人刁，说咱人滑……好像当乡下人就是一个错误。我就想，乡下人也是人，难道就不能做出点壮举？比如你就是乡下人，不照样上省城的名牌大学？在人的价值这个天平上，城里人也好乡下人也好，当官的也好老百姓也好都是平等的。

我似乎理解了她，但又好像没听懂她话中的含义。

当时，有人从我们身旁走过，但都是跟我打招呼，仿佛她根本就不存在。有人投向我的目光也含着疑窦和鄙视。我是我们村第一个大学生，在乡邻们眼里是个为他们赢得骄傲的能人。而文二嫂子却恰恰与我相反。我真怕伤了她的心。她却毫不在乎。忽然，她指着那座贞女牌坊说，等着吧，也许有一天，后代也在河边为我立一座碑，当然不是这种碑！

是丰碑？我问。

她没有回答。但是，从她坚定而自信的目光和神情中，我得到了回答。我的心竟有一阵激烈的冲动。

回城，去见见她！我这样想。

可是，我刚一进家门，还没来得及给姐说我要提前回校，就听见隔壁有女人尖叫。姐愤懑地说，那个浪女人让文二哥追回来了。二哥把她捆在自行车后座上，硬是像驮死猪似的拖回来的。你听，她叫得就像挨了刀子的猪叫！

我一切都明白了。但是，我什么也不能为她做。

到了第二天夜里，她在一个人的帮助下逃出了家门。

后来才知道，那个帮她的人是我姐。

四

回校后，我约几个同学去素汤馆用餐。话一出口，竟有两个同学连呼赞成，并说他们是素汤馆的老顾客。同学小刘随口说出一段顺口溜：

> 七鲜汤馆有七鲜，
> 不信你去看一看。
> 小笼蒸包味道美，
> 香喷喷的大米饭；
> 素菜汤儿喝一碗，
> 保你快活如神仙；
> 桌明碗净环境美，

> 热情似火的服务员；
>
> 有钱没钱先吃饭，
>
> 下回再来一块算；
>
> 还有一鲜最惹人——
>
> 年轻漂亮女老板。

据小刘说，这个顺口溜还曾在报上发表过，是一个记者的文章中提到的。

那个女老板姓文，和你是一家子呢！小刘说，听口音也是你们东北乡的人。她可不简单，不光做一手好汤，待人也热情大方，不卑不亢，对了，她跳舞也很棒！

她会跳舞？我一惊。

小刘挺认真地说，不骗你，她每逢周末的晚上，就带着素汤馆几个年轻漂亮的服务员去舞场。

我敢说，如果小刘不是欺骗我，我对文二嫂子产生了一种反感。怪不得乡邻们那样议论她，怪不得文二哥不让她再进城来，都怪她自己在城里不学好。她能去舞场跳舞，难道，难道？我不敢也不愿再想下去了。如果文二嫂子现在站在我面前，我一定会愤怒地狠狠瞪她一眼。你听那顺口溜后边唱的：还有一鲜最惹人——年轻漂亮的女老板，这，这是什么意思呀？她是"一鲜""惹人"，因为她"年轻漂亮"，岂有此理！

哎哎，你老兄是怎么听说素汤馆的？小刘走在路上时，突然想起问了我这么一句话。我没有说出文二嫂子是我的老邻居，甚至怕她不好的名声沾辱了我似的。我顺口回答说是在报上看到的。他不信，说是地方小报，大学校园里根本不会有。这家伙，非打破砂锅问到底不可。再隐瞒不行了，我就暴露了和文二嫂子的邻居关系，甚至暴露无遗。

原来是你嫂子！小刘笑了，这么说她早已嫁过人了？看样子倒像个没出门的大姑娘。再说，她也不像是从乡下来的。哎，她丈夫干什么？怎么没和她一起进城做生意？他们夫妻感情好吗？

扯淡，你问这些干什么？我有点火了。尽管我心里对文二嫂子已有了反感，但是不能容忍别人说一句我亲邻的坏话。好狗还护三村呀。

小刘笑着说，伙计，我可没别的意思。说真格的，我很敬佩你这个文二嫂子。她是个了不起的角色。要让我说，她可以称为改革时代的"花木兰"。

我们边说边走，已来到了素汤馆。仅从门面的装潢布置看，汤馆的经营者就是个有现代头脑，善于思考善于号准企业脉搏的有心人。用我们这一带的话说"货卖一张皮"，门面装潢确乎是很重要的。汤馆的门前，是一小片菜园，里边种着青菜。门楼搭的是乡村人家的门楼，乍一看，我有种到了家的感觉。广告词也写得很诱人：要想身体健康，多喝一碗菜汤。进门的一个大橱窗里，放着汤馆女老板和服务员的彩色大照片，下边写着一行大字："欢迎你！"文二嫂子留着长发，笑容可掬，不知是请哪儿的摄影师，摄影技术极高，无论你站在哪个角度上，都能看到文二嫂子那双温存的大眼睛在向你致意。看起来，这种设计是颇下了一番功夫的，如果真的出自文二嫂子之手，倒似乎表明她的才气和灵气。

就是在橱窗里，我看见了登着文二嫂子照片的报纸。那是省城一家生活类报纸，有一篇文章介绍文二嫂子从山沟来省城创业。那个与她合影的男人是文二嫂子开饭店所在区的餐饮协会会长，背景的横幅上写着是区餐饮协会食品安全表彰大会。显然，她和那位会长是在会上的合影。我心里一阵悲叹：就这么一张照片，竟然让她挨了乡亲骂、丈夫打；就这么一张照片，竟然让她回乡招工，带乡亲致富的良好愿望成了泡影。

汤馆的布置也是按照乡下人的餐桌布置的，唯一的区别是干干净净，让人觉得很舒坦。汤馆里挤满了人，有的桌子坐不下，干脆端着汤碗站着喝。

小陈，雅座开个包间，这位是你们经理的老兄弟！小刘对一个姑娘说。

小陈看了我一眼，问：你是不是上大学的那个文化兄弟？

我点了点头。奇怪，这姑娘我从来没见过，她怎么知道我的名字而且知道我在上大学呢？

刚刚坐下，小刘就让小陈去叫经理。

小陈说，经理不在，出去办事了。

小刘说，饭店经理不在饭店里，办什么事呀？

小陈听了撇了撇嘴，不满地说，问问文化大哥不就知道了？

我一愣，问我？我怎么知道。

小陈不平地说，你们文家那个文二哥真是不识好歹。凭他配我们大姐，真是牛屎配鲜花。他倒不知足，老是找我们大姐的茬子。大姐回一趟家，想给家里盖新房子。他倒是好，污蔑我们大姐不守妇道，又打又骂。大姐回来，脸肿着，身上也青一块紫一块，要是换我，早和他分道扬镳了。

小陈一席话，说得我哑口无言。我的几个同学也都目瞪口呆。酒菜上了桌，小刘硬要我和小陈把文二嫂的事告诉他们。

这是人家个人的隐私，你就不必打听了。我训了小刘一句。谁知这家伙越发上了劲，把酒瓶夺了过去，说我和小陈不讲他就不打开酒瓶。我是不愿在背后议论别人，何况是文二嫂子呢！我耍了个滑头，说，我上大学前在家时，二嫂在家和二哥感情蛮好。我上大学离开老家，以后的事就不知道了。你要问就问小陈吧。

小陈却毫不推辞，大大方方讲起文二嫂子的个人生活。她先是声明让我评评理，并让我这个兄弟把话捎给文二哥。她口口声声称文二嫂子"我们的大姐"，崇爱和尊敬之情溢于言表。从她那里，我得知了文二嫂子的一段不愉快的岁月。文二嫂子把小陈和另外五个乡下姑娘从山旮旯里带出来，在这个城市的一角，用辛勤用真诚用信任，在大大小小的数以百计的饮食店竞争中站住了脚。文二嫂子在省城饮食行业中已打出了名声。老家所在县对她很重视，据说她已被列为县人民代表候选人。

小陈动情地说，有些人捕风捉影，败坏我们大姐的名誉，目的就是想搞垮我们的大姐。咱们这儿人就是有毛病。人家有的人搞竞争，你比我强，我要靠努力赶上你。可咱们这儿有些人却是，你比我强，我不如你，可是我要千方百计让你也不好。可又摊上你们小文沃那个地方的人都害"红眼病"，那个文二哥又不知道什么是爱情，硬是把我们的大姐朝污水坑里推，非沾她一身臭屎不甘心。

小陈看样是二把手，里里外外忙得不亦乐乎。她只在偷闲的时候到我们这边发几句感慨或牢骚。她一去，我就成了文二哥的替罪羊，小刘和几个同学为文二嫂子打抱不平，把火气都朝我身上发。

小陈讲的是真的吗？你们小文沃的人还都有"红眼病"呀？伙计，你当初不应当学中文而应当学医，回来好治治你们小文沃的病患呀！

是呀，"红眼病"可得抓紧治疗，危害确乎不小！

文二嫂子真该和她那个丈夫离婚，干净利索，干起事业来无牵无挂了。以后还愁找不到理解她的好丈夫吗？

我的心要碎了。是的，我为我那个遭人讥讽的小山村感到羞愧。为文二哥感到惭愧。为文二嫂子的不平感到不安。

回到学校，小刘在宿舍里发起开展了一场"文二嫂子应不应该离婚"的讨论。他一直是学校里的活跃人物，经常组织我们对热点问题进行讨论，诸如：关于人生意义的讨论；关于解放思想的讨论；关于坚持四项基本原则的讨论；关于某同学做了某件好事的讨论。这家伙善于思辨，又有一定的组织和活动能力，身边总是团结着一批人。

我没有阻拦他们，而且积极参与了讨论，几天来闷在心中的压抑一吐为快。当然，我对文二嫂子赞成的话比较多，也说了一些指责的话，比如她上舞厅之类。

小刘却和我争了个面红耳赤，非要我承认自己的思想还有一半属于小农和保守。他对我的批判既激烈又无情。他说，文二嫂子去舞厅，的确是为了推销自己，广交朋友，扩大经营门路，这一条怎么不对呢？我的大学生高才生同志？在你认为，文二嫂子下班以后应该坐在灯下为她那个不值得爱的丈夫缝衣做鞋，为她那个尚未出世的小宝宝祈祷才对是吗？你心目中良家妇女的形象就是这么一个标准吗？他还说到，文二嫂子开的素汤馆还别出心裁地搞了"送汤上门"活动，直接同一些中小型工厂商店联系，每到开饭前，用车子把汤菜送到工厂车间和商店，很受欢迎，被称为"快餐车"，有个记者已经把这一条写成文章，最近就要见报了。

我承认这的确是饮食行业的一项改革。其实，我心中何尝不希望人们给予文二嫂子一些赞扬和肯定呢！

你回家以后，能不能把这一切转告给你的文二哥？如果你的文二哥还不能理解文二嫂子，再给她气受，我们就要动员她和他离婚，并且帮助她把官司打赢！小刘慷慨激昂地说。

这个难题，我无法做出回答。

扯了一下午。晚饭以后，小刘提出去跳舞，大伙都响应，我也只好顺大溜。

文二嫂子！一进舞厅，小刘惊喜地尖叫一声。果然，文二嫂子看见我们，高兴地走了过来。当她的目光和我的目光相遇时，我发现她的目光是坚定而自信的，没有了悲伤和忧虑，好像回到家里任何事情也没发生过。

我还没能够和文二嫂子说话，小刘早已抢先一步邀请文二嫂子跳舞了。文二嫂子的舞步很漂亮，可以想象得出这双从泥土中、山道上走出来的脚板，在初入舞场的时候一定怯过阵，也一定被熟练的舞步踏踩过，痛苦过。我忽然觉得这双脚，从小文沃那个山旮旯里走出来，走的是一串辉煌的脚印。这双脚不应再蒙受委屈了。脚是伟大的，它支撑着人生，开创着道路，经受的磨难最多，吃得苦最大。我诗兴大发，但在舞场上又不好伏案疾书，只好在心里默诵着，默诵着。

文二嫂子一直没有闲空，有时刚坐下来想和我交谈，舞曲一响，又被人邀上舞场，只好冲我抱歉地笑笑。直到舞会结束了，在走出舞厅的路上，我们才有了交谈机会。

二哥怎么又同意你回来了？我开门见山地问。我了解文二嫂子这个人。她对你真诚，也要求你对她真诚。

果然，她一如既往也是开门见山地对我说，要是等他同意我回来，除非太阳从西边升起。

我吃了一惊，你是私自逃出来的？

她摇头，不是。是你姐帮的我。

我姐？我打心里不相信。

文二嫂子说，有的话我说了你别生气。我早就怀疑你姐和他有那种关系了。他老是让我给你姐家的孩子买这买那。一开始我还以为是我们没孩子，他喜欢你姐家的孩子才那么做。这次回去，我发现了你姐的围巾在他的枕头底下。

我一时悲愤交集说不出话来。

文二嫂子说，我也不想让大家都难堪。我就喊你姐的名字，让她到我家拿围巾。你姐去了，我就和你姐直截了当地谈了条件。

我们已经走到黄河大桥上。两边的路灯下，围着一堆堆打扑克下象棋的人们。我们找了个背着灯光的地方站住了。宽阔的黄河河面上，倒映着两岸楼房的倩影，灯火的晶莹，显得拥挤而热烈。文二嫂子说，我承认，我已经深深地喜欢城市了。真的，如果有可能，我都想把我这个素汤馆搬到北京、上海、深圳去开连锁店！

沉默了片刻，她又深情地说，我在城里生活了这两年，觉得活得叫痛快！这种生活既紧张繁忙又轻松愉快，让人舒心让人聪明让人活得越来越年轻。我要是在咱们那个小文沃说这个话，会被乡邻们撕个粉碎的。其实，人穷并不可怜，而可怜的是不敢面对事实！我并不看重城市户口，那不过是个小本本。我是想争一口气。如果我在城里站住脚，赚了大钱，并且能改变更多乡下人的传统观念如恋土难移、怕钱咬手、人穷志短等，我也就满足了。

文二嫂子一席话，说得我很为感动。可是一想到文二哥，我心里又十分沉重。她这样私自逃来，文二哥会善罢甘休吗？她能够冲破文二哥这道坚固的障碍吗？

也许文二嫂子看出了我替她心有余悸，果断地说，我一路上已想好了。我要和他离婚！当初，我因为不满家里拿我的婚姻换钱，冲破阻力和他相爱并嫁给了他。婚后我们过的是什么日子呀？你是知道的。吃，勉勉强强填饱肚子；穿，缝缝补补遮住身子。山上湖里拼死拼活干一年，换来的麦粒子还不如洒得汗粒子多。

文二嫂子现在变得爱思考了。我想，假若我们小文沃的人们，不，我们千千万万个农民都认真思考，我们的国家会是什么样子。

文二嫂子见我不语，又接着说，我也想过，你不是爱过他？你和他可不是家庭包办的，而是自由恋爱的！你过去为什么不提离婚呢？是你喜新厌旧还是他另有新欢？是的，这一切都很难说清楚。世上的事本来就模糊，特别是感情更难说清楚。当初，我和他结婚，确实没想到今天还要离婚。尤其是我提出来。可是，我真的是忍无可忍了。

我说，我理解。

她看了我一眼。灯光下，那双眼睛温存、温柔，又有些温馨。我不禁有点冲动，对她说，你不用怕。这事说到哪儿你也占理。当初你爱的那个文二哥，我也爱。今天你不爱的文二哥，我也不爱了。爱情不是常青树，没有心血浇灌也会枯死。我自己都惊讶说出这样有深度的话。她显然受了感染，或者说受了启发，忽然激动地拥抱了我一下。兄弟，我没看错你！我给店里那些年轻人经常提到你，让他们向你学习。

我反过来不好意思了。

很快，她的情绪又沉重起来，看着黄河水的目光有点呆滞。

你是不是怕社会舆论？我问。

她点了点头，脸上的神情显得沉重而沮丧。说不怕是假。你想想，父母亲会怎么责备我？乡邻们又会怎样指责我甚至恶语伤我？

你不是有意中人了吗？我又问。

文二嫂子并没介意，大大方方地说，意中人，我中意人家不一定中意，有人中意我，我不中意他。不瞒兄弟你说，我的意中人要有学问，有思想，懂感情，懂生活。可是，人不可能每件事都十分中意，完美不一定就好！如果这世界没有缺陷，也许就不这样美好了。

来往的行人和河边乘凉的人们，纷纷向我们投来各种各样的目光。文二嫂子好像全不在乎。不等我回答，她又长叹一声，说，我现在真正体会到了做一个女人很难，很难，下辈子就是做牛做马，也不做一个女人了。

我见她又陷入了颓丧，也没有安慰她。我知道此刻她的感情选择。任何一个人的感情都不是别人的感情能替代的。

我一直把她送到餐馆门前才和她分手。她有点恋恋不舍地约我明天再来找她，说是想和我再好好谈一谈。我答应了。

五

我没有等着和文二嫂子再好好谈一谈，第二天她就回家了。

和文二嫂子分手后，我回到宿舍，把和文二嫂子谈的话全都说给小刘听了。他大为不满，既责备文二嫂子又责备我说，既然在一起生活不幸福，还不如赶快分开。离婚就离呗，前怕狼后怕虎什么也做不成。你也是对文二嫂子不负责任，为什么不支持她坚决离婚呢？你知道这时候有人推她一下，她会坚定迈开脚步的。你的态度暧昧，只会给她多设一道障碍。他说着，风风火火地穿上衣服就要去找文二嫂子，被我拦住了。

我说，她是喝女儿河的水长大的，这一点你也知道。喝女儿河水长大的女人，现在还不能人人解放自己，这需要一个过程，你懂吗？

小刘吵着不懂。他骂女儿河，骂束缚了女儿河儿女的条条框框，骂文二哥，最后连我也捎带着骂上了。我看他那副模样太可笑，于是就笑了。我越笑，他骂得越厉害。后来，他自己也笑了，奶奶的，与我有何相干。我真是多管闲事。让别人知道了，说不定会说我打文二嫂子的坏主意呢！

不知道这家伙到底有没有坏主意，反正我对我的文二嫂子有过"坏主意"。是她让我知道了想女人，在河边上谈话那会儿，我老是想扑上去拥抱她吻她。真的，漂亮的女人，我不止见过一个两个，从来还没动过情。可是一见到她，我就有一种冲动。

这些当然不能告诉小刘。

小刘向我提了一件事，使我本来就不平静的心更加波澜起伏。

小刘刚认识文二嫂子时，还以为她是尚未结婚的年轻姑娘，就向小陈打听文二嫂子的个人隐私。小陈对小刘说，文二嫂子早已结婚了，只是没生育。还说她根本不爱她那个丈夫，她心目中有一个。那个人从小和她是好朋友，比她小几岁。她很喜欢他，却从来没敢向他提出过。她也知道他喜欢她。她说那个她喜欢的人已经不和她在一起了，离得很远很远。小刘讲完，对我说，咱们应该帮助文二嫂子找到那个她的心上人。天下有情人应该成眷属嘛！

小时候的朋友。她喜欢他——他也喜欢她。我最明白这个人是谁。我竭力控制着奔涌的感情，没让小刘看出破绽来。我只给小刘说了一句：那是不可能的。

为什么不可能？小刘反来复去问了我很多遍，我无法回答。躺在床上，我难以入眠，想起女儿河，想起青竹林，我的所有的记忆和怀念。突然，一轮圆月在我心头升起，朦胧的青竹林又浮现在眼前。

第一年高考，我落榜了。尽管父母亲责备我，姐姐埋怨我，乡亲们嘲讽我，我都能接受。我顶不住的是自己的懊恼和沮丧。我战胜不了自己的自卑和痛苦，不吃不喝地在竹林里躺了一天。

不知不觉，月亮升起来了。青竹林挤满了扑朔迷离的光影。忽然，一阵哗哗啦啦的水声传到耳畔。我神使鬼差般地站起来，向女儿河里望去。文二嫂子光溜溜地站在水里。水只没到她的小腹，上半个身子全暴露在我的眼前。不知她在想什么，呆呆地站着，眼睛却望着很远很远的地方。我感觉到浑身上下如同着了火，恨不得马上跳到河里。可是，我的情绪竟被自卑战胜了，对着一棵竹子恨恨地踢了一脚。

文二嫂子一惊，慌乱地双臂交叉抱在胸前。

我慌了，如同做了贼被人发现，吓得拔腿就跑。

站住兄弟，别跑！文二嫂子在喊我。

我站住了，大口大口地喘着粗气，额头上涌出了汗珠。

文二嫂子穿好衣服走过来，开口就问，你一天不见影子，跑到哪儿去了？让人心里一会儿也不安宁。

我，我没脸见人！我赌气地说，我想死。

你，她惊慌地来堵我的嘴，身子却贴到了我的身上。我看见她本来高耸的胸脯被挤平了，好像有一种兴奋剂注射进我的血液里。我的血液沸腾了。

你还像个男子汉吗？遇一点挫折就颓废到这个模样了。你知道吗？女人最讨厌没有坚韧不拔精神的男人了。你这个样，有谁愿意嫁给你？她数落我，今年没考上，再下点决心，明年再考，再考不上，还有很多事等着你。人生又不是只有一两件事让人做。

那天晚上，我们谈了很久很久。就是那时候，我惊讶地发现，我的文二嫂子肚子里装着很多东西。我承认，我确确实实想过，如果文二嫂子能做我的媳妇，我该是多么幸福。

可是，那毕竟是过去了。今天，我已经是一个堂堂名牌大学生，她说到底还是个进城务工的农民。再说，她还有丈夫，即使离了婚也还是个结过婚的女人，我和她怎么可能。

这一夜，我翻来覆去睡不着觉。文二嫂子的意中人会不会是我？也许是，也许不是，我不能肯定。唯一能够肯定的是，她喜欢我，我也喜欢她。但是，我和她几乎不可能。因为我们现在毕竟有差距。我想：明天见了她，一定劝她尽快下决心。过去人们常说"宁拆一座庙，不拆一家人"。如果这个家已经风雨飘摇呢？

第二天，小陈给我传来文二嫂子回家的信息。

后来才听说，文二嫂子离家后，我姐和文大嫂子就不停地劝说文二哥盖新房。她们说，你管她怎么挣的钱呢？反正是钱。谁还怕钱咬手？砖瓦买回来了，谁能说那不是砖瓦。在她们的劝说下，文二哥决定扒了旧房盖新房。也许是心里还不痛快，那天中午吃饭的时候，文二哥喝了不少酒，连脖子都红了半截。下午上房时，他晃晃荡荡地从脚手架上掉下来，一块水泥板正砸在他身上。

都是那个臭婊子害的呀！她挣的钱不干净，污了文家的人，给文家带来了祸。文大嫂的叫骂声全村都听得见。

文二哥被人们七手八脚抬上了拖拉机送往医院。

听小陈说，文二嫂子接信，脸上像被人重重打了一个耳光，立马变红了。她扔下手中的活，给小陈简单交代几句就马不停蹄地往家赶。

我不知道一路上她在想什么，有没有哭泣。但是，我能想象得出村里人的反应。

女儿河大堤比我们的村庄还高，且冲着两面山口，像一条夹巷，夜晚两面来风，夏时十分凉爽，冬日却冷得站不住人。每到夏日的晚上，我的乡亲们就带着席子到大堤上乘凉，只要是晴天，还在大堤上过夜。有的人家全家都搬到大堤上过夜。你到大堤上听吧，男人们女人们嬉笑怒骂，甚是欢愉，比城里的俱乐部还热闹。有时候，村里的大会都在堤上开。

我能够想象得出那天晚上在大堤上乘凉的乡亲们的中心议题，一定都在议论文二哥的伤情和今后的命运，文二嫂子的不贞和下场。

老二这下子伤了筋骨，下半辈子就得吃床上屙床上了。

好死不如赖活着嘛！他老婆在城里开馆子，挣钱养活他呗！

说的好听，那女人早就想和文老二蹬蛋，这下还不是找了个好借口。她能跟老二受罪，那真是山羊生下个小猴子，做梦！

要是这样，文大哥一家可就辛苦了，亲兄弟还是亲，反正不能让文二哥活活饿死。

还不如和这个媳妇糊弄下去。只要她给钱养活他，随她跟谁去，女人哪就那么回事罢了。什么绿帽子红帽子，只要戴着合适就戴呗。

哼，他文老二就是不成瘫子，又奈何他老婆一根汗毛？听人说，有一回文老二进城去找他老婆，亲眼看见他老婆和一个男人搂着抱着，那男人的手都伸到他老婆的裤裆里去了。老二怎么着，还不是干瞪眼。这回他老婆回来，他可是发誓不让她回去，怎么样，还不是照样丢下他就走。女人的心野了，管不住。

你小子就是胡说八道，老二什么时候看见她和别人胡摸不问事了。你这不是小看咱小文沃的男人了吗？文家可没有这种软皮蛋！

哎，你没听说不等于没有，不信你问问文老二去！

你小子再胡说，我把你扔女儿河里喂王八去！

哎哎，就算我没说。老爷们儿，你这是护的文老二呢还是护的老二的老婆？

我护的是文家祖代的德行！

我想着乡亲们的议论，心里很烦很乱。同时，我也在为文二嫂子忧虑：她回到家能有好果子吃吗？

六

过了十多天，我得到了关于文二哥伤情的确切信息：他已被截肢，永远站不起来了。

那天晚上，是小陈到学校来找的我和小刘。小陈说，文二嫂子回来了。整个人变了个模样。没有了往日的激情，也没有了往日的笑容。她在饭店门前贴了小广告，要将饭店转让出去。她对小陈说她要回去照顾自己的男人。小陈说到这里十分着急，你们说说，她咋就变化那么快那么大呢？

我也觉得不可思议。

到了大街上，我和小刘、小陈默默地走着，谁也没有先开口。夏夜的城市十分闷热。人在林立的高楼之间，不仅显得渺小，而且有一种被捆绑的感觉。街道两旁聚集着乘凉的人们。有些上年纪的男人女人赤着背，而且偎得非常近，聊得火热。他们已没有了羞怯，少了虚伪，多了真诚和热情。我突然想，假如这在乡村，又可能被视为大逆不道吧？

小刘和小陈已成为公开的恋人。因为小陈的姐姐从省城来，他们要去车站接人，到了公共汽车站就和我告别了。小陈上车后，从车窗探出头来，难过地对我说，你好好劝劝我们大姐，叫她千万千万别回头，不然会后悔一辈子。

独自去餐馆的路上，我走得很慢很慢。我在想，见了文二嫂子怎么开口？是劝她和文二哥离婚，还是劝她做一个"道德""高尚"的贞女？我感到十分惶恐，一时没有了主意。劝她离婚，那文二哥怎么办？他如今残疾了，往后的生活道路怎么走下去？他需要一个妻子，能够帮助他在人生的路上前行的人。可是她本人呢？往后的岁月不更艰难吗？人，不在于身体上有无缺陷，只要心心相通，同舟共济，也会到达人生的彼岸。他们心心相通吗？不，欺骗才是最不道德的。我决定保持缄默，让文二嫂子自己定夺。

文二嫂子独自坐在空荡荡的餐厅里。看上去她很冷静，好像早已胸有成竹。我相信她是个意志坚定的女人，可没有想到这个时候她还是那么从容不迫。

她招呼我坐下后，又给我倒了一杯咖啡。然后，她望着那杯咖啡自嘲地笑了，两年前如果有人问我这杯里装的是什么，我会红着脸答不上来，或者说句脏话是驴马尿。今天，唉，人的生活经过努力容易改变，但是人的命运却很难改变。

她长长的睫毛上挂着的两颗豆粒般大的泪珠，在灯光下显得那么凄凉。

你文二哥的事你听说了吧？沉默了一会儿后，她主动问我。不等我回答，她长叹一声说，你反正也都知道了，就是这个样子，就是这个结局。我该怎么办？连我自己也找不到答案。他嫂子骂我毁了他，我也不想分辩。现在的问题是，我必须做出选择。

可以听得出她是在让我说话。我没有说。

她又说，我担心我再犯错误。真的。墨西哥电视连续剧《坎坷》里有一句很打动人心的话，意思是嫁给一个自己不爱的人"是犯错误"，这些年我认识到了。我不想再犯错误了。

我在心里一遍遍提醒自己：你该做出回答了，知道吗，她现在需要你的回答，需要你的安慰，需要你的真诚！你看她虽然很镇静，其实心里十分混乱，那颗心已经滴血了。即使你不能爱她，也应该帮助她选择一条洒满希望的道路。你的自私、你的虚伪将会使你失去很多你现在还很模糊的价值，别犹豫了！

文——我突然变得胆怯了，喉咙仿佛被什么东西堵塞住。

文二嫂用平静的目光望着我。但是，从她起伏变快的胸脯，我知道她现在很激动。

我的文二嫂子！我该怎么对你说呢？如果我明确告诉你，我爱你！可是，可是我们不可能结合。那么，对你的心灵将是严重的创伤。如果我欺骗你，说我不爱你，也许你会很坚强地选择一条光明的前程。原谅我。

文二嫂子也许从我的神情窥视到我的内心世界。她宽容地笑了笑，说，人生是艰难的，没有一个人不承认这一点。我这个人总爱这样想：假若人人都能多一份真诚，多一份爱，人生的艰难也许会少一些。不过，我是愿意多想别人的艰难的。

你想变成女儿河边的一块牌坊？我苦笑。那牌坊是石头做的。你是知道的。

文二嫂子沉默。一直到我起身告辞，她也没再说一句话。

走到拐弯处，我见四下没人，禁不住对着自己的脑袋狠狠揍了几拳头。

小刘先我一步回的宿舍。一见面，他就急不可耐地打听文二嫂子的情况。小陈说文二嫂子要把饭店转让出去，回家陪那个瘫痪的男人过一辈子。这是为什么呢？

我只能朝他摇头。

小刘说，我刚才和小陈讨论了这件事。可是，我们谁也找不到一个帮助文二嫂子的好办法。

我说，我也没有办法。

大约过了半个月，我故意乘坐公交车经过文二嫂子的素汤馆，想看看是不是真正发生了变化。果然，门面已经换了，改成了一家饺子馆。文二嫂子终于还是坚持了自己的决定。

坐在我对面的是一对老年夫妇，看上去像是本地人。男人把正在看的报纸递给了女人，不无感叹地说，你瞧人家这个女的真了不起！在省城当了两年老板，生意正红火着，丈夫在老家农村摔伤了。她二话不说，赔钱把饭店转让出去，回家照顾丈夫了。

女人接过报纸看了几眼，不服气地说，如果你失去了双腿，我也不会和你离婚的，这没有什么值得大惊小怪的。

男人说，你看看报上写的。她不光照顾瘫痪的丈夫，还得起早贪黑收拾两亩责任田呢！

我赶忙向女人讨过报纸。还是当初登文二嫂子和餐饮协会会长合影的那张报纸，还是在显著的位置，还是登的文二嫂子的大照片，不过照片上是她在床前给文二哥喂饭。再看日期，是今天的报纸。我轻轻地读出了声：

　　……当她的丈夫主动提出，为了不连累她而要和她离婚时，她一头扑在丈夫的怀里，哽咽着说：不，我永远也不会离开你！她用实际行动表明，当代中国妇女不仅继承东方女性善良、温存、一往情深、坚韧不拔的传统美德，而且又将这些美德发扬光大。她是我省社会主义精神文明建设中出现的又一朵绚丽夺目的鲜花……

我的眼睛被泪水遮挡住了。我自己也说不清是感动还是感叹。

过一会儿，我的眼前扑朔迷离地闪过一个个镜头：女儿河和女儿河边上那座牌坊，素汤馆和灯光迷离的舞厅，充满青春活力、神采飞扬的文二嫂子，白发飘飘、满脸泪痕的苍老的文二嫂子。

这天夜里，我做了一个梦。梦中收到文二嫂子的一封信。她在信中开门见山地说：我要死了，所以才写信请你回来。我不希望你给予我什么。我一切都不需要了。我只是恳求你回答我，我做对了还是做错了。告诉你，我回来以后，曾多次到女儿河边的牌坊去看。我终于明白了，你说得对，那座牌坊就是块石头，冰冷的石头。

醒来，我长长地叹了口气。

两个月后的一天，小刘告诉我，省妇联要为文二嫂子开表彰会，要树她为典型。报社、电视台的记者还要现场采访她。他问我去不去。我沉默了一会儿，坚定地摇了摇头。

小刘说，小陈和素汤馆几个姐妹到乡下去看文二嫂子了。文二嫂子真不简单，两天的时间里就把新房子盖好了。据说，你们小文沃的男女劳力都去帮忙，而且不要一分钱的报酬。现在，文二嫂子在你们小文沃人眼里完完全全变成另一个人了。她的形象高大了，影响也扩大了。你们村支书说，要爱护文二嫂子这个典型。

小刘说着说着突然沉默了，眼睛也变得黯淡无光。我发觉他还有话没向我说，就再三追问。他被我追急了，仰天一声长叹，女人！可悲！文二嫂子，可怜！

他说，还有一件事令人不可思议。文二嫂子自和文二哥结婚以来，一直未能怀孕。这回小陈她们去，却听说文二嫂子怀孕了。文大嫂子私下告诉小陈她们，文二哥在医院做了检查，得出的结果是他不能生育。文二哥就劝文二嫂子请人帮忙，也就是借"种"。他的条件是，文二嫂子可以随便找人，他不过问，但文二嫂子一旦怀孕，生下孩子，就不能再和那个男人往来，而且永远不得对孩子说出真相。文大嫂子说她自己是中间人。想不到文二嫂子哭了两天，最后答应了文二哥。这才有文二嫂子怀孕的事。

　　我听了恼羞成怒。我的文二嫂子，这是你的生活吗？不，这是欺骗人生，也是自欺欺人。我取出纸笔，想给文二嫂子写一封信，痛痛快快地骂她一场。我用的全是感叹号，是的，这种事情不应该发生在你的身上！你有知识有思想，又是经过风雨见过世面的人！你不应该这样苦了自己，糟蹋自己！你是我尊敬的人，我信任的人！你没有权利破坏你在我心中的形象！你的所作所为已经令我失望而不应该再让我失望下去！你如果不听我的劝告只能毁了你自己埋葬你自己！你现在应该冷静思考冷静生活冷静地对待一切事！你……

　　写好信，我穿好衣服下了床，拿着信匆匆走了出去。天空阴沉得好像要下大雨。校园来往的熟悉的同学都向我打招呼，可是我谁也没理。好像天下的人都得罪了我。

　　校门已经紧闭上。传达室的灯火也已闭了眼睛。我知道那里住着一个怪老头子，如果这时候敲门，他不仅会对我训斥一通还可能把我当作精神病患者送保卫部门。可是无论如何，我今晚也要把这封信发出去，否则我连觉也睡不着。

　　但是，我能不能翻墙而出呢？我望着那高大的院墙，陷入了深深的苦恼之中。

七

　　二十年后的一个大年初一，已经当了大学教授、回老家过年的我又到了女儿河边。文家那块牌坊边上，我看到了文二嫂子的墓和墓碑。她的墓四周的青竹一棵棵长得亭亭玉立，十分俊俏，仿佛文二嫂子突然出现在我的面前。

我的眼睛湿润了。

她的墓碑是她生的女儿立的。没有旁边那块贞节牌坊上的文字。

她是在女儿18岁那年患病去世的。据说村里当时要给她开一个追悼会，被她刚考上大学的女儿制止了。她女儿什么原因也没说，只说了一句，我妈太累了，别折腾她了！

在她下葬的时候，文二哥哭得死去活来，但是一句话也没说出口。

其实，什么话对文二嫂子来说都是多余的。

我折了一节青竹放在文二嫂子的墓前……

妈妈湖

一

我忐忑不安地向大队"革委会"办公室走去。

说真格的，今天一下午我都是诚惶诚恐度过的。我恨嘴巴上没有个"站岗"的，心里想什么就说什么。当时湖边有那么多人，能没有一个心怀叵测的小人打报告吗？她听了我骂她的话不恼才怪呢！如果她给我戴上一顶"破坏"或"反对"的黑帽子，我的青春甚至一生都要在黑暗中打发了。

她当时是从山上下来的。头戴一顶旧草帽，上边"广阔天地炼红心"几个红字还未褪色。她上身穿一件洗得发白了的旧军装，下身穿一条膝盖和屁股上了补丁的蓝布裤子，裤脚一直挽到膝盖上边。赤脚穿着一双布鞋。活脱脱一副乡下娘儿们打扮。是小豆子首先看见了她，嘲讽地说："咱们这些人什么时候能像女支书这样晒黑皮肤，心也就炼红了。"不知为什么，我一看见她那副模样就恶心，于是接上小豆子的话，充满怜悯地说："你说心红就是甜的吗？她的心苦透了。人一旦把自己变成没有思想、没有个性的工具，还有什么价值呢？"真格的，我虽然语言恶毒，但心中对她仍是既反感又同情还有些不平的。说完后，我发现大伙都惊异地望着我，才意识到在那种场合不该这样评论她。但是说出的话就是泼出的水。小豆子慌慌张张地把话题岔开了。我想，就是她知道了我说她难听话也不能怎么着我。我是下乡知青，你反正不能把我"开除"回城。如果你能把我"开除"回城，我还感激不尽呢。不过，我很快又害怕了。她是省地县大名鼎鼎的知青模范，又是全国人大代表，我说她的坏话岂不是地地道道的反党反社会主义？不说"定性""戴帽"搞臭，她还是大队党支书兼"革委会"主任，妈妈湖这方的土皇帝，她只要卡着不让我回城，就能把我熬垮。我越想越觉着悔恨，越想越感到恐慌，真恨不得把那片坏事的舌头咬断。

果然不出所料，晚饭前她叫人口头通知我晚饭后到大队"革委会"去一趟。我立即明白有人已向她报告了。是哪个孬种打的小报告？我一定饶不了他！我凶残的目光从食堂里的每一个人脸上扫过。可是不论男的女的都道貌岸然若无其事，好像他们没人干出出卖弟们儿的事。我气急败坏地把饭碗摔在地上，怒吼一声冲出食堂。如果我有力气，真的会一脚踹倒食堂，把那几十个难兄难弟和卑鄙无耻一起埋葬。

我们这几十个难兄难弟是去年和今年春天陆续来到妈妈湖大队安家落户的。按照年限算，我们是"文革"中恢复教育革命后的初中和高中生，社会上习惯地称我们为"新三届"。我们不同于"老三届"的大哥哥大姐姐们。他们喝的墨水比我们多，见识比我们广，阅历比我们深，经验比我们丰富，磨难比我们多。他们"上过南去过北，扒过火车挨过摔"。他们戴着"红袖章"大串联时，我们才刚刚入学。他们挥泪告别城市和亲人上山下乡已经磨了一手老茧，我们还在学校里学习"白卷英雄"。现在，他们中一些人已经分别通过各种渠道招生、招工、招干、招兵返城了，我们才刚刚踏上他们走过的道路。用我哥哥的话说："我们'老三届'过的桥加起来也比你们'新三届'走的路长。"

"老三届"的大哥哥大姐姐们是真正的插队落户。他们大都是单独立户，而我们则不一样。我们是集中在一个"知青点"，过着集体生活。有些条件好的地方，还实行八小时工作制，吃国家定量计划，领国家生活补助。我们这个妈妈湖属贫困山区，农民生活很艰苦，所以我们也吃国家拨的粮食，只是没有生活补助。大队把我们单立为副业队，在妈妈湖边种菜，自力更生解决吃菜困难。

开始听说妈妈湖，以为一定是个碧波万顷、荷香鱼跃的美丽的深湖。其实，它不过是三面山中一个小盆地，积了不少的死水。不过，她确实有着一个美丽而动人的传说。当地人称女人的乳房为妈妈。有句童谣十分夸张地唱道："新娘子新又新，两个妈妈有二斤。"传说有个仙女曾下凡到此，本想看看人间的风光就回去。不料，九龙爷看中了她，把她掳到山上招为龙妃。她非常痛苦，日渐憔悴。当地农民为救仙女出苦海，多次与九龙爷殊死拼杀，牺牲了几十条生命，终将仙女从九龙爷的魔掌中救出。仙女为了报答农民的大恩大德，一定要为山民们办件好事。她见这里常年干旱，就把自己两只乳房里的奶汁全部挤出……据当地农民私下议论，一直到前几年，这儿都有个不成规矩的规矩：凡是要出嫁走的闺女，在临出嫁前都要挤几滴奶汁在妈妈湖里，也不知道是真是假。不过，这里并没有因仙女的恩赐而富裕，一直是贫困缠身。是她来了以后才让这个默默无闻的穷山庄响起来的。

她是 67 届初中毕业生。1970 年随着上山下乡的浪潮从上海来到妈妈湖插队落户。开始几年，她也是默默无闻，与当地百姓一样日出而作日落而息。有一个雨天，她隔壁的"五保户"老奶奶病了，她帮"五保户"老奶奶挑水，正巧被县"知青办"来检查工作的一个领导遇见了。那个领导对她倍加赞赏，回去后立即组织写作班子整理她的先进事迹，把她只挑这一次水说成"下乡几年来坚持为五保老人挑水、洗衣、做饭……"不久，她的名字就和妈妈湖的名字一起上了报，爬了杆（当地有线广播的大喇叭都绑在一棵高杆子或树上，农民称广播为杆子）。一挑水改变了她的命运。她多次出席各级"先代会"，到处做报告，成了红极一时的上山下乡先进知青代表。后来，她又放弃了贫下中农推荐上医大的名额。为了表现扎根山村干一辈子的决心，她又同一个贫农出身的青年农民结婚成了家。我们没下乡之前在学校时就学习过她的"先进事迹"。说真格的，别看一张张决心书上写着向她学习，但真正愿意同她一样扎根农村一辈子的几乎没有。我们来到妈妈湖的第一天，她就给我们做了长达三小时的报告，尽讲什么"广阔天地，大有作为"，"扎根农村，永不动摇"的大道理，我们大伙表面上装出一副虔诚的样子在认真地听，有的还在小本子上记着，可是心里早都烦了。我实在忍不住，就写了个纸条悄悄递到台上："请你谈谈你和那个农民是怎样恋爱的？你婚后的生活幸福吗？"她看了我的纸条，脸一下子红了。但是，她很镇静地把我的纸条装进衣袋。当时我就猜想，她的生活是不幸的。后来事实证明我当初的猜想是正确的。她丈夫常山相貌平平，而且是个地地道道的大老粗，连她的名字都认不全。传说有一次县里来通知让她去开会。她当时在山上，常山在家里。邮递员是个新换的小伙子，好不容易摸到她家门前，把信给常山，说："你媳妇的信。"常山看了一眼，把信扔给邮递员说："不是我们家的信！"邮递员说："这不是你媳妇的名字吗？"常山像受了污辱似的，眼睛一瞪说："我媳妇的名字我不认识吗？滚！"邮递员一气之下，写了个"无此人"把信退了。结果她连会也未开成。妈妈湖的人还说常山是个酒鬼二红砖（当地人称一些霸道的人为"二红砖"，指像窑里没烧透的砖），经常打她骂她，就是在大庭广众之中也不放过污辱她。可是她都默默地忍受。不知为什么，我从见她丈夫的第一面起，就十分痛恨那家伙。

"真是鲜花插在牛屎上！"小豆子有一回这样评价她和她丈夫的结合。

我说："她和她丈夫是政治和需求的结合。她要的是政治。她丈夫要的是肉体。"

小豆子叫我注意影响，别传到她耳里去。我没当回事，所以发展到今天在那样场合说出攻击她的话。事到如今，充孬种不如当英雄，也让她瞧瞧咱是个敢说敢做、顶天立地的男子汉。我点燃一支烟，向大队"革委会"走去。

妈妈湖这地方虽然穷，但确实美丽。山上山下、村前村后竹林成片，就连村中的一条像样儿的大道也是从竹林中穿过的。我刚走近竹林，忽然从竹林中闪出一个熟悉的身影，悄然无声地站在我面前，原来是小豆子。

"你到这儿来干什么？"我不由四下扫视了一眼。我们集体户知青点谈恋爱的成风，我猜测她是来赴约会的。

小豆子不语，只是用一双月牙儿似的眼睛望着我。这妮子长得虽然不算漂亮，但两只眼睛像两汪含情脉脉的春水一样动人。我早就看出她对我有点那个，不过我并不喜欢她。我对她诡秘地笑了笑，意思是"我明白"，继续往前走。刚走出几步，却听见她哭了。我莫名其妙，转过身来轻声问了一句："你怎么了？"

她突然出其不意地紧跑几步，扑过来紧紧地拥抱着我，不无委屈地说："难道你真的不知道我的心事吗？"

她穿着一件衬衫，隆起的乳房贴到了我的胸脯上，撩拨得我魂魄震颤，热血如潮。我竟忘乎所以地捧起她的脸，热烈地吻了吻。

就在这时，对面响起了脚步声。我连忙松开小豆子，又推了她一把。

"那边是谁？"是一个女人严厉地喝问。我和小豆子都听出是女支书的声音。小豆子转身就跑了。我惊慌不安地站着。如果让女支书看见我和小豆子在一起，说不定又给我多加一条"罪状"，因为上级明文规定我们集体户的知青下乡两年内不准恋爱。鬼知道为什么给我们这些红红绿绿的男女青年套上这条绳索。

她走过来，用手电筒在我脸上、身上照来照去，问："刚才跑过来的是谁？"

"我没看见，大概是条狗吧！"我撒了个谎。

"办公室里太热，我们到那边谈谈去吧！"她说，然后拐上一条小路。

我默默地跟在她身后。

二

夏日夜晚的山村就像一个等待生产的孕妇，焦躁、痛苦、不安。没有一丝儿风，闷热的空气十分干燥，好像一颗火星就能点燃。人和畜都在闷热中呻吟，躁动。妈妈湖是上半夜最热闹的地方，整个湖里挤满了人。男人占据着湖西边水深的一方天地，女人则占据着湖东边水浅的地方。无论男人女人都一丝不挂，即使没有月光的夜晚，相互间也能看见一片光芒。百姓中的男人女人遥相打情骂俏，粗野得不堪入耳。

她带着我从竹林里的一条小道避开妈妈湖，来到了山坡上。我很纳闷，她为什么带我来这个地方谈话呢？难道……不，她是领导，又是有丈夫的媳妇，怎么会勾引我呢？你小子到什么时候了还想入非非？

她在一块平面的石头上坐下了，但是没有说话。我就站在她身旁，连她的呼吸声都能听见。我忽然又不安起来。她也许在想着能出其不意制服我的语言吧？被动不如主动，也许她正是给我"主动"机会的。我鼓起勇气，说："秦支书，今天下午我在妈妈湖菜地干活时，骂了您……不过，我……"

"你把话说完，不要带省略号。"她的声音很平静。

我想了想，又说："不过，我真的为你感到委屈不平。"

"为什么？"她站了起来，直怔怔地望着我，两只眼睛像两颗星，只是被罩上了一层灰冷。

我再也没有勇气往下说了。是的，我能说你不应该把自己沦为政治的工具，不应该嫁给那个混蛋丈夫吗？不知她会把我怎么发落呢！

"我知道你在想什么。"她说，"其实也不用再说了，心灵的沟通比起语言重要得多。"她重又坐在石头上，沉吟了片刻，向我伸出手说，"给我一支烟。"

我愣怔了。我递给她一支烟，又帮她点燃了火。我的手在颤抖。借着火柴的光亮，我看见她的脸上有两滴晶莹的泪珠。不知为什么，我的心情十分沉重。

她猛抽几口烟，呛得咳嗽了几声。她怕山下听见，忙用手捂住嘴，指着身边一块石头说："你坐下咱们慢慢谈。我又不是老虎，还能吃了你？"说着，她还用衣袖掸了掸石头面。我惶惶地坐下了。

"有一个问题我至今没有答复你。"她很平静地说，"有的问题无须答复，有的问题则无法答复。你提的问题，我一直想着如何答复，什么时机答复，今天该是答复的时候了。"我被她说得莫名其妙，嘲讽地问："我什么时候向支书提出过问题，并且要你答复的呢？"

她没有正面回答我，而是十分认真地说："关于我和我丈夫如何恋爱这个问题，我现在可以答复你。我们既没有恋过也不曾有过爱，正如你说的一样，我们是政治结合。"

我恍然大悟。原来她一直对我在下乡第一天用纸条向她提出的并让她难与人言的问题耿耿于怀。但是说她和她丈夫结合是政治结合，我却是在我们的集体宿舍里说的，她又如何知道呢？在"老三届"知青中就发生过而且不止一次发生过，为了争先恐后回城，不惜踩着别人的青春甚至生命做阶梯的人和事，看起来我们的集体户里也早出现这种小人了。好了，新账旧账一起算，这回我吃不了真格要兜着走了。我大口地抽着烟，低下了头等待着她暴风骤雨般的责骂。

九龙山妈妈湖的蚊子虽然不能算举世无双，但它的狠毒也是天下少有的。蚊子个子大且又勇敢，大白天都成群结队地朝人身上扑，咬一口就红肿一片，痒得如百爪挠心。到了晚上则是铺天盖地。它们十分狡猾，目光又十分敏锐，专拣你露在衣服外的皮上咬。我不得不用两只巴掌轮流拍打，一会儿工夫手掌上就黏糊糊沾满了我和蚊子的血。她坐在那儿却纹丝不动，好像已习以为常不怕叮咬了。我心里虽然很焦虑，但又不敢催促她。

"人生得一知己足矣。然而这知己确实难寻。"她叹息一声，说，"这几年，我有苦有泪无处吐无处流，只有压在自己心里。我想这辈子大概也找不到倾诉的地方了。在很多人眼里，我是个宠儿，是个幸运者。其实，正如你说的一样，我的心都苦透了。"

尽管我曾经这样或那样评价过她，甚至恶意地诅咒过她，攻击她，但听了她的话，仍然十分震惊。我开始真的怀疑耳朵有了毛病。

她站起来，狠狠地扔掉烟蒂，又走近我一步，声音颤抖着说："你骂我骂得都对。今天你就当着我的面，痛痛快快地骂我一顿吧！让我心里也痛快痛快！"

"我……"我目瞪口呆，连一句话也说不出来。是没有勇气吗？不，我被她的真诚感动了，一颗心像受了惊的兔子狂跳起来。

她的个儿看上去比我还要高一些，亭亭玉立如一株白桦。她丰满的胸脯几乎贴到我身上，急促呼吸的气浪直向我的脸上扑，一身的汗气夹杂着成熟的女人身上特有的气味沁入我的心肺……我的已经不安分的心更加不安了。

我突然明白自己非常非常喜欢她。我对她的诅咒，对她丈夫的敌视，都原来是因为我喜欢她所致。我更加惶恐不安，就像一个贼把手伸向钱柜一样，既充满渴望又忧心忡忡。18岁的热血男儿正渴求得到爱和被爱，面对一个自己喜欢的异性怎么能无动于衷呢？我想拥抱她吻她，刚才和小豆子在一起时的欲望也没有这样强烈。但是，我毕竟不敢放肆，只能用坚强的毅力，压抑着万马奔腾的情潮。我痛苦地把头扭向一边。

妈妈湖那边，传来男人女人在水里骂俏的骚话，还有声嘶力竭的漫无目标的叫声，还有野性的下流小曲的呻吟。

我明显感觉出她在战抖，那是一种渴望，一种呼唤。突然，她哭出了声。

我又吃了一惊。是的，我始终把她和坚强联系在一起。她有坚韧不拔的毅力和吃苦耐劳的品格，还有连一般男人都无法具备的忍耐精神，否则，她不可能那样活着。可是，她现在在我面前哭了，像一个普普通通的女人那样哭了。她是在渴望我的安慰吗？是在希冀我的温存吗？是在等待我的爱情吗？女人，这才是一个真正的女人。我忘乎所以地张开双臂，把她抱在了怀里。

她的身子剧烈地抖动了一阵，但是没有挣脱。

我把嘴唇贴在她的脸上。她仍然没有反抗。

突然，她也抱紧了我。

"喜欢我吗？"她问。

我轻轻地咬了一下她的鼻子，算作了回答。

"我再回答你一个问题：你是我第一个爱上并甘心情愿……"

我没等她说完，就迫不及待地把她放倒在那块平面的石头上……

世界仿佛都窒息了。过了很久，才听见村子里响起一阵狗叫。

三

时间在不知不觉中溜走，下山时已经是夜间一点钟了，我和她还依依不舍。大马他们还在"打升级"，很远就能听见他们声嘶力竭的吆喝。我开始想等一会儿他们睡了以后再回宿舍，可是又一想那样不行。因为他们玩起牌来不要命，有时通宵达旦。我回去的越晚岂不叫他们越怀疑吗？你小子怎么这么晚才回来，老实交代干什么去了？会弄得你下不了台。我硬着头皮推开了宿舍的门。

大马他们的目光在我的脸上勾出一道道问号。

我强作镇静，给他们一个笑脸。

大马丢给我一支烟，关切地问道："老三，那娘儿们熊你了吗？你认错了吗？咱弟们儿可不能是软面蛋呀！"我和大马是来到妈妈湖后结拜的"把兄弟"，一共有八个人。大马排行老大，我排行居三。"老三届"互相称为"哥们儿"，我们"新三届"的则称为"弟们儿。"

"老三，你的脸色不太好。"排行居六的小马调皮地说，"好像刚放了血。你这么晚才回来，是不是把那个母老虎干了？"

"混账！"我暴跳如雷，"狗才干那母老虎呢！"我宁愿当狗也不敢承认。

屋子里爆发了一阵疯狂和得意的笑声。

"三哥，我说你眼力太差。"小马又说，"那母老虎可是咱弟们儿求之不得的。咱这集体户的十几个女人没一个比上她的。你看她的盘子（脸盘）、条子（指身段），哪一处不妩媚动人。虽说她结过婚比咱们大几岁，但这样才知道疼男人才知道怎样叫男人舒服痛快呢！外国有个大作家不是说过吗，最有魅力的女人是少妇，说真的，她要是能让我搂一会儿亲一下，我，我……"

"你怎么样？"大马故意挑逗小马。

小马："我一辈子都不会忘记。"

"我以为你会钻到她肚子里变成虫呢。"

我真想揍小马一顿。

我钻到帐子里，点燃了烟，大口大口地抽着。不一会儿，帐子里就烟雾弥漫，我如同坠入云雾之中。

大马悄悄地趴在我耳朵旁说："小豆子刚才来找过你两次，看她的神情是为你着急。你是不是找她玩玩，我去叫她。"

"不用了，明天再说吧。"

我躺在床上，回忆着刚才在山上那一幕。我怀疑自己做了一场美丽而荒诞的梦。其实，我做过和她有关的梦已经不止一次了，有一回在梦乡，我成了她的丈夫，感受了占有她的欢愉。想不到梦已变成了现实。难道我真的爱上她了吗？爱情这玩意儿是不是在捉弄人呢？

说起来，我和她的接触并不多。

有一次，我们出"大批判"专栏。我们这些"新三届"的弟们儿虽然扛着高中生初中生的牌子，但名不副实，没有真才实学，有的人连家信也不会写。我们"把兄弟"中几个谈恋爱的情书都是我挖空心思代笔写的。大马在城里有个女朋友，早就提出过和大马散伙儿，就是我帮他写的情书中又拉又打把那个女孩子"镇"住的。我们拥有的文化知识不如"老三届"的大哥哥大姐姐们富足。在我们这个集体户里，我算是出类拔萃的"秀才"，"山中无老虎，猴子称大王"嘛！因为我父母都是教师，即使在那打打砸砸的动乱岁月里，抓我的学习也不放松。我在家中学到了在学校里学不到的知识，从小学三年级起我就啃"大部头"，读了一些中外名著，也曾做过"作家"梦。我们出的"大批判"专栏，从摘报纸文章抄写到大字报上，还有题头、插图都是我一个人的杰作。我很得意，颇有鹤立鸡群之感。

出刊那天，她也来了。她把"大批判"专栏的文章从头至尾看了一遍，称赞我说："咱们妈妈湖来了个秀才。想不到你们'新三届'中也藏着龙卧着虎。"

"俺老三的情书写得才绝呢！"小马在一旁不知天高地厚地吹捧我，说，"我们弟们儿的情书都是俺老三写的。他写的情书就像什么比丘的神箭，保准能射中女人的心。"

我看见她厌恶地皱了皱眉。

她又笑了笑，诚恳地说："不过，错别字太多，有十八个。"

我暗暗钦佩她的记忆力，只看一遍就挑出十八处毛病。我红着脸，在她的指点下改正了十七个。笑容可鞠的"鞠"，我坚持是对的，不愿改正为"掬"。当时出于不服，也想恶作剧羞一下这个"老三届"，我跑到宿舍拿来了成语词典。她面带微笑，好像胸有成竹。我翻开一看，果真是"掬"，羞得我无地自容，对她真的敬佩了。

还有一次在地里翻山芋秧，休息时我跑到地头的树荫下看书。那是一本"老三届"的哥们儿写的手抄本，记述一对中学时的恋人后来成为两派，再以后一个天南一个地北，女的结了婚，但日思夜念男的，后来成了疯子。那个哥们儿的文采很好，写得情节感人泪下。我是用"毛选"的塑料皮包着偷看的。因为头天晚上打了一夜牌，看着看着竟昏昏迷迷入了梦乡，别人又干了一歇活，收工回去了我还不知道。后来大马告诉我，他们以为我回去睡觉了，因此队长问起来的时候，大马还撒了个谎说我闹肚子去拿药了。我一觉睡到午饭后，正晌的太阳照到了脸上，带刺的阳光锥疼了眼睛才醒来，一摸，书没有了。吃了一惊。坐起来，看见她站在树下正聚精会神地看着我的"手抄本"，我大惊失色，慌慌张张从地上爬起来。她冲我笑了笑，脸上也掠过一阵惊悸。

我等待她严厉的批评。

可是，她一句话没说。把书递给了我后，才亲切地说："快回去吧，大伙儿可能都吃过饭了。如果食堂没有饭，你就到我家去，我给你下面条吃。"

我感激得就差掉下眼泪。

我们一起回村子。走在竹林里的小道上，我在前，她在后。有一阵，听不见她的脚步声，我回头一看，目光都直了。原来她的上衣被竹枝刮破……

可是，我究竟从什么时候爱上她的呢？真的不明白。她给我印象最深刻的是前不久发生在妈妈湖畔的一件事。

那天从早到午下了一场暴雨。虽然午后晴了天，但田里积水多，需要排水。我们到田里时，她早已到多时了。她大概淋过雨，浑身的衣服湿透了，紧紧贴在身上，那些凸出的丰满的部位分分明明，优美动人。我们都好像第一次认识她，把她看了个够。真的，在彩虹、青山、绿林点缀下，她美得像一幅画一首诗。

干了一阵活后，浑身湿淋淋的。大马提出下妈妈湖洗个澡。她很支持并且提议我们搞一次游泳比赛，我们大家都乐坏了。

经过一阵角逐，我夺得了第一名的桂冠。上岸以后，她跑过来跟我握手，竟像个小姑娘似的围着我蹦跳了几下。

大马出于恶作剧，提议"老三届"和"新三届"举行一次游泳代表赛。"老三界"只她一个，是理所当然的代表。"新三届"中我是第一，代表非我莫属。我当然很乐意，但她却笑着摇头。

"欢迎支书参加比赛好不好！"大马带着大伙起哄了，又是鼓掌又是喝彩。

她在犹豫。

我先发制人，跳到水里，做出一副等待她比赛的架势。

她深情地望了我一眼。我的心怦然一动，接着狂跳不止。有人说男女之间的感情一道目光都能点燃。也许从那时起我就爱上了她。她的目光是那么多情，那么热烈，那么明亮，那么温存，我情不自禁地扬起手，叫道："快下来，快下来！"

比赛项目是从湖东岸游到湖西岸，再游回来，往返约八百米。我开始没看起她，以为她不是对手。她始终和我保持着五六米远的距离，我连吃奶的劲儿都使上了，还是落不下她。返回的时候，她竟然游到了我前边，最终我败下了。

就在我们比赛的时候，她丈夫常山来了。他站在岸上看着，气得七窍生烟。她一上岸，常山就气势汹汹地冲过来，恶狠狠地抓着她的头发，一连打了她几个耳光。

我们都感到愤愤不平，她却丝毫没有反抗，还对常山赔着笑脸，那才叫笑容可掬。

常山一边打她，还恶毒地咒骂："你这个浪娘儿们，偷人偷到水里去了。老子今天饶不了你，你不是想玩水吗？我回去叫你下油锅……"她下水时只穿着短衫短裤，常山用力一撕，把她上身的短衫撕裂滑掉在地上，半壁如玉的上身袒露在阳光下。不知为什么，我像受了莫大污辱，勃然大怒，一脚把常山踢倒在地上。常山在地上滚着，发出像狼一样的嗥叫："你凭什么打我？你是她什么人？"

我瞠目结舌。

大马替我回答说："我们都是城里来的兄弟姐妹，你欺负她就是欺负我们。"

"没有你们的事！"她厉声呵斥大马，又望了我一眼，说："这是我们夫妻间的事。你们不用问，快干活去吧。"她弯腰拉起常山，扶着他走了。

我真想追上去把她拉到我的怀抱里。

走出很远，她回过头来看了我一眼。

"真不明白她为什么要自讨苦吃，还不如赶快离婚呢！"小豆子和几个女同胞都为她不平。

我呢？既同情，又恨她，但是更恨常山。

因为我是躺在床上抽烟的，只顾苦苦思索，烟头触到帐子上，把帐子燃着了还不知道。大马嗅到了布焦气味，连唤我几声，我才清醒过来。蚊帐已烧了个碗口大的洞。我直叫苦。我也许不应该爱她，更不应当和她干那种事。她是"扎根派"，而我却一天不想在这儿待。她已经是有夫之妇，而我却还年纪轻轻……万一她丈夫常山发现了我和她的关系，我和她的名声、前途一切都完了！不，我不能再和她暧昧了。可是，我又怀疑自己能否下决心。一旦爱上，就很难忘记。那么，她能和她的丈夫离婚嫁给我吗？她有那种勇气和力量吗？

我还在思索着。

四

她去县里开会，一走已经三天了。我觉得这三天三夜十分漫长，过一天好像一年。有几次，我怀疑自己的手表哪个部位犯了错误，就向伙伴对时间，而我的手表并没有犯错误的部位。我吃饭不香睡觉不甜，心里总觉闷得慌，脾气坏到惊人的程度。小豆子几次找我说话，都被我咆哮一声吓得跑到一边哭了。有一回大马喊我打牌，也被我骂了一顿，气得他两天没理我。我自己心里清楚自己，还不是因为想她想得入迷了。如果再等两天见不到她的面，我真担心自己会变疯。

接连三天，晚饭后，我都忍不住独自一人跑到那天晚上和她干那种事的地方去坐一会儿。夏日天长，我们"集体户"食堂按点开饭，饭后太阳才刚刚落山。西天边五彩斑斓的晚霞把妈妈湖打扮得分外娇艳。村庄的上空，袅袅的炊烟如泼出的水墨，在天幕上勾勒出一个栩栩如生的形象，有的像仙女，有的像骏马，有的像老人，有的像顽童，有的像哈巴狗……妈妈湖里，光屁股的男人（女人在天黑前是不下湖的）神气活现。成片竹林像波浪起伏的海涛。我好像第一次发现这穷山沟美丽的景色。可是，山沟沟里再美还是山沟，比起高楼林立、繁华热闹的城市毕竟少了对我们的吸引力。难道她真心想在这山沟沟里扎根一辈子吗？她真的会一辈子做一个农民的媳妇吗？我想也不会的，那天，她就隐隐约约向我吐露了心思。

——你以为常山不知道我并不爱他吗？他心里清楚得很。他又不是一块石头，没有思想没有感情。虽然他大字不识一筐，但脑子并不笨。给你说吧，我在农村这些年也注意观察了解分析，我觉得小时候从书本里得到的"农民伯伯"像泥土一样沉默质朴的印象并不完全准确。这儿的农民既有忠厚、朴实的一面，也有愚昧、无知、狡猾、狡诈的一面。他们的思想甚至很灵活，和他们打交道不费心思是不行的，常山就是一个典型。我之所以嫁给他，是因为他三代贫农，还是党员。给你说，是我主动追求他的。

她说到这儿时，叹息了几声。她在为她的青春叹息，为她的未来叹息。

——开始，他是不同意的。你想这也是不可思议的。他根本不相信我会嫁给他。要知道他几年前就开始找媳妇，也介绍了几个，可是人家到妈妈湖来一看就摇头叹息。外边有人评论妈妈湖是"老少三代同屋住，白芋高粱一锅煮，茅坑闲着没有屎，有女莫嫁妈妈湖"。我这个大城市来的"洋娃娃"能给他做媳妇吗？直到结婚后，他还问我是不是在做梦。就因为他心里明白我不是因为爱他才嫁给他，所以一直不信任我。我也觉着愧对良心。恩格斯老人说过，没有爱情的婚姻是不道德的。我既然不爱他，却和他结合，不是对他的不敬吗？他经常打我骂我，一方面因为承袭"打到的媳妇揉到的面"这个祖训，一方面是对我欺骗他的感情有气，当然他也怕有朝一日我会抛弃他远走高飞。真的，我不甘心忍受，但又不敢公开反抗。一来觉得欠他一笔债，更主要的是怕和他吵吵闹闹，影响不好，别人会议论我不真心实意跟他过日子。婚后我一直没怀孕，他以为我不能生育，对我的态度更加恶劣。后来他偷偷去查了，结果是他不能生育。他才对我的态度转变了一些。不过，他从此更加堕落，一朝有酒一朝醉，还打着我的旗号招摇撞骗，竟然在酒馆用我的名义欠了百十元的账。我责备他，他反而说："咱们互相都该有利嘛！"我气得大哭了一场，当然不是在人前哭的。有时候前思后想，我觉得这种生活太苦太累了。你说的那些我都想过：这种人生有什么价值呢？可是要想改变他，比登天还要难。怎么改变，离婚？回城？那要牺牲名誉，牺牲现在的条件……

"你应该说明白是权力和地位还有一块块红彤彤的招牌！"我插话说。

——是的，我承认这些。你想想，名誉完了，还有什么呢？恐怕回城都不可能。对了，我再给你说件事吧。大概在我们下乡后的第二年，就有人不择手段回城了。你现在还体会不到那种竞争的激烈。有后门的走后门，有钱的敲后门，甚至有不惜出卖灵魂或肉体的。像我这样既无权又无钱还不愿出卖肉体的，只能在乡下待着。春节前我回上海家中过节，刚下火车就遇见了上中学时的一个老师。那个老师一直对我很关心并对我寄予过厚望。不是吹牛皮，我在学校里年年都是三好学生，成绩在全校也是挂前牌的。如果不是这场"文化大革命"，我现在可能是博士或硕士研究生了。唉，我们这一代人确实太不幸了。那天，我的老师见了我，先是十分惊喜，问我什么时候回的城，安排在什么单位，还埋怨我忘了她这位老师没去看她。我说我在农村，是回家来过春节的。她听了，脸上现出惊异，说："小秦呀，你过去是个有志向有抱负的好学生，可不能因为上山下乡就消沉了。现在表现好的都回城了，还有的被贫下中农推荐上了大学当了兵，你要向先进学习呀！"我当时是哑巴吃黄连，有苦难诉说，她那一番话对我的打击不小。我一气之下，连家也没回，又坐车返回来了。后来，我上了报纸，当上了人大代表，我那位老师寄来了热情洋溢的贺信。我连信也没回，因为我有点恨她。

我出名以后，得到的是赞扬和鲜花。真正对我说真话能看透我的心的有两个人。一个是常山，再一个就是你。常山曾骂我嫁给他是为了踩着他向上爬。真的，第一次听说你骂我的话，我一是怕你，二是恨你。如果有一个做贼的，走在大街上，正想弄几个钱，你大喝一声他是贼，弄得他疲于奔命，狼狈不堪，他能不恨你吗？我真怕有朝一日，你会撕破我的虚伪。我想过把你调走，也想过给你戴顶黑帽子让你不敢乱说乱动。但是，我又从你的咒骂声中得到了清醒，受到了鼓励。我真正觉得你有学识有思想有见解，而且是我的知己。我暗暗地喜欢上你了。凭我的身份，是不敢向你进攻的。没想到……你这家伙，还真坏呢！嘿嘿。

我仿佛又听见她满意的笑声，抬头一看，身边根本没有她的踪影，凶残的黑夜正张着大口在吞没我。我清楚地知道，我已经不可能不思念她不可能离开她了。爱情就是这样的奇妙。我快快地走下山去。

推开宿舍的门，我一下子愣住了，满屋烟雾弥漫，什么也看不清。大马招呼我一声，说："你去哪儿了，我们四下找不到你。"

"我看书去了。"我又撒了次谎。

大马迫不及待地说；"你知道吗？秦支书在县里挨批了！"

我大吃一惊。难道她和我的事被县里知道了？这下子完了！我浑身瘫软，扶着门才没有倒下。由于我开了门，烟雾争先恐后向外逃，屋子里渐渐透明起来。我这才看清这间房子里挤了十几个人，床上地上，躺着坐着站着，而且唇上都夹着烟。可是，从他们的神情上看不出对我有任何不友好。奇怪，要是她因为我俩的事挨批，这些弟们儿一定会对我幸灾乐祸的！

这时小马跳起来，骂道："他们讲理不讲理？咱弟们儿下放到这穷山沟里，连一分钱的生活补助也不给，不种几亩菜还能吃白芋干就石头吗？秦支书也是支持上山下乡，有什么罪！"

"人家说她发展资本主义！"

"去她的资本主义，难道社会主义就不要吃饭了？"

我从他们的对话中明白她并不是因为和我的关系挨的批，才松了一口气。可是她毕竟挨批了，又是因为知青种菜引起的，无论从公从私，我的感情都不能忍受。我也理直气壮地骂起那些批她的人来。

"老三，我们等你拿主意。"大马说，"秦支书是因为咱这些弟们儿的生活挨的批，咱们不能骑在墙上看马咬，得想个办法帮她出气。"

"这还不好办吗？咱们明天集体进县城，找当头头的评理。如果他们不讲理，咱就不回来了，在县里吃县里喝！"小马首先倡议，博得大伙一片赞扬声。

对于去县里评理，我是赞成的。但是，我不主张去那么多人。因为我有我的心思。于是，我只抽烟不说话。等到大马他们征求我的意见时，才吞吞吐吐地说："咱们不必去那么多人。一是交通无法解决，二是县里见咱们去那么多人闹事，连活也不干了，一定会有个坏印象。万一将来招工招生招兵，他们少给咱们几个名额，咱不就吃亏了吗？我想是不是写封公开信，大伙儿集体签名，派个能说会写的代表去县里先看看。如果不行，大伙儿再去也不晚。"

因为我挖空心思，把大伙儿去县城闹事和今后的招工等联系在一起，大伙儿都知道这与切身利益相关，就都赞同了我的意见。而这个"能说会写"的代表又非我莫属，于是，我就理所当然地当上了这个代表。

你小子真有两下子！我在心里骂道。

五

这又是我的一个不眠之夜。

大马用自行车把我驮到汽车站。

我坐的是早班车，到县城时才六点多钟。我直奔县招待所，到值班室打听到她住的房间，几乎是一路奔跑，到了门前，激动地拳打脚踢猛烈击门。

她开了门。

我们二人的目光相遇时，迸发出一道雷电一道焰火。我急不可耐地进了屋。屋里只有她一个人。她起床不久，正在梳洗，也许她猜出来者是我，所以连外衣也没穿。白皙的皮肤在晨光中显得更加白嫩鲜美。我不能自控地拥抱住她，把她按倒在床上……

"你就这么沉得住气，是不是把我给忘了。"

"你这家伙！我比你还着急呢。夜里我想你想得都哭了。"

"你骗人！"

"骗你是小狗。"

完了事。她继续梳洗。我抽着烟，把如何用心当选为"代表"，为什么来县城，绘声绘色地向她讲了一遍。男人在自己喜欢的女人面前总爱炫耀。

她听了果然十分感动，说："你们那些弟兄们真不错。不过，你们言重了，我只是受了点批评，还没到停职检查受批判的程度。昨天散会太晚，没有车了，所以就没回去。这不，我准备赶早班车呢。你来了，我就陪你去县城玩一玩，下午再回去吧。"

她还告诉我，在批评她时，她也据理力争了。她诉了很多苦，甚至落了几滴泪。我们种几亩菜是为了改善知青生活，又不外卖，不属于搞资本主义。只有生活无后顾之忧，知青才能在农村安心接受再教育。一个也是"老三届"知青后来当了县"革委会"副主任的女人，帮她说了些好话，她才过了关。那个女主任还拨了些经费给我们集体户建篮球场、图书室。她叫我陪她一起去买些书和体育活动用品。

我说你真有办法，大马小马他们这回又要喊你"万岁"了。

她带我到招待所食堂就餐。很多人用疑虑的、好奇的目光追踪着我们，分明怀疑我和她是一对甜甜蜜蜜的恋人。而那些和她认识的人的目光则流露出不解和不满。在众目睽睽之下，她像遇见一个老同学似的对我高声谈笑，并且分寸掌握得恰到好处。人怎么不敢堂堂正正地去爱？

饭后，我们一起上街了。

这座县城小得十分可怜，连条像样的街道也没有。新华书店只有三间屋的门面，书架还显得空空荡荡，仅"马恩列斯毛"的著作就占了"半壁河山"。可能是顺应潮流吧，书店还专设了个"上山下乡"专柜，除了一些政治书籍、学习材料，还有一些"老三届"知青写的书。挑了半天也挑不到能让知青们喜欢看的书。但是县"知青办"给的书钱又得花光，不花白不花，又不能他用。我们把"上山下乡"专柜的书都买了一套，我还提出买一套《资本论》。她很支持。

我认真地说："我早想把马列的书好好读读，这对认识世界怎样做人不无好处。"

她也挺认真地点了点头。

从新华书店出来，又转了几个店，她用自己的会议补助费给我买了件红背心。

"我们现在去哪儿？"

她想了想，说："出了城西有片果园，咱们到那儿去'郊游'吧！"

她买了二斤当地食品加工厂出产的条酥饼，又称了一斤熟花生。她问我喝不喝酒，我说想喝，她于是又买了一瓶白干酒。

这是一片很大的果园，扯扯拉拉占了五六里长的山坡。正是果实成熟的时节，枝头上缀满了五颜六色的苹果，果林里散发出一阵阵醉人的果香。也许是怕背上资本主义的臭名，没有护林人。我们钻到果林深处，在树下铺上报纸并肩而坐。她望了望我，我望了望她，她就倒在了我的怀里。这个温柔的女人和那个威风的女支书判若两人。

她娇嗔地说："我真感激你把我的精神从苦海中搭救出来。真的，自从有了你，我的灵魂就不再像过去那样痛苦了。"说着，她还流了泪。

我也很激动，坦率地说："小芹，你何苦折磨自己呢？你要名要权有什么用？委屈了自己的青春。难道你真的想在妈妈湖占一席坟地？"

"那你说我该怎么办？"

"这些束缚着你的东西都扔掉吧！咱们一起回城去。"

"你愿意娶我？"她坐直了身子，用疑惑的目光望着我。

我坚定地点了点头。

她的脸上焕发出兴奋、激动的神采，又倒在了我的怀里。

我热烈地吻她，尽情地抚弄她。她温顺得像只小羊羔。

果林里没有一丝儿风，闷得像蒸笼，我和她很快都汗流浃背了。

又过了一会儿，她脸上的笑容消失了，眼睛浮上一层阴影，痛苦地说：

"难啊！太难了。你想想，人家辛辛苦苦培养起来的典型，能让它毁灭吗？现在回城当工人，上大学，都要由当地贫下中农推荐，说穿了权力根本不在贫下中农手里，还不是头头们当家。我要是闹个一塌糊涂，人家能让我回城吗？那年大学招生，我也是下过一番决心要走的。当时还未同常山结婚呢。我找县'革委会'负责人谈过，她不但不同意，还把我严厉地批了一顿。事实并不是报纸上材料里讲的那样，我主动放弃上大学的机会，怎么会呢？我从小就立志将来当个博士或者作家或者科学家。因为'文化大革命'，不能上高中了，我都哭过多少次。后来，我想大学上不成了，就得靠干一番名堂，另辟蹊径，没想到结了婚多了条绳索。"

我替她擦去脸上的泪水和汗水，心里不禁有点惆怅。我劝她不用哭，而我自己竟也流下眼泪。一阵野风吹进果林，树林晃了几晃，一只熟透了的苹果摇摇晃晃落下来，正巧落在她的胸脯上。我抓着这个机会逗她开心说："瞧呀，你又多了一只乳房。"

她这才破涕为笑。

一只苹果削好后一分两半，她却只咬了一小口就都塞到我嘴里。女人大几岁知道疼男人。小马这家伙没说错。

看看表已经十一点。我打开了酒瓶盖，让她先喝。她说不想喝酒。我说今天就痛痛快快大醉一场，把过去的不幸痛苦全部丢在这里。从现在开始我们应该安排我们的未来。她这才高兴地接过酒杯，一气喝了两大口，然后递给我。

"这样吧：我先安排你回城。"她说，"下次招工就先叫你回去。等你走以后，我再和常山离婚，然后也回城去。"

我不假思索地说："还是你先走好。我刚来不久，再待几年垮不了。"

她说："那怎么行？一是我不可能走得掉，二是到时万一有什么麻烦，手里没有权了，想让你走也没有能力了。"

我一想她说得有理，就答应了："不过，我想去上大学。"

她沉吟了一阵，说："对，你我都应当争取上大学。不过，上大学比当工人竞争还激烈。我从来没开过后门，为了我们也就开这一次吧。不过，你上大学以后可别当陈世美。"

因为我没看过"旧戏",也不知陈世美是何许人物,还以为是个女人。她把包公铡陈世美的故事讲了一遍,我笑了:"最令人担心的是你而不是我。"

我们谈着,喝着,吃着,不知不觉把一瓶白干酒喝了个底朝天。我开始觉得浑身发冷,头重脚轻,明白自己已经醉了。因为我喝醉酒最明显的征状是身上发冷,直想睡觉。她的脸颊也像涂了胭脂,眼睛像红葡萄,更增添了几分少女的娇媚。我们相互拥抱着,亲吻着,谈一阵笑一阵又哭一阵。后来,我躺下了,不久就昏昏沉沉地睡着了。

一觉醒来,太阳已沉到西边的山头上了。她好像早已醒了,见我睁开眼,急忙说:"快走吧,再迟就赶不上回去的汽车了。"

我们拉着手慌慌张张地向外跑,出了果园,她突然猛地站住了,差点把我扯倒。抬头一看,一个不熟悉的女人和一个年过半百身穿军装的男人正迎面走过来。她和那个女人的目光碰撞了一下,很快又都闪开了。她的脸红了,目光也很慌乱。那个女人和那个穿军装的男人拐进果园里去了。她没有和我拉手,发疯似的向前跑去,我加大脚步才赶得上她。跑到汽车站,汽车已经发动,好说歹说才让我们上车,司机还嘟哝地骂了一句。

一路上,她的情绪低沉,闷闷不乐。我找她说话,她只是应付地"嗯啊"着。我猜想她不乐的原因一定和在果园见到的那个女人有关。一下子想起来了,那个女人可能就是县"革委会"的女主任,和她一起下放的"老三届"知青。那个穿军装的半百男人大概就是曾经支左提拔了她的什么政委了。这就对了,小芹一定是因为被女主任看见了我和她从果林中手拉手钻出来,怕女主任批评她才不乐的!哼,我们是相爱又不是做贼,有什么可怕的。大不了处分你。难道你还把名利地位看得比爱情还重?如果是这样,我们怎么能实现我们的"蓝图"呢?我对她不满了,生气地把脸扭向窗外。

她大概看出我生气,向我身边靠了靠,低声说:"我刚才赶路急,心里闷得慌。你别怪我……"

我一听火了,打断她的话说:"你别以为我看不透你的心思。你要是怕我连累你的官运前途就别再理我。"

我的声音不高但也不能算低，周围几个乘客向我们投来惊异的目光。她轻轻扭了我一把，用恳求的目光望着我。我仍然把脸扭向窗外。窗外的天地被夕阳涂抹了胭脂，美得如一幅画。我突然想如果她站在这画面中，这幅画就更加光彩夺目了。于是，我转过脸来，冲她笑了笑。

她也笑了笑。我们又和解了。

"我给你记着这笔账。到那时候……"

"到哪时候我都不怕你！"说着，她又在我的脸上拧了一下。

我们下车时，天地间已经朦朦胧胧了。大马、小马、小豆子和集体户的弟们儿都来了。我们一下车，就被大伙包围了。更多的人都围着她，有奉承的，有吹捧的，有表示不平的。她又恢复了女支书的威风，连连招着手，说："谢谢同志们的关心。有这么多热血青年，妈妈湖还愁甩不掉贫困吗？"

我觉得心里很不是滋味。

六

自从那天晚上在竹林里和小豆子亲热过以后，我就一直回避着她。她找我几次，我都以各种借口拒绝了。昨天晚上，她突然跑到我们宿舍去敲门。我明知是她却故意不理。

小马要去开门，我拉住他，低声说："如果她要找我，你就说我光着屁股在帐子里补衣服呢。"

大马说："老三，这样怕不太好。"

果然，她生气地跑回自己宿舍去了。

今天上午在田里休息时，她找到了我，用严厉的口气质问道："你为什么总躲着我？"

我说不是躲着而是没时间。

"你有什么伟大的工作呀？不就是……"她不往下说了，眼睛里含着委屈的泪。

我也觉得对她有愧，但又不知怎样安慰她。

沉默了一会儿，她说："今晚八点钟，我在竹林里等你。如果你不去，我就一直等下去。"说完，她转身走了。我想喊住她，给她说不要再对我痴情了，可是嘴张开了却喊不出声。我能把今晚有约会的事情告诉她吗？

这些天，我和小芹几乎每天晚上都要约会。为了安全起见，每天晚上都要换一个地方。她说只有和我一起的时候才活得像个人，才感到做人的幸福。我们俩人的感情已经达到了如火如炽的程度。我如果一会儿不见她，就像失落了什么。因为频繁地和她约会，不再参加大马他们的娱乐，大马他们对我不满，而且已产生疑问。不过，他们怀疑我在和集体户某个女知青恋爱，却根本不会想到我会和女支书偷情。

昨天下午，是我们"集体户"学习的例日。她来参加我们的学习讨论。针对"集体户"中谈恋爱成风，在贫下中农中造成不良影响的现象，她不点名地做了严厉批评，引起了"集体户"知青的不满。我也对她的批评感到不解：你自己已经是有夫之妇，不也在追求真正的爱情吗？为什么把青年人恋爱上升到什么"阶级""路线"上去呢？不过，我很快就原谅了她，这是她生存的一种方式呀！她走以后，大马小马小豆子他们把她臭骂了一通。我在一边听着，不自觉地也红了脸。我把自己和她已经紧密地联系在一起了。

晚饭时，小豆子不住向我递眼色，示意我不要忘了到竹林里去。我在心里说，你愿意在那儿等一夜就等一夜，愿意等一年就等一年吧！反正老子没工夫陪你。

八点还差十分，我从窗口看见小豆子捧着一本书，边走边看，向竹林那边走去了。她还几次转过脸朝我们宿舍张望。我赶紧低下了头，不让她看见我。有一阵，我真想把她喊回来。捉弄和欺骗一个姑娘是不道德的，何况她还爱着你。可是，不这样又怎么办呢？又不能向她说明真相。人，有时候不得不欺骗自己，还得违心地去欺骗别人。

我和小芹约会时间是八点半，每晚八点她都借口到山上湖里检查离开家，常山也因习以为常，根本不怀疑她。据她说，常山知道她的名利观念很强，不担心她会在外边和别的男人偷情。看看时间快到了，我夹了一本书就要向外走，大马喊住了我。

"三弟，你今晚就别出去了，替我给你未来的嫂子写封回信。"大马今天收到了城里那个女孩子的来信，一天都高兴得合不拢嘴。他说那个女孩子在信中说要来妈妈湖看他。

我为难了。拒绝大马吧，没有充足的理由；帮他写信吧，和她约会的时间又要到了。我点着了大马给的一支烟，边抽边考虑着对策。

大马已帮我铺好了稿纸，笑容可掬地站在一旁，期待着我动笔。我还没想好拒绝他的理由，只好先坐下来，也许是天助我，钢笔没水了，只写几个字就不显字了。我对大马说："这样吧，你想好信上写哪些意思，我去买瓶墨水，回来再写。这玩意儿在弟们儿手里还不是十几分钟的事。"

大马眉开眼笑。

我出了宿舍，急急忙忙地向约会地点走去。每次约会，我还从来没迟到过，今天看来最少要迟到十分钟，还不知她会不会怪我呢？我一定得向她好好赔罪。紧赶慢赶，一会儿就大汗淋漓了。赶到约会地点一看，她也不见踪影。我暗叫一声坏事了，她一定是等得不耐烦先回去了。都是大马这小子坏了弟们儿的事。我现在怎么办呢？去她家找她，她不会跟我出来了。我的心里既有失望的哀愁，又有渴望的焦急，还有点不甘心。说不定她走了还会回来的，再等她一会儿吧。人都是抱着侥幸和希望在等待着的。我想看书，天已黑了，书上一片黑暗。可是，坐着干等，一分一秒又都那么吝啬。蚊子又都包围上来了，我赶快点燃了一支蚊香。我们约会的时候，大都要点蚊香，否则蚊子不会让我们甜甜蜜蜜的。

大概又过了半小时，我的心都要焦透了，还不见她的影子。我断定她不会再来，失望地起身，刚要离去，听见了一阵急促的脚步声，果然是她来了。

"让你久等了。对不起对不起！"她擦着汗，气喘吁吁地说，"我也急得心里冒火，可是脱不开身。"原来她并没有来过。

我虽说心里冒火，但见她来了，就极力冷静了些。有火不一定都有气。我拥抱着她坐下了。

"对了，今天收到县知青办的通知，分给我们大队一个招工名额，我想报你。"

"怎么，你烦我了？想快点赶我走？"我半真半假地说，"你赶我走我还不走呢！"

她拧了我一把，委屈地说："谁赶你了。你要不急于走，我还不高兴让你去呢。你看让谁去合适？"

我说："你是当权派，你让谁走谁就走。我可不敢夺你的权。"

她沉思了片刻，说："我想叫小豆子走，行不行？"

"为什么叫她走？"我有点莫名其妙。因为小豆子的思想、劳动表现都属一般，她对小豆子印象并不好。

她吞吞吐吐地反诘道："难道你不明白我的心吗？"

我立即明白了。她一定是看出小豆子在追求我，她要用权力把小豆子这个情敌冠冕堂皇地挤走。我心里一阵激动，把她抱得更紧了。

她推了我一下，抓着我的手，塞给我两只熟鸡蛋，说："我今晚实在对不起你。一是来晚了，让你久等了；再者，我还要赶快回家去。"

"为什么？"我一愣。

她低下头，说："常山病了，正在吊水，我是说去医务室给他取药才出来的……"

没等她说完，我就火了。这次发的是炉火，烈焰腾腾的。我推开她，站起来，骂道："原来你迟到是因为在家伺候你那个名正言顺的农民丈夫了。是的，你们是夫妻，在一起无论怎么干也是名正言顺的。所以，你没时间陪我了，你走吧，回去陪你的丈夫吧。我们俩的事就此结束。"说完，转身就要下山。她冲过来抱住我，哽咽着说："你别这样别这样。你知道我的心里爱的是你。我不能离开你。可是，我眼下还不能不管他，让别人嘲骂我。"

"你是爱别人还是爱我？"

"我当然是你的。可是，可是……"她泣不成声了。唉，可怜天下女人心。但是，我已处在炉火炽热的时候，怎么能轻易原谅她呢？我把两个鸡蛋摔在地上，推开她，还是下山去了。

　　回到宿舍，我还余怒未消。大马问我买墨水了吗？我愤愤不平地回答说人死了。弄得大马惊奇地睁大了眼睛。

　　过了一会儿，大马从别的宿舍借来一支钢笔，又恳求我帮他写信。我坐在桌子前，心里还在生她的气。你既然舍不得你那个名正言顺的丈夫，为什么还要和我相爱？你是在玩弄我的感情吗？告诉你，我既然已经爱上你，就一定要爱到底。为了爱，我是不怕丢掉什么甚至不怕粉身碎骨的……

　　糊里糊涂，把这些心里的话都写到了信纸上，我自己并未察觉。

　　大马对我写的情书十分信任。他连看也没看就装进信封里，让我再写信封。这时我倒是清醒的，因为收信人地址、姓名都是大马在旁边说的，我写下的。写完以后，我就钻到帐子里。因为生气，怎么也睡不着。她现在在家里干什么呢？支书的丈夫生病，一定有不少社员去看望。她可能当着大伙儿的面，正依偎在丈夫身边问长问短献殷勤吧？她会不会想到我此刻还在怨她恨她呢？知道了她又会怎么想呢？也许她也恨我吧。其实，我今天也太不冷静了。她有她的难处，正像我也不敢向朋友们说明和她的关系一样。如果我处在她目前的位置上，甚至连十几分钟的约会时间也不敢用。是的，我今天伤害了她，太不应该了。明天，我一定向她赔罪，请求她原谅。

七

　　小豆子就要离开妈妈湖了。她是我们这个"集体户"中第一个回城的。那些女知青们嫉妒得要命，私下里把她骂得一钱不值。说她在县里走后门，给她开后门的是个老头子。还骂秦小芹不坚持正义为小豆子开后门。就连平时和小豆子住在同一宿舍、关系最要好的两个女知青也同小豆子翻了脸。小豆子十分苦闷，叫大马捎信给我，约我到山上走一走。我不能再犹豫了，如果我这一次再拒绝她，一辈子都会欠着一笔感情债的。

　　"我真不知怎么会让我走。"小豆子向我解释说，"别说开后门，就是后门在哪里我也摸不着呀！"

"你不要放在心上。人人都长一条舌头，爱怎么议论就怎么议论，唾沫星子还能淹死人不成？"我安慰她，"大家都想回城，也都觉得自己应该先走。谁先走就不能清净。'老三届'里这种事多了。你是贫下中农推荐的，光明正大嘛！"

小豆子用困惑的目光望着我，问道："你说我真的是贫下中农推荐的？"

我点了点头，不过心里有点不安。

小豆子踌躇了一阵，爽直地说："你不要骗我了。我心里明白为什么我能第一个回城。"

"你，你明白什么？"我很恐慌。

"你和她的事，我已经知道了！"小豆子又一针见血地说，"那天晚上，我在竹林里等不到你，正要回去，见她一个人向山上走，而且十分匆忙。我顿时产生了怀疑，悄悄地跟上了她。以后，你们的谈话以及你们之间发生的不愉快，我都听见了。"

我犹如当头挨了一棒，头脑里乱嗡嗡的。我敢说如果拿镜子来照一照，我的脸一定比猪肝还红。我慌乱地低着头，连看也不敢看她了。

小豆子难过地说："我知道你和她的事以后，确实痛苦过。特别是她利用权力把我赶出妈妈湖，更叫我愤慨。我曾经想把你们的事捅出去，搞得你们身败名裂。可是冷静下来仔细一想，那样做不是太不道德了吗？再说，我们同是天涯沦落人。她虽然有名有利有权力，但她的心灵却是痛苦的。因此，我原谅了你和她，也愿意支持你们。真格的，她是一个了不起的女人，如果我要是她，一天也活不下去。不过，我希望你们都要珍惜这来之不易的爱……"小豆子泣不成声了。

我的心在激烈地颤抖，浑身涌过一股暖流，真想拥抱她，吻她。

小豆子忍住悲戚，又说："我走了以后，不可能给你写信。不过，我希望你记住，有一个女人不会忘记你。"

"是恨我吗？"我问。

她没有回答。

就在这时，她从山上走过来了，肩上扛着锄头，好像看见了我和小豆子，径直朝我们走来。小豆子也看见了她，脸上掠过一丝阴云，伸出手和我握了握，说了句"祝福你们！"，就匆匆地走了。

她走了过来。

我怕她以为我和小豆子在谈什么秘密，刚要向她解释，她摆了摆手，说："明天小豆子走时，准你一天假把她送到县城，千万别伤了她的心。女人最经受不了的是爱的挫折！"

我感动地点了点头。

"还生我的气吗？"她先问我，"那天晚上我不该刺伤你的心。"

我笑了，向她调皮地作了个揖，说："对不起支书大人，是我错怪了你。"

我们俩都会心地笑了。

因为是大白天，我们不能在一起亲热，于是约了个时间再见，一起向山下走去。走到妈妈湖畔，她站住了。

今天是个旱年，妈妈湖瘦了不少，水最深的地方也只能没过膝盖。她问我："你知道山那边有什么吗？"

我答有条淮北河。

她说："我想从九龙山开一座涵洞，把淮北河的水引过来。这样，我们这儿就不会缺水了，山下还可以搞旱改水，种些水稻。"

"你还真的准备在这儿扎根吗？"我讥讽地说。

她苦苦一笑，说："我们不是已绘好'蓝图'了吗？"

"那你怎么还想着开涵洞，旱改水……"

我的话未说完，就被她打断了。她的神情严峻，口气也很严肃，说："我毕竟受过妈妈湖的恩赐。我不能白喝妈妈湖的水，白当几年妈妈湖的主人。"

我又嘲弄她道："那你可以给自己立块丰碑呀！"

她认真地说："人应该有感情的，也应该做点事情。如果我不能为妈妈湖做几件好事，看着她发生点变化，即使走了，心也永远有愧的。"

我忽然觉得她确实比我高大。我当即表示坚决支持她，和她一起把淮北河水引过来再回城。

她高兴了。她说她已勘察和计算过了，也找了不少水文地质资料，如果从两山的结合部开涵洞，大约有两千米，再加上引渠两千米，对于一个大队来说，工程量算得上很大了，弄不好要用很长时间。其实，她完全可以说要用几年，大概怕我反对再待几年，所以才用"很长时间"这个含糊不清的概念。

"为了抢时间，我想在秋收后就动工。另外，我还想请当地驻军支援一下，这样进度就快了。"她又若有所思地说，"你们集体户知青队也要上马。"

"反正我要是死了，你把我埋在这山坡上就是了。"我有点不快，说话也带着刺。

她宽容地笑了笑，说："马克思现在还没有请你呢。"

八

她不仅把我安排到涵洞施工第一线，还委任了我一个官：青年突击队队长。

开工这天，省、地、县都来了人，山脚下光小轿车、吉普车就停了七八辆，有领导，有记者。九龙山上一派热闹景象，用当时时髦的话说是：红旗招展，锣鼓喧天，人山人海。据说这是我们这个县有史以来的一个最大工程。县"革委会"的那个女主任也来了，她还故意走到我面前，用力地和我握了握手，但是一句话也没说。我怎么也弄不明白她到底是什么意思。

小芹今天打扮得十分英武。她身穿一套合体的军装，腰间扎着一根皮带，红扑扑的脸蛋因激动而更加容光焕发，一双黑白分明的大眼睛神采飞扬，充满活力的、丰满的胸脯随着大声讲话一起一伏。她的周身散发着蓬勃的朝气和生命的旺盛精力。要不是山坡有那么多人，我保准会发疯地拥抱她。

她讲的当然都是些大道理。就如同小学生背书。可是那些百姓们却如同信徒听佛经一样聚精会神，一张张脸上充满了虔诚和感激。是的，妈妈湖的老百姓对她十分崇敬，简直视她为救苦救难的菩萨。这不光是她有两片能说会道的嘴皮，主要是靠她这几年为妈妈湖百姓办了一些好事。山外到处在"割资本主义尾巴"，她却以各种名目鼓励社员私下里喂鸡养猪。社员们除了吃粮食以外还能有几个零钱花。过去妈妈湖只有一到三年级的初小班，她当了党支部书记兼"革委会"主任后，又集资发展了高小班，还办了"戴帽中学"班。妈妈湖过去架不起电，她出名以后，因为来参观学习的多了，她以"体现社会主义优越性"为名，请县社两级拨款，把光明请进了妈妈湖这个穷山沟。她平时对百姓都是面带笑容，和蔼可亲，但是如果有谁想跟她过不去或拆她的台，她也会毫不留情地给你戴上五颜六色的"帽子"。到今天妈妈湖还有一支"帽子队"，除了一些"地富反坏右""走资派"，还有她给定性的"坏分子""破坏分子"，脏活重活义务活都由他们干，工分还比别的劳力少。在妈妈湖，说她好的比说她坏的多，她的统治是牢固的。这次开涵洞，她一声令下，妈妈湖的百姓一呼百应，真正出现了妻子动员丈夫母亲动员儿子上工地的场面，至于动员时说些什么话就不知了。

但是，我却为此而忧心忡忡。通过这些天的接触，我发现了她内心一个可怕的弱点：喜欢赞扬喜欢做表面文章更喜欢权力。有一次她竟然说出："我真不知道回城当一名普通工人能不能受得了。"如果她恋着赞扬恋着权力恋着妈妈湖，我们俩的"蓝图"又怎么能实现呢？我曾后悔没有阻止她开涵洞，我知道如果阻拦她，她也许会与我绝交的。我只能在心里祝愿涵洞早日开通，淮北河的水早日流进妈妈湖，我们能早日离开妈妈湖。

开洞的第一炮也就是典礼炮，理所当然轮到我这个青年突击队长抡大锤。她主动走来为我掌钎，低声对我说："现在很多双目光都在望着我们，你千万不能三心二意误了事呀！"

我二话没说就举起了铁锤。好在我们集体户的知青早已练了十几天的兵，我已掌握了砸大锤的技巧，而且礼炮的炮眼在事前已凿好了三分之二。我一口气叮叮当当打了三百锤，炮眼就凿好了。

装好炮药，她要点炮，我也要点炮，相互争持不下。她板起了面孔，用半边山都听得见的声音说："我是大队'革委会'主任，又是工程总指挥，第一炮当然由我点。"言下之意颇有"这儿危险我来干"的风格。她是故意让那些省地县领导听见的。

我气愤地闪开了。我本意是把危险留给自己的，她却不理解，还故意唱高调，怎能不叫我生气！生气归生气，我的心还是拴在她的安危之上的，两眼一眨也不眨地望着她。她点燃了导火线，敏捷得像只猴子，蹦跃几下就到了我身边。

火光。硝烟。爆炸。飞扬的石块。

山坡上响起一阵欢呼的声浪。

广播大喇叭里响起《东方红》乐曲。

我忘乎所以，兴奋地抓住了她的手。她像触了电似的赶忙甩脱了，还瞪了我一眼。虽然这是一刹那间发生的，但我敢说我永远也不会忘记。在那一刹那间，她身上的人性和官性表现得淋漓尽致。而我当时还以为她是怕别人看见了影响不好，所以也没埋怨她。

施工正式开始了。别看我们"练过兵"，而且都是些年轻力壮的棒小伙，但毕竟没干过这种力气加技巧的活，大锤抡得呼呼带风，半天下来一个个累得精疲力竭，工程进度却并不快。她给我们青年突击队派来了两个石匠做顾问。她自己也经常跟班指导。因为我是队长，我们接触机会更多了，不过都是在工地上。收工以后，身子骨都像散了架似的，她又要跟另外一班检查，我们在一起甜蜜的机会却又少了。

这天上工前，大马收到了城里女朋友的来信。他看完信，国字形的脸扭歪了，眼睛瞪大了。突然，他冲到我面前，想说什么，又好像明白了什么，把信塞到衣袋里，跟我一起上工去了。到了工地，他把大锤一丢，朝地上一坐，骂道："哼，别看天天一本正经像个人样子，其实一肚子坏水，比咱们这些落后的好不了多少。"

大伙都莫名其妙，不知道他在骂谁。

我们干了一歇子活，大马还在地上坐着，嘴里仍在不干不净地骂人。我看大伙儿都拿眼睛望着我，好像在说：你这个队长为什么不管一管你的"把兄弟"呢？我也实在看不下去了，就对大马说："老大，快起来干活吧。"

大马用眼睛轻蔑地乜斜了我一会儿，挑衅地说："如果我说累了，不想干呢？！"

我心中不禁生气了。你这是干什么？存心拆我的台？我是队长，你是我的兄弟，应当努力帮我才在理。可是你故意给我捣蛋，还当众戏弄我。你不仁，老子也不义！我指着他强硬地说："不干不行！你现在就起来给我干活去。"

大马从地上跳起来，把手中的香烟折成两截扔在我的脸上，怒气冲冲地说："你小子一点情面也不讲了。你靠什么本事当上这个队长，别以为我不知道。你的心思瞒得过别人还能瞒住我？给你说，蚊虫从我眼前飞一趟，我都能辨出个公母来。"

大马的话把大伙儿都惹笑了。大伙儿的笑声激得我浑身不痛快。我怒不可遏地攥紧了拳头。

小马见状，跑过来拉住大马，劝说道："大哥，你何必发这么大的火呢？都是自己弟们儿，有话好商量。再说，三哥也没说过你不好的话。"

大马猛转身，一拳把小马打了个踉跄，骂道："滚你的蛋！别觉着他当了个官，就来拍马屁！"

我再也按捺不住心头的气愤，一步跨到大马面前，抓住他的衣襟向前一拉，脚下顺势使了个绊子。大马扑通栽倒在地上，气势汹汹地叫骂着："好啊，老子饶不了你！你勾引……"他毕竟没有掌握我和秦小芹的真正材料，所以不敢往下说了。可是"勾引"二字对我的刺激太大了，我又把他从地上扯起来，挥着拳头厉声问："你说我勾引什么了？"

大马色厉内荏地叫道："你勾引谁你知道。老子一定搞个水落石出。"

他的话刚说完，我的拳头已打到他脸上。顿时，他的嘴和鼻子都出了血。他吼叫着也伸出拳头来打我，我就势来了个"顺手牵羊"，他又扑倒在石堆上了。

工地上乱了。

小马见我和大马真的打了起来，过来拉住我的胳膊："老三，别打了！你就委屈这一次吧。不管怎么说，他还是大哥呀！"

这时，大马瞅准小马拉着我的胳膊的机会，从地上爬了起来，摸了一块带尖的石头，砸在我的头上。我只觉着一阵疼痛一阵晕眩，慢慢地倒在小马的怀里……

九

我醒来的时候，身边围了很多人，但是我一眼就看见了她那张俊美的面孔。她的神情冷峻，目光既含着疼爱又含着责备。

"赤脚医生"正在给我包扎，看起来伤得并不重。可她却招呼大伙儿把我抬上手扶拖拉机送医院去。

我猛地坐起来，喝了一声："我哪儿也不去，死也死在工地上。"就在我坐起来时，看见了大马，他被绑在一棵槐树上，正两眼喷火地望着我。

我也恨恨地瞪了他一眼，恨不得再揍他几拳。可是，看到站在他旁边的小马神情沮丧，我的心又软了。不管怎么说，我们是结义弟兄，又同是下放到这儿的穷弟们儿。牙齿和舌头这么亲近有时还会发生纠纷呢！我们兄弟间闹事，是我们兄弟的事。我不能让弟兄们骂我仗势欺人。于是，我忍着伤痛，走过来给大马松了绑，说："大哥，怪我脾气不好，你多包涵。"

他"哼"了一声转过脸去。

这时，她走过来了，板着面孔，严肃地问："谁给你权力让你松绑的？"

我愣了。

大马也愣了。

大伙儿都紧张地望着我和大马。

她用命令的口吻对我说："没有我的批准，谁也不许给他松绑，你给我再把他绑上。"

"你……"我气得浑身战抖，接过绳子扔到她的脚下。你要什么威风，也不看看是对谁，我可不买你的账。我以为她可能会叫别人拾起绳子，然后找个台阶下算了。她反正不会和我闹翻的。不料，她双目圆睁，指着我，认真而又坚定地说："你把绳子拾起来，去把他捆起来！"

　　我怎么也不敢想这就是我的情人，曾经在我的怀抱中流泪、在我的身下呻吟的女人。她太不讲情面了。她对待她丈夫常山可不是这样。看起来她对我的心还不诚。男子汉大丈夫又不是豆腐做的，岂能任你一个女人宰割？我今天如果在你面前服了输，以后……她无情我也无义。我看她今天敢把老子怎么样。我点燃了一支烟，抽着，做出一副满不在乎甚至不屑一顾的架势，连看也不看她。

　　她突然哈哈笑了几声，说："大伙儿都干活去吧！这两个既然不服从我的指挥，那就权当妈妈湖没有这两个人，明天我一张纸送到县'知青办'，后果由他们自己负责！"

　　她说完走了。

　　大伙儿也都散去了。

　　我的心慌乱了，既恨又怕。恨她翻脸无情当着大伙儿的面让我难堪。怕她真的一纸公函把我和大马的前程给毁掉。小马还说什么女人大几岁知道疼男人，瞧这个女人就这样疼我的。她今天为什么对我这样呢？难道她变心了？变心也不该坑害我。人说一日夫妻百日恩。我们虽然没公开做夫妻，但夫妻间的事已做过多次了，再说我们的感情比你和你丈夫还要深呢！你耍威风不该用在我身上。你无情，我也无义，我把和你的事公开出去，看看谁受的责难多，谁的损失大。不行，那样做我也就身败名裂了。我不能因此毁掉自己。

　　我再看大马，他更是惊恐不安。我知道这老兄有过"前科"，在城里闲着时就经常打架斗殴，偷鸡摸狗，曾几进几出公安局。下乡后，他恶习不改，偷过社员家的鸡狗，被她在大会上批评过。如果她追究起他的历史，够他吃不了兜着走的。再说，他城里有女朋友，比谁都急于早回城。他踌躇着，对我说："三弟，千错万错都是我的错。她是如来佛，咱是她手心上的孙猴子。孙猴子再会闹天宫，也出不了如来佛的手心。咱们给她赔礼道歉，深刻检讨，在大会上受批评也行，千万不能让她把咱除名了。我看她是一时生气，心里还是对你不错的。"

　　这小子，说话都带着刺儿。

没办法，只有这条路了。可眼下已经收工了，她也下山回家了，怎么去找她呢？

"咱到她家去更好讲话。"大马看出我的心思，说，"她男人喜欢喝酒，咱可以带两瓶酒，到那儿好说话。"

我一听，火了。我找她还得先搬梯子够她男人的脸呀！她男人算什么东西，凭什么要我也对他献媚？再说，我和她男人是什么关系？是情敌，我早就恨不得一拳打死他！他凭什么占有着她，有什么资格做她的丈夫，而且还经常欺负她？不就是有一块贫农招牌吗？我可不想沾这块招牌的光。可是，这些都是心里话，不能对大马说。

大马诡秘地笑了笑，说："我在城里时喜欢去黄河市场听大鼓书。大鼓书上不是说过韩信当年为了偷生，不惜从别人的裆下爬过去吗？咱们这小民受点气又算啥。等以后她犯到你手上，你再好好教训她。"

我听出大马话里有话。这小子，难道他也知道了我和她的关系？

我的心上蒙了一层阴影。

十

我差不多是被大马拉到她家门口的。

从屋里传出乒乒乓乓的摔砸声和她丈夫常山的吵骂声。我和大马都站住，犹豫不决了，这个时候，我们是进去还是不进去呢？我借机拉了大马，转身就要回去。正在这个时候，常山开门走出来，看见了我们，满脸不悦地说："你们是来找大主任的吧？人家还没回来，不知又和哪个野小子钻竹林去了。"

我和大马都很尴尬，尤其是我更气愤不平。瞧你这副熊样配做她的丈夫吗？她不在家，我们还进去有何意义。我拉着大马要走。大马却死死拖住我，从书包里掏出两瓶白干酒，对常山说："大叔，我们是想和你喝几盅。"这小子为了讨好，宁愿低人一辈。

常山看见酒马上眉开眼笑，一手拉着大马一手拉着我进了屋子。

我还是第一次到她家里来，不由得仔细打量着这个"特殊"的家庭。只见家里收拾得干干净净。既没有城里时兴的"八大件"，也没有超越当地农民家庭特殊的地方，吸引人的是四面墙壁上贴的奖状多一些。这些奖状都是她下乡后得的，记载着她不平凡的经历。墙上还有一个四四方方的大镜框，摆满了照片，其中有几张已经发黄了，看样子是过去的照片。我想走过去看一看，不知为什么心里有点慌张，甚至不敢多看一眼。

常山屋里屋外转着做菜，嘴里却不干不净地骂着。他骂她是个坏女人不知道顾家好像这儿是个旅店，骂她不知道疼男人这么晚了还不回来做饭，骂他当初瞎了眼玩了一只"洋鸟"，"洋鸟"中看不中用。骂了一阵子转了几圈子，摆弄好两个菜：一盘炒土豆（半生不熟），一盘青椒炒鸡蛋。

大马早已落座，我也不情愿地坐下了。我的心却系在她身上。她这么晚没回家，会不会去我们"集体户"宿舍找我呢？她就是找我，我也不跟她来往了，世界上哪有这样无情无义的女人？

几杯酒下肚，常山的话多起来。大马也许出于好奇，也许出于故意，问道："大叔，你刚才说'洋鸟'好看不中用，是什么意思呀？"

常山打了个酒嗝，愤愤地说："就是只看模样好，但是不能用。你别看她长得漂亮，可一点女人的能耐也没有。她做饭是我教出来的。说难听点，是我揍会的。她从娘肚子里出来就不是当媳妇的料。她不会做衣服做鞋子，我身上脚上穿的都是花了钱买来的。"

大马听得津津有味，又插言道："只要她会干那事不就行了呗！"

我听了心里直冒火。

常山把酒杯朝桌上一蹾："那事儿她也从来不主动，除非我找她。找她她还不乐意。从来不跟我亲热。说出来不怕你们笑话，有几次老子喝醉了酒和她干那事，她骗老子……"

"哈哈哈哈……"大马放荡地狂笑了一阵，还拿眼望了望我。

我真恨不得把桌子掀翻，狠狠揍常山和大马一顿。你们也配做男人！何况她是我最心爱的人。可是，他们污辱她与我有何相干呢？难道我对她还十分钟情吗？人的感情真是莫名其妙，有时候恨和爱交织在一起，难舍难分。我想起一句名言来：恨是爱的别名。也许……不想那么多了！我端起酒，一气连饮三杯。

"好，兄弟海量！来老子陪你干两杯。"常山举起了酒杯。

干就干，我又连饮了两杯。这是当地产的一种烈性白干酒，劲儿特别大，接连几杯下肚，我觉得头发沉，身发冷，心发热。我暗暗告诫自己不能再喝了。万一我忍耐不住，仗着几分酒性揍了常山，外人知道了不定会怎样议论。她知道了会更加生气的。这时，我的伤口也真的疼了。我推说喝醉了酒，起身倒茶，去看她的照片。

那几张已泛黄了的照片，是她上中学时照的，因为从她胸前佩戴的团徽和学校的校徽可以证明。那时，她扎着两只齐肩短辫，脸上带着稚气的笑，脉脉温存的眼睛里洋溢着青春的欢愉和理想的憧憬。也许那个时候她做梦也不会想到今天会寄身妈妈湖畔，做了一个没有文化和教养的农民的妻子吧？我真想为她的命运痛哭一场。

"大叔，你可要养好这只'洋鸟'，别叫旁人偷去了。"大马又在怂恿常山。这小子，他也许是用这种办法发泄对她的不满吧！

"哼，打到的媳妇揉到的面。对女人就得用拳头。不过，老子也明白，她要飞就飞，拦也拦不住。她飞到哪儿，也是老子玩过的。"

"你们为什么不要孩子呢？有了孩子，她也许会死了心。"

"老子也不知道。听人家说她不能生。不能生儿育女的女人还是女人吗？你们识文写字的找老婆讲究什么感情，我们乡下人不讲究那个，只要女人能生孩子就是好老婆……"

我实在听不下去了。真的，假如我再多待一会儿，无论如何也压抑不住一腔怒火。我对大马使了个眼色，示意他回去。他却又是摇头又是摆手。我推说头疼要回去休息，就先告辞了。走出大门，我愤愤地吐了一口闷气。

为了抢时间争速度，开涵洞的分成了三班倒，歇人不歇工程。现在，夜班的正在上班，山坡上涵洞工地灯光明亮。叮叮当当的铁锤敲击声和呐喊的号子声，给妈妈湖的夜晚增添了几分色彩。我想她此刻可能还在工地上。去工地找她吧，她不一定给我机会。就这样回宿舍去吧，又有点不甘心。我敢断定这样回去，一夜也不能合眼。我漫无目标，慢慢走到了妈妈湖边。

虽说秋天有"秋辣子"之称，白天太阳光十分恶毒，但到了晚上，特别是入夜以后，气温还是低了，到妈妈湖洗澡的人没有了。我走到妈妈湖畔停住了，仰头向山坡望去。此刻，我非常期望能在灯火中看到她的身影。是的，不听不知道，一听吓一跳。听了常山的话，我更替她感到委屈和惋惜。她太苦了。真的。我多么想把她抱在怀里，给她安慰，给她温存，给她幸福。

突然，我听见湖里响了一下，惊回首，看见靠近岸边的湖水里冒出一颗脑袋。我吓了一跳，转身就要走，又听见有人喊我的名字。我一下子就听出是她的声音。

我踉踉跄跄飞似的跑到水边。

她从水里站起身。因为是晴天，天空星光灿烂，加上山坡工地灯光的辉映，我清清楚楚地看见她身上的每一个部位。一团烈焰在我的血脉里蹿腾、跳跃，我向她伸出了手。

"别，别，我上去再说。"她说着上了岸。我不管三七二十一，上前抱住了她水淋淋的身子。

"你怎么知道我在这儿？"她问。

"不，我不知道……不，知道，是神使鬼差我来的。"

不远处响起了脚步声，好像又有人向这边走来。我们都很紧张。她已经来不及穿衣服，从地上抱起衣服，和我手拉着手钻进竹林里。

我们一直钻到竹林深处僻静的地方。她把衣服铺到地上，我们拥抱着坐下了。

"你还生我的气吗？"她问，眼睛闪着泪光。

我抱紧了她。亲爱的宝贝，让我怎么向你说呢？我是生过你的气，甚至恨你无情无义，并决心不再理你。可是，我明白你的苦衷，你的艰难，怎么再忍心给你增加痛苦呢？

"你这家伙竟敢伙同你的把兄弟造反，想动摇我的地位。"

"你难道是武则天？"

　　她沉默了片刻，说："中国当今有一个想当女皇的，但那不是我。我只想做一个真正属于自己的人。这样的人有自己的追求自己的理想自己的天地自己的爱情。"

　　"那你今天为什么还对我认真？"

　　"我不认真行吗？如果人人都像你和大马那样，涵洞还开不开？我这个支书还有什么威信？又怎么实现我们的愿望。我不光今天认真，明天还要认真。"

　　"你要是和我结婚以后呢？"

　　"我要是能够和你结婚，一定做个好妻子。一日三餐虽不能保证顿顿有鱼虾，也一定让你吃好，家务活儿我也可以多干些，让你读点书。不过，如果那时候你还是我的下级，再出现今天的事情，我仍然会处罚你。"

　　"那么，我问你，在权力和爱情之间任你选择，你选择其中哪个？"

　　她过了好久才回答说："那要看哪个值得！"

　　"为了我们的爱情不值得吗？"我为了让她明确答复，也为了表达我的感情，吻了吻她。

　　她一惊，问道："你今天生气喝闷酒了吗？"

　　"是的，我刚才从你家来的。"

　　她听了，猛地推开我："你和常山一起喝酒了？"

　　"是呀，还有大马。我们是找你检讨，斗私批修去的……"

　　"混蛋！"她怒气冲冲地说，"你为什么要给他买酒？你知道不知道，这是给我找苦吃找罪受。"

　　我不解。

　　她说："他每次都是酒后逼着我干。我，我……"她说着，难过地哭了。

　　我想了常山说的那番话，心里也很难过，就小心翼翼地说："那你今晚就别回去了。他要是明天问起，你就说在工地上了。"

　　"那怎么成？"她说，"他会跑到工地找我的事。"

　　我只有赔礼道歉了，说："小芹，我不知道……我对不起你。"

　　她扑到我身上，重又抱紧了我。我感觉到她身上有点凉。

我们一起倒下了……

十一

由于当地驻军全力支持，涵洞工程进展很快。

时间也过得很快。

已经到了冬天，竹林脱去了葱绿的服装，妈妈湖板起了阴冷的面孔。天是灰色，山是灰色，连村庄也变成灰色的了。

一周前，她又去县里开会，到今天还没回来。我因为担任青年突击队长离不开工地，不能去县城找她，心里十分焦虑。偏偏村子里、工地上、集体户宿舍都有消息，说她又要提升到县"革委会"做领导工作。起初，我听了还不相信，但"谣言"越传越令我心烦。今天下午，常山在工地上当着很多人的面竟然吹嘘起来。他中午喝了酒，醉意蒙眬，得意地说："老子再过几天就和这铁锤钢钎石头永别了。"

"你老婆高升，你也跟着上吊（调）吗？"有人和常山开玩笑。

常山瞪着大眼睛，说："怎么着，她敢抛弃老子咋地？别说她调到县里，就是调到北京，还是我的老婆。"

工地上响起一片哄笑声。

我虽然很恼怒，但又不能发作。人家说自己的老婆与你何干？妇贵夫荣。她老婆升迁他得意，这也是正常现象。你又不是她丈夫，她要升迁之事，你当然不如她丈夫早知道。你小子妒忌吗？

大马这些日子，经常在我面前提起她，看样子都是故意的。此刻，他又走到我面前，悄悄地说："秦支书小芹同志要高升了。妈妈湖还不知交给谁统治呢！看常山那个得意劲，可能他们要举家迁到县里去。那以后咱要再想见她就难了。"

我正在气头上，听了大马的话，就怒吼一声说："谁稀罕见她！"

真是岂有此理！你明明和我深深地相爱，而且早已设计好了"蓝图"，现在却把我丢在妈妈湖，带着你的丈夫升迁去了。不行，我不能这样让你要弄了。整整一下午，我都没讲一句话，心中有一团火在燃烧，五脏都好似成了灰烬。又听常山说她已回来了，由于在县城生了病，还在家休息没来工地。我晚饭也没在工地上吃，借故脑子疼请假下山了。我要去当面问一问她。快到她家门前时，脚步却迟疑起来。她丈夫常山还在工地上，我独自一人晚上到她家去合适吗？万一她不愿给我开门怎么办？万一被别人发现了怎么办？

　　冬天的夜晚不仅来得早，而且黑得深沉。村子里的男人们大都参加了开涵洞，该夜班的还在山上，该白班的劳累了一天，吃罢饭也都上床休息了。家家户户都关上了门。因为工地用电需要保证，她在工程开工时就规定过七点以后不准开灯。只有几家屋子里亮着煤油灯，想必是勤劳的女人在灯下做针线。整个村庄一片寂静，如同进入了梦乡。

　　我在犹豫过一阵后，终于决心到她家去找她。走到门前推推门，里面已经上了闩。我想敲门，拳头在半空中停滞了。可是不敲门怎么进去呢？今晚如果不见她，向她问个明白，我这一夜无论如何也熬不过去，说不定还会憋出个病来。一不做二不休，翻墙进去吧！

　　村子里没有公共厕所，每家都在屋山头留一席之地做厕所，而厕所四周的墙又垒得最结实。于是，我绕到她家的厕所墙边，蹲在墙角四下观望一阵，见黑洞洞的街上没有人影，只有几只放圈的老母猪在寻觅食物。我的心突然狂跳不止，两只手按在墙头上时不住颤抖，鼓了几次劲，才从墙头上翻了进去。

　　她还没有睡着，不知躺在床上想什么心事。我的脚步声刚到她窗下，她就问了一句："谁？"

　　我小声地回答了她。

　　屋子里响动一阵，可过了一会儿还不见她开门。

　　我急不可耐，走过去推门，门一下子闪开了。后来我才知道，她只拉开了门闩，却没有把门打开。那一阵，她的心情既紧张惶恐又兴奋激动。

　　我上次来过她家，知道她家的床放在东间靠后墙。我关上门后，摸黑到床前去，额头碰在用来挂衣服的铁丝条上，勒得我眼冒金花。如果那铁丝条再低一些，勒在脖子上，说不定会昏过去。我疼得轻轻"哎哟"了一声。

她大概是坐在床上的。听见我"哎哟"的声音，"扑通"从床上跳下来，一下子抱住了我，亲切地说："是该死的铁丝条作怪吧？伤了没有？"

"哼，你别猫哭老鼠假慈悲。你要想和我决裂就说一声，不欢迎我来也明说，不必用暗算这种卑劣手段。"说着，我把她推倒在床上。

她没生气，又伸出手来拉我。当她的手触到我的手时，我感到她的手热得烫人，看样子病得不轻。我的心软了。唉，我也上了床，把她抱在怀里。还未等我说几句安慰的话，她就先开口了：

"我做了件对不起你的事。"

我等待她往下说。我知道自己现在一张口，放出的一定是冷风。

她说："因为在县城里，我没能和你商量，就自己决定了。现在我的心里很难过。有悔也有恨，我也怕见到人。"

我感觉到她流泪了。

"我流产了。"她又说出几个让我震惊的字，"是你的孩子。"

"你说的是真的吗？"

"是的。前些日子，我总觉得身上不舒服。到了时间又没来月经。我很害怕。医生一查说我怀孕了，我就更加害怕了。你想，常山知道他有缺陷，我怀的孩子一定不是他的。他会闹出去。到那时，我们都将身败名裂，后果不堪设想。经过一夜痛苦，我选择了流产……"

"你为什么不把孩子生下来呢？后果大不了你和常山离婚，丢掉那些虚名和官位，我们结为夫妻，生儿育女，过普通人的生活。"

她哭了，身子在剧烈地战抖，说："我也后悔过。我恨自己没有勇气摆脱形形色色的困扰和纠缠。"

"你不觉得作为一个女人一个母亲，那样做太残忍了吗？要知道孩子虽然还未出世，但也是一条生命！"

她只哭不说话了。

我知道责备、埋怨只能加重痛苦，就强压着胸中的怒气，又问她说："听说你又要高升了，是不是？"

沉默了片刻，她嗫嚅着回答："我无论调到哪儿，心里也只有你。"

我冷笑了几声，说："妇贵夫荣。你丈夫尾随着你，也可以混个一官半职。不过我想问个明白，我们俩的事怎么办？"说着，我点燃了一支烟。借着烟头上微弱的光亮，我看见她的脸上挂着泪珠，显得非常疲惫、痛苦。

又过了一会儿，她才叹息着回答："我也不知道该怎么办，心里乱糟糟的。如果不服从上级的安排，一定会带来不良后果。但是，我又从心里不愿和你分开……"

我没听她说完就发了火："你不应当服从谁，而应当服从你的感情你的爱。说穿了，我看你看重的是官是权是名利！"她紧紧抱住我，泣不成声地说："你让我怎么办呢？人毕竟不能离开社会自己安排自己。有时候，我真羡慕那些农家妇女。她们有的不识字，半辈子没出过山沟，十六七岁就开始做母亲生儿育女，生活虽然苦，但精神没有枷锁，只要能生儿育女，就被奉为好媳妇，而我们……"

我能再说些什么？责备她不勇敢吗，而我不也很懦弱吗？我爱她，但别人在我面前诋毁她，污辱她，我不是也不敢站出来保护她吗？

又躺了一会儿，我就忍不住了。我必须赶快离开。一是再待下去心里更难过更沉重，二是时间长了大马他们会产生怀疑。就在这时候，屋后响动了一下，后院的狗狂叫起来。我好像听见有脚步声，吓得魂飞魄散。她抱住我，镇静地说："不要怕，有我在这儿，谁敢怎么着你？"

一切又很快地恢复了平静。

"你真的不怕有人来捉我们？"我问她。

她拉着我的手，放在她的胸前，我立即感觉到她的心在怦怦跳着。她说："怎么能不怕呢？事到临头，就又不怕了。俗话说事前胆小事后胆大。"

我听了她的这几句话，心里高兴了。她有这样一种精神，我们俩的事情就不会没有希望。

她温柔地吻了我一下，说："你如果对我有气，今晚就在这儿出气好了。你骂我也行，打我也行。不过，到了明天上工地，在众人面前你还得对我服服帖帖，不要让别人看出我们有什么特殊关系。你要是冒犯了我的尊严，我还会处罚你的。"

我忍不住讥讽她说："你的意思是你现在是一个普普通通的女人，知道爱需要爱也珍惜爱，而明天你就仅仅是党支书兼'革委会'主任，不需要爱也不珍惜爱了。"说着，我下了床，不管她怎样要求，我坚持着要走。到了门口，我听见她又哭泣了。

十二

我刚走进竹林，身后传来急促的脚步声。毕竟是"做贼心虚"，我赶忙加快了脚步。

"老三，老三！"我听见身后有人低声喊着，原来是大马的声音。这小子，他也从工地上回来了吗？他怎么会跟在我身后的？难道……我的每一根神经都紧张得跳起来。

大马走过来了，第一句话就很露骨："老三，今晚玩得痛快吧？"

"你，你这是什么意思？"我的声音在发抖。

大马拍了拍我的肩膀，笑了笑，黑暗中他那排白牙齿闪出一道寒光，说："三弟，别瞒我了，我什么事情都知道了。刚才你听到狗叫了吧？嘿嘿……"

我惊呆了。这小子干起"克格勃"的勾当来了。有一瞬间，我真想杀了他灭口，但我终究没有杀人的勇气。

大马递给我一支烟，又为我点着火说："三弟放心，这事只有我一个人知道，我说不说就看你们是不是对得起弟们儿了。你们讲义气，我也讲交情；你们要不讲交情，我也不讲义气。"

"你，你要干什么？"

"不想干什么。其实，你的心思我早就知道了。"大马从衣袋里掏出几张纸，在我脸前晃了晃，说，"这是你那次替我写情书时写的。你当时和她生气，给我女朋友写信时竟把心里的话全写在纸上了。我那位接到信，把我大骂一顿，将这封信也寄回来了。不过，我没有对任何人说过，弟们儿相处要讲交情嘛！"

我恍然大悟，心中不禁有些惆怅。

大马又说："你也知道咱这些弟们儿没一个想在这儿扎根的。我是一分一秒也不想再待下去。你对秦支书说说，下次招工给弟兄个方便，让咱先回去。你知道，我的那位早等得不耐烦了。"

我火了，说话也带着火药味："你不以为用这种手段太卑鄙了吗？"

大马笑了，笑声中含着讥讽、悲壮和冷酷。他认真地说："你以为卑鄙的是我一个人吗？现在，卑鄙就是敲门砖开路斧登天梯。你没看这几年有多少卑鄙的小人得志吗？三弟，你也了解我。我和你，和我们这代人一样，从小对红领巾、红袖章、红标语、红语录、红海洋……只要带红的，我们都很崇拜。来到这穷山旮旯里，我也没少出力流汗，可是，我们得到些什么呢？不说这些了。我现在就是要学着卑鄙，然后就把那些坏国坏家的卑鄙小人全都杀光，让国家能长治久安……"

我被他的一番话感动了。真没想到这个浑浑噩噩的家伙心里还装着天下呢。我答应一定给她说说下次招工让他回城。

"怎么样，她是玩玩你还是跟你来真格的？"

我没有回答。

大马坦诚地说："三弟，她是个很不错的女人。爱上她，说明你有眼力。她不只长得漂亮，有文化，而且心地极好。就说妈妈湖的百姓，哪一个对她不尊重不赞成？不过，她端错了碗，饭也难咽。你跟她这样偷偷摸摸下去，不一定有好结局。"

我叹了口气。

大马又说："如果换了我是你，非带着她远走高飞不可！什么这名誉那地位，只要两个人有爱，喝凉水也比喝香油香。你们这些人呀……"

我承认我没有大马的勇气。但是，我们有我们的难处呀！只要有一线希望，我自然也会争取的，我们毕竟是真诚地爱着的。至于私奔，我也不是没想过。我有同学在北大荒在大兴安岭落户，我们可以去投奔他们。但她是不会同意的。难道因为她不同意，就说她不是真心实意？即使换了别人在她的位置上，也会像她那样去选择的。权力与人的利益、人的欲望、人的理想有着密切的关系。如果她因为和我相爱而失去了权力，那就也会失去一切。人毕竟是生活在社会中，在人的生活中有比爱还重要的东西，那就是生命。

我感觉到心里很乱。

十三

今天又轮到我们上夜班了。

因为遇到几次塌方，工程进展慢了许多。县里为了保护这块"样板"，又动员附近一些民工帮助我们。她为工程进度焦急，日夜在工地上跟班，人瘦了很多。她从来都是一马当先，十几斤重的大锤在她手上如同生了风，就连那些当兵的对她也刮目相看。

"你们这个女支书真棒！"

"你们的女支书也算是妈妈湖一绝啦！"

听着别人对她的赞扬，我心里真说不清是忧多于喜，还是喜多于忧。我们这些天没顾得上单独在一起交流思想和感情，我真怕这样下去我们的感情会冻僵。

这天晚上，她说有事要找我谈，把我叫到洞外的山坡上。因为她丈夫常山跟我一个班，她也许怕常山看见我和她单独在一起会生气。不过，我心里还是很乐意的。

"有什么指示，支书大人？"我装出一副冷淡的样子。

她笑了，说："还在生我的气吗？堂堂五尺男子汉，还没有狗的肚量大。狗肚盛不下二两香油，你……"

"我怎么了？"我火了，说话很难听，"在你眼里，我仅仅是个男人，需要的时候就拉一拉，不需要时连狗屎都不如！"

她见我真的发了火，朝四下匆匆望了一眼，才走近我身边，拉着我的手，诚恳地说："你看不见我很忙吗？我何尝不想时刻和你在一起，但这可能吗？好了，等过了这几天，我定加倍补偿欠你的感情债。今天，我跟你谈个正经事，支部研究了你的入党问题，同意你入党。"

"你这个党我不入！"我还未消气，说话自然还带着火。

"你这句话太没水平了。"她严厉起来，责备我说，"你怎么能说党是哪个人的呢？党内有坏人，但不等于党也坏。就说我这个党员有缺点错误，可是我不能代表党呀！入党申请书是你写的，再说入党也不是不光彩的事。"

沉默了一会儿，她又低声说："我还有个考虑，打算让你入党后担任几年支书。"

"我不想在这儿扎根落户。"我点燃一支烟，愤愤地说，"我的理想不在这个山沟里。我的觉悟也没有你高……"突然，一阵震天动地的响声从涵洞深处传出，打断了我的话。

"不好，又塌方了！"她惊叫一声，就向涵洞里钻。

我伸开双臂拦住了她。在这一瞬间，我想到了一个男人的责任。

可是，她却用力推开了我。她的力量大得出奇，好像有一座山挡在她面前，她也能推得开。

她跑进洞里。

我也跟着跑了进去。

然而晚了。岩石在一阵痛苦挣扎后断裂了，轰轰隆隆的塌方声，人们的呼叫声，悲壮而凄惨。

十四

这次涵洞塌方，较前几次都严重。大马和两名解放军战士当场牺牲，还有十几个人负了重伤，她丈夫常山的腿也被砸断了。如果我和她在洞里，说不定也会是同样下场。

我们把大马和两名解放军战士埋葬在妈妈湖畔。大马在城市里的那个女朋友也来了，是个挂着双拐的残疾人。在她面前，我直想哭。大马，我的好兄弟呀！你为什么不早一点告诉我这一切呢？

在追悼会上，小芹没流一滴泪，可是她内心的痛苦是能体会到的。她还力排众议，坚持为大马立了一块碑。

省、地、县都派来了工作组，装模作样地调查了一番。按理说，这样一次重大的塌方可以避免，因为早有经验丰富的人提过建议，而她一心赶进度，对安全问题没放在心上。但是，上级不但没有给她任何处分，反而给了她很多荣誉。省报在头版显著位置报道了她"临危不惧""指挥若定""一马当先"的事迹。令我惊讶的是，她在接受记者采访时拼命为自己涂脂抹粉。她说她当时正在与一个思想混乱的青年谈心，听见有异常响声，扛起一个支柱就向洞里跑，奋不顾身地用肩膀顶着支柱，避免了一场更大的灾难……

我愤怒极了，苦恼极了，想找她又找不到。就把自己关在屋子里，一连喝了三天闷酒，醉得不省人事。

大马每天都面带讥笑出现在我的梦里。

几天后，村里开来一辆吉普车。吉普车离开后，我才知道她已经走了，到县里任新职去了。那天晚上，我发了疯似的跳到妈妈湖里洗了个澡。水冰冷刺骨，我却在水里泡了一个多小时，而且竟没感觉到冷。我要洗去身上的污垢和心灵蒙积的灰尘。可是，我冻病了，一连发烧几天几夜。后来听说她曾经回来看过我一次。

病好后几天，我收到了华西师大的入学通知书。

十五

经过县城时，我想去找她。在"革委会"门前那条坎坷的小街，我徘徊了很久。见到她说些什么呢？劝她抛弃官位、名利？责备她不忠诚？再大谈一次未来"蓝图"……终于，我还是离开了，而且连头也未回。

十六

五年后的一个秋天，我在南海一个小岛参加笔会时，见到了小豆子。

黄昏，我和小豆子在椰林中漫步。

"你知道秦小芹后来的情况吗？"小豆子问我。

我沉痛地摇了摇头。真的，在上学的几年里，我也多次提笔给她写信，有几次写了长达几十页上万字，但最终没有发出去。

小豆子叹息一声，告诉我说秦小芹在粉碎"四人帮"不久就离开了她的岗位，新县委根据她的实际情况，派她到一家工厂任副厂长，被她拒绝了。她离开县城回到妈妈湖，终日默默无语。因为她丈夫常山在那次涵洞塌方中被砸断了腿，站立不起来了，所以她肩上的担子很沉重。

"现在呢？"我关切地问。

小豆子摇摇头，说："听说去年搞承包前离开妈妈湖回城了，至于在什么单位没人知晓。"

那天夜里，我失眠了。半夜里，我一个人跑到大海边，在沙滩上坐到天明。最后，我决定，提前回去，途经上海时去看看她。

我是在晚上十点多钟下的火车。迫不及待地想见到她。我叫了一辆出租汽车，挖空心思回忆起她以前告诉过我的家址，径直而去。敲那扇小门时，我的手不住颤抖。

"侬找哪一个？"一个身材矮小的老太太上下打量着我，眼睛里充满了疑惑。

我报了她的名字。

老太太脸上显出厌恶的神情，向一间亮灯的屋子努了努嘴。从那间屋子里，传出眼下流行的舞曲。难道这是个地下舞厅？她在这儿……不，我不敢相信也不愿相信。但是，不知为什么，我没有勇气去敲门。

过了一会儿，那间屋的门开了，走出来一个长发披肩的女人。尽管她穿戴时髦，打扮入流，但我打量了一下，立即就认出了她。

"小芹！"我脱口唤出她的名字。

她和我只有几步的距离，听见我喊她，先是一惊，直怔怔地望了我一会儿，走了过来。

借着窗户透出的灯光，我看见她上身穿一件紧身的红色毛线衣，领口很宽，脖颈下边袒露着一片洁白。下身穿一条牛仔裤。她比过去胖了，脸上经过化妆红白分明，显得比过去更具有魅力。她没有一丝笑容，严厉地问道："你现在到这儿来找我干什么？"

我的嘴变得笨拙了，找不出一句话来。

"大作家，你就不怕我再勾引你？"她说着，发出一阵淫荡的笑声。

我觉得心上像扎了把刀子。

这时，从她出来的屋里走出一个又高又瘦的男人，看了看我，又走过去把她抱在怀里。她很顺从。那个男人指着我，问道："这小子从哪儿冒出来的？"听那个男人的口音，不像是上海人，也许是外地来上海的采购员或生意人吧？我想。可是常山呢？

她回答说："他是我过去的情人。我还为他怀过孩子。可惜，那孩子未出世就死了，要是当初生下来活到现在，都能为我洗脚了。"

"看样子也是个有艳福的！"那个男人和她都笑了。

我气得禁不住战抖，要是在五年前，我非得把这对狗男女揍个鼻青脸肿不可！我握起拳头，转过身就向外走，到了门口，突然又想起什么，头也未回，问了一句："常山在哪儿？"

"他死了，是自杀，与我没有关系。"她轻描淡写地回答。

我的心在滴血。

十七

这又是一个不眠之夜。

我站在晾台上，面对着黄浦江，江上飘过来一阵阵凉风，可是我心中的火却越燃越旺。我抽出一支烟，折断了，扔在地上；又取出一支烟，捏碎了，扔在地上。我想大声叫喊。我想放声痛哭。人生，这就是人生！无怪乎这几年我写出的作品总是缺少深度、力度和厚度，原来我并没有对人生恍然大悟。人生就是戏。生活中的每一个人都在人生的舞台上演着自己的角色。尽管角色不同，戏也不同，但最终都要退出舞台……

　　我知道今后应该怎么活着。真的。